LA FEMME AU MANTEAU VIOLET

DU MÊME AUTEUR
CHEZ POCKET

CEUX QUI VOULAIENT VOIR LA MER
LA FEMME AU MANTEAU VIOLET

CLARISSE SABARD

LA FEMME AU MANTEAU VIOLET

CHARLESTON

ISBN : 978-2-266-31523-4
Dépôt légal : mars 2021

À la mémoire de mes grands-pères.

Où que vous soyez, celui-ci est pour vous.

« *On ne peut pas changer*
tout ce qu'on affronte,
mais rien ne peut changer
tant qu'on ne l'affronte pas. »

James Baldwin

« *Si tu es née avec*
La faiblesse de tomber
Tu es née avec
La force de te relever »

Rupi Kaur, *lait et miel*

PROLOGUE

Paris, mars 1957

Elle était là. Statique, presque figée. Drapée dans une espèce de dignité que rien ne semblait pouvoir faire vaciller.

Victor l'avait aperçue, qui prenait place dans les gradins, pas très loin du ring. Quatrième rang. C'était le manteau qui avait attiré son regard, il n'avait pas changé en dépit de la décennie écoulée : un long manteau violet. Il aurait pu l'avoir oubliée, il aurait pu reléguer aux oubliettes la très courte apparition qu'elle avait faite dans sa vie. Que représentent quelques minutes, dans une existence ? Cependant, elle était là et il émanait d'elle cette même détermination qui l'avait frappé la première fois. L'espace d'un instant, il se sentit pris de panique.

— Ça va, vieux ? T'es plutôt pâle.

Victor se tourna vers son entraîneur et, attrapant un bandage pour protéger ses mains, tenta de le rassurer :

— Un peu d'appréhension, Dédé, rien d'autre.

Ce dernier acquiesça d'un signe de tête, un cure-dents coincé entre les lèvres.

— Ouais, je comprends. C'est le dernier match. Tu vas tout donner.

Victor déglutit pour chasser la boule qui s'était sournoisement logée dans sa gorge.

— Tiens, tu m'aides ? dit-il en agitant les bandes chirurgicales sous le nez de l'entraîneur.

Ces gestes rituels, il les avait réalisés plus d'une centaine de fois. Ce soir, Victor jouait son ultime combat de boxe car sa femme ne supportait plus la crainte qu'elle ressentait dès qu'il montait sur un ring. L'incertitude de ne pas savoir dans quel état il en redescendrait la rongeait. La peur de le voir mourir sous les coups. Et puis, il fallait penser au petit aussi. Ce n'était pas une vie de redouter sans arrêt qu'il se retrouve orphelin de père du jour au lendemain. Tout pouvait arriver avec cette nouvelle génération de gars qui avaient faim de réussite et voulaient s'imposer dans un sport considéré comme ingrat.

— C'est bon, Victor, lâcha Dédé en lui décochant une bourrade amicale dans l'épaule. C'est bien serré.

Les bandages allaient éviter des blessures au niveau des métacarpiens et absorber la transpiration. Prendre soin de ses mains autant que possible était une nécessité. Un nez pété, des dents fêlées, l'arcade sourcilière ouverte, ce n'était pas grave. Mais des mains hors service, c'était la fin de carrière assurée. Enfin, à présent, Victor s'en fichait.

Il enfila ses gants et, tendant l'oreille, entendit le public qui bavardait en sourdine. C'était un bourdonnement déchaîné et électrique ; ce soir, Victor Queyrioux combattait pour la dernière fois. L'événement n'était pas des moindres.

— Prêt ?

Il hocha la tête sans un mot et s'avança près du ring. Six mètres sur quatre mètres quatre-vingt-dix. Trois cordes en chanvre entourées de plastique, placées à trente centimètres des poteaux. La boxe était avant tout un sport de logique et d'intelligence. Rien n'était jamais laissé au hasard, il l'avait très vite appris : il fallait se défendre, esquiver les coups sans y laisser ses forces, attaquer, viser juste. *Ici, on ne se bat pas, mais on apprend à boxer.* C'était la première chose que lui avait enseignée Raymond, l'entraîneur qui l'avait lancé, après la guerre.

— C'est parti, Victor ! annonça Dédé. Donne-nous un beau spectacle, les gens sont là pour ça.

Sous les acclamations, les deux boxeurs gravirent le ring et saluèrent leur public. Dehors, la pluie martelait les trottoirs et les toits, mais dans la salle saturée de monde, il faisait presque trop chaud. Victor sentit une ultime bouffée d'angoisse monter en lui, ce qui déclencha l'adrénaline nécessaire pour entamer le combat. Descendrait-il du ring en vainqueur ou anéanti ? Il n'en savait rien. Il n'avait rien d'autre que ses derniers entraînements, son courage et sa technique. Prendre des coups et en donner. Cela ne l'avait jamais effrayé, les coups. La vie l'avait rendu courageux, un brin téméraire lorsqu'il esquivait ceux de son père, déjà gamin. Le vieux avait la main leste et la rouste facile. Alors se mettre en danger face à un gars bien préparé, ça ne lui faisait pas peur. Il en avait vu d'autres, lui que la presse locale avait surnommé « le boxeur au punch dévastateur ».

Avant que la clochette ne retentisse, Victor céda à une impulsion et chercha la femme au manteau violet. Leurs regards se croisèrent. Que venait-elle faire ici ? Non, il s'agissait forcément d'une coïncidence. De quelqu'un qui lui ressemblait comme deux gouttes d'eau. Peut-être l'une de ces femmes qui assistaient aux combats de boxe avec des yeux assoiffés de sang et qui hurlaient « Tue-le ! » quand leur favori cognait bien.

Le premier round démarra et Victor esquiva un direct court de justesse, optant pour une défense d'anticipation. S'il pouvait user l'adversaire et passer en technique offensive dans les derniers rounds, cela lui convenait. Bolo-punch, crochet. Il s'en sortait bien pour l'instant et les trois minutes s'écoulèrent sans aucun dommage. La femme était toujours là, à peine dissimulée par la fumée des cigarettes de ses voisins. Elle le fixait sans discontinuer, le corps tendu, comme si elle redoutait qu'il s'évapore tout à coup sous ses yeux. Un homme plus âgé qu'elle l'accompagnait.

Deuxième round. Garde haute. Réminiscences de l'année 1947. Des voix d'abord étouffées, puis des cris, des menaces. C'était allé si vite ! Son père qui empoigne la femme et la jette pratiquement dehors, la détresse dans les yeux de celle-ci. Tout à ses pensées, Victor ne vit pas arriver l'uppercut. Il se trouva aussitôt projeté contre les cordes, une douleur lancinante à la mâchoire. Mais il se releva juste avant la fin du round et on lui donna de l'eau.

— Qu'est-ce que tu fous, bordel ? lui hurla Dédé. Tu n'es pas à fond !

Victor secoua la tête. Il devait se reprendre, bon sang ! Pourquoi se laissait-il distraire par cette bonne femme, qui n'était sans doute qu'une cinglée ? Une folle à lier, oui, pour demander à voir un enfant mort depuis des années.

Troisième round. Victor s'efforça de la chasser de ses pensées. Faire le vide, se focaliser sur l'adversaire. Ce match était son enjeu personnel. Remonté, il opta cette fois-ci pour une défense active. Ce furent trois minutes d'un spectacle intense et vif. Il parvint à décocher un direct à l'autre boxeur et déjoua les coups. Il n'en fallait pas davantage pour rassurer Dédé, qui se tortillait d'inquiétude sur son siège. Les quatrième et cinquième rounds se déroulèrent à son avantage. Victor avait retrouvé sa vivacité et sa pugnacité. Il n'allait pas se laisser mettre K-O par un gamin trop nerveux et n'avait pas l'intention de tirer sa révérence sur une défaite. Après le sixième round, il but une longue gorgée d'eau. On lui tendit une serviette afin qu'il éponge la sueur qui dégoulinait de ses cheveux bruns jusque sur ses pectoraux dessinés par des années de sport. Sans trop savoir pourquoi, il porta à nouveau son regard sur la femme. Peut-être pour vérifier s'il s'agissait d'une vision. La pression sur ses épaules serait retombée, si elle avait disparu. Mais elle était toujours présente, les yeux rivés sur lui. L'envie ne lui manquait pas de sauter par-dessus le ring et d'aller lui répéter que Gabriel était mort. Mort, mort, mort. Gabriel était mort, mais lui était là, bien en vie. Et le septième round arriva au moment où d'autres souvenirs affluaient. Les explications, après le départ de cette femme. La virulence de son père lorsque Victor lui avait reproché sa violence envers elle. Le jeune homme avait plié bagage et mené sa barque, oubliant complètement la femme au manteau violet.

Le crochet fut brutal, l'envoyant valser à nouveau contre les cordes. Sous les cris de stupeur du public, Victor s'affala, le souffle coupé. Vite, il devait se relever avant d'être déclaré K-O, mais c'est à peine si ses jambes trouvaient encore la force de le soutenir. Merde, il n'allait pas finir sa carrière ainsi, pas au bout de quatre-vingt-sept victoires ! Les spectateurs crispés murmuraient entre eux. Victor ferma les yeux, puisant au fond de lui la volonté qui était en train de lui faire défaut.

— Relève-toi et bats-toi ! brailla Dédé à s'en arracher les poumons.

Rester là et attendre la défaite aurait été facile. Il savait qu'ensuite, quoi qu'il advienne, il rentrerait en Vendée et travaillerait dans l'entreprise de pompes funèbres de ses beaux-parents. Il ne lui restait plus que quelques secondes. Risquer de prendre d'autres coups ou de perdre son honneur. Sur son siège, Dédé s'affolait. Brièvement, Victor revit la rage qui déformait les traits de son père quand une raclée allait tomber. Cette vision suffit à réveiller le boxeur en lui. Une dernière victoire, et il serait vainqueur du passé. Vainqueur de ce paternel qui n'avait su montrer son amour qu'à travers sa colère.

Au prix d'un effort gigantesque, Victor se redressa en titubant. Durant les rounds suivants, il attaqua par un direct au plexus solaire, balança des coups de poing et des semi-uppercuts. Le public acclamait dans une ferveur quasi électrique. Enfin, lors du onzième round, il surprit son adversaire avec un overhand. L'autre n'avait pas anticipé ce coup de poing descendant et ne parvint pas à se relever dans les temps.

Victor Queyrioux venait de remporter sa quatre-vingt-huitième victoire. Une vague d'émotion déferla sur lui quand la fin du match fut déclarée. Désormais, la boxe appartenait au passé. C'était tout un pan de sa vie qui se refermait. Il exultait, galvanisé par l'issue de cet ultime combat.

Dédé l'accueillit dans une vive accolade. Des larmes roulaient sur ses joues et il laissa éclater sa joie :

— Tu l'as fait, mon vieux ! Tu l'as fait !

— Calme-toi, je ne suis pas champion du monde, se mit à rire Victor.

— On s'en fout. Ce qui compte, c'est que tu te sois battu et que tu aies mis K-O le petit merdeux qu'ils t'ont collé en face. Tu pars la tête haute. Pourtant, tu m'as fait peur.

— Ouais, moi aussi je me suis fait peur, Dédé.

En disant cela, Victor promena son regard sur les gradins qui commençaient à se vider. À son grand soulagement, il remarqua que la femme à cause de laquelle il avait failli perdre le combat n'était plus là. Il s'en voulait de se soucier à ce point d'elle et se dit qu'après tout ce n'était peut-être qu'une dame qui lui ressemblait. Il s'était fait des montagnes d'un rien. Oui, il était vraiment temps qu'il se pose enfin, loin de l'effervescence des matchs.

— On y va ? proposa-t-il à son entraîneur.

Après un détour par le vestiaire, tous deux sortirent de la salle des sports sous une pluie battante. L'humidité refroidissait l'air et Victor n'avait qu'une seule envie, s'engouffrer au plus vite dans la 4CV qu'il avait achetée l'année précédente. Il allait fêter son ultime victoire comme il se devait, déposer Dédé chez lui et ensuite, direction Montaigu, en Vendée. Tout à coup, il se figea en découvrant la femme au manteau violet, qui l'attendait contre une voiture, protégée par un parapluie. Victor se passa la main sur le visage. Ce n'était pas possible !

— Ta famille ? voulut savoir Dédé en la désignant d'un mouvement du menton.

— Non. Je ne sais pas qui elle est, répondit Victor en se pressant vers sa voiture.

Mais la femme esquissa quelques pas dans leur direction.

— Attendez, s'il vous plaît ! les interpella-t-elle.

Victor serra les paupières. Il ne voulait pas d'esclandre ici, pas maintenant. Il pivota lentement en direction de la femme, qui ne se tenait plus qu'à quelques centimètres de lui et le dévisageait. Une vive émotion semblait l'animer.

— Je dois vous parler de Gabriel, lâcha-t-elle dans un souffle.

Mû par un réflexe, Victor recula.

— Vous faites erreur, répliqua-t-il fermement.

Le temps d'une respiration, la femme parut indécise, puis elle répéta, articulant chaque mot avec fermeté :

— Je dois vous parler de Gabriel.

Non, il n'avait pas de temps à perdre avec les divagations de cette femme. Il n'avait pas envie de rester là, sous cette pluie cinglante, à l'écouter évoquer un enfant mort depuis presque trois décennies.

Il allait lui dire de le laisser tranquille, faire demi-tour et monter dans sa voiture. Ce serait aussi simple que ça. Du moins, le croyait-il.

1

Jo, 2018

— Il est bizarre, ce type. Il devrait être triste, mais on dirait plutôt qu'il va se mettre à danser tout nu dans un champ de coquelicots.

Je parlais du type qui chantait à la radio. Adrien et moi étions assis dans sa voiture. Il conduisait et comme d'habitude, je papotais.

— Jo, il faudrait t'inventer, si tu n'existais pas, fit-il, le regard rivé sur la route.

Nous venions de quitter Adeline, mon amie depuis plus de vingt ans, ma sœur, mon double, celle avec qui j'avais partagé toutes les grandes étapes de la vie : l'adolescence, les premiers mecs, les chagrins d'amour, les tops au-dessus du nombril pour imiter Britney Spears, les études, les thés gratuits chez Nature&Découvertes quand nous étions dans le rouge, l'arrivée des réseaux sociaux, les doubles de clés en cas de disparition suspecte, les grandes joies et les drames. Elle avait emménagé à Montaigu avec ses parents et son frère l'année de mon entrée en CM2, et j'avais aussitôt été fascinée par son attitude autoritaire et casse-cou. Ce soir-là, Adeline nous avait donné rendez-vous dans un bar à fromages. Elle traversait une période de doutes au sujet de son couple et ressentait le besoin d'en parler. Malgré la situation, nous avions passé une agréable soirée, très vite détendus par l'atmosphère chaleureuse du lieu.

— Tu crois qu'Adeline et Bruno vont s'en sortir ? demandai-je à Adrien.

Tous les deux étaient en couple depuis sept ans et jusque-là, j'étais persuadée qu'ils finiraient leur vie ensemble. Le contraire me semblait inconcevable.

— Le temps fera sûrement son œuvre.

Adrien était moins bavard qu'à l'accoutumée, mais je mis cela sur le compte de la fatigue. Il était tard et la musique qui passait à la radio ne contribuait pas franchement à nous maintenir éveillés. En parcourant la campagne nantaise, juste avant la Vendée, des notes de guitare acoustique envahirent l'habitacle. Reconnaissant *La Liste*, de Rose, je ne pus m'empêcher de soupirer.

— Génial ! À présent, on va se coltiner une démonstration de tout ce qu'on rate en restant célibataire.

— Je l'aime bien, moi, cette chanson. C'est mignon.

Le sourire d'Adrien s'élargit et son regard s'attarda sur le mien une seconde de trop. Une seconde qui suffit à me mettre mal à l'aise. Et ça avait été comme ça toute la soirée ; chaque fois que nos yeux se croisaient, mon cœur faisait un bond et une douce chaleur m'envahissait. Ce qui était complètement ridicule.

— Mignon, répétai-je en me frottant la nuque. Moui, je présume que ça peut l'être une fois qu'on a rencontré le type qui nous donne envie de dresser cette liste.

Adrien me regarda sans rien dire, ce qui me déstabilisa encore plus, puis reporta son attention sur la route. Pendant que Rose égrenait toutes les choses qu'elle avait envie de réaliser avec celui qui la faisait vibrer, aucun de nous ne pipait mot. Pire, je lui jetais des petits regards en coin et j'aurais pu jurer qu'il faisait pareil. Rose fredonnait qu'elle voulait « te faire mourir de rire », « aspirer tes soupirs » et « avoir une petite fille », et nous on ne savait plus quoi se raconter. Je me sentais bête, mais me gardai bien de lui dire.

— On marche un peu ? me proposa Adrien en garant sa voiture sur la place de la mairie.

Approuvant d'un signe du menton, je défis ma ceinture de sécurité avant de m'élancer d'un pas sûr vers le vieil escalier de pierre, qui descend vers la digue, près du portail de la chapelle Saint-Léonard.

— Le premier arrivé a gagné !

C'était une belle soirée de clair de lune, l'air frais était chargé des odeurs de la rivière. Adrien me suivait tranquillement tandis que je me ruais pour atteindre la digue avant lui. Dans mon dos, je sentais ses yeux sombres rivés sur mes épaules. Je m'arrêtai et m'approchai du parapet pour contempler la vue. Comme si je ne la connaissais pas, depuis le temps ! Le jardin des Remparts, les fortifications du château, les nénuphars qui semblaient avoir été posés sur l'eau par un peintre. Mille ans d'histoire nous précédaient, et nous, nous étions là, incapables de nous décider. Incapables de parler.

Soudain, les mains d'Adrien se placèrent de part et d'autre de mon corps et attrapèrent le parapet. Ses bras m'emprisonnaient sans me toucher et je frémis en le sentant si près de moi. Les secondes s'égrenèrent sans qu'aucun de nous deux bouge, enveloppés par une étrange sensation. Les battements de mon cœur, eux, résonnaient jusque dans mes tympans. L'envie de l'embrasser se fit tout à coup si forte que j'en eus le souffle coupé.

Qu'est-ce qui me prend ? Pourquoi est-ce que je n'ose pas me retourner ?

Je ne pouvais pas désirer mon meilleur ami ! Bon, d'accord, il m'était peut-être déjà arrivé d'imaginer quel effet ça pourrait me faire si je lui arrachais tous ses vêtements, mais ce n'était quand même pas une raison. Si ?

— C'est toi qui as gagné, murmura-t-il enfin, la voix étrangement rauque.

Son souffle sur ma nuque avait quelque chose d'électrisant. Intérieurement, je jouai alors à ce jeu débile dont on use lorsqu'on n'arrive pas à prendre une décision.

S'il ne prononce rien d'autre avant dix secondes, je l'embrasse. Dix secondes.

Trois secondes et huit mots plus tard, mon enthousiasme s'affala comme un Flamby mal démoulé.

— On ferait bien de rentrer, Jo. Il est tard.

Douche froide. Très froide.

Je pivotai brusquement et restai à le fixer, obligée de ravaler le baiser que j'avais au bord des lèvres. Et si je m'étais fait des films ? Adrien me déposa chez moi et, au moment où je m'apprêtais à quitter sa voiture, il vrilla son regard au mien tout en m'effleurant la joue. Je crus qu'il allait parler, me demander s'il pouvait monter, mais il n'en fit rien. Alors je me détournai en rougissant violemment, puis je lui bredouillai de passer une bonne nuit.

— On se voit demain.

Mon cerveau n'arrivait plus à fonctionner correctement, mon cœur et mon estomac ne parvenaient plus à reprendre leur place respective.

J'étais tombée amoureuse d'Adrien. Et je n'arrivais pas à définir si c'était une bonne nouvelle ou bien une catastrophe.

2

— J'aimerais mieux qu'on parle de toi.

Je me sentis aussitôt démasquée. Bon, à ma connaissance, Lucette ne lisait pas l'avenir à travers les verres grossissants de ses lunettes, donc elle ne pouvait pas se douter.

Comme chaque lundi, après ma journée de travail, je m'étais rendue à l'EHPAD voisin de mon immeuble, où je faisais la lecture aux résidents les plus âgés. Ces précieux instants leur donnent le sentiment que quelqu'un tient un peu à eux, tout en étant capable de tendre l'oreille quand l'envie les prend de remuer leurs souvenirs et raconter des histoires issues du passé. Je terminais généralement ma tournée par Lucette, ma petite préférée. L'ancienne directrice d'école, qui avait appris à lire à la moitié des gosses de la ville pendant plusieurs décennies, avait été placée là par ses deux fils, ce qu'elle avait un peu en travers de la gorge. Elle avait l'impression de les encombrer par le simple fait d'exister, comme s'ils avaient oublié qu'un jour elle avait été une jeune femme à la vie bien remplie. En revanche, la jolie maison de leur enfance, dont ils avaient commencé à dresser l'inventaire pour en faire estimer la valeur, ils ne l'avaient pas oubliée.

Pour lui changer les idées, à ma Lucette, je lui lisais des romans d'Agatha Christie. En échange elle me racontait avec malice les nouvelles inventions qui lui traversaient l'esprit, juste pour emmerder ses enfants. Comme la fois où elle s'était carapatée sans prévenir personne, alors que son aîné (le pire des deux, un vrai rapace) devait lui rendre visite, sans doute pour vérifier qu'elle était encore en vie. Les gendarmes l'avaient retrouvée deux heures après l'alerte, assise devant une grenadine à l'eau au *Café de la Place*, outrée qu'on ait refusé de lui servir un rhum-coco. Depuis qu'elle avait été surprise en train de dessiner des petites fleurs sur un billet de cinq euros, ils disaient qu'elle perdait un peu la tête. Pourtant, moi je la trouvais parfaitement lucide.

— Ce sera plus intéressant de parler de toi, répéta-t-elle en me faisant signe de reposer le livre. Ça me changera des problèmes de santé de mes voisins.

OK, message reçu. Quand elle commençait ainsi, cela signifiait que Pépé l'avait mandatée pour me questionner au sujet de ma vie amoureuse. Tous les deux avaient toujours été de bons amis et depuis une dizaine d'années, ils s'étaient considérablement rapprochés. Je soupçonnais une amourette entre eux, ce que tous les deux niaient avec véhémence.

Pépé savait que Lucette parvenait toujours à me tirer les vers du nez. Elle m'achetait avec du thé et des biscuits fins. Avec ses sourires à mille watts et ses yeux qui s'étiraient en étoiles quand je lui demandais pour la quinzième fois de m'apprendre à danser la valse, juste parce que je savais qu'elle aimait ça. En plus, elle ne râlait pas quand j'avais le malheur de lui écraser les pieds.

— Plus intéressant, c'est vite dit, protestai-je. Mes clients ne me racontent jamais rien de passionnant.

— Quand viendra mon heure, je tâcherai d'être de meilleure compagnie, me dit-elle en assortissant sa phrase d'un clin d'œil.

Ne vous pressez pas trop, surtout.

Lucette se pencha vers moi et me regarda avec l'air de celle qui n'était pas née de la dernière pluie.

— C'est Adrien ?

Si j'avais été hypocrite, j'aurais pu lui répondre que je ne connaissais aucun Adrien. Mais la réalité, c'est que Lucette m'avait percée à jour. Je croquai dans un biscuit afin de me composer une contenance, puis hochai la tête.

— Dis-moi ! me pressa-t-elle. Je n'ai pas toute la vie !

— Eh bien… je crois qu'il s'est passé quelque chose, hier soir.

— Il était temps ! Ce garçon est beau comme un joueur du XV de France, observa-t-elle rêveusement. Si j'avais ton âge…

J'acquiesçai, un sourire bêtifiant accroché aux lèvres.

Adrien… Avec ses cheveux bruns et ses yeux foncés, ce Breton d'origine aurait pu se la jouer ténébreux de service. Pourtant, il respirait la joie de vivre, il avait même fait tatouer un soleil à l'intérieur de son poignet. La veille au soir, il était… pfiou, sans commentaires. Je venais enfin de m'avouer que j'étais tombée amoureuse de l'un de mes amis les plus proches, et à vrai dire je n'en menais pas large.

Assise sur son fauteuil, Lucette commençait à tirer des plans sur la comète.

— Est-ce que tu comptes l'épouser ? Sans vouloir t'offenser, ne pas être mariée à ton âge, c'est…

— Je n'ai que trente-deux ans ! me récriai-je.

— C'est bien ce que je dis. Bon, alors, est-ce qu'il embrasse comme un dieu ?

Je m'esclaffai, incapable de lui résister une minute de plus.

— En fait, nous ne nous sommes pas embrassés.

Ce qui est bien regrettable.

La vieille dame me retourna une mine déçue.

— Nous avons passé la soirée avec Adeline, lui expliquai-je. En ce moment, ça ne va pas fort dans son couple… C'est au retour que j'ai senti que quelque chose était sur le point de basculer entre nous.

Suspendue à mes lèvres, Lucette retenait son souffle. Même la pendule fixée sur le mur au-dessus de nos têtes semblait retenir son tic-tac. La pendule…

Zut ! Je me relevai d'un bond, comme si ma chaise venait de prendre feu.

— Oh ! la la, je papote mais il est déjà dix-sept heures ! Je suis désolée, mais je dois justement rejoindre Adeline.

Lucette s'indigna :

— J'aimerais bien que tu restes plus longtemps ! Il faut que tu me dises ce qu'il s'est passé ensuite.

Impossible de me laisser attendrir. J'avais juré à mon amie d'être à l'heure, ce qui, pour moi, relevait de l'exploit, et je tenais à lui montrer que j'en étais capable.

— J'essaie de revenir vous voir demain. En plus, on ne sait toujours pas si Hercule Poirot triomphe du coupable.

Elle me fit taire d'un claquement de langue.

— Poirot gagne toujours, ma petite, alors il attendra. Demain, tu vas me dire comment Adrien t'a fait virevolter le cœur, un point c'est tout.

J'attrapai mon sac à main en lui envoyant un baiser.

— Vous êtes une vraie bouffée d'oxygène, Lucette. Je comprends pourquoi Pépé vous aime autant.

En refermant la porte sur mes dernières paroles, je n'aurais jamais cru que dans quelques heures, toute cette insouciance appartiendrait au passé.

*

Adeline et moi avions convenu de nous rejoindre dans l'un de nos salons de thé favoris à Nantes, situé dans le passage Pommeraye. Leurs cheesecakes étaient irrésistibles. J'aurais pu m'y rendre à pied, afin de profiter pleinement du soleil printanier. Cela ne m'aurait pas pris plus de vingt minutes, en empruntant le quai de Malakoff qui longeait l'Erdre, puis en repiquant sur le centre-ville. Cependant, je m'étais trop éternisée auprès de Lucette.

Je quittai la gare en pressant le pas, résolue à monter dans le premier tramway qui passerait. Tout en marchant, je me rejouais pour la centième fois le film de la veille et j'anticipais déjà la façon dont j'allais tout raconter à Adeline, imaginant même les petits cris d'excitation qu'elle allait pousser. Depuis la fin de notre adolescence, où j'avais compris que je ne pourrais jamais épouser l'énigmatique et canon Max, de la série *Roswell*, elle désespérait de me voir rencontrer un mec bien. Dire qu'en fin de compte je l'avais peut-être sous le nez depuis des mois… J'avais décidé de prendre mon courage à deux mains en demandant à Adrien de passer chez moi ce soir. Peut-être que je me jetterais à l'eau au risque de prendre le méga vent du siècle, ou peut-être que mes sacro-saints principes sur l'amitié auraient le dessus, car pour moi, un ami n'entrait pas dans la catégorie des options envisageables. En tout cas, j'avais besoin d'être fixée sur ce que nous ressentions réellement l'un pour l'autre et en discuter avec Adeline me ferait le plus grand bien.

Adrien et moi nous étions rencontrés l'année précédente, dans des circonstances qui n'étaient pas des plus propices à un coup de foudre. À l'époque, il venait de subir une séparation amoureuse et un licenciement (son ex étant la propriétaire de la boîte pour laquelle il bossait n'avait sans doute pas facilité les choses). Son conseiller à l'emploi n'ayant rien trouvé de mieux que de l'orienter sur une formation pour devenir thanatopracteur, j'avais accepté de lui faire découvrir les ficelles du métier. Eh oui, je suis thanatopractrice. Peu probable que je fasse un jour la une de *Vogue* ou de *Glamour,* avec mon sarrau bleu et mes instruments tranchants (promis, je ne suis pas l'héritière de Ted Bundy). Ma mission consiste à humaniser l'apparence de la mort. L'embellir et lui donner un air apaisé. Contrairement aux idées reçues, ce n'est pas une profession pour les personnalités morbides, j'ai même toujours été réputée pour ma bonne humeur. Un thanatopracteur apprend à cloisonner et pense avant tout à ceux qui restent.

Bref, je ne m'étais pas attendue à voir débarquer un grand brun à la tignasse ébouriffée et au charme pétillant. Et ce que j'avais encore moins prévu, c'est qu'il tournerait de l'œil au moment d'aspirer les fluides corporels du défunt dont je m'occupais ce matin-là.

Il était tombé raide, sans prévenir, et sur le coup j'avais cru qu'il avait eu une attaque. Quelques minutes après, je lui offrais un café à l'extérieur pour qu'il puisse se remettre de sa syncope.

— Ce n'est pas un peu bizarre, comme métier ? m'avait-il alors demandé.

J'avais haussé les épaules. Mes parents géraient depuis toujours une entreprise de pompes funèbres, alors pour moi, c'était aussi naturel que respirer ou faire pipi.

— Tous les métiers en rapport avec la mort semblent suspects. Pourtant, il faut bien que quelqu'un le fasse, non ?

J'avais lu la perplexité dans ses yeux foncés.

— Probablement. J'imaginais quelqu'un de plus… sinistre.

— Du genre… une adepte de Marilyn Manson fringuée comme Morticia Addams ? avais-je répliqué sur un ton taquin. Désolée, je ne procède pas aux sacrifices de corbeaux pour accompagner les morts dans l'au-delà.

— J'ai honte ! s'était-il excusé en enfouissant son visage entre ses mains.

— Il ne faut jamais se fier aux préjugés. Jamais.

— Tu ne dois quand même pas t'amuser tous les jours.

— C'est sûr que quand on débarque chez les gens, on ne sort pas les maracas et les sombreros pour faire la fête.

Nous avions éclaté de rire et quelque chose était immédiatement passé entre nous. Une espèce d'étincelle qui avait signé la naissance d'une complicité. À l'époque, je n'avais pas envie d'une histoire d'amour. Je m'étais déjà fait prendre au piège avec mon ex et j'en étais sortie vidée. Je n'avais plus confiance en moi, pas assez pour envisager quelque chose de sérieux avec Adrien… Et tomber dans les pommes lors d'une première rencontre ne faisait pas forcément partie des qualités que je recherchais chez un mec. Nos liens tels qu'ils se dessinaient me suffisaient. Il s'était installé dans ma ville, Montaigu, après avoir choisi de travailler dans le tourisme, et était devenu l'un de mes amis les plus proches. Un de ces amis avec lesquels je partageais un goût immodéré pour les éclairs au chocolat et une obsession pour un vieux tube des Beach Boys, *God Only Knows*. Un ami avec qui je pouvais échanger des rires idiots pour trois fois rien, tenter de comprendre le sens de la vie à deux heures du matin et pleurer sur son épaule en cas de doutes. Du moins, jusqu'à la veille, je croyais que c'est ce qu'il était. Un ami.

J'aperçus au loin un point blanc qui avançait lentement. Le tram approchait, me tirant de mes pensées.

Allez, ma fille, magne-toi, tu vas l'avoir !

Un crissement de freins me déchira subitement les tympans. Au même instant, quelqu'un se précipita sur moi.

— Attention !

Je volai littéralement à travers la route. L'atterrissage fut rude, il me sembla que ma tête avait percuté le trottoir. J'entendis une espèce de cliquetis métallique et quelques cris, le tout suivi d'un concert de klaxons. Avant de sombrer dans l'inconnu, j'eus le temps de distinguer une silhouette effilée surmontée d'un visage fin au long nez recourbé, penché au-dessus du mien. J'eus une dernière pensée :

Je viens d'être sauvée par un oiseau.

Puis je battis des paupières. Des étoiles explosèrent.

3

— Jo, tu nous as foutu une de ces trouilles ! me lança une Adeline affolée en entrant dans le box des urgences. On ne t'a jamais appris à regarder avant de traverser la route ?

Je lui adressai un faible sourire. Cela faisait à présent près d'une heure que j'avais totalement recouvré mes esprits, mais les médecins avaient tenu à me faire passer un scanner.

— Je ne voulais pas arriver une nouvelle fois à la bourre.

En s'avançant pour m'embrasser, elle agita son index sous mon nez en guise de menace.

— Ne me fais plus jamais ça.

— Tu vas me dresser une contravention pour grosse frayeur ?

Avant de se reconvertir dans la vente en ligne de maquillage bio deux ans plus tôt, Adeline faisait partie des effectifs de la police, à l'instar de son père et de son frère. Ses illusions s'étaient vite envolées quand elle avait constaté qu'elle ne prenait aucun plaisir à patrouiller dans les rues du centre-ville pour verbaliser les incivilités. Elle avait fini par renoncer pour se diriger vers une de ses passions, la beauté. Ce que son frangin n'avait toujours pas digéré, au passage.

— Une contravention ? fit-elle. Tu mériterais que je te colle au trou, oui !

Adeline n'a jamais mâché ses mots. Et quand elle rit, c'est d'une façon qu'elle qualifie elle-même d'un croisement entre une camionneuse et une sorcière. En dépit de tout cela, elle est magnifique, avec ses immenses yeux verts et sa peau d'albâtre. Elle m'a toujours fait penser à une fleur délicate qui aurait pu être la muse d'un poète des Années folles.

Mon amie s'assit et souffla sur sa frange dorée.

— J'étais à deux doigts d'enfiler ma tenue de deuil quand l'hôpital m'a appelée, plaisanta-t-elle à moitié. Que disent les médecins ?

— J'attends le résultat du scanner. Mais je me sens bien, si on excepte la bosse que j'ai au front, dis-je en la tâtant, ce qui m'arracha une grimace de douleur.

Adeline grimaça avec moi.

— Ce n'est pas très beau, mais ça te donne un style. Ça fait aventurière de l'extrême, on dirait que tu viens de participer à « Koh-Lanta ».

— C'est si moche que ça ?

— Oui. Mais tu t'en tires à bon compte, tu aurais pu perdre toutes tes dents ou être entièrement défigurée. Tu vas te rétablir.

— Je vais pouvoir remercier mon ange gardien. On m'a dit que j'ai été sauvée par un type qui distribuait des prospectus.

Ce qui expliquait le bruit de chariot métallique que j'avais entendu avant de tomber dans les vapes.

— Le pauvre homme, je l'ai pris pour un oiseau.

— T'as quand même fait fort. Ça ne te ressemble pas, de ne pas faire attention.

— C'est pour ça que je voulais te voir, répondis-je en luttant pour contenir mon excitation. Il s'est passé quelque chose avec Adrien hier soir.

Adeline écarquilla les yeux.

— Non ?! s'écria-t-elle. Ça y est, vous ne jouez plus les aveugles ?

D'un geste de la main, je lui fis signe de se calmer et entrepris de tout lui raconter par le menu.

— Mais pourquoi tu ne l'as pas embrassé ? dit-elle lorsque j'eus terminé mon récit.

Parce que je suis une grosse débile.

Et puis aussi parce qu'une petite part de moi-même craignait peut-être de tomber encore une fois sur un homme qui ne supporterait pas mes six ou huit kilos en trop. Que se passerait-il si Adrien réagissait avec dégoût face à mes cuisses dodues ? Mais je savais qu'Adeline s'insurgerait si je lui avouais ça.

— La peur de me prendre un vent, sans doute. Rien ne me prouve qu'il partage mes… euh, sentiments.

Le terme me faisait bizarre car j'avais encore du mal à m'approprier cette idée, cependant il était évident que mon cœur battait un tantinet trop fort quand je revoyais ses sourires qui remontaient jusqu'aux coins de ses yeux. Bon sang, j'étais carrément mordue !

Adeline eut un geste d'exaspération.

— Quand est-ce que vous allez arrêter de vous mentir, tous les deux ? Votre attirance est là depuis le début et ça ne sert à rien d'aller contre.

La porte du box s'ouvrit au même instant sur un médecin, dont les yeux gris se posèrent sur moi, puis sur Adeline. Le docteur se présenta comme étant neurologue. À son regard, je sentis qu'il se passait quelque chose de pas très cool. Mes muscles se crispèrent.

— Nous avons les résultats du scanner, m'annonça-t-il en agitant mon dossier. Votre amie peut sortir, mais je ne vous cache pas que je préférerais qu'elle reste.

Tous mes sens se mirent immédiatement en alerte rouge.

— Que se passe-t-il ? demandai-je en me redressant.

Le médecin esquissa un geste apaisant de sa main libre.

— Ne vous affolez pas, il n'y a rien d'irrémédiable, mais…

Dans l'expectative, il lança à Adeline un regard incitatif.

— Je ne partirai pas d'ici, déclara-t-elle en se glissant de façon protectrice jusqu'à moi.

L'homme aux tempes grisonnantes parut soulagé. Et à moins qu'il n'ait flashé sur mon amie, ça n'augurait rien de bon.

— Les images du scanner nous ont montré un sac anévrismal au niveau d'une artère. L'artère sylvienne droite, pour être plus précis, que vous pouvez voir ici, ajouta-t-il en pointant le bout de son stylo sur la photo.

— Un sac anévrismal ? repris-je d'une voix incertaine.

— C'est une distension anormale de la paroi d'une artère, qui entraîne la création d'une poche de sang.

— Et c'est grave ? s'enquit Adeline.

La tête du docteur dodelina, lui donnant une expression mi-figue, mi-raisin.

— Disons que la dilatation s'agrandit sous les à-coups de la pression sanguine, ce qui fragilise l'artère.

En règle générale, le risque de rupture d'anévrisme reste rare.

Hein ? De quoi parle-t-il ?

Après une courte pause, il reprit :

— Le problème, c'est que dans votre cas, ce risque de rupture est bien présent. Vous n'êtes pas à un point de non-retour, mais vous allez devoir prendre une décision.

Je sentis le sang se retirer de mon visage et mes entrailles se liquéfier.

— Quelle décision ? bredouillai-je.

— Vous pouvez choisir d'être opérée, ce qui, à mon avis, serait la solution la plus…

Effarée, je le coupai brusquement :

— Vous voulez m'ouvrir le crâne ? Sérieusement ?

Le docteur Mauvaises Nouvelles me fit comprendre que ce n'était pas la peine de m'affoler.

— Nous n'ouvrons plus la tête, les techniques neurochirurgicales ont fait des progrès, se rengorgea-t-il, comme s'il en était l'unique responsable.

Rangeant les images de mon scanner, il se mit alors à m'expliquer que l'intervention, réalisée sous contrôle radiologique, consistait à introduire un cathéter par l'artère fémorale. Mon esprit paniqué s'accrochait à des mots au hasard : spirales métalliques, fil de platine, poche anévrique. Je hochai la tête sans trop saisir ce qu'il me racontait.

— Super, on fait ça, alors. On en a pour combien de temps ? Une heure ?

Le médecin esquissa un sourire navré.

— Ce n'est pas si simple et je vais vous demander de réfléchir durant quelques jours avant de prendre votre décision. Il faut que vous sachiez que cette intervention n'est pas sans risques.

Au fur et à mesure que le docteur poursuivait, la main d'Adeline serrait de plus en plus fermement la mienne.

— Je ne vous cacherai pas qu'en cas d'opération il y a des risques de décès ou de séquelles neurologiques, qui peuvent aller de la paralysie aux troubles de la vision.

Aveugle et paralysée. Avec ma chance, je serais capable de cumuler les deux.

— D'accord, dis-je après avoir analysé ces dernières paroles. C'est donc une option plutôt délicate. Et si je refuse cette intervention ?

— C'est votre droit, me répondit-il, tout à coup tendu. Mais l'anévrisme peut se rompre du jour au lendemain et entraîner une hémorragie cérébrale importante… Dans ces cas-là, c'est un patient sur deux qui décède.

— La vache ! s'exclama Adeline. Pardon, docteur, je ne voulais pas être grossière… Il n'existe aucune alternative ?

L'homme secoua à nouveau la tête de gauche à droite.

— Non.

Pétrifiée par le choc, j'eus soudainement du mal à m'exprimer, comme si de la craie obstruait ma bouche. Je trouvai néanmoins la force de lui demander si cette poche avait été provoquée par mon accident.

— Elle est probablement là depuis des années. Si vous n'avez jamais passé de scanner cérébral auparavant, c'est normal qu'elle n'ait pas été détectée plus tôt.

— J'ai combien de temps pour me décider ?

Il me reste combien de jours à vivre ?

— Le plus rapidement serait le mieux.

— Je vois (je laissai échapper un rire muet, puis repris) : Non, en fait je ne vois pas du tout. Je me trouve même plutôt en forme, pour quelqu'un en train de mourir.

— Vous n'êtes pas en train de mourir, me détrompa-t-il.

Certes, mais aux dernières nouvelles, cela ne saurait tarder. Sauf s'il s'agissait d'un cauchemar ou d'un délire, ce qui était encore possible. Après tout, j'avais reçu un sacré choc à la tête. Le neurologue se dit désolé, me recommandant une nouvelle fois de bien réfléchir.

— Je vous ai prescrit un arrêt maladie de cinq jours. Un peu de repos vous fera du bien.

— Est-ce vraiment nécessaire ? Je suis en vacances dès la semaine prochaine.

— Cela vous fera une semaine supplémentaire, déclara-t-il, imperturbable. Évitez les efforts brusques et les excitants qui pourraient faire monter votre tension. Pas de sport intense non plus.

Je me gardai bien de lui dire que mon CV comportait un trou d'au moins dix ans concernant l'activité physique… Adeline s'en chargea pour moi :

— Aucun risque de ce côté-là, elle a toujours préféré les spritz au sport.

Je lui balançai un coup de coude dans les côtes.

— Mmm. Pas trop d'alcool, mademoiselle, rétorqua-t-il d'un ton réprobateur.

— En somme, vous me demandez de vivre comme une petite vieille.

Le médecin haussa les épaules avec impuissance.

— Si vous ressentez des maux de tête inhabituels accompagnés de nausées, venez immédiatement nous voir.

— C'est compris. Est-ce que je peux rentrer chez moi ?

Il acquiesça, m'exhortant une nouvelle fois à la prudence.

— Téléphonez-moi quand vous aurez pris votre décision, me dit-il en me remettant mon arrêt maladie et l'enveloppe avec les foutues images cérébrales.

— Je n'y manquerai pas.

Le médecin nous dit au revoir et sortit du box, devant certainement annoncer d'autres diagnostics pas très sympas à des personnes qui n'en espéraient pas tant.

— OK, c'est la merde, conclut Adeline, d'une voix angoissée.

— Ouais, ça m'en a tout l'air, confirmai-je.

Je ne pus aller au bout de ma phrase car une vague de nausée monta en moi. Je vomis.

Un monstrueux trou noir venait d'engloutir mon avenir.

4

— Qu'est-ce qui ne tourne pas rond, chez toi ? Le neurologue aurait mieux fait de te proposer la greffe d'un nouveau cerveau !

À l'autre bout du téléphone, Adeline fulminait. La veille, en rentrant de l'hôpital, j'avais annulé mon rendez-vous avec Adrien, sous un prétexte fallacieux. Pour la première fois en un an, je lui mentais, mais j'avais surtout besoin d'être seule pour faire face à ce que m'avait annoncé le médecin. Je devais réfléchir à toutes les possibilités qui s'offraient à moi et à vrai dire, elles étaient carrément effrayantes.

— Il est désormais inenvisageable qu'il s'attache à moi d'une autre façon qu'amicale, insistai-je.

— Mon petit doigt me dit que c'est déjà trop tard, répliqua-t-elle. Est-ce que tu as pensé à lui ?

— Je ne fais que ça.

J'avais conscience du côté extrême de ma décision, mais pour avoir vu mon grand-père anéanti après la mort de ma grand-mère, emportée trois mois après le début de sa maladie, je n'avais pas envie qu'Adrien subisse cela à son tour.

— Je connais Adrien, persista Adeline. Il serait là pour toi.

C'était bien le problème. Si je lui expliquais que le ciel m'était tombé brutalement sur la tête, il serait capable de mettre sa vie entre parenthèses juste parce que l'issue de la mienne était incertaine.

— Je m'en veux terriblement, reniflai-je, mais je ne vois pas d'autre solution. Il m'a envoyé un SMS pour me dire qu'il me trouvait bizarre, je n'ai pas su quoi lui répondre.

— Je ne sais pas, un truc du genre : « Admettons nos sentiments et sois mon Bradley Cooper » ?

Bien qu'elle ne puisse pas me voir, je secouai vivement la tête.

— Ce serait trop cruel de ma part de le priver de rencontrer quelqu'un d'autre. Une femme en bonne santé, qui ne va pas lui claquer entre les doigts en plein orgasme, par exemple.

— C'est une belle mort, tenta de dédramatiser mon amie. Qu'est-ce que tu comptes faire, alors ?

— Me réfugier là où je pourrai réfléchir calmement.

*

Le lendemain, j'engageai ma voiture sur le chemin qui menait à la maison de mon grand-père, à une demi-heure de Montaigu. Dans l'autoradio, Bob Marley chantait *No Woman no Cry*, me jurant que tout allait très bien se passer. « *Everything's gonna be alright.* »

Tu parles ! Les choses ne pourraient pas aller plus mal. Mais on ne va pas contrarier ce bon vieux Bob.

Sans le vouloir, j'en étais arrivée à éprouver une sorte de ressentiment contre ce docteur Mauvaises

Nouvelles qui avait compromis mon avenir en un diagnostic. Certes, il n'était que le messager, mais pour l'heure j'avais juste envie de le décapiter. Sans lui, tout allait bien dans ma vie, le futur s'annonçait rayonnant. Alors pourquoi est-ce que ça m'arrivait à moi ? J'étais jeune et je n'avais jamais fait de mal à une mouche, il n'y avait aucune logique là-dedans.

Pourquoi quand tout va bien, le destin semble vouloir ajouter son grain de sel, comme si le bonheur avait un prix ?

J'avais cette étrange sensation de me relever d'un tremblement de terre.

La maison de pierre aux volets verts apparut et Pépé en sortit au moment où je garais ma voiture. C'était une jolie petite bâtisse, située sur une propriété boisée, en plein cœur du Bocage vendéen. Depuis petite je chérissais cet endroit et m'y sentais à ma place. C'était mon ancre et la sérénité des lieux agissait sur moi comme un baume. C'était ici que je me retirais quand mon monde vacillait, dans ce « *trou de verdure où chante une rivière* », pour reprendre un poème de Rimbaud. Le bruissement de l'eau en arrière-fond m'apaisait comme rien d'autre.

— Voilà la plus belle ! s'exclama joyeusement mon grand-père en venant à ma rencontre.

Mon grand-père se prénommait Victor, mais tout le monde l'appelait Pépé. Qu'il s'agisse de ma famille, de mes amis, du facteur ou de l'infirmière qui s'était occupée de lui après que son palpitant avait fait des siennes, je n'avais jamais entendu personne l'appeler par son prénom. Et oui, j'étais secrètement jalouse de devoir le partager avec des tas d'autres personnes, mon Pépé. Nous avons toujours été proches. Quand j'étais enfant, nous avions nos habitudes et nos rituels. Je ne compte plus le nombre de fois où je me suis juchée sur le porte-bagages de son vélo, quand nous allions nous promener le long du Petit Lay, qui arrose le village de Mouchamps, où mes grands-parents ont acheté leur maison, dans les années soixante. Tandis que Pépé pédalait en fredonnant des airs d'Yves Montand ou de Serge Reggiani, je regardais défiler les vieilles rues fleuries du bourg, construit sur un éperon rocheux. D'autres fois, il m'emmenait avec lui à la pêche, à bord de sa barque. Les aventures de *Tom-Tom et Nana* entre les mains, j'appréciais ces instants paisibles au milieu de la rivière.

Sa moustache blanche me chatouilla les joues quand il m'embrassa, et je le suivis à l'intérieur de la maison. Nous pénétrâmes dans la cuisine à la décoration immuable : la peinture jaune écaillée sur les murs, le ventilateur de plafond qui tournait à plein régime chaque été, les piluliers posés sur le buffet, près du four à micro-ondes, le calendrier de La Poste accroché à la porte, l'odeur des bonbons mentholés qu'il aimait croquer et celle de l'Ajax qu'il utilisait pour récurer l'évier. Et parmi tout cela, trônant à côté d'un porte-courrier, le téléphone à cadran qui ne servait plus depuis des lustres, mais que mon grand-père conservait comme une précieuse relique, témoin d'un temps révolu.

— On boit un jus ? me proposa-t-il en ouvrant le grand placard mural pour attraper son pot de Ricoré.

Sans répondre, je me mis à préparer les mazagrans (pas de mugs chez Pépé, seulement ces tasses hautes en forme de verre à pied), puis transportai le tout sur la table du jardin. Lorsque mon grand-père me rejoignit avec la bouilloire, je lui fis remarquer que ses roses étaient déjà écloses.

— Le printemps est arrivé tôt, cette année, me répondit-il. On ne peut pas être triste quand il fait beau, mes fleurs l'ont bien compris.

Je me fis la réflexion que la nature renaît toujours après l'hiver alors que nous, humains, finissons par disparaître. Je n'avais jamais redouté la mort, elle m'avait toujours été familière. Pourtant, depuis quelques jours, la mienne m'obsédait. Ne sachant trop comment aborder l'objet de ma visite, je lui souris, entourant la tasse de mes mains tremblantes.

— Jo, qu'est-ce qui ne va pas ? me devança-t-il, étonné par mon mutisme. J'ai apporté des roses à Lucette, et elle m'a raconté pour Adrien et toi. Tu ne devrais pas être malheureuse comme ça.

Ne jamais confier un secret-défense à Lucette. Jamais.

— Je crois que Lucette a un peu extrapolé. Il n'y aura rien de plus que de l'amitié entre Adrien et moi, dis-je tristement.

Mon grand-père se recula sur sa chaise, étonné. Dans le contre-jour créé par les rayons du soleil, j'eus du mal à distinguer l'éclat de son regard.

— Il t'a fait du mal ? Je peux le cogner, si tu veux.

— Ce n'est pas…

Pépé leva la main, comme pour chasser un insecte imaginaire.

— Je peux aller lui briser quelques os, tu sais. Je suis encore capable de lui foutre une branlée, ajouta-t-il en faisant rouler ses biceps sous son pull.

Par le passé, mon grand-père avait en effet mené une brillante carrière de boxeur. C'était durant les années cinquante et il avait conservé de cette période glorieuse une carrure qui forçait au respect, même si son dos commençait à se voûter sous le poids des ans. J'avais lu quelques articles, que ma grand-mère avait soigneusement compilés dans un album. À l'époque, Pépé était réputé pour son punch dévastateur. En 1957, par amour pour sa femme, il avait tout arrêté et ne l'avait jamais regretté. J'avais parcouru plusieurs fois, sans dissimuler ma fierté, cette une du journal local, titrant :

« VICTOR QUEYRIOUX : Après 88 victoires, l'ancien
champion d'Europe de boxe raccroche
les gants et s'installe en Vendée avec sa famille. »

Cherchant les mots qui ne déclencheraient pas une nouvelle salve de larmes, je lui dis enfin :

— Adrien ne m'a fait aucun mal. Disons que… j'ai reconsidéré la question.

— J'aurais pourtant parié qu'un jour on finirait par vous marier.

— Tu aurais perdu, fis-je, la gorge nouée.

— Il n'empêche que je n'aime pas l'idée que tu sois malheureuse. Encore moins à cause d'un homme. Ce n'est pas lui qui t'a fait ça, au moins ? m'interrogea-t-il en désignant la bosse sur mon front.

Efficacité de la crème teintée : nulle.

Je m'empressai de le détromper :

— Adrien n'a rien à voir avec ça. En fait, j'ai eu un petit accident avant-hier.

Pépé arqua un sourcil, mais me laissa continuer. Alors je déballai tout : la route que j'avais traversée sans regarder, mon accident, le verdict du neurologue.

— Quelle que soit la décision que je vais prendre, je risque d'y rester, dis-je en guise de conclusion.

Mon grand-père siffla avec un bruit de ballon dégonflé.

— C'est ce qu'on appelle une couille dans le potage, souffla-t-il.

Il resta silencieux un instant, et j'appréhendai le moment où il allait à nouveau ouvrir la bouche. D'habitude, il aurait fallu un cataclysme pour l'ébranler et je m'en voulais déjà de lui infliger ça, mais ce n'était pas dans mes habitudes de lui cacher les choses.

— Viens, me dit-il en se levant subitement, on va aller voir mes fleurs.

Sans un mot, je glissai le bras sous le sien et nous déambulâmes lentement parmi la profusion de couleurs. Avec l'âge, sa démarche était devenue plus raide, et si cette faiblesse l'ennuyait, il n'en laissait rien paraître, affichant toujours une éternelle joie de vivre.

— Elles sont éclatantes, le félicitai-je en m'arrêtant devant le parterre de tulipes.

Je dénombrai également des roses, des jonquilles et des crocus. Il savoura le compliment, avant de me répondre avec modestie :

— Ce n'est rien, ça fait passer le temps.

Lors du décès de ma grand-mère, quinze ans plus tôt, mon grand-père s'était jeté du jour au lendemain à corps perdu dans le jardinage. Il n'avait pas trouvé mieux pour surmonter son chagrin que de parfois y laisser libre cours. Mémé était sa rose, sa fleur, sa merveille de la nature. Sans doute lui parlait-il, quand il se penchait pour frôler un pétale de ses doigts épais.

Un peu plus loin, l'odeur du muguet titilla mes narines, me rappelant que le printemps était bien installé. À côté de moi, Pépé m'observait en biais, mais se taisait toujours.

— Tu vois tous ces papillons ? me demanda-t-il tout à coup en désignant les insectes qui voletaient pour butiner le nectar des fleurs. Ils n'ont que leur liberté. Leur existence est de courte durée, mais ils ne le savent pas, alors leur seule direction possible, c'est vers l'avant. S'ils ont peur de voler, ils n'iront nulle part.

Je m'assis sur le muret en pierre qui entourait le jardin.

— Qu'est-ce que tu essaies de me dire ?

— Que tu ne vas pas baisser les bras. Il n'y a que les piètres boxeurs qui se laissent dépasser par la violence du jeu.

Les accents de tendresse dans sa voix étaient à présent brouillés par une pointe de tristesse.

— Je ne suis pas une boxeuse.

— Non, mais tu es ma petite-fille. La chair de ma chair. Une battante, en somme.

Ses paroles remuèrent quelque chose en moi et plutôt que de lui laisser percevoir mon émotion, je levai le bras pour cueillir un brin de muguet.

— La mort, reprit-il, c'est pour les gens ordinaires. Toi, tu es extraordinaire.

— Tu me surestimes, Pépé. Le neurologue ne voit pas les choses d'un œil aussi poétique que le tien.

Mécontent, il pointa son index vers moi.

— Dis donc, tu ne crois quand même pas que tu vas te faire la malle avant moi, non ? Parce que si tu comptes mourir dans les jours à venir, préviens-moi, que je sois le premier à partir en mission de reconnaissance là-haut.

La gorge serrée, je m'efforçai de lui répondre avec nonchalance, masquant la terreur de savoir qu'il pourrait bien mettre ses menaces à exécution :

— Entendu, chef.

Il approuva par un sourire discret, puis passa la main dans ses cheveux blancs coiffés en arrière.

— Bon, tu restes dormir ici ?

5

Le lendemain, j'examinai attentivement mon reflet dans le miroir, à la recherche du moindre changement. Intérieurement, j'étais transie et je me demandais si le fait d'avoir une épée de Damoclès au-dessus de la tête me ferait vieillir prématurément, mais les traits de mon visage, tout en rondeurs, n'avaient subi aucune modification. Le nez en patate, les joues roses, tout était là. Les paillettes dorées de mes yeux noisette s'étaient peut-être un peu ternies et j'avais le sourire moins facile depuis quelques jours, mais rien n'indiquait que la mort me rôdait autour. Mes cheveux châtains, indomptables, semblaient même me narguer, ce matin-là. Leurs reflets cuivrés me paraissaient si indécents de lumière que l'espace d'un instant, j'envisageai de les teindre en noir corbeau. Mais il y avait assez de clichés morbides qui couraient au sujet de mon métier pour qu'en plus je tente un relooking capillaire qui me ferait ressembler à Edward aux mains d'argent.

Laissant le miroir de côté, je balayai la pièce du regard, comme si je la redécouvrais. À six ans, déjà, je dormais régulièrement dans cette chambre aux murs bleu marine, qui avait appartenu à mon père avant moi. Le lit était toujours le même : une ancienne barque que Pépé avait repeinte et aménagée confortablement à l'époque où son fils envisageait de devenir marin. Quand je venais passer la nuit ici, Félix, le vieux labrador, se couchait sur le tapis à côté de moi, veillant probablement à ce qu'une horde de pirates n'attaque pas mon embarcation durant la nuit.

— Avec lui, tu es bien gardée ! m'assurait mon grand-père.

Je poussai un soupir face à ces petits bouts d'enfance envolés. Avant de descendre prendre mon petit déjeuner, je jetai un coup d'œil désespéré à mon portable. Adrien n'avait pas cherché à me joindre. S'il avait pris le parti d'attendre que je lui donne des nouvelles, son absence me fit mal là où sa présence me réchauffait avant. Mais je refusais qu'il soit éclaboussé par ce que j'étais en train de traverser.

Dans la cuisine, je retrouvai Pépé en train d'étaler du beurre sur ses tartines. Il avait pris soin de me préparer un bol fumant et fredonnait un refrain de Michel Polnareff, *La Maison vide*. Je lui fis remarquer que c'était curieux d'avoir mis des paroles aussi tristes sur un air entêtant.

— C'était une des chansons préférées de ta grand-mère, me rappela-t-il, un sourire dans la voix.

— Est-ce que tu penses encore beaucoup à elle ?

Est-ce qu'on finit par s'habituer au manque ?

J'avalai une gorgée de Ricoré.

— Bien sûr, Jo, mais je ne suis plus triste. Ce que je ressens, c'est une espèce de nostalgie heureuse parce que je n'ai gardé là que les meilleurs moments, termina-t-il en pressant son poing sur son cœur.

Il disposa quelques tranches de pain de campagne face à moi, puis ajouta malicieusement :

— En tout cas, cette maison ne sera jamais vide. Un jour, tes enfants y grandiront. Ils la rempliront de cris de joie, de genoux égratignés et de tartines au cacao en poudre. Ce sera du merveilleux dans ton ordinaire.

Si je vis suffisamment longtemps pour avoir des enfants.

Je m'apprêtais à formuler une réponse affligeante de banalité, quand la sonnerie de mon téléphone retentit.

— Je dois répondre, m'excusai-je, c'est Maman.

Je sortis dans la cour pour m'isoler. Au moment où je décrochai, ma mère me lança sans préambule :

— Johanna Émilie Queyrioux, tu m'as menti !

Oups. Ça sent les ennuis. On se calme : elle ne peut pas être au courant.

— De quoi parles-tu, Mam's ? demandai-je d'une voix qui se voulait des plus normales.

Heureusement qu'elle ne pouvait pas voir la rougeur qui me piquait les joues. Ma seule mine constituait un aveu. Je n'avais pas osé expliquer à mes parents le véritable motif de mon arrêt maladie, par peur de me retrouver ligotée de force au bloc opératoire avant d'avoir eu le temps de réfléchir. Alors j'avais prétexté un état grippal et mon père me remplaçait au boulot.

— Je suis passée chez toi avant de me rendre au travail et tu n'y es pas.

— Bien sûr que si, mentis-je avec aplomb.

Je l'entendis prendre une inspiration.

— Dans ce cas, reprit-elle, pourquoi n'as-tu pas ouvert quand j'ai sonné ?

— Eh bien, parce que… je dormais ! Je t'ai dit que j'étais malade. En plus, j'avais mis des bouchons d'oreilles.

Le coq d'une ferme voisine choisit pile ce moment-là pour pousser son cri. Satané volatile ! Bon, avec un peu de chance, ma mère n'avait rien entendu.

— Et depuis quand élèves-tu une basse-cour dans ton appartement ? ironisa-t-elle.

Grillée. Puisque ça ne m'aurait servi à rien d'aller tordre le cou du coq ni d'inventer une histoire grotesque, j'optai pour une demi-vérité :

— D'accord. J'ai décidé de rendre visite à Pépé. On ne passe pas assez de temps ensemble.

— Donc, tu te sens mieux ?

— Un peu, dis-je en simulant une quinte de toux.

Sauf que son sonar maternel s'avérait bien trop efficace.

— Qu'est-ce que tu ne me dis pas, ma chérie ? se radoucit-elle. Tu as trop de travail ? Tu fais un burn-out ?

Je gémis, sachant que ma mère ne lâcherait pas facilement l'affaire.

— Mais non, pas du tout, je…

J'étais à court d'arguments, incapable de me résoudre à un nouveau mensonge. J'aurais dû tout lui dire, déballer ce qui pesait sur mon cœur, ou plutôt sur mon artère sylvienne droite. Cependant, elle ne me laisserait pas m'en tirer à si bon compte et ferait tout pour me convaincre d'accepter l'intervention chirurgicale. Or, je voulais que cette décision m'appartienne entièrement.

— Ton silence est lourd de contradictions, insista-t-elle.

Je perçus dans ses paroles toutes les questions qu'elle se retenait de poser. La connaissant, elle était capable de rappliquer ici illico si je ne trouvais pas un moyen de la rassurer. L'inconvénient d'être fille unique, c'est que ma mère avait toujours eu peur qu'il m'arrive les pires choses. Cela n'avait jamais nui à nos rapports car elle avait pris sur elle pour me laisser respirer, mais dès qu'un truc clochait, elle pouvait le sentir à des kilomètres à la ronde.

— C'est un chagrin d'amour, lui dis-je finalement, avant qu'elle ne m'imagine l'otage d'un cartel de drogue.

Elle marqua un court silence puis me demanda, sur la réserve :

— Christophe est revenu dans ta vie ?

— Je ne suis quand même pas désespérée à ce point ! m'exclamai-je en riant.

Elle poussa un soupir de soulagement.

— Tant mieux ! Un type qui a passé deux ans à rabaisser ma fille parce qu'elle était « un chouia trop ronde » à son goût n'est pas le bienvenu chez nous.

Je fus attristée de constater que ma mère ruminait encore sa colère au sujet de mon ex. Si elle était de nature prévenante et pondérée, elle avait aussi la rancune tenace. Du genre à rappeler à mon père le pull en cachemire qu'il avait fait rétrécir au lavage dix-sept ans plus tôt… ou à vouer mon ex à l'enfer éternel parce qu'il l'avait accusée de cuisiner trop gras. Ce qui, pour ma mère, constituait la pire des insultes.

— Tu n'as aucune crainte à avoir, déclarai-je. Christophe est sorti de ma vie et n'y reviendra jamais. J'aime trop les éclairs au chocolat. Et ta blanquette de veau, aussi.

— Très bien. J'espère que tu ne laisseras plus jamais personne te faire croire qu'il te fait une faveur en étant avec toi, Johanna. Alors, qui est ce garçon ?

J'écourtai la conversation en lui promettant de passer à la maison pour lui expliquer. Pépé releva la tête quand je pénétrai à nouveau dans la cuisine et m'adressa un sourire de connivence.

— Ta mère n'est pas facile en affaires, hein ?

— Disons qu'elle n'est pas du genre à s'en laisser conter.

Je tendis les mains vers la motte de beurre pour me faire une tartine.

— Tes parents méritent de connaître la vérité, Jo.

Je secouai la tête avec vigueur.

— Pas tant que je n'aurai pas pris ma décision.

— Et quand le feras-tu, ce choix ?

— Je ne sais pas. Je vais forcément devoir laisser quelque chose derrière moi. Je peux y perdre la vie ou garder de très lourdes séquelles. Tu imagines, si je me réveille paralysée ?

— Peut-être que tu sortiras tout simplement indemne et grandie de cette épreuve.

Peu convaincue par ses arguments, je l'accusai gentiment :

— Toi, tu lis des bouquins de développement personnel en cachette !

— Je lis surtout de la tristesse sur ton visage et je n'aime pas ça.

Comme je restais silencieuse, il enchaîna :

— C'est dommage, pour Adrien. Tu devrais te laisser guider par tes envies, pas par la peur.

— Je ne suis pas disponible pour une histoire d'amour, dis-je fermement.

Il me toisa comme une gosse butée à laquelle il est impossible de faire entendre raison.

— Pourquoi tu te cadenasses le cœur ? Tu penses que tu seras mieux seule et malheureuse ? C'est ce que tu crois, Jo ?

— Ce en quoi je crois, pour l'instant, c'est surtout au mauvais timing. Pourquoi est-ce à moi que ça arrive ? soupirai-je.

— Ça tombe sur toi parce que le destin sait que tu peux encaisser. Termine ton bol et suis-moi, ajouta-t-il en se levant, je dois te montrer quelque chose.

Pendant que Pépé enfilait une veste, j'avalai le restant de ma Ricoré et sautai dans mes Converse rouges. Je lui emboîtai le pas quand il sortit par la porte de derrière et le suivis sur le chemin qui mène à la rivière.

— Une excursion comme quand j'étais petite ? lançai-je, curieuse.

Il laissa flotter sur ses lèvres un sourire mystérieux et me répondit en riant :

— Tu as beau être trop jeune pour mourir, il n'en reste pas moins que tu es trop vieille pour que je te trimballe encore sur le porte-bagages de mon vélo.

Je ris avec lui et, comme au bon vieux temps, m'amusai à dénombrer les fleurs sauvages que nous croisâmes en route : orties, pâquerettes, pissenlits, lamiers pourpres. Les odeurs de végétations naissantes avaient un je ne sais quoi de réconfortant. Lorsque, enfin, nous arrivâmes aux confins de la propriété, là où coule paisiblement le cours d'eau douce, Pépé s'arrêta et reprit son souffle. Je constatai que sa vieille barque était toujours là, retournée et solidement amarrée à un tronc d'arbre. Cela faisait si longtemps que je ne m'étais plus aventurée jusqu'ici !

Nous prîmes place sur la barque et il tira un médaillon de sa poche.

— Qu'est-ce que c'est ? lui demandai-je en désignant le bijou du menton.

— Tout un mystère…, me répondit-il, facétieux. Je suis certain que ça va te plaire.

Il me tendit l'objet. Intriguée, je le pris entre mes mains pour le contempler. C'était un vieux collier en or, agrémenté d'un médaillon aux contours finement ciselés. Au centre, un décor en porcelaine représentait des fleurs peintes en rose et en mauve. Je fronçai les sourcils en tentant de convoquer ma mémoire.

— Ce bijou ne me rappelle rien. Il appartenait à Mémé ?

Sans se départir de son sourire, mon grand-père secoua négativement la tête.

— Ouvre-le.

Je m'exécutai et découvris un cliché en noir et blanc, sur lequel une jeune femme au visage gracieux tenait un bébé aux cheveux foncés.

— Qui est-ce ?

— Je compte sur toi pour me le dire, me lança Pépé, le regard plein de défi, avant de me donner une petite feuille de papier pliée en deux. Lis, ça va avec le bijou.

Sans me faire prier, je lissai la missive du bout des doigts et lus ces quelques mots :

De la part de Charlotte, qui n'a jamais oublié Gabriel. Ce souvenir vous revient de droit.

Charlotte et Gabriel… Ces noms ne m'évoquaient rien. Un peu déçue par la brièveté du message, je retournai la feuille afin de vérifier s'il n'y avait rien d'autre. *A priori*, j'allais devoir me contenter de peu.

— Tu as trouvé tout ça dans une brocante ? voulus-je savoir.

Du tranchant de la main, mon grand-père balaya des feuilles qui s'étaient amassées sur la barque.

— J'ai reçu le pendentif et ce mot par courrier, il y a une quinzaine d'années, commença-t-il à me raconter. Le paquet provenait d'Angleterre. Au départ, j'ai pensé qu'il s'agissait d'une erreur.

— Il n'y avait que ce mot ? Pas de lettre ?

— Rien de plus que ce que tu as sous les yeux. Mon premier réflexe a été de retourner l'ensemble à l'expéditeur, puisqu'il y avait une adresse. Un mois plus tard, on me l'a renvoyé, en me précisant qu'il n'y avait pas d'erreur possible.

— Étrange… Pourquoi est-ce que tu as tout gardé, en fin de compte ? Tu aurais pu refourguer ce bijou à un brocanteur, non ? dis-je en soupesant l'objet dans ma main.

— Je n'ai pas pu m'y résoudre. L'expéditeur semblait insister et puis…

Il s'interrompit, un sourire coupable plaqué sur le visage.

— Et puis quoi ?

Gêné, Pépé riva son regard sur l'autre côté de la berge, là où un couple de cygnes avait élu domicile.

— Il y a quelque chose que je ne t'ai jamais dit. J'ai eu un frère. Plus âgé que moi.

— Pourquoi est-ce que tu n'en as jamais parlé ?

— Il est décédé lorsque j'étais bébé. Je n'ai aucun souvenir de lui.

Voilà bien un pan de l'histoire familiale que j'ignorais ! Pépé n'avait jamais été un grand bavard en ce qui concernait son enfance. Des quelques bribes qu'il avait accepté de me transmettre, il avait évoqué un père colérique, producteur de champagne, et une mère effacée, pour ne pas dire soumise. Mais jamais encore il ne m'avait parlé de ce frère mort si jeune.

— C'est terrible ! compatis-je. De quoi est-il décédé ?

— Une maladie infantile, je suppose… Je ne l'ai appris que très tard. Mes parents n'étaient pas du genre à faire allusion au passé.

Tout à coup, la personnalité de Pépé m'apparut sous un nouveau jour. Sa pugnacité tant relatée par les journaux, lorsqu'il sévissait sur un ring. Ce besoin d'exister, cette soif de terminer vainqueur. Comment un petit garçon peut-il grandir et se construire dans l'ombre d'un frère fauché si tôt ? Même si lui n'en savait rien, l'attitude de ses parents avait dû être déroutante…

— Mais quel est le rapport avec ceci ? dis-je en levant le médaillon vers lui.

— Il n'y en a peut-être aucun, souligna-t-il avec prudence. Si ce n'est que mon frère se prénommait lui aussi Gabriel.

S'il s'agissait d'une erreur, la vie semblait se régaler d'étranges coïncidences.

— Cette Charlotte aurait donc connu ton frère ? Mais comment, puisque cet envoi vient d'Angleterre ?

— C'est là toute la complexité de la chose, Jo. Je me suis dit qu'il s'agissait peut-être d'une ancienne bonne qui serait partie pour la Grande-Bretagne… Je n'en sais rien.

Je me mis à réfléchir à vive allure, à peine troublée par les pépiements des mésanges. Pourquoi une simple bonne aurait-elle emporté une photo de l'enfant de la famille pour laquelle elle travaillait ? À moins que… Et si elle avait été la mère biologique de Gabriel ? La maîtresse de mon arrière-grand-père ?

Si mon cerveau commence à élaborer des hypothèses, c'est qu'il ne va pas si mal que ça.

— Tu n'as jamais cherché à en savoir plus ? questionnai-je, piquée de curiosité.

Il me renvoya un regard éloquent.

— Jo, j'ai reçu ce courrier l'année où ta grand-mère est tombée malade. Est-ce que tu m'imagines la laisser et faire le voyage en Angleterre, sûrement pour rien ?

Sans attendre ma réponse, il enchaîna :

— Telle que je te connais, tu me diras que ce n'était peut-être pas pour rien. Alors, en admettant qu'il y ait eu un secret concernant mon frère, est-ce que tu penses sincèrement qu'à l'époque j'avais envie de bouleverser ma vie avec une vieille histoire ?

Repoussant une branche du bout du pied, je hasardai :

— Parce qu'à présent tu le ferais ?

— Moi, non. Mais toi, tu pourrais.

Je l'étudiai longuement du regard, me demandant si ce que je venais de lui révéler au sujet de mon anévrisme n'était pas en train de lui faire perdre la tête.

— Alors là, c'est le monde à l'envers ! Je t'annonce que j'ai un problème cérébral et toi, tu me demandes d'aller en Angleterre.

— Non, ma chérie, c'est le monde à l'endroit. Malgré ce que tu sembles croire, je vais raccrocher les gants avant toi.

Son ton était si catégorique que je ne pus trouver les mots pour répliquer.

— Je suis vieux, ça fait partie de la logique de la vie. Et plus l'heure approche, plus ce médaillon me tiraille l'esprit. Je commence à me dire que ça m'emmerderait sacrément de partir sans savoir.

L'émotion à laquelle il était en proie lui rosissait les joues.

— Je ne peux quand même pas filer en Angleterre sur un coup de tête, marmonnai-je.

Du moins pas avant de savoir si j'allais accepter qu'on me trifouille le cerveau.

— Que tu réfléchisses ici ou là-bas, ça changerait quoi ?

Consciente de la lueur d'espoir qui virevoltait dans ses yeux, je fis de mon mieux pour cacher mon hébétude. Alors que j'étais censée effectuer un choix crucial dans les jours à venir, mon grand-père m'envoyait à des centaines de kilomètres de là, pour résoudre une énigme de quinze ans !

Et d'un autre côté, avec mes trois semaines de vacances qui se profilaient, j'allais avoir du temps devant moi. Pourquoi le passer ici à ruminer ? Une fois encore, je devais faire un choix et je devais le faire maintenant.

Voyage ou bloc opératoire ? Il était peut-être temps que j'apprenne à gérer mes priorités, après tout !

— C'est dans quel coin d'Angleterre, exactement ?

6

Lundi 7 mai. Luton, Angleterre

— T'as une mine terreuse, me lança Adeline en bouclant sa ceinture de sécurité. Tu penses que c'était une bonne idée, l'avion ?

Derrière sa quiétude apparente, je la sentais soucieuse.

— J'ai le crâne un peu comprimé, c'est tout.

— Je dois m'inquiéter ?

Je réprimai un sourire.

— Je ne suis pas morte en m'envoyant en l'air donc ça va aller, répliquai-je en évoquant le vol Nantes-Luton. C'est juste un manque de sommeil. On y va ?

Je fis démarrer l'Opel Corsa de location et Adeline entra les coordonnées dans le GPS. Direction Ilfracombe, dans le Devonshire, à deux cent cinquante miles de là. Quelques recherches m'avaient appris qu'il s'agissait d'une ville portuaire comptant onze mille habitants, et qu'elle avait été vaguement mentionnée dans *Harry Potter*. Voilà à peu près tout ce que je savais au sujet de notre destination.

— Est-ce que tu es vraiment prête ? m'interrogea mon amie.

— Je ne suis pas très rassurée à l'idée de conduire à gauche, mais tu me fais confiance, n'est-ce pas ?

Elle s'esclaffa tout en levant les yeux au ciel.

— Je n'ai pas trop le choix ! En fait, ma question concernait ce que nous venons faire ici.

— Oh, d'accord, répondis-je en m'engageant sur la M1. Eh bien, oui, je suis prête. À présent que la mécanique est enclenchée, je n'ai pas envie de m'arrêter.

Mon grand-père m'avait demandé d'enquêter au sujet de l'énigmatique médaillon, alors j'allais le faire et j'avais bien l'intention d'aller jusqu'au bout. Au départ, j'avais pensé m'en tenir à quelques recherches sur Internet. Taper le nom de l'expéditeur du courrier, obtenir un numéro de téléphone ou une adresse e-mail, et le contacter. Sauf que rien n'était sorti et je tenais absolument à résoudre ce mystère. Ce qu'il avait réussi à éveiller en moi allait bien au-delà de la curiosité ; c'était aussi excitant que fouiller dans un vieux grenier à la recherche de secrets.

Adeline avait tenu à m'accompagner. Cela faisait deux ans qu'elle n'avait pas pris de vraies vacances, et cette parenthèse lui permettrait peut-être de faire le point sur ses problèmes de couple. Bruno avait envie d'un enfant, mais mon amie redoutait de sauter le pas, s'imaginant que devenir mère allait sonner le glas de sa vie sociale.

— Et puis, on ne sait pas sur qui tu vas tomber, là-bas, avait-elle argué. À deux, nous serons plus fortes.

Tout en suivant l'autoroute en direction de la M25, j'avais l'impression de m'acheminer vers un étrange rendez-vous. Adeline avait raison sur un point :

j'ignorais complètement ce que j'allais découvrir à Ilfracombe et en cela, je n'étais pas fâchée qu'elle vienne avec moi. Je ne savais même pas si la personne qui avait envoyé ce colis à mon grand-père en 2003, une certaine Doris Evans, était encore en vie.

— On risque de faire chou blanc, fis-je prudemment remarquer. Nous n'avons rien d'autre qu'un vieux pendentif et un mot griffonné sur une feuille. Des amatrices, en somme.

— La belle affaire si tu ne résous pas ce mystère, Miss Marple ! protesta-t-elle. On pourrait aussi s'amuser et faire du tourisme, non ?

Brandissant son iPod tel un trophée, elle ajouta :

— J'ai préparé une playlist du tonnerre pour nous accompagner, on va s'éclater !

Elle souriait comme une enfant devant un sapin de Noël et je ne pus m'empêcher d'être gagnée par son enthousiasme.

— Alors musique, maestro !

Sauf que les premières notes du tube des Beach Boys eurent instantanément raison de ma bonne volonté. Je ne connaissais que trop bien cette chanson, c'était notre préférée à Adrien et moi.

— Tu n'as rien trouvé de mieux ? râlai-je au moment où Carl Wilson entonnait les paroles de *God Only Knows.*

« *I may not always love you*
But long as there are stars above you… »

Une bouteille d'eau à la main en guise de micro, Adeline cessa de fredonner pour plaider en faveur de son choix :

— Paul McCartney a lui-même qualifié ce morceau de « plus belle chanson d'amour jamais écrite ». Et il est ce que les Anglais ont inventé de mieux depuis le *tea-time*. Tu ne peux rien contre ça, Jo.

« *God only knows what I'd be without you…* »

La voix envoûtante du chanteur et les accords composés par son frère me collaient des frissons. Je n'allais quand même pas me mettre à pleurer, merde !

— Non, vraiment. Si tu pouvais changer de chanson, ce serait sympa.

— Je pensais que ça te ferait plaisir, bougonna Adeline. C'était ton groupe préféré, aux dernières nouvelles.

— Désolée, c'est… C'est notre chanson, à Adrien et moi.

— C'est celle de dizaines de milliers de gens. Mais c'est touchant de savoir que vous avez votre chanson à vous, comme des amoureux.

Ce n'était pas exactement ce que j'avais envie d'entendre.

— Je ne t'écoute plus, je suis en Position Latérale de Surdité.

À mon grand soulagement, elle coupa les Beach Boys pour laisser place au célèbre morceau des Pixies, *Where Is my Mind?*. Je n'étais pas trop certaine de savoir où j'avais la tête, mais au moins cette chanson ne me donnait pas l'impression de recevoir des coups de poignard en plein cœur.

— Tu as eu des nouvelles de lui ? risqua Adeline.

— Je l'ai prévenu de mon départ… Il doit me haïr, de l'avoir planté comme ça.

— Qu'est-ce qu'il t'a répondu ?

— « Je trouve ça vraiment chouette, ce que tu fais pour ton grand-père. Il a beaucoup de chance de t'avoir. »

L'humeur cafardeuse, je lâchai un soupir. Une grande partie de mes neurones pensait à Adrien, l'autre se demandait comment l'oublier. Un peu plus d'une semaine sans nous voir, cela ne nous était encore jamais arrivé. Avec le recul, je me rendais bien compte que notre amitié était bien trop fusionnelle pour ne rien couver d'autre. Pas une seule journée sans échanger des messages, nos regards rassurés en retrouvant celui de l'autre. Ce besoin d'être ensemble. Notre amour était une réalité tangible que je n'avais pas su déceler à temps et à présent, je nourrissais l'épouvantable sentiment d'avoir perdu, par ma faute, quelque chose d'infiniment précieux. Des larmes manquèrent de m'échapper. Je me ressaisis en inspirant à fond.

— Tu te barricades derrière des paravents de papier, me glissa Adeline. Tu sais très bien qu'il ressent la même chose pour toi.

— Je ne veux pas précipiter les choses entre nous, pas maintenant.

— Précipiter les choses ? s'écria-t-elle d'un air outré. Mais ça fait un an que vous vous tournez autour en jouant les bons amis !

— On verra si je survis à tout ça, Adeline. En attendant, c'est un combat que je dois mener sans lui.

— Tu veux mon avis ? demanda-t-elle en rejetant ses cheveux en arrière.

— Non, pas vraiment. Mais je suppose que ce n'est pas ça qui va t'arrêter.

La franchise ne faisait jamais défaut à Adeline, qui assénait parfois d'horribles vérités sans détour. Or, pour l'instant, j'avais atteint mon quota de vérités pénibles.

— S'il y a bien quelqu'un à même de te soutenir comme personne d'autre dans cette épreuve, c'est Adrien.

Je serrai les dents.

— Tu vas me seriner ça encore longtemps ? Cette situation est assez difficile, crois-moi.

Consciente d'avoir été un peu trop sèche envers elle, je lui demandai aussitôt pardon.

— Je voudrais pouvoir t'opposer un visage serein et agir comme d'habitude, mais pour être honnête, ça me broie.

— Tu as le droit de craquer, Jo. C'est humain.

— Merci de m'accompagner.

Adeline réajusta sa tunique couleur émeraude, assortie à ses yeux si lumineux.

— C'est normal, les amis ça tient aussi la main quand on va mal.

— L'idée de ma propre mort me rend faible, hein ?

— Non. Tu es forte et je t'admire pour ça.

— Forte ? Vraiment ?

Comment pouvait-elle me qualifier ainsi alors que depuis une semaine je mentais à la plupart des gens que j'aimais ? Si mes parents s'étaient montrés surpris que je me mette en arrêt maladie à cause d'une rupture amoureuse, pour autant je n'avais toujours pas trouvé le courage de leur parler. Ma mère s'était contentée de hausser un sourcil quand j'avais évoqué mon voyage en Grande-Bretagne, puis elle avait décrété que ça me ferait le plus grand bien. Pépé ne me trahirait pas car il avait compris que j'avais besoin de temps et m'avait donné un sauf-conduit parfait pour m'échapper momentanément de ma vie.

Adeline baissa le son de la musique et me scruta un instant avant de répéter :

— Oui, tu es forte, Jo. Je ne connais pas une autre nana qui assume de porter des chaussettes dépareillées, même en cas de contrôle sécurité à l'aéroport.

— Oh, il y en a, crois-moi…

— Certes, mais elles ne beuglent pas sur Whitney Houston sous la douche en sachant pertinemment que tous les voisins entendent. Même le célibataire canon du premier étage.

— Il est gay, ça ne compte pas.

— Et ton incroyable résistance mentale, on en parle ? À ta place, je pense que j'aurais envoyé ton ex à l'hosto, avec toutes les réflexions néfastes qu'il t'a foutues dans la tronche.

Je lui assurai que ce n'était pas de la force, mais de l'aveuglement.

— Très bien, tu veux une preuve irréfutable ? s'exclama-t-elle. Ça tombe bien, j'en ai une. Tu bois de la Ricoré alors que c'est immonde. Sérieusement, qui d'autre fait ça ?

Vaincue, je lui répondis par un grand éclat de rire.

*

Quatre heures plus tard, après avoir contourné des grandes villes – Exeter, Taunton ou encore Yeovil – par les routes nationales et traversé plusieurs patelins ruraux, Adeline, qui m'avait relayée au volant, stoppa la voiture sur une aire.

— On l'a fait ! se réjouit-elle en frappant l'air d'un poing victorieux.

J'acquiesçai d'un hochement de tête. Les routes boisées du Devonshire nous avaient donné du fil à retordre tant elles étaient étroites et sinueuses, mais nous en étions venues à bout.

— Imagine ce que ça aurait donné si nous avions débarqué en pleine tempête de neige !

— Inenvisageable, trancha-t-elle.

Nous étions arrivées par les hauteurs de la ville, et de notre promontoire nous pûmes contempler Ilfracombe, dont les rues se déployaient en amphithéâtre autour du port. Les maisons se serraient les unes contre les autres, certaines modernes et peintes en blanc, rose ou bleu. D'autres, plus typiques, dataient de l'époque victorienne. Cela créait un contraste surprenant et agréable à regarder.

— Eh bien, souffla mon amie, le sud-ouest de l'Angleterre est mignon, malgré ses horribles routes en lacets !

Je balayai du regard la côte rocheuse et escarpée qui entourait la station balnéaire. J'étais plutôt d'accord avec Adeline : comme lieu de vacances, il y avait cent fois pire ! Sans plus attendre, nous remontâmes dans la voiture afin de nous mettre en quête du *bed and breakfast* dans lequel nous avions réservé pour plusieurs nuits. Nous le trouvâmes en quelques minutes : *The Harbour Lights* était situé près du pittoresque port Heritage Harbour, l'un des plus beaux quartiers d'Ilfracombe. La bâtisse conservait de nombreuses caractéristiques victoriennes, comme les fenêtres à guillotine. Je ne pus me retenir de sautiller d'excitation.

— J'adore, on se croirait dans un roman du XIXe !

— Seigneur, gémit Adeline, qu'est-ce qui m'a pris de partir en vacances avec une dingue ?

Nous récupérâmes nos clés avant de monter au deuxième étage, comme venait de nous l'indiquer le réceptionniste. Dans l'ascenseur, je laissai échapper un léger bâillement ; à présent que nous pouvions nous poser, je réalisais à quel point j'étais éreintée. Les cernes creusés sous les yeux d'Adeline témoignaient d'un état de fatigue similaire au mien.

En pénétrant dans ma chambre, la décoration désuète me fit sourire. Entre le papier peint imprimé de fleurs d'un rose criard et le lit en fer-blanc, je pouvais presque m'imaginer dans l'antre romantique d'une émule de Jane Austen.

— Tu crois que cet hôtel est hanté ? plaisantai-je lorsque Adeline me rejoignit.

— Les fantômes préfèrent l'Écosse, répondit-elle d'un ton expert en esquissant quelques pas de danse vers la fenêtre. Oh, regarde, Jo ! Cette vue est magnifique !

Je vins me planter près d'elle et fus aussitôt saisie par la beauté du panorama qui s'étalait sous nos yeux : d'un côté, la colline de Hillborough, qui dominait le port de ses cent trente-cinq mètres de haut ; de l'autre, les eaux calmes du port. Des mouettes aux ailes déployées planaient au-dessus des petits bateaux de pêche. C'était tellement pittoresque !

— C'est superbe ! approuvai-je. Pépé a bien fait d'insister, le déplacement en valait la peine.

— Tu veux aller rendre visite à Doris Evans dès maintenant ?

L'idée était tentante, cependant je secouai la tête.

— La journée a été fatigante pour nous deux. On pourra y aller demain matin.

Après une bonne douche, nous terminâmes la soirée autour d'un *fish and chips*. L'air saturé de l'odeur de l'océan nous avait ouvert l'appétit. Les clients se pressaient en nombre, mais nous pûmes trouver une table relativement tranquille, un peu à l'écart. Tandis que la serveuse déposait notre commande devant nous, Adeline me confia que ça lui faisait bizarre de partir sans Bruno.

— Je me sens amputée, confessa-t-elle.

— Alors tout n'est peut-être pas fichu entre vous, la rassurai-je.

— Tu crois ? demanda-t-elle en triturant une des bagues qu'il lui avait offertes. Je n'arrive pas à savoir s'il me manque vraiment ou si c'est juste l'habitude que nous soyons ensemble. Je foire ma vie, non ?

Je portai une frite vinaigrée à ma bouche.

— Toi, tu as encore eu ton frère au téléphone, devinai-je.

— Mon *connard* de frère serait un terme plus adéquat.

À l'inverse de sa sœur, Antonin menait une brillante carrière dans la police et faisait désormais partie des fins limiers de la Criminelle, à Paris. Très exigeant, il supportait très mal le fait qu'Adeline avait abandonné pour vivre de sa passion et ne manquait pas de lui faire part de sa désapprobation à la moindre occasion. Ses dernières récriminations visaient Bruno, dont les ambitions professionnelles n'étaient pas assez élevées à son goût. Bruno gérait la communication digitale d'un groupe d'hypermarchés et cela lui convenait très bien ainsi. Selon Antonin, qui savait tout mieux que tout le monde, Adeline restait avec lui par confort et ils finiraient comme deux vieux geeks se supportant par habitude.

— Bon, laisse tomber ton frère. Il ne sera jamais satisfait, quoi que tu fasses. Ce que tu redoutes surtout, c'est le fait que ton couple devienne ronronnant. Je me trompe ?

Adeline acquiesça lentement.

— Oui… Oui, je pense que c'est ça. J'ai peur qu'on soit chiants. La passion des débuts n'est plus vraiment là. Ça craint, non ?

— Je ne vous trouve pas chiants, lui répondis-je avec sincérité. Vous évoluez, c'est normal au bout de sept ans.

Je lui donnai l'exemple de mes parents, mariés depuis près de quarante ans.

— Je ne les ai jamais vus lancés dans des démonstrations passionnées. Mais ils s'aiment. Du moins quand ma mère ne reproche pas à mon père d'avoir mis trop d'ail dans une recette ou d'avoir adopté un chat qui ne fait que vomir sur la moquette de leur chambre.

Encouragée par le rire de mon amie, je poursuivis :

— Je suis convaincue que l'amour longue durée, c'est ça : une espèce de routine rassurante, mâtinée d'un petit grain de folie. C'est la tendresse dans les choses du quotidien. C'est connaître l'autre par cœur et l'aimer quand même. C'est savoir qu'en cas de tempête, on peut se raccrocher à lui.

Et c'est moi qui dis ça…

Des larmes imprévues me montèrent aux yeux quand je me rendis compte que j'avais agi exactement à l'inverse de ma vision de l'amour. Au lieu de m'accrocher, j'avais repoussé mon roc, persuadée que, pour moi, le monde était à présent privé de perspective. Or, la situation était différente ; Adrien et moi ne formions pas un couple. Nous ne nous étions même pas embrassés. Si Adeline remarqua mon trouble, elle ne me fit aucune réflexion. Elle prit une serviette en papier pour essuyer les traces de friture qui graissaient ses doigts et me dit tout simplement, en réprimant un bâillement :

— Sans une bonne nuit de sommeil, aucune de nous ne sera assez objective sur sa vie sentimentale. On va se coucher ?

Le cœur lourd et l'estomac plein, nous rentrâmes à l'hôtel.

7

Le lendemain matin, après avoir englouti un énorme petit déjeuner composé d'œufs Bénédicte, de pain grillé et de haricots à la tomate, nous partîmes donc à la recherche de Doris Evans. Lorsque je montrai au réceptionniste de l'hôtel l'adresse que j'avais en ma possession, il m'indiqua que l'endroit était situé en dehors du centre d'Ilfracombe.

— C'est parti pour une nouvelle excursion sur les routes sinueuses ! claironnai-je avec une bonhomie un peu forcée.

— Pourquoi est-ce que j'ai mangé autant ? se plaignit Adeline. Ils n'auraient pas pu tracer des lignes droites ?

Un sourire incurva mes lèvres.

— Estime-toi heureuse, ce médaillon aurait tout aussi bien pu nous envoyer aux confins de la Sibérie.

— C'est là que nous aurions découvert les limites de notre amitié, ma chérie. Plutôt être un peu barbouillée ici que crever de froid en cherchant à localiser un ancien goulag.

Un quart d'heure plus tard, j'abordai lentement un dernier virage et une ferme nous apparut. Adeline marqua sa stupéfaction.

— Quoi ? C'est là ?

Je n'avais certes rien imaginé de précis, mais moi non plus je ne m'attendais pas à trouver une exploitation agricole.

— Apparemment nous sommes bien arrivées, confirmai-je en contemplant la bâtisse qui tournait le dos à l'océan.

Tapie sur une falaise qui surplombait l'Atlantique, la longue maison en granit faisait face à des prés verdoyants dans lesquels des troupeaux de vaches rousses paissaient avec langueur. Des buissons d'aubépine en fleur bordaient la route. La ferme paraissait solide, conçue pour résister aux assauts du climat. Au loin, un tracteur traçait son sillon dans un champ d'orge. Je garai la voiture près de l'entrée et mon amie m'emboîta le pas tandis que je poussais la petite barrière en bois vermillon. Prudemment, j'avançai sur l'allée qui menait à l'habitation principale, dont la porte rouge vif était entourée par une glycine mauve.

— Ce cadre est magnifique ! admira Adeline.

Tout à coup, un colley déboula en courant, se ruant sur nous comme si nous étions de vieilles amies.

— Doucement, toi ! dis-je en riant quand le chien se redressa, plaquant ses pattes avant contre mon torse.

— Sam, viens ici !

Le colley obéit à contrecœur et je pus découvrir la personne qui l'avait appelé : un homme élancé et carré d'épaules, trente-huit ans à vue de nez. Sa peau métisse était piquetée de taches de rousseur. J'eus du mal à camoufler ma déception : selon toute vraisemblance, il n'était pas Doris Evans.

— Bonjour, nous salua-t-il. Que puis-je faire pour vous ?

Je lui adressai un sourire navré.

— Pas grand-chose, je le crains. Mon amie et moi sommes à la recherche d'une femme qui vivait ici il y a une quinzaine d'années.

— Ah oui ? fit-il en fronçant les sourcils. Quel est son nom ?

— Nous ne voulons pas vous importuner… Cela dit, j'ai toutes les raisons de croire que cette personne était l'ancienne propriétaire de votre ferme.

L'homme planta ses yeux ambrés dans les miens.

— J'ai grandi ici, déclara-t-il. La ferme appartient à ma famille depuis plusieurs générations.

Voilà qui changeait tout ! Je sentis mon enthousiasme revenir au galop.

— Dans ce cas, vous devez connaître une certaine Doris Evans ?

— Doris est ma grand-mère, répondit-il avec méfiance. Est-ce que je peux vous demander ce que vous lui voulez ?

J'hésitai à répondre, ne me sentant pas prête à me confier à un parfait inconnu. Adeline me sauva la mise.

— C'est personnel, rétorqua-t-elle. Est-ce qu'elle est ici ?

Notre homme n'eut pas l'air content du ton ferme employé par mon amie. Par chance, le colley fit diversion en me sautant à nouveau dessus et son maître le rattrapa par son collier. L'espace d'un instant, je crus qu'il allait faire demi-tour et nous planter là. Je devais lui montrer nos bonnes intentions avant qu'il nous chasse de sa ferme. Et surtout rester polie, cordiale et agréable. Même si lui n'avait pas l'intention de se montrer poli, cordial et agréable.

— Écoutez, lui dis-je tranquillement, nous avons fait le voyage exprès depuis la France pour la rencontrer.

Son expression se radoucit d'un coup.

— Mais oui ! s'exclama-t-il. Je me disais bien que vous aviez un accent ! Je m'appelle Gavin, se présenta-t-il. Gavin Evans.

Déconcertée par son attitude, je déclinai à mon tour mon identité. Son ton était à présent chaleureux.

— Ma grand-mère est partie apporter les produits du jour à la boutique de Jenna, m'apprit-il. Mais revenez cet après-midi, je la préviendrai que vous êtes passées.

— D'accord. Très bien, Gavin. Je vous remercie.

Perplexes, Adeline et moi repartîmes sur la petite route. Durant le trajet qui nous ramenait vers le centre d'Ilfracombe, mon amie commenta :

— Ce mec est canon, mais il réagit de façon bizarre, tu ne trouves pas ?

— Peut-être qu'il cherche à protéger sa grand-mère des escrocs. Les personnes âgées font des proies idéales…

— Tu sous-entends qu'on a des têtes d'arnaqueuses ?

Je fis écho à son rire et repris :

— Ce qui m'intrigue le plus, c'est son changement d'attitude quand il a su d'où nous venions.

— Ça ne peut vouloir signifier qu'une chose : le médaillon n'a pas été envoyé à ton grand-père par erreur ! jubila-t-elle.

Laissant la voiture au parking de l'hôtel, nous déambulâmes ensuite dans les ruelles pleines de charme d'Ilfracombe. Les devantures en bois et leurs auvents à rayures nous donnaient envie d'entrer dans tous les magasins… Et que dire des salons de thé qui proposaient presque tous des scones *cream & strawberry jam* ?

— Ce serait un crime de rentrer en France sans avoir goûté ça, décréta Adeline.

— Ne m'en parle pas ! Ma balance va me frapper, à mon retour, observai-je en songeant à mes cuisses au bord de l'apoplexie quand j'essayais de les emprisonner dans une taille 42.

— Les éclairs au chocolat que tu ingurgites avec Adrien dès que vous en avez l'occasion sont tout aussi caloriques.

J'ignorai délibérément sa remarque.

— Je devrais rapporter des scones à Lucette, tiens. Je suis sûre qu'elle apprécierait.

— Adrien aussi, insista Adeline.

Je la fis taire d'un regard féroce. Très vite, nos pas nous menèrent au pied de la statue Verity, devenue l'une des principales attractions de la ville. En dépit de l'intérêt qu'elle suscitait, je n'avais pas l'esprit à faire du tourisme. Je me sentais encore trop déroutée par notre entrevue avec Gavin Evans. Quel pouvait être le lien entre Charlotte et le frère décédé de mon grand-père ? Cette question me hantait depuis le jour où nous avions discuté sur la barque.

— Arrête de réfléchir, m'ordonna Adeline. Tu vas te faire des nœuds au cerveau et… je ne sais pas si c'est bon pour ce que tu as.

Je lui opposai une moue indignée.

— Tu sais trouver les mots qui réconfortent, merci !

— Désolée, mais tu as déjà assez de soucis comme ça. Pourquoi ne te laisses-tu pas tout simplement porter ? D'autant plus que des réponses, tu en obtiendras d'ici quelques heures.

Elle n'avait pas tort, je le savais. Au lieu de cogiter, j'aurais mieux fait de dégainer mon Smartphone pour photographier le port à marée basse et ses bateaux serrés les uns contre les autres sur le sable mouillé.

— Tu as raison, tout cela sera sans doute résolu ce soir.

Adeline m'offrit un large sourire et prophétisa :

— Je te parie tout ce que tu veux qu'on va apprendre que Charlotte était la sœur de ton arrière-grand-père et qu'elle a été répudiée pour être tombée enceinte hors mariage.

Cela pouvait se tenir. Si Gabriel était le frère aîné de mon grand-père, il était né dans les années vingt, époque durant laquelle la condition féminine était un concept quasi inexistant. Je m'arrêtai pour fixer la statue haute de vingt mètres ; la sculpture d'acier et de bronze, créée par Damien Hirst, surplombait la mer depuis l'entrée du port et était des plus particulières puisqu'elle représentait une femme enceinte à moitié dépecée, dont une longue entaille brutale révélait un fœtus.

— Dans tous les cas, répondis-je avec une grimace de dégoût, j'espère que Charlotte n'a pas connu un sort aussi sordide que Verity.

*

Trois heures plus tard, une dame aux cheveux blancs nous accueillit dans la cuisine de la ferme. Un tablier à motifs Liberty noué à la taille et les mains pleines de farine, elle s'exclama dans un français presque parfait lorsque son petit-fils nous présenta :

— Vous êtes revenues ! Quand Gavin m'a dit qu'il vous avait laissées repartir, j'ai eu peur de ne jamais vous voir.

Son ton enjoué et la sérénité qui flottait sur son visage délicatement fardé de rose me firent sourire.

— Grammy a vu rouge parce que je ne vous ai pas proposé de rester déjeuner, nous confessa Gavin.

— Parfois, je me demande ce que j'ai raté dans ton éducation, plaisanta Doris, d'un ton de reproche affectueux. Je ne peux pas tourner le dos ne serait-ce que vingt minutes !

Rajustant ses lunettes, elle enchaîna en nous expliquant que chaque matin, elle descendait à Ilfracombe afin de déposer les produits du jour dans une petite boutique de spécialités locales, tenue par une certaine Jenna. Doris préparait des biscuits à base de miel fourni par un voisin apiculteur.

— À présent, mesdemoiselles, asseyez-vous et dites-moi ce qui vous amène à la ferme Evans.

Je pris place sur l'un des deux bancs en bois autour de la longue table. La pièce était basse de plafond avec des poutres apparentes, mais ce n'était pas étouffant. Des ustensiles en cuivre suspendus à des crochets recouvraient un pan de mur non loin d'un plan de travail sur lequel reposait une plaque de biscuits tout juste sortis du four. Enfin, les fleurs des champs disposées dans des pots de confiture complétaient cet ensemble dans un esprit très *shabby chic*. Doris demanda à Gavin de nous servir du thé. Je faillis protester tant la chaleur du fourneau réchauffait la pièce, mais je me retins, ne voulant pas froisser notre hôtesse.

— La température avoisine celle d'un sauna lorsque je cuisine, s'excusa celle-ci en remarquant qu'Adeline déboutonnait son gilet. Je vais ouvrir la fenêtre. Vous voulez des petits gâteaux, avec le thé ?

— Non, ça ira, je vous remercie, s'empressa de répondre mon amie. Nous avons déjà bien abusé de la nourriture locale et je crains de ne plus rien pouvoir avaler avant au moins deux jours.

Doris parut s'en amuser.

— J'imagine que c'est la première fois que vous venez ici.

Nous acquiesçâmes de concert.

— Vous êtes sœurs ? s'enquit Gavin en posant des tasses en porcelaine sur la table familiale en bois patiné par les ans.

Adeline lui envoya un clin d'œil.

— Non, monsieur ! Moi, je joue le rôle de la meilleure amie qui accompagne Jo dans son voyage vers l'inconnu.

— C'est parce que je suis géniale et qu'elle ne peut pas se passer de moi, précisai-je.

Gavin approcha la théière à pois bleus et s'assit avec nous.

— En quoi consiste-t-il, ce voyage ? voulut-il savoir.

À oublier que ma vie est foutue.

Doris nous rejoignit et j'en profitai pour sortir le médaillon de mon sac à main.

— Mon grand-père m'a montré ceci il y a quelques jours, dis-je en faisant glisser le bijou vers la vieille dame.

Cette dernière hocha la tête sans un mot en reconnaissant le collier. Prenant cela pour un encouragement, je continuai :

— Le problème, c'est que s'il a bien eu un frère qui se prénommait Gabriel, il ne voit pas quel pourrait être le rapport entre ce pendentif et lui.

Doris et Gavin échangèrent un regard éloquent, qu'eux seuls surent interpréter.

— Si j'ai bien compris, vous n'avez jamais entendu parler de Charlotte.

Je lui fis signe que non.

— Charlotte était ma mère, me révéla Doris.

— D'accord, mais je ne comprends toujours pas pourquoi…

— Elle était originaire d'Épernay, dans le nord de la France.

Un silence accueillit sa déclaration. Épernay. Là où Pépé avait grandi. Mon cœur se mit à battre un peu plus fort.

— C'est là d'où vient ma famille paternelle, lui répondis-je, avant d'avouer que jusqu'ici, je pensais que Charlotte avait peut-être été une employée de mes arrière-grands-parents.

— Oh non, ma mère était issue d'une famille aisée de la ville, elle a reçu une éducation bourgeoise.

Doris but un peu de thé et me sourit timidement.

— Ses parents ont décidé de la marier au fils d'un producteur de champagne qui commençait à s'enrichir grâce à sa vigne. On ne choisissait pas forcément à cette époque, et d'après ce que j'en sais, le père de Charlotte avait investi pas mal d'argent dans ce vignoble.

Était-elle en train de me dire que mon arrière-grand-père avait été marié une première fois ? Je lui posai directement la question.

— Oui, me répondit-elle. Et Gabriel est né de cette union.

Même si j'étais abasourdie d'apprendre cela, cela faisait un mystère en moins. Restait encore à savoir ce qui était arrivé et pourquoi mon grand-père se retrouvait avec ce médaillon.

— Que s'est-il passé ? Ils ont divorcé ?

— Cela ne s'est pas exactement déroulé de la sorte…

La vieille dame fit une pause, peut-être le temps de rassembler ses pensées.

— Je présume que le mieux serait de commencer par le début, reprit-elle. Nous avons un peu plus d'une heure devant nous avant que Gavin ne doive retourner travailler.

Celui-ci acquiesça et Doris nous embarqua aussitôt quatre-vingt-neuf ans plus tôt.

8

Charlotte, 1929

— Mon Dieu ! s'exclama Charlotte avec joie en descendant à son tour du taxi.

Elle jeta un bref coup d'œil autour d'elle, puis suivit son mari sous la marquise de l'hôtel Plaza. L'air était encore chargé de l'odeur de la neige tombée durant les jours précédents, laissant heureusement les routes praticables. La jeune femme ajusta son chapeau sur ses cheveux fins et emboîta le pas à Émile dans la porte à tambour. Un luxe tel qu'elle n'en avait encore jamais vu s'étalait à présent sous ses yeux : un grand lustre se déployait depuis le plafond, illuminant la moquette rouge du hall. Une cloche tinta et un liftier en boutonnage brandebourg, coiffé d'une casquette, leur désigna la grille de l'ascenseur qui venait de s'ouvrir. Charlotte eut un bref mouvement de recul ; jamais encore elle n'était montée dans l'une de ces cabines ! D'une pression de la main contre son dos, Émile l'incita à avancer. La tête de Charlotte commençait à lui tourner légèrement : quelle différence avec les plateaux crayeux et la rusticité de la Champagne qu'ils avaient quittés six jours auparavant !

— Souhaites-tu te reposer ? lui proposa Émile, d'un ton qui suggérait qu'il avait une tout autre idée en tête.

La jeune femme sentit le courage lui manquer. Elle savait qu'il était de son devoir de satisfaire son mari, mais pour l'heure, elle avait besoin d'assimiler le changement et récupérer de sa fatigue après cette traversée de l'Atlantique.

— Je suis épuisée, répondit-elle faiblement en pénétrant dans la suite.

Émile renifla de dédain.

— Tu n'es pas très vaillante. Enfin… Tu n'as qu'à t'octroyer une sieste, tandis que j'irai visiter les alentours. Tiens-toi prête pour le dîner, tu sais à quel point c'est important.

Sans prendre le temps de faire le tour des trois pièces mises à leur disposition, il tourna les talons et disparut aussi vite. Laissant échapper un soupir de soulagement, Charlotte se dirigea près de la fenêtre. Elle attendrait qu'on lui monte leurs malles et soufflerait un peu. La jeune femme contempla la vue qui s'étendait à ses pieds, sur la 5e Avenue. La circulation des voitures et des chevaux y était dense, les trottoirs bondés de passants. Elle avait toujours entendu dire que Paris était très animée, mais ici, à New York, tout cela semblait décuplé. Elle contempla l'horizon bouché par des gratte-ciel vertigineux.

— C'est épatant ! se surprit-elle à penser à voix haute.

C'était pourtant à contrecœur qu'elle avait quitté Épernay et son vignoble champenois, le temps d'une visite éclair de quatre jours en Amérique. Quel n'avait pas été son étonnement lorsque Émile lui avait annoncé qu'un entrepreneur dans l'import-export les conviait à Manhattan pour parler affaires ! Son cœur s'était cependant serré quand elle avait compris que leur bébé, Gabriel, ne pourrait pas les suivre. Ce serait leur première séparation depuis la naissance ! Mais elle s'était bien vite raisonnée : le voyage aurait été trop éprouvant pour un petit bonhomme de tout juste trois mois. Il lui manquait terriblement, avec ses mimiques et ses sourires encore édentés, ses joues rougies par le grand air et ses grands yeux ourlés de longs cils, mais il était aussi bien avec ses grands-parents paternels. Émile et elle pourraient en profiter pour découvrir cette ville hors normes. Ils allaient s'amuser et ce serait peut-être l'occasion de ressouder leur couple, qui s'était laissé manger par leur quotidien harassant. Les vendanges en octobre, le travail de taille de novembre à mars, le relevage en juin et le rognage en juillet, leur vie était cadencée par ces rituels qui allaient jusqu'à la mise en bouteille et les bons crus à faire vieillir dans les clayettes. Si ce rythme s'avérait éreintant, Charlotte n'était pas du genre à se plaindre et elle travaillait sans rechigner.

Tu n'es pas très vaillante. Elle déglutit en songeant à la réflexion d'Émile et se força à lâcher le rideau qu'elle serrait un peu trop fort entre ses doigts. L'épuisement lui mettait les nerfs à fleur de peau. Certes, Émile avait tendance à s'impatienter rapidement et ses colères étaient redoutables, mais elle le comprenait : lui aussi devait être fatigué. À trente-deux ans, il ne comptait pas les heures qu'il passait dans les vignes, à veiller sur le bon développement des pieds. Il avait gardé un cuisant souvenir des privations que sa famille et lui avaient endurées pendant la guerre, une douzaine d'années plus tôt, et répétait à qui voulait l'entendre que l'argent ne poussait pas sous les sabots d'un cheval. Comment lui en vouloir ?

Charlotte se promit de se rattraper dans la soirée. Oui, leur séjour serait inoubliable. Rassérénée par cette pensée, elle fit le tour de la suite en ouvrant de grands yeux émerveillés face à la décoration vert et blanc, des banquettes jusqu'au linge de lit. En pénétrant dans la salle de bains, ses yeux balayèrent lentement le lavabo en marbre et la plomberie en cuivre rutilant, avant de s'arrêter avec envie sur la baignoire émaillée à pattes de lion. Un bain chaud, voilà qui lui ferait le plus grand bien, se dit-elle en laissant tomber ses vêtements sur le sol à carreaux noirs et blancs.

*

Le véhicule freina devant le *Cotton Club*, où ils avaient rendez-vous. Charlotte avait ressenti un frisson d'excitation lorsque le chauffeur leur avait indiqué que le night-club se trouvait à Harlem, là où l'on vivait les meilleures soirées new-yorkaises.

— Tout ça est tellement incroyable, Émile !

Ce dernier crispa la bouche.

— Cela m'embête de devoir t'emmener dans ce genre d'endroit, émit-il, réservé. Demain, nous irons nous promener à Central Park, il paraît que c'est à voir… et bien plus convenable pour une dame.

Charlotte acquiesça pour éviter de le contrarier et descendit de voiture lorsque sa portière s'ouvrit. Flanqué de deux hommes vêtus de costumes sombres et chapeaux assortis qu'il présenta comme ses bras droits, Ryan Dolan accueillit le couple devant le club.

— Après vous, leur indiqua-t-il, en leur désignant le long auvent à rayures sous lequel ils passèrent avant de s'engouffrer dans l'établissement.

À l'intérieur, des rires fusaient de toutes parts et les couverts s'entrechoquaient. Charlotte eut d'abord du mal à se repérer dans l'ambiance enfumée. Pendant que Dolan les conduisait à leur table, ses yeux s'accoutumèrent à la faible luminosité et, en dépit du charivari ambiant, elle percevait çà et là des bribes de conversations. Au centre de la salle, un orchestre était en train de jouer des morceaux de jazz sur une scène en forme de fer à cheval. De petites tables étaient étagées sur deux niveaux et de discrètes alcôves se nichaient dans les murs. L'endroit se voulait à la fois intimiste et convivial. Tous les cinq prirent place.

— Vous êtes très en beauté, madame, la flatta leur hôte.

Elle le remercia timidement, se sentant pourtant loin de rivaliser avec les jeunes femmes aux cheveux coupés court qu'elle voyait dans la salle. Ces dernières arboraient des robes près du corps serties de brillants et de perles. Les yeux charbonneux et la bouche rouge carmin, elles incarnaient l'insouciance et la légèreté. Charlotte poussa un imperceptible soupir d'envie. Sa propre toilette avait été faite sur mesure, pour les besoins de ce séjour. Émile ayant tendance à rogner sur les dépenses, elle devait se satisfaire d'un fade tissu bleu marine et d'escarpins assortis. Afin de rehausser sa tenue, la jeune femme avait passé autour de son cou le médaillon qui ne la quittait jamais, qui renfermait une photo de son fils.

Pendant que les hommes discutaient entre eux en mangeant leur filet mignon, Charlotte détaillait d'un œil curieux la décoration qui évoquait une jungle tropicale. Un colosse que leurs hôtes avaient nommé « Big Frenchy », l'un des propriétaires du club, passait de table en table afin de savoir si tout allait bien. La musique, très entraînante, battait son plein et des couples commençaient à se lever pour danser. Charlotte tapait la mesure avec son pied, regrettant qu'Émile ne soit pas de tempérament festif. Elle mourait d'envie d'aller s'amuser sur la piste, mais son mari se contentait de faire danser les verres d'alcool qu'on lui servait.

— J'aime beaucoup cet orchestre ! s'enhardit-elle à déclarer. Le chanteur dégage une telle énergie !

Émile resta de marbre.

— Il s'agit de Cab Calloway, lui expliqua Dolan. Ce type est un vrai showman.

Le chanteur secouait sa chevelure folle, embrassant l'ensemble du public qui répétait après lui le refrain de *Minnie the Moocher* :

« *Hi-dee hi-dee hi-dee hi*
Whoa-a-a-a-ah... »

— Quel talent ! applaudit Charlotte.

Émile lui lança un regard impérieux. Peut-être faisait-elle preuve d'impolitesse en monopolisant ainsi la conversation, mais en proie à une euphorie fébrile, elle n'arrivait plus à se taire.

— Madden a eu du flair en reprenant l'établissement, lui révéla l'entrepreneur. La clientèle new-yorkaise est toquée de ces Nègres.

Émile reposa sa fourchette.

— Est-ce que tous les musiciens sont noirs ? voulut-il savoir.

Son interlocuteur opina du chef.

— Les musiciens, mais aussi les danseurs et le personnel…

— Seigneur, souffla Émile. La direction n'y voit donc aucun inconvénient ?

— Rassurez-vous, ce club est très *select*. Les propriétaires ne tolèrent que la crème de la société et n'admettent qu'une clientèle blanche.

Émile lâcha un rire incrédule.

— Qui aurait cru, il y a encore dix ans, que des Blancs paieraient pour voir des Nègres assurer le spectacle ? lança Teddy, l'un des bras droits de Dolan.

Tout en avalant une gorgée de vin, Charlotte se fit la réflexion que New York était décidément pleine de surprises.

— Est-ce que le *Cotton Club* est fréquenté par des gens connus ? s'enquit-elle.

— Bien sûr. Par des actrices et beaucoup de noms célèbres du cinéma. Charlie Chaplin se trouve d'ailleurs parmi nous ce soir, ajouta Dolan en désignant un homme assis à table avec une jeune fille blonde.

Charlotte manqua de s'étouffer.

— Charlie Chaplin ? L'acteur ? demanda-t-elle, impressionnée, en scrutant le petit homme mince qu'on lui montrait.

Chaplin avait des traits presque juvéniles, en dépit de ses cheveux bouclés parsemés de fils argentés. Jamais la jeune femme ne l'aurait reconnu sans son déguisement de Charlot !

— Je peux vous le présenter, suggéra aimablement Ryan.

Elle allait répondre par l'affirmative quand Émile rétorqua sèchement :

— Pas besoin. Ma femme n'a jamais vu un seul de ses films. Elle n'aurait rien d'intéressant à lui dire.

Quoiqu'un brin vexée, la principale concernée s'efforça d'accrocher sur son visage un sourire de circonstance. Tripotant les miettes de pain sur la table, elle regarda distraitement les mains de Dolan, aux ongles coupés court et ourlés de blanc. Même s'il avait l'air constamment sur le qui-vive, à jeter des regards nerveux autour de lui, c'était un homme soigné, très chic, qui ne devait pas avoir plus de trente-cinq ans. Ses cheveux châtains plaqués en arrière par de la brillantine faisaient ressortir un front large et un visage carré, aux traits fins. Quant à son costume, il était manifestement de très bonne facture sans être tape-à-l'œil. S'avisant des regards en coin de la jeune femme, Dolan esquissa un sourire.

— Vous semblez passer une excellente soirée.

Des danseurs de claquettes venaient de succéder à l'orchestre. Le clac-clac qui se répercutait avec force sur le parquet fascinait Charlotte.

— C'est fabuleux, reconnut-elle. Je n'avais encore jamais rien vu de tel.

— Dans ce cas, vous devriez apprécier les *chorus girls,* se rengorgea Franck, le second bras droit.

Comme les deux Français l'interrogeaient du regard, l'homme leur expliqua qu'il s'agissait de « mulâtresses », des filles issues de couples mixtes. Elles dansaient à moitié nues, sur des musiques lascives. Gêné par cette description détaillée, Émile se racla la gorge.

— Je crains que ce ne soit pas un spectacle approprié pour ma femme, trancha-t-il.

— Vous ne savez pas ce que vous ratez, se rengorgea l'autre.

Ryan Dolan leva la main pour le faire taire, geste autoritaire d'un homme habitué à commander.

— Franck a vraisemblablement oublié le bon goût français, s'excusa-t-il.

Il fit une courte pause, durant laquelle il observa Charlotte. Se sentant ainsi scrutée, cette dernière regretta de ne pouvoir se fondre dans les tentures aux couleurs exotiques. L'orchestre de Calloway revenant sur scène, l'entrepreneur demanda à Émile :

— Me permettez-vous d'inviter votre femme à danser ?

Charlotte voulut se récrier, mais elle savait que son mari ne commettrait jamais l'affront de refuser. Les affaires avant tout. Émile se contenta d'un vague hochement de tête et Charlotte n'eut d'autre choix que de se laisser conduire sur la piste.

— Je ne sais pas danser sur cette musique, protesta-t-elle vaguement, alors que l'Américain posait la main sur sa taille.

— Vous n'avez qu'à vous laisser guider.

De fait, il se révéla un excellent danseur et Charlotte parvint à ne pas lui piétiner les orteils. Cependant, cette proximité avec un inconnu l'embarrassait et elle entreprit de faire la conversation :

— Dolan, c'est un nom anglo-saxon, non ?

— Irlandais, rectifia-t-il. Mes ancêtres ont émigré à New York à la fin du siècle dernier. Je suis né ici.

Il en profita pour la féliciter sur son anglais presque parfait.

— On m'a enseigné cette langue dès l'enfance, lui apprit-elle. Je n'ai aucun mérite.

— Ah oui ? Que font vos parents ?

— Ma mère a décidé de s'enfermer dans un couvent depuis le décès de mon père. Il était directeur de banque.

— Je suis navré pour vous, dit-il d'un ton sincère. Comment avez-vous rencontré votre mari ?

Charlotte ne fut guère étonnée par la question. Plus que jamais, elle avait conscience que tous les deux ne formaient pas un couple très assorti. Elle avait juste dix-huit ans lorsqu'elle avait épousé Émile, de douze ans son aîné. C'était en 1927. Les contrastes entre eux étaient saisissants ; la jeune femme n'était pas grande, alors pour compenser, elle se tenait droite, s'efforçant de maintenir en permanence une posture irréprochable. Émile, lui, avait tout d'un paysan. Grand et robuste, ses traits surmontés de deux yeux sombres constamment occupés ailleurs semblaient avoir été taillés à la serpe. Il n'était certes pas dénué de charme, mais son caractère ombrageux prenait souvent le dessus. À l'inverse, Charlotte savait que dans son propre visage, aux contours ovales, on remarquait surtout son regard affirmé, d'un bleu semblable à des saphirs.

— Mon père a rencontré celui d'Émile dans le cadre d'affaires professionnelles, répondit-elle enfin. Ils nous ont présentés, lors d'un bal.

C'était un dimanche d'été, près de trois ans plus tôt. La rencontre avait eu lieu lors d'une guinguette, sur les bords de la Marne. Émile l'avait invitée à danser et ils avaient tournoyé sur *La Valse brune.*

Charlotte n'avait pas ressenti la moindre attirance pour ce grand bonhomme qui gesticulait de façon maladroite, mais elle avait su mettre de côté ses rêves de jeune fille, s'accrochant à l'espoir d'une union paisible. Le mariage avait eu lieu quelques mois après.

Ryan pencha la tête de côté et leurs regards s'accrochèrent. Il l'observa quelques secondes. Il y avait quelque chose d'incroyablement intense dans ses yeux si bleus, un savant mélange d'élégance, de bluff et d'arrogance. Charlotte remarqua alors une cicatrice, près de l'arcade, tapie dans le sourcil, et se fit la réflexion qu'ils étaient trop proches l'un de l'autre. Assez pour qu'elle sente son odeur de cuir et de citron. Troublée, elle s'efforça d'ignorer la bouffée de chaleur qui lui montait aux joues et s'empressa de rebondir sur la discussion :

— Ce doit être stimulant de grandir dans un si grand pays que celui-ci, non ?

D'un mouvement de bras, il corrigea sa position et la fit pivoter de telle façon qu'elle ne pouvait plus voir Émile.

— Danser avec vous est stimulant, répliqua Ryan, les yeux toujours rivés aux siens.

Déstabilisée, la jeune femme fixa son attention au hasard sur un musicien, n'osant plus ajouter un mot.

— Pardon, je ne voulais pas vous paraître déplacé, ajouta son cavalier, un étrange sourire plaqué sur le visage.

Le morceau s'interrompit pour laisser place à un autre et lorsqu'ils regagnèrent leur table, Charlotte surprit le regard furibond d'Émile braqué sur eux.

*

Émile ôta son chapeau et l'envoya valser sur le lit.

— Je ne le sens pas, ce type ! lâcha-t-il avec véhémence.

Dans le taxi qui les avait raccompagnés sur la 5e Avenue, il n'avait pas desserré les dents. Consciente de la tension qui régnait entre eux depuis qu'elle avait dansé avec Dolan, Charlotte avait attendu d'être rentrée pour demander à son époux ce qui n'allait pas. À présent, il faisait les cent pas entre la porte de leur chambre et la fenêtre.

— Il te tourne autour, je ne suis pas dupe de son manège ! poursuivit-il.

— Franchement, Émile ! marmotta Charlotte. Est-ce que tu m'as bien regardée ? As-tu seulement remarqué les beautés qui dînaient à quelques tables de la nôtre ?

Émile se laissa tomber sur un fauteuil, l'air affligé.

— Des beautés, tu parles ! Des filles maigrichonnes qui se comportent comme des dépravées et montrent leurs jambes, déplora-t-il. Nos grands-mères doivent se retourner dans leurs tombes.

Charlotte se planta face au miroir de la coiffeuse et ôta lentement ses boucles d'oreilles. Certes, les ourlets des robes avaient raccourci de plus de quinze centimètres, dévoilant bien plus de peau que ce que la décence aurait voulu. Décence dont les New-Yorkaises paraissaient ne pas s'embarrasser. Mais au moins, les jupes ne traînaient plus par terre, dans les rues sales et poussiéreuses.

— Si l'Amérique ne te plaît pas, j'imagine que nous n'avons plus qu'à rentrer.

La perspective de devoir écourter leur voyage ne l'enchantait guère, mais si telle était la décision de son mari, elle devrait s'y plier. Émile secoua négativement la tête.

— Non, nous restons encore trois jours comme convenu, déclara-t-il. Mais je juge préférable que tu ne sortes pas avec moi demain soir. Il n'y a rien de bon pour toi dans ces clubs décadents.

Charlotte arrondit la bouche de contrariété.

— Enfin, Émile, tu ne vas tout de même pas me cloîtrer ! protesta-t-elle.

— Je n'ai pas aimé la façon dont tu t'es trémoussée sur la piste de danse.

La jeune femme se mordit la lèvre inférieure, comme si sa conduite avait été réellement répréhensible.

— Que voulais-tu que je fasse ? répondit-elle platement. C'est toi-même qui m'as envoyée danser avec lui.

Ignorant la remarque, il se passa la main sur le visage d'un geste las.

— Sa femme voudrait te rencontrer demain.

Charlotte fit volte-face, en proie à une agitation nouvelle.

— La femme de Dolan ? Pourquoi ?

— Qu'est-ce que j'en sais ! Il m'en a informé pendant que tu récupérais ton manteau.

La femme de Dolan... La jeune femme se rembrunit, ne sachant trop quoi en penser. Ainsi, l'entrepreneur était marié. Cela n'aurait pas dû l'embêter ni la choquer. Cependant, avec cette façon qu'il avait eue de la regarder, elle avait pensé, l'espace d'un instant... Charlotte secoua la tête, s'admonestant intérieurement. Non, il n'y avait rien à imaginer ! Dolan était un enjôleur et cela faisait certainement partie des codes de son métier.

— Qu'est-ce que tu en penses ? demanda-t-elle à son mari en simulant un ton tranquille.

Émile bâilla sans discrétion, puis relâcha les épaules.

— J'en pense que ça aura le mérite de te distraire pendant que je serai moi-même en rendez-vous avec Madden.

Stupéfaite, elle arqua un sourcil.

— Le directeur du *Cotton Club* ?

— C'est pour son établissement que Dolan traite avec moi. Je présume qu'il souhaite négocier un rabais.

Tout en enfilant sa tenue de nuit, Charlotte lui fit part d'une nouvelle réflexion ; pourquoi ces hommes se fournissaient-ils en champagne français ? Il n'y avait donc aucun fabricant, aux États-Unis ? Émile éclata d'un rire sarcastique.

— Ce que tu peux être ignorante, parfois ! Ma pauvre Charlotte, la situation ici n'est pas la même que chez nous. L'alcool est réservé… disons à un cadre de privilégiés. Les Américains n'ont le droit ni d'en produire ni d'en consommer.

À présent qu'il le disait, Charlotte se souvint qu'elle avait en effet lu quelque chose à ce sujet, dans un journal. Mais ses journées étaient si remplies qu'elle retenait à peine les informations venues de l'étranger.

— Dans ce cas, est-ce bien légal que tu leur en fournisses ? interrogea-t-elle, méfiante.

— Les hypocrites qui ferment le robinet savent également fermer les yeux quand ça les arrange… C'est une bénédiction pour bien des gens.

D'un geste de la main, il lui fit savoir qu'il en avait assez.

— Mais ne t'occupe pas de ça, reprit-il. Ce sont des affaires d'hommes, alors moins tu poseras de questions, mieux ça vaudra.

Cette nuit-là, bien que submergée par la fatigue, Charlotte fut longue à trouver le sommeil. Lorsqu'elle posa sa tête sur l'oreiller, les images de la soirée vinrent se superposer à ses doutes quant aux activités d'Émile sur le territoire américain. Si l'alcool était prohibé aux États-Unis, son mari ne risquait-il pas de finir en prison ? Quel était le rôle de Ryan Dolan, là-dedans ? Peut-être que la femme de ce dernier saurait la renseigner, demain. Ou peut-être qu'elle ferait mieux de ne plus penser à tout cela. Il lui restait trois jours pour profiter de New York, après quoi ils rentreraient à Épernay. Épernay, où Charlotte pourrait oublier cette folle soirée et les yeux si magnétiques de Dolan. Jamais encore un homme ne l'avait regardée à lui en faire flageoler les jambes.

9

Un chauffeur passa chercher Charlotte en fin de matinée. Apparemment, il était entendu qu'elle déjeunerait avec Mrs. Dolan avant de profiter de sa compagnie durant tout l'après-midi. Elle ne partit pas sans appréhension, redoutant de n'avoir rien d'intéressant à raconter à une femme dont elle ignorait tout. Néanmoins, la curiosité de Charlotte était éveillée : Dolan s'était-il marié avec l'une de ces beautés indolentes à la silhouette de liane, ou avait-il jeté son dévolu sur une femme soucieuse de tenir son foyer ?

La voiture stoppa très rapidement aux abords de Central Park, là où les trottoirs s'élargissaient.

— Sommes-nous déjà arrivés ? s'enquit Charlotte, surprise.

— Oui, madame ! acquiesça le conducteur. On m'a demandé de vous déposer à Central Park Ouest.

Voilà qui était tout à fait curieux. Charlotte supposa que Mrs. Dolan devait avoir envie d'une petite balade pour se mettre en appétit. Elle sortit de la voiture et se figea : Ryan était en train de patienter près de la grille du parc, non loin de l'un de ses associés, Franck. La jeune femme afficha une attitude posée, en parfaite contradiction avec les battements de son cœur qui s'étaient accélérés, puis s'avança.

Allons, calme-toi, il y a forcément une explication.

— Votre épouse aurait-elle eu un empêchement ? s'entendit-elle demander à l'entrepreneur.

Celui-ci éclata d'un rire sonore et mélodieux, tandis que son expression s'illuminait comme celle d'un gamin insolent.

— Ainsi, j'ai réellement l'air d'être marié ? Intéressant…

Les joues de Charlotte se teintèrent de rouge quand elle comprit qu'il avait menti à Émile.

— Oh ! s'exclama-t-elle.

Bien qu'elle se sentît flattée, cette situation la désarçonnait.

— J'espère que vous ne m'en voudrez pas de ce petit arrangement, reprit Ryan, d'un ton faussement navré. J'avais très envie de passer un moment avec vous.

Charlotte inspira l'air glacial, hésitant à rebrousser chemin. L'hôtel n'était pas très loin, elle en apercevait le haut de la façade de là où elle se trouvait. Rentrer lui éviterait de s'attirer des ennuis. Cependant, ses pieds restaient cloués sur le trottoir brillant de givre, alors qu'elle dévisageait son interlocuteur.

— Que dirait mon mari, s'il savait que c'est en réalité avec vous que j'ai rendez-vous ? demanda-t-elle enfin.

Dolan haussa les épaules avec nonchalance.

— Pensez-vous qu'il soit dans votre intérêt qu'il l'apprenne ?

Sentant toute résistance l'abandonner, Charlotte laissa échapper un gloussement mal assuré.

— Est-ce que vous répondez toujours à des questions par d'autres questions, monsieur Dolan ?

— Seulement quand cela m'arrange, dit-il en toute sincérité. Si nous marchions un peu avant de nous transformer en glaçons ?

Il lui tendit son bras et tous les deux s'engouffrèrent dans Central Park, talonnés par Franck. Charlotte jaugea ce dernier par-dessus son épaule.

— Je me demande si vos associés vous suivent également lorsque vous allez aux toilettes, fit-elle malicieusement observer.

L'entrepreneur esquissa un sourire en coin.

— Pas tout à fait, mais je dois assurer mes arrières.

Elle ne put se retenir de lancer une pique :

— À cause des maris jaloux ?

— Je me méfie plutôt des femmes à la langue bien pendue, répondit-il sur le même ton.

— Vous éludez encore ma question.

Ryan soupira.

— Quand votre travail est lucratif, il inspire forcément des convoitises. Je dois me protéger.

Afin de souligner ses propos, il écarta un pan de son manteau, laissant entrapercevoir un pistolet dans son étui. Charlotte s'immobilisa aussitôt.

— Si le fait de me balader avec vous constitue un danger, monsieur Dolan, j'aimerais mieux rentrer à l'hôtel.

L'homme lui sourit avec une infinie gentillesse.

— Appelez-moi Ryan, je vous en prie. Et non, vous n'êtes pas en danger avec moi.

Charlotte attendit qu'il aille au bout de son explication, mais il n'en fit rien. Il ne semblait pas du genre à s'étaler dans de longs discours. Ne sachant que penser, elle essaya de se détendre un peu et ils se remirent à marcher en direction du lac gelé. Au loin, des patineurs s'élançaient sur la surface de l'eau durcie par l'hiver. Comme Ryan dardait à nouveau son regard sur elle, la jeune femme prit une inspiration.

— Votre attitude me déconcerte, lui avoua-t-elle. Pourquoi m'avoir fixé rendez-vous dans le dos de mon mari ? Est-ce qu'il y a un lien avec les affaires que vous négociez, tous les deux ?

— Absolument aucun. Mais que savez-vous de nos affaires, au juste ?

Il avait posé la question en fronçant les sourcils, comme s'il était tout à coup devenu méfiant. Franck esquissa un pas vers eux, mais Ryan lui fit signe de les laisser.

— Je vous écoute, Charlotte.

Celle-ci détourna les yeux, comme si elle avait été prise en faute. Tôt ce matin, elle avait profité du petit déjeuner pour lire le *New York Times*, mis à disposition par l'hôtel. Son attention avait très vite été retenue par un article qui revenait sur ce que les Américains appelaient « le massacre de la Saint-Valentin », qui avait eu lieu dix mois plus tôt à Chicago. Un sordide règlement de comptes entre trafiquants d'alcool, le tout orchestré par Al Capone. Charlotte refusait de croire que Ryan Dolan puisse être mouillé dans ce genre d'activités illicites, et pourtant, tous ses sens l'exhortaient à le fuir. Était-ce lié à sa cicatrice gravée dans le sourcil, aux hommes qui lui collaient aux basques en permanence ou simplement à la dangereuse attirance qu'il exerçait sur elle ?

— Je ne sais rien, finit-elle par répondre. Émile n'a pas souhaité m'en parler. Je trouve tout cela très étrange, à vrai dire.

Ryan parut soulagé.

— Votre mari produit du champagne, j'en achète pour le compte de certains clubs et restaurants. Il n'y a aucune étrangeté là-dedans.

Il sortit une cigarette de son étui, l'alluma et aspira une longue bouffée. Ses yeux se perdirent dans une contemplation infinie du lac alors que les minces rayons du soleil faisaient briller des fils cuivrés dans sa chevelure. Charlotte se demanda combien de temps encore ils allaient rester là, à écouter les rires des patineurs et regarder les calèches qui traversaient les allées du parc. Plus aucun flocon ne voltigeait, pourtant il faisait froid, aussi froid qu'en Champagne à la même saison. Mais ici, les branches enneigées des arbres paraissaient sortir tout droit d'un conte de fées.

— Est-ce que cela vous plairait de déjeuner en ma compagnie et d'aller voir ensuite un film de Charlie Chaplin ? l'interrogea soudainement Ryan. C'est tout de même inouï que vous ne l'ayez jamais vu jouer.

Charlotte ouvrit la bouche pour refuser.

— Eh bien, je ne sais pas si..., bégaya-t-elle. Enfin vous comprenez... Si c'est...

— Que craignez-vous ? Je vous propose juste de passer un moment entre bons amis.

De bons amis. Le terme était tout de même très prématuré ! Décidément, Ryan l'intriguait autant qu'il la déroutait. Elle faillit protester, avant de réaliser qu'Émile n'en saurait rien, puisqu'il la croyait chez Mrs. Dolan. Un déjeuner et une séance de cinéma, à quoi cela l'engageait, après tout ? Elle n'avait encore jamais eu l'occasion de pénétrer dans une salle de cinéma, alors pourquoi irait-elle s'enfermer à l'hôtel si une aventure plus excitante l'attendait ailleurs ?

— C'est d'accord, Ryan.

*

— Chaplin a rencontré de nombreuses difficultés pendant le tournage du *Cirque*, relata Ryan en offrant son bras à Charlotte.

Avant d'aller au cinéma, il l'avait emmenée manger au *Beef Steak Charly's*, un restaurant typiquement yankee situé entre la 216 West et la 50e Rue, où le menu était écrit à même la vitrine. Curieuse de la culture américaine, la jeune femme s'était d'emblée sentie à son aise dans cette gargote emplie de bruit et d'agitation. Ils avaient déjeuné de gargantuesques steaks à l'oignon, s'amusant de la rusticité des manières du personnel, puis avaient filé sur Times Square pour ne pas rater la séance. Franck s'était fondu dans la masse afin de leur laisser un peu d'intimité, mais il ne les lâchait pas d'une semelle.

Charlotte était encore très impressionnée par le film qu'ils venaient de voir, un subtil mélange de burlesque et de drame.

— Vraiment ? s'enquit-elle. Remarquez, cela ne m'étonne pas. La scène où il exécute son numéro sur la corde raide est époustouflante !

— Les rumeurs prétendent qu'ils l'ont tournée sept cents fois.

— Sept cents fois ? souffla-t-elle. C'est énorme !

Ryan se mit à énumérer :

— Et ce n'est pas tout. Une tempête a entièrement détruit le premier chapiteau et Chaplin a été hospitalisé durant six semaines après avoir été mordu à de multiples reprises par les singes que l'on voit dans le film. Mais sa plus grosse frayeur aura certainement été la scène dans la cage du lion…

Charlotte frémit.

— Il est vraiment rentré dedans ?

Dolan hocha la tête.

— Doux Jésus, il aurait pu mourir ! s'exclama-t-elle, horrifiée. Si j'avais su tout cela plus tôt, je serais allée le féliciter hier soir.

— Ce n'était visiblement pas du goût de votre mari, fit remarquer Ryan d'un ton grave.

Tous les deux marchaient le long de Times Square, là où le tempo de la ville semblait s'accélérer autour d'une extraordinaire fourmilière humaine. Charlotte confia qu'elle n'était pas accoutumée aux foules et à l'agitation. Épernay était une petite ville tranquille et la jeune femme était directement passée de l'hôtel particulier de ses parents au vignoble de son mari. Les grandes métropoles lui étaient étrangères. Toutes ces images saturaient son esprit et la rendaient fébrile, mais elle en redemandait !

— Ce quartier est l'épicentre de Manhattan, lui apprit Ryan. Ce n'est pas pour rien qu'on le surnomme le Midtown.

Elle écarquilla les yeux en apprenant que la ville comptait quelque quatre cents gratte-ciel. De tous les côtés, des gens se pressaient sur les trottoirs, marchant vers le métro ou filant d'un pas sûr d'une rue à l'autre. C'était leur normalité. Certains entraient dans de beaux magasins – Noël serait là dans deux semaines –, d'autres attendaient devant des théâtres.

— Quand je pense que vous avez grandi au cœur de cette effervescence !

Ryan ôta de sa tête une casquette imaginaire, fit une révérence et lança, avec des intonations irlandaises exagérées :

— Non, ma p'tite dame. Moi, j'suis un gars des faubourgs.

— Vous vous moquez de moi.

Elle ne pouvait certes pas lui en vouloir. Cet homme l'amusait.

— Je vous jure que c'est vrai, la détrompa Ryan. Mes ancêtres ont migré ici il y a quatre-vingts ans, à cause de la grande famine. Le frère de mon arrière-grand-père est mort durant la traversée lors d'une violente tempête. Les survivants se sont installés à Five Points.

La jeune femme fronça les sourcils.

— C'est un quartier de Manhattan ?

— Les Five Points ? C'était un ensemble de cinq rues, construites à proximité d'une ancienne mare asséchée. Les immigrants pauvres, comme nous, y vivaient. J'ai grandi dans un de ces affreux immeubles en bois sur Anthony Street… Nous logions à quatre dans une pièce : mes parents, ma grand-mère et moi. Un vrai taudis.

Ryan évoqua l'odeur des ordures qui régnait en permanence à l'extérieur et les gros rats qui couraient dès que la rue se vidait d'humains, à la nuit tombée.

— N'aviez-vous pas les moyens de vivre ailleurs ?

Plongé dans ses souvenirs, il secoua la tête.

— Mon père travaillait sur un marché aux poissons et ma mère blanchissait des draps. Nous avions juste de quoi payer le loyer et nous nourrir, presque exclusivement de chou et de pommes de terre.

Il grimaça à l'évocation des légumes, ajoutant qu'il ne supportait plus l'odeur du chou.

— Vos parents doivent être fiers de votre réussite.

— Ils ne sont plus là pour voir ça. Leurs désastreuses conditions de vie ont fini par avoir raison de leur santé. Mon père a été emporté par un abcès dentaire infecté, quant à ma mère, elle a fait de l'emphysème.

Charlotte leva vers lui un regard navré.

— Je suis vraiment désolée.

— Laissons le passé là où il est, répondit-il dans un haussement d'épaules. Le présent nous sourit, profitons-en !

— Tout de même, vous avez un parcours admirable, releva-t-elle avec chaleur.

Ryan s'arrêta pour la scruter, comme s'il cherchait à graver ses traits dans sa mémoire. C'était une sensation plutôt perturbante qu'être examinée de la sorte et Charlotte se frotta nerveusement la nuque.

— Vous trouvez ? demanda-t-il gravement, après quelques secondes.

Sans attendre la réponse, il se remit en route en pressant l'allure et lui désigna bientôt un building.

— Vous voyez cet immeuble ? C'est le siège du *Times.* L'année dernière, on a allumé à son sommet la première enseigne lumineuse des États-Unis.

Charlotte battit des mains. Elle n'en revenait pas de tant de modernité ! Tout ce qu'elle voyait s'imprimait en elle de façon indélébile, jusqu'à l'odeur des marrons chauds que l'on servait dans la rue.

— Et que disait cette enseigne ? interrogea-t-elle, avide de tout savoir.

— Elle annonçait l'exécution de Ruth Snyder sur la chaise électrique.

— Je ne crois pas en avoir entendu parler…

— Ce ne sont pas des histoires à raconter aux dames…

Charlotte lui opposa une moue contrariée, ce qui fit sourire Ryan.

— Mais si vraiment vous y tenez…, reprit-il, amusé. Cette femme a été reconnue coupable du meurtre de son époux, ce qui a provoqué un débat ici, car pour sa défense, elle a évoqué la vie infernale qu'il lui faisait subir.

La jeune femme médita un instant sur cet argument. Elle comprenait que parfois, on pouvait avoir du mal à supporter certaines manières rustres des hommes, mais de là à assassiner son mari ?

— Je me demande ce qu'il a bien pu lui faire pour qu'elle en arrive là…, marmonna-t-elle, immobile face à l'immeuble.

— On a tous un degré différent de ce que l'on est capable de supporter ou non, répondit Ryan en plongeant ses yeux dans les siens. Il arrive qu'un mariage soit malheureux, je ne vous apprendrai rien.

Piquée au vif par le sous-entendu, Charlotte retira sans ménagement son bras de celui de Ryan.

— J'aimerais rentrer, à présent, déclara-t-elle sèchement en lissant un pan de son manteau. Émile risque de s'inquiéter.

Dolan objecta :

— Je ne vois pas pourquoi. Vous êtes censée passer la journée avec ma femme.

— Et cette journée touche à sa fin, répliqua-t-elle d'un ton implacable. Mon mari n'aimerait sûrement pas que je rentre trop tard.

Poussant un bref soupir, Ryan posa la main sur son poignet, la forçant à ralentir.

— Charlotte, pardonnez-moi si je vous ai vexée. Ce n'était pas mon désir.

Elle ne put s'empêcher de tressaillir à la façon dont il prononça le mot « désir », dans un souffle presque rauque. Sans qu'elle comprenne bien pourquoi, son cœur se contracta.

— Je dois vraiment rentrer, protesta-t-elle. Je n'aurais jamais dû accepter de rester à vos côtés.

Les épaules de Ryan se raidirent.

— Pourquoi cela ? N'avez-vous pas passé un bon moment ?

Charlotte se revit quelques heures plus tôt dans le *grill* en train d'écarquiller les yeux quand elle avait découvert la taille du morceau de viande qu'elle allait devoir manger, puis riant aux éclats lorsque Ryan avait entrepris de singer l'accent yankee du serveur. En réalité, elle avait passé un excellent moment. Le meilleur depuis des mois, même si elle avait honte de se l'avouer.

— Ryan, répondit-elle doucement, je… J'ignore ce que vous attendez de moi, mais c'est probablement bien plus que ce que je ne pourrais vous donner.

Comme ils approchaient de la 5e Avenue, Charlotte s'arrêta. Autour d'eux, les gens marchaient vite, indifférents aux émotions qui la tourmentaient.

— Vous n'allez pas me faire croire que vous êtes heureuse avec votre mari ? chuchota Ryan, le visage dangereusement proche du sien.

Cet homme était un peu trop perspicace à son goût.

— Là n'est pas la question, trancha-t-elle en reculant un peu. J'ai un enfant en bas âge, il a besoin de moi. Quelle sorte de mère serais-je si…

Charlotte s'interrompit en remarquant l'expression de culpabilité sur les traits de Ryan.

— Je ne savais pas que vous aviez un enfant, lui dit-il simplement en serrant sa main dans la sienne. Dans ce cas-là, j'espère que vous trouverez du réconfort dans son éducation.

La gorge de la jeune femme se noua.

— Au revoir, monsieur Dolan, parvint-elle à prononcer.

Ryan eut un sourire impénétrable.

— Je vous souhaite une belle vie, Charlotte ! lança-t-il, alors qu'elle s'éloignait déjà en direction de l'hôtel.

10

Étendue sur le divan en velours vert, Charlotte s'efforçait de s'intéresser à l'article du magazine qu'elle était en train de lire. Louise Brooks y était mise à l'honneur, car elle venait de tourner en France le film *Prix de beauté*. Le journal reprenait les photos qui montraient l'arrivée de l'actrice à Paris, coiffée d'un chapeau cloche (Charlotte rêvait de s'en offrir un similaire) et vêtue d'une fourrure certainement hors de prix. Souriante et sûre d'elle, la jeune femme posait avec une immense gerbe de fleurs entre les bras, ses grands yeux fixant l'objectif avec leur air malicieux. En cet instant précis, Charlotte aurait donné cher pour mener une vie aussi insouciante. L'heure du départ avait sonné, et pour leur dernière soirée new-yorkaise, la jeune femme était à nouveau condamnée à rester dans leur suite pendant qu'Émile dînait avec les hommes d'affaires au *Luchaw's*, un restaurant allemand très élégant situé à l'est de la 14e Rue, près de Union Square. Elle fulminait, terriblement déçue tant elle avait espéré pouvoir profiter une dernière fois des distractions que la ville avait à lui offrir.

Charlotte ferma un instant les yeux, se remémorant ces deux derniers jours, qui étaient passés à une vitesse folle. La balade avec Émile dans Manhattan, où il lui avait offert un cornet de marrons chauds, lui qui n'aimait pourtant pas gaspiller son argent. Le commerce d'alcool semblait rapporter gros et Émile avait retrouvé toute sa jovialité. Charlotte avait dû se faire violence pour partager sa gaieté, prétextant l'épuisement du voyage pour justifier son manque d'entrain. Quant à Central Park, il lui avait paru bien fade sans la présence de Ryan. Ryan Dolan… En dépit des mises en garde que lui soufflait sa conscience, Charlotte ne parvenait plus à se l'ôter de la tête. Elle voulait se convaincre que ce n'était qu'une passade, une toquade idiote. L'attrait de l'interdit n'était pas fait pour durer et dès le lendemain matin, Ryan Dolan ne serait plus qu'un nom, un souvenir, vivant à des milliers de kilomètres d'elle. Un océan les séparerait et noierait le trouble qu'elle avait pu ressentir en sa présence. En attendant, Charlotte avait bien du mal à tenir en place et la solitude que lui imposait Émile en cette dernière soirée lui pesait.

La sonnerie du téléphone la fit sursauter. Qui pouvait bien chercher à la joindre ? *Pourvu qu'il ne soit rien arrivé à Émile*, se surprit-elle à penser, avant de décrocher.

À l'autre bout du combiné, le réceptionniste l'informa que quelqu'un l'attendait en bas. Charlotte plissa les sourcils.

— Il doit s'agir d'une erreur, avança-t-elle.

— Vous n'êtes pas madame Queyrioux ?

— Si, c'est bien moi. Qui désire me voir ?

— *Le p'tit gars de Five Points*, récita son interlocuteur.

La jeune femme se sentit pâlir. Que diable Ryan faisait-il ici ? Et où donc se trouvait Émile ?

— Dites que je descends, merci, répondit-elle d'une voix blanche.

Elle vérifia sa tenue dans le miroir et arrangea les pinces qui retenaient ses cheveux. Les malles étant prêtes pour le lendemain matin, elle ne pouvait plus se changer à présent, tant pis si son corsage, son chandail et sa jupe faisaient vieux jeu. Serrant son médaillon au creux de sa main, elle sortit de la suite.

Arrivée dans le hall, Charlotte arrondit les yeux quand le réceptionniste lui indiqua de se diriger vers le bar, d'où s'élevaient des bruits de conversation, des notes de piano et les volutes des cigares que fumaient les hommes. La jeune femme se fraya difficilement un passage. Avancer vers lui et ne pas faillir. Le temps semblait s'être figé. Au moment où elle l'aperçut, assis au fond, dans un coin sombre et tranquille, son cœur menaça de s'envoler.

— Ryan, murmura-t-elle, encore incrédule.

— Vous êtes venue, répondit-il sur un même ton, en se levant.

Leurs regards s'accrochèrent l'un à l'autre, comme pour s'assurer qu'ils ne rêvaient pas, et Charlotte pensa furtivement que les yeux de Ryan avaient la couleur d'un ciel de printemps.

— Je vous croyais avec mon mari, balbutia-t-elle. J'espère qu'il n'est rien arrivé de gr…

— Je me suis senti un peu incommodé, l'interrompit-il. J'ai finalement décliné le repas.

Son visage entier s'était transformé en un sourire qui éclipsait tout le reste.

— Vous n'avez pas l'air si souffrant que ça.

Charlotte avait conscience du timbre chancelant de sa voix et elle se demandait franchement si tout cela était bien réel. L'univers autour d'elle avait pris un contour flou.

— Je souffre de ne penser qu'à vous, Charlotte, lâcha Ryan.

— Taisez-vous ! le supplia-t-elle avec un regard torturé. Vous connaissez ma situation.

— Vous partez demain, nous ne nous reverrons plus. Accordez-moi au moins cette soirée et dînons ensemble.

Elle aurait aimé pouvoir remettre de l'ordre dans ses pensées et lui expliquer posément que c'était impossible, mais la présence de Ryan lui ôtait toute capacité de réflexion.

— Très bien, capitula-t-elle en s'asseyant, dînons.

Le serveur leur servit du champagne (officiellement du jus de pomme) et ils trinquèrent en attendant le plat de homard qu'ils avaient commandé.

— À votre séjour dans notre magnifique ville, Charlotte ! J'espère que vous n'en retiendrez que le meilleur.

La jeune femme laissa un rire coupable flotter au-dessus de leurs coupes.

— Vous n'êtes qu'un beau parleur. Je vais manger avec vous et aller dormir, n'espérez rien d'autre.

Pourtant, elle ne parvenait pas à détacher son regard du sien. Ryan se pencha par-dessus la petite table ronde recouverte d'une nappe amidonnée.

— Croyez-vous au coup de foudre ? demanda-t-il à brûle-pourpoint.

Prise au dépourvu, Charlotte se concentra sur l'écume dorée qui brillait dans leurs verres.

— Le coup de foudre, c'est ce qui arrive aux jeunes filles en fleur dans les livres romantiques. Et ça se termine toujours mal, ajouta-t-elle en se souvenant de sa lecture de *Tess d'Uberville*.

— Moi, je crois aux émotions soudaines qui peuvent naître entre un homme et une femme dans un club de jazz.

— Ne seriez-vous pas un brin présomptueux ? fit-elle en terminant trop rapidement sa coupe.

Ses yeux lui renvoyèrent une expression éloquente.

— Je vous l'ai dit, Charlotte, depuis cette soirée au *Cotton Club*, je ne cesse de penser à vous. Je sais que c'est réciproque, ne vous mentez pas à vous-même.

Étourdie par l'alcool et les paroles de Ryan, son pouls s'accéléra. Cette déclaration lui donnait envie de sourire, mais elle se retint, de crainte qu'il prenne cela comme un encouragement.

— Ryan, vous savez bien que…

Il la fit taire en frôlant ses lèvres du bout de son pouce.

— Regardez-moi et osez me dire que vous ne ressentez pas la même chose.

La jeune femme livrait une véritable lutte, tiraillée entre la raison qui l'exhortait à fuir et l'attirance insensée qui l'empêchait de se lever et partir. C'était dangereux, bien trop dangereux.

— Peu importe ce que je ressens…, répondit-elle en s'empourprant.

Elle se mordit nerveusement la lèvre inférieure et Ryan s'inclina encore un peu plus vers elle.

— Si vous saviez comme j'ai terriblement envie de vous embrasser.

Le souffle coupé, Charlotte ne sut que répondre. Le sang déferlait dans ses veines tel un torrent indomptable et elle savait qu'il ne lui en faudrait plus beaucoup pour ployer sous la force de son désir.

— Nous pourrions faire monter notre dîner, suggéra Ryan. J'ai loué une suite.

Affolée par ce que cette proposition impliquait, elle jeta entre eux la première excuse qui lui traversa l'esprit.

— Je n'ai pas faim.

— Dans ce cas, c'est parfait. Je me fiche de ce homard. Je ne veux que vous.

Il y avait une telle injonction dans sa voix que Charlotte ne put résister une seconde de plus. Elle était vaincue. Ryan avait su toucher son âme là où Émile ne faisait que la froisser. C'était quelque chose d'irraisonnable et d'anormal, mais elle n'y pouvait rien.

— Moi aussi, murmura-t-elle comme si, tout à coup, plus rien d'autre n'avait la moindre importance.

*

Ryan referma la porte de sa suite et s'avança vers Charlotte, l'acculant lentement contre le bureau. Il la déshabilla d'un regard brûlant, qui réveilla une douce brûlure au creux de son ventre. N'y tenant plus, elle l'attira contre elle, s'obligeant à ignorer un reste de culpabilité. Ce désir était insensé, mais plus que tout, il la rendait vivante, obscurcissant toute raison. Depuis quatre jours, Ryan semait le chaos en elle et tout ce qu'elle trouva à faire fut de se réfugier entre ses bras, comme un insecte attiré par la lumière.

Ryan commença par lui embrasser le front, puis le nez et les paupières. Mais Charlotte en voulait plus, ses chastes baisers l'impatientaient. Sans prononcer un mot, elle prit son visage en coupe entre ses mains.

— Laisse-moi te rendre heureuse ce soir, chuchota Ryan.

Tout son monde était en train de voler en éclats et elle n'arrivait pas à savoir si c'était un cadeau ou une malédiction. Sachant déjà que sa vie ne serait plus comme avant, elle laissa Ryan lui ôter ses vêtements et ne cilla pas lorsqu'il prit le temps de poser son revolver à portée de main. Il respirait de plus en plus fort, en l'embrassant avec fougue.

— Ne me demande pas d'arrêter, Charlotte.

— Continue, souffla-t-elle, le visage enfoui dans son cou.

Le désir la chavirait. Se donner à Ryan, c'était découvrir une nouvelle terre d'exil dont elle n'avait jamais soupçonné les secrets, un terrain d'exploration qui exacerbait tous ses sens. C'était à la fois tendre et sauvage. La jeune femme poussa un cri lorsqu'elle sentit l'apogée de son propre plaisir se propager en elle comme un feu d'artifice. Figée dans un spasme de plaisir incontrôlable, elle avait la respiration coupée.

L'instant d'après, il la serrait étroitement contre son corps. Charlotte caressait pensivement le délicat semis de taches de rousseur que des anges semblaient avoir dispersé sur le torse de Ryan. Elle brûlait d'envie de lui poser des questions dont elle n'était pas certaine de vouloir connaître les réponses. Travaillait-il pour la pègre ? Avait-il du sang sur les mains ? Pourquoi commençait-elle à lui chercher des circonstances atténuantes, alors que cela allait contre toute morale ?

— Je vais devoir me forcer à t'oublier, maintenant, dit-elle à voix basse.

— Tu y arriveras, répliqua-t-il en la faisant pivoter pour mieux la regarder dans le fond des yeux. Tu n'as pas d'autre choix.

Elle laissa échapper un bref soupir, sachant qu'au fond Ryan avait raison. Charlotte n'était pas une femme moderne, encore moins l'une de ces *flappers* qui portaient les cheveux très courts et vivaient de façon libre. Elle n'était pas faite pour cette vie-là. Rentrer en France, s'enfuir avec son fils et revenir par le premier bateau était une chose inconcevable. Les valeurs morales qu'on lui avait inculquées dominaient son existence. Il ne pouvait en être autrement. Se détachant de son amant, Charlotte le contempla longuement, désireuse d'enregistrer chaque détail de son corps : les fins poils clairs qui recouvraient sa peau pâle, son nez droit, ses paupières un peu tombantes et la fossette qui creusait le coin de sa bouche lorsqu'il souriait.

— Blessure de guerre ? demanda-t-elle en laissant courir son index sous sa clavicule droite, là où ressortait une fine cicatrice blanche.

— Évidemment, répliqua-t-il en souriant. Quand on vient des Five Points, c'est le minimum.

Charlotte se redressa et prit appui sur un coude.

— Dis-moi où tu vis à présent, Ryan Dolan.

— Je pourrais te raconter que je possède une maison à Long Island…

— Je ne connais pas Long Island.

— Tu n'as pas lu *Gatsby le Magnifique* ? Long Island est un endroit huppé. Des villas démesurées qui font face à l'océan… on y a donné de belles fêtes.

— D'accord. Tu rêves de vivre à Long Island, crut-elle deviner.

Le regard de Ryan sembla se perdre dans la contemplation d'un point invisible, droit devant lui.

— Je présume que c'est ce que l'on attend d'un homme comme moi, souffla-t-il.

— Qu'est-ce qu'un homme comme toi ?

— Tout l'inverse de ton mari.

En l'entendant mentionner Émile, Charlotte bondit subitement du lit et commença à rassembler ses vêtements dans des gestes nerveux.

— Il ne va pas tarder à rentrer ! s'écria-t-elle en continuant à s'agiter. Que se passera-t-il si… Oh mon Dieu, qu'avons-nous fait ?

Ryan la rejoignit d'un pas tranquille, puis la força à reposer son chemisier.

— Détends-toi, lui conseilla-t-il en la tirant vers lui. Les gars l'ont emmené au *Clam House*. Ce club devrait beaucoup lui plaire.

Les baisers qu'il commença à lui déposer au creux du cou eurent à nouveau raison d'elle. Une heure plus tard, dans un état proche du désarroi, Charlotte se préparait à partir. À présent qu'elle avait eu un aperçu du bonheur entre les bras de Ryan, l'idée de retourner à une vie monotone la remplissait de tristesse. Il avait beau lui répéter qu'elle ne devait pas avoir de regrets sur ce qu'ils venaient de partager, la jeune femme songeait que son départ aurait été beaucoup plus facile si elle n'avait pas connu Dolan et son regard si pénétrant.

— Tu es une femme bien, affirma-t-il en lui caressant les cheveux. Ton alliance, tu ne la portes pas seulement autour de ton doigt. Elle est aussi à ton cœur, je sais que tu es loyale, Charlotte.

Loyale ? Cette réflexion était bien étrange. Comment pouvait-il prétendre une telle chose après ce qu'elle venait de faire ? Rassemblant toutes ses forces pour ne pas défaillir et le supplier de la garder auprès de lui, elle inspira un grand coup.

— Laisse-moi me rafraîchir le visage et ensuite je m'en irai.

Elle courut s'enfermer dans la salle de bains et ouvrit tous les robinets à fond afin de camoufler le bruit des sanglots qui jaillissaient malgré elle. Au bout de cinq minutes, lorsque la crise fut passée, la jeune femme s'aspergea la figure d'eau glacée, effaçant les traces de la multitude d'émotions qu'elle avait ressenties en l'espace de quelques heures. Enfin, elle ressortit, prête à affronter le moment des adieux.

Ryan, cependant, l'avait devancée. Comprenant à quel point la séparation serait difficile, il avait profité de son besoin de solitude pour griffonner un mot et s'effacer définitivement de sa vie.

Merci pour cette soirée inoubliable, Charlotte. Quittons-nous sur le souvenir de ces moments enchantés. Ce sera mieux ainsi.

Charlotte froissa la missive et la jeta dans la corbeille à papier. Elle ferma les yeux, tout à coup en proie à un vide abyssal. Son existence, désormais, se cantonnerait aux vignes et aux saisons qui s'écouleraient paisiblement au fond de sa campagne française. Son unique consolation serait de retrouver son petit Gabriel. Lui seul pourrait lui faire oublier la brève parenthèse américaine qui avait bouleversé son cœur. La vie finissait toujours par remettre les choses à leur place.

Charlotte regagna sa chambre d'un pas chancelant. Elle avait l'impression que la terre se dérobait sous ses pieds et ce n'était pas lié au champagne. En ouvrant la porte, elle se figea sur le seuil. Assis à califourchon sur une chaise au milieu de la suite, Émile lui faisait face en fumant une cigarette. La colère déformait ses traits. La jeune femme fut tentée de s'enfuir en courant, cependant elle se ressaisit. Ce qu'elle venait de faire n'était pas écrit sur son visage.

— Oh, Émile, tu es rentré, lança-t-elle en s'efforçant de conserver son sang-froid.

Son époux écrasa son mégot dans le cendrier qu'il tenait de son autre main et la toisa d'un œil mauvais.

— Oui, je suis rentré. Puis-je savoir ce que tu fabriquais hors de notre chambre, à cette heure-ci ?

— Absolument rien, répondit-elle avec autant de détachement qu'elle put. J'avais envie de profiter de l'air de la ville une dernière fois, alors je suis sortie marcher quelques minutes.

Ignorant depuis combien de temps il l'attendait, elle se garda bien d'en préciser davantage. Inutile de s'enliser encore un peu plus dans son mensonge. Charlotte traversa la pièce sans oser le regarder dans les yeux. Émile se redressa et lui attrapa le poignet au vol, la forçant à s'immobiliser. Il devait avoir beaucoup bu, car son haleine était chargée d'alcool.

— Je présume que ta balade nocturne n'avait rien à voir avec le fait qu'on t'a vue au bar avec Dolan ? cracha-t-il.

La jeune femme devint livide. Qui avait bien pu les trahir ? Ses lèvres bougèrent, mais ne produisirent aucun son.

— Je ne sais pas ce qu'on t'a raconté, Émile, mais c'est faux.

Il la repoussa d'une brusque secousse et elle faillit tomber, trébuchant sur l'un des pieds du lit.

— Ne me mens pas ! tonna-t-il. Quand j'ai appris que Dolan annulait sa participation au dîner, j'ai senti qu'il tramait un truc louche. Ah, le salopard ! Si j'avais su plus tôt qu'il attendait des avantages en nature, jamais je ne t'aurais amenée avec moi !

Effarée, Charlotte reculait au fur et à mesure qu'Émile s'avançait vers elle, menaçant. Elle voulut protester, mais il ne lui en laissa pas l'occasion, persistant dans sa virulence :

— Je ne t'ai pas trouvée en montant ici, alors je suis redescendu pour demander si on t'avait vue. Et devine ? Un serveur m'a affirmé que tu étais partie avec, je cite, « cet Irlandais qui a payé votre chambre ». Vous vous êtes bien foutus de moi, tous les deux !

Charlotte était à présent coincée entre le mur et la masse imposante de son mari.

— Arrête, Émile ! conjura-t-elle. Il m'aura confondue avec une autre femme, c'est tout.

— Écoute-toi mentir, pauvre garce ! Je tourne le dos et tu te déshonores comme la dernière des putains !

Lorsqu'elle le vit lever le bras, son premier réflexe fut de se recroqueviller. Puis il fondit sur elle.

— Émile, non !

Dans sa rage aveugle, son mari ne l'entendait plus, défoulant sa colère en la frappant des pieds et des poings. La jeune femme se protégeait la tête tant bien que mal, mais très vite, ses larmes se mêlèrent à un liquide plus épais qui s'écoulait de sa lèvre. S'il continuait ainsi, elle allait mourir là, dans cette suite luxueuse de l'hôtel Plaza. Jamais elle ne reverrait Gabriel. Frémissant d'indignation à cette seule pensée, elle trouva la force de s'écrier :

— Comptes-tu tuer la mère de ton fils ?

Cette question agit sur Émile comme un électrochoc. Il s'arrêta d'un coup, comme vidé de son énergie.

— Relève-toi et va te laver la figure, lui ordonna-t-il d'une voix tremblotante.

Sans demander son reste, la jeune femme s'éloigna en rampant, puis se redressa avant de courir jusqu'à la salle de bains. Face au miroir, elle découvrit l'étendue des dégâts : sa lèvre inférieure avait doublé de volume et ses pommettes étaient couvertes d'ecchymoses. La laisserait-on monter sur le paquebot dans cet état, le lendemain matin ? Charlotte appliqua de l'eau sur ses plaies, regardant le sang disparaître dans le siphon. Un peu de poudre camouflerait sans doute le plus gros des dégâts et, à son arrivée en France, il ne devrait plus rester beaucoup de traces. Tâtant son épaule qui avait pris une teinte violacée, elle éclata en sanglots et s'abandonna à un chagrin dévastateur, un déluge d'angoisse. Le caractère imprévisible d'Émile n'était pas une nouveauté, mais jamais encore il n'avait levé la main sur elle et à aucun moment elle n'aurait pu l'imaginer capable d'une telle violence. Qu'allait-il se passer, à présent ? Et s'il recommençait ? Devait-elle prévenir quelqu'un ?

— Charlotte ?

Son mari frappait doucement à la porte.

— Laisse-moi tranquille, répondit-elle en essuyant ses larmes. Tu me fais peur, je ne veux plus te voir.

— Charlotte, tenta-t-il de la raisonner, ne fais pas l'enfant. Je ne voulais pas te faire de mal, mais ton attitude m'y a bien obligé.

Avait-elle mérité cette correction ? Au fond, peut-être. Elle en connaissait, des épouses qui recevaient une claque de leur mari parce que la soupe était froide ou la viande trop sèche, ces dernières ne se plaignaient pas pour autant. Alors sans doute ne pouvait-elle s'en prendre qu'à elle-même. Elle avait trahi les liens de leur mariage, comment osait-elle se poser en victime après cela ? Misérable. Voilà ce qu'elle était.

— J'arrive, dit-elle faiblement, au bout de quelques secondes de silence.

Son regard croisa celui de son mari quand elle sortit de la salle de bains. Il lui sembla y lire un profond mépris.

— Prends ça, lui dit-il en lui tendant des comprimés. Ça t'aidera à dormir. Nous partons tôt demain matin.

Elle cligna des yeux, déroutée par le calme subitement revenu dans la pièce. Émile avait ôté ses vêtements souillés de sueur et rangé le désordre provoqué par leur dispute.

— Je… Émile, pour… je voulais que tu saches que…

— N'en parlons plus, déclara-t-il d'une voix étrangement tranquille. Mets-toi au lit et cesse d'y penser.

Elle avala les pilules qu'il lui tendait et s'allongea sans même se dévêtir, s'efforçant de se convaincre qu'à partir de maintenant les choses iraient mieux.

Du moins, elle ferait tout ce qui était en son pouvoir pour ne plus jamais contrarier son mari. Une fatigue dense s'empara d'elle et ralentit sa pensée. Serrant son collier sur son cœur, elle visualisa le beau visage de Gabriel et plongea dans un profond sommeil.

Le lendemain matin, le jour perçait déjà à travers les rideaux lorsque Charlotte se réveilla. L'esprit embrumé, il lui fallut un certain temps pour regagner les rives de la conscience. Son visage lui faisait mal et elle avait l'impression que sa lèvre inférieure allait craquer. Soudain, tout lui revint en mémoire : ses ébats avec Ryan, la folie furieuse qui s'était emparée d'Émile lorsqu'elle était rentrée. Tout cela n'était pas qu'un horrible cauchemar ! Sentant sourdre une certaine angoisse, elle se retourna dans le lit pour réveiller son mari. Sa main ne rencontra que le vide. Où était-il passé ?

— Émile ? appela-t-elle doucement.

Le son de sa propre voix suffit à lui déclencher une migraine. La jeune femme s'extirpa du lit avec peine et tira les rideaux. Dehors, la matinée était plombée de nuages bas et les passants affluaient déjà en nombre sur les trottoirs. Quelle heure était-il donc ?

— Émile ? insista-t-elle en s'apprêtant à toquer à la salle de bains.

Charlotte suspendit son geste en entendant quelqu'un frapper à la porte de la suite. Sans penser à vérifier l'état de sa figure dans le miroir, elle se traîna jusqu'à l'entrée et ouvrit. L'employé de l'hôtel qui se tenait à présent devant elle se couvrit la bouche en la voyant.

— Oh seigneur ! s'exclama-t-il. Madame, que vous est-il arrivé ?

— Mon… où est mon mari ?

— Votre mari ? Il a signalé à la réception qu'il apportait vos malles au paquebot pour ne pas les enregistrer trop tard et que vous deviez le rejoindre.

Hébétée, Charlotte recula, cherchant à se cramponner au premier meuble que sa main trouverait.

— Madame ? Voulez-vous que j'appelle un docteur ?

— Pouvez-vous me dire quelle heure il est ? murmura la jeune femme.

— Près de midi, c'est pour ça qu'on m'a envoyé vérifier que la chambre était vide.

Pressentant le désastre à venir, elle jeta un regard circulaire autour d'elle, avant de se ruer à la recherche de ses affaires. Mais il ne restait plus rien. Ni bagages ni sac à main. Elle n'avait donc plus de papiers. Tout ce qu'elle possédait désormais était sur elle : ses vêtements et son collier. Le paquebot devait être parti depuis près de deux heures, emportant Émile et le fruit de sa vengeance. Il n'aurait pas pu la punir plus durement qu'en lui ôtant toute possibilité de retrouver son fils.

— Gabriel !

L'étage entier fut témoin du rugissement de fauve blessé qu'elle poussa avant de s'évanouir.

11

Jo, 2018

Le rideau à franges dansait lentement dans la brise qui pénétrait par la fenêtre ouverte. Doris reposa sa deuxième tasse de thé.

— Est-ce que ça va aller ?

La question n'était pas purement rhétorique, si je me fiais à l'inquiétude qui perçait dans sa voix. J'étais remuée par ce que je venais d'apprendre. Mes yeux glissèrent instinctivement vers le médaillon ouvert sur la photo.

— Je suis choquée par le comportement d'Émile, répondis-je. C'est épouvantable, ce qu'il lui a fait subir.

La vieille dame croisa ses doigts devant elle.

— Maman m'a confié qu'Émile avait été très marqué par un drame familial, survenu durant la Grande Guerre. Sa belle-sœur s'était retrouvée enceinte alors que son mari était mobilisé depuis quelques mois, si vous voyez ce que je veux dire. Quand ce dernier est revenu, estropié d'un bras, il n'a pas supporté ce qu'il avait sous les yeux et s'est pendu. C'était le frère aîné d'Émile, celui qui aurait dû hériter des vignes.

— C'est affreux ! lâcha Adeline, horrifiée.

— Cela peut expliquer son aversion pour les femmes aux mœurs légères, analysa Doris.

— S'il avait su rendre son épouse heureuse, elle n'aurait peut-être pas succombé à un autre.

Je ne pouvais m'empêcher de compatir pour Charlotte, dont l'histoire avec Ryan me chamboulait malgré moi. Certes, elle avait trompé son mari, mais les sentiments ne sont jamais une chose que l'on choisit. L'empêcher de retrouver son fils était un châtiment disproportionné.

— Je suis d'accord avec vous, Jo, approuva Gavin. Ça n'excuse en rien la façon ignoble dont il s'est comporté.

— Charlotte a-t-elle su que Gabriel était décédé ?

La main de Doris s'agita devant moi.

— Nous en parlerons une prochaine fois. Je crois que ça vous fait déjà pas mal d'informations à assimiler.

J'allais lui demander quand aurait lieu cette prochaine fois lorsque le colley aboya et se dirigea d'un pas nonchalant vers la porte. Gavin leva la tête vers la pendule murale.

— Voilà Tess ! déclara-t-il, avant de nous préciser qu'il s'agissait de son ex-femme. Je récupère mon fils jusqu'à la fin de la semaine.

Je n'eus pas le temps de lui faire part de mon étonnement car à ce moment-là, la porte s'ouvrit sur une jeune femme vêtue d'un jean et d'une chemise un brin trop large pour son corps mince. Ses cheveux châtains étaient relevés dans un chignon lâche et on pouvait lire un air de fatigue bienheureuse sur son visage.

— Salut, lança-t-elle à la cantonade. Vous ne devinerez jamais la dernière bêtise de Jack…

Elle s'interrompit en s'avisant de notre présence. Gavin nous présenta.

— Johanna arrive de France, avec son amie Adeline. Elles sont venues pour en savoir plus au sujet de Charlotte.

Tandis que le petit Jack s'élançait dans les bras de son père, Tess nous adressa un sourire radieux.

— Des recherches généalogiques ? s'enquit-elle.

— Pas vraiment. C'est plutôt pour aider mon grand-père, que je me retrouve ici.

En quelques mots, Gavin lui résuma la situation.

— Super ! s'exclama Tess avant de se tourner vers Doris : Vous devez avoir beaucoup de travail, Grammy. Si vous préférez que je garde Jack…

— Bien sûr que non, chérie. C'est toujours un plaisir de l'avoir à la maison.

Comme elle souriait, une multitude de petites rides se creusèrent sous ses yeux. Tess lui répondit avec un air complice :

— Parfait alors, enfin du temps pour mon mari et moi ! Par moments, j'ai l'impression de dresser un animal. Je ne sais pas comment font ces mamans sur Instagram pour avoir une maison nickel, la mienne est jonchée de jouets !

— Cette parenthèse avec Adam te fera du bien, lui dit Gavin.

Tout à coup, je me sentis de trop dans cette scène familiale. J'avais la désagréable impression d'entrer dans leur vie par effraction.

— Nous allons vous laisser, annonçai-je. Merci de m'avoir dit qui était Charlotte.

— Oh, mais je n'ai pas terminé de vous raconter toute l'histoire, protesta joyeusement Doris. Et si vous reveniez déjeuner demain ?

Indécise, je jetai un coup d'œil à Adeline. Gavin dut surprendre mon regard, car il ajouta qu'il y aurait une tourte au poulet.

— Personne ne la réussit mieux que Grammy, nous promit-il.

— J'en ai l'eau à la bouche ! répondit Adeline, qui avait déjà oublié l'indigestion dont elle avait failli être victime le matin.

— Alors, à demain ! nous lança Doris en nous gratifiant d'une accolade typiquement anglaise.

Jack nous avait précédées hors de la maison, et il courait après le colley autour d'un pommier sauvage, dont les branches se déployaient au-dessus d'une balancelle.

— Tu viens avec moi à l'étable ? lui lança Gavin, ce qui déclencha aussitôt des cris enthousiastes.

Refermant la barrière, Adeline et moi prîmes congé.

— Quel endroit charmant ! s'exclama mon amie en se retournant une dernière fois pour saluer nos hôtes de la main.

J'approuvai d'un large sourire. Au moment où je démarrai, Adeline enclencha la musique sur son iPod.

— Si on tombe encore sur *God Only Knows*, tu rentres à pied, l'avertis-je.

— Ne t'en fais pas pour ça, répondit-elle avec une fierté suspecte.

La connaissant, elle s'apprêtait à nous faire un revival années quatre-vingt-dix avec les Spice Girls en fond sonore.

— Tu n'as rien contre Robbie Williams, j'espère ?

Bon, je n'étais pas tombée si loin que ça. Et ça me convenait très bien… du moins jusqu'à ce qu'Adeline se mette à brailler avec lui, en français :

« Quand l'amour n'est plus là / Que te reste-t-il pour survivre ici-bas ? / Donne le meilleur de toi-même / Et tu trouveras l'amour suprême… »

Au secours ! Faites-moi sortir de cette voiture de l'enfer !

— Je te jure que si tu continues, tu finis sur le Bon Coin, menaçai-je.

— Quoi ? me défia-t-elle. Tu ne vas pas me dire que c'est aussi votre chanson à Adrien et toi ?

— Très drôle, maugréai-je. Je deviens allergique aux chansons d'amour, c'est tout.

— Désolée, mais moi je ne résiste pas à Robbie quand il m'ordonne de venir « vivre l'amour suprême ».

Heureusement, elle s'arrêta afin de me demander ce que je pensais de l'histoire de Charlotte.

— Doris me semble fiable, répondis-je en me concentrant sur les virages qui descendaient en direction d'Ilfracombe. Et je suis tentée de te dire que mon arrière-grand-père était un salopard.

— Un salopard peureux, compléta-t-elle. Plutôt qu'aller mettre son poing dans la gueule de Ryan Dolan, il a préféré rouer sa femme de coups. Ces types-là me donnent des envies de meurtres.

Lorsqu'elle travaillait encore dans la police, Adeline avait vu passer un grand nombre de femmes battues. Des victimes qui se posaient parfois en coupables (« je l'ai mérité, si je ne l'avais pas poussé à bout… »), un peu comme Charlotte l'avait pensé, ou d'autres qui restaient dans le déni (« c'était un accident, c'est la première fois, il ne me ferait jamais de mal »). À l'instar d'Adeline, cela me révoltait.

— Pépé ne m'a jamais caché que son père pouvait être violent, je ne suis donc qu'à moitié étonnée. Mais priver une mère de son enfant, et *vice versa*, ça me dépasse.

— Tu crois qu'il va réagir de quelle façon en apprenant tout ça ?

Il prendrait la nouvelle avec flegme, très certainement.

— Je ne pense pas qu'il savait que son père avait été marié une première fois… Cela dit, tout ça s'est passé il y a près d'un siècle, ça ne changera plus grand-chose pour lui. Je vais l'appeler quand on sera rentrées à l'hôtel.

— On se fera une soirée au pub, ensuite ?

— Pourquoi pas ?

Quelques minutes plus tard, j'étais au téléphone avec mon grand-père.

— Jo, tout va bien ? s'enquit-il, sur le qui-vive.

— Oui. J'ai promis de t'appeler aussi souvent que possible, alors je tiens parole.

Il parut soulagé et je lui appris ce que m'avait révélé Doris. Comme prévu, il ne se montra pas particulièrement surpris lorsque je lui relatai la façon dont Émile avait réagi à l'infidélité de Charlotte.

— Mon père pouvait être si rustre… Tu sais, me confia-t-il, si j'ai décidé de pratiquer la boxe, c'était pour évacuer cette violence que je portais aussi en moi.

— Pourtant, je ne t'ai jamais vu lever la main sur qui que ce soit, pas même sur un animal.

— Parce qu'à l'inverse de lui, j'ai vidé ma colère d'une autre manière, sur le ring.

J'imaginais sans mal à quel point cet héritage génétique ne devait pas être facile à porter, pour un homme aussi bon que lui.

— Est-ce que tu te doutais que Gabriel était en fait ton demi-frère ?

À l'autre bout du fil, il y eut un silence un peu trop long à mon goût. Peut-être qu'en fin de compte le sujet était plus sensible que je ne le pensais.

— Comme je te l'ai déjà dit, dès l'instant où ma mère m'a révélé la brève existence de Gabriel, nous n'avons plus jamais parlé de lui. Pour moi, il était abstrait.

Je comprenais, mais une question me taraudait encore.

— Puisque tes parents n'aimaient pas remuer le passé, comment en sont-ils arrivés à te parler de lui ?

— C'est loin, tout ça.

L'espace d'un instant, je crus qu'il ne m'en dirait pas plus. Je l'entendis marmotter quelques secondes et il se décida finalement.

— C'était en 1947, à la fin de l'hiver. Je m'en souviens parce que j'avais remporté le titre de champion de France en amateur.

Pépé me raconta que, ce jour-là, il s'était assoupi dans sa chambre, après avoir aidé aux vignes.

— Le bruit d'une dispute m'a réveillé. Il y avait une voix de femme, que je ne reconnaissais pas. Elle disait à mon père qu'elle voulait voir Gabriel. Les mots avec lesquels il lui a répondu étaient d'une brutalité sans nom…

Comme il se taisait, j'insistai :

— Qu'est-ce qu'il lui a dit ?

— Il lui a hurlé que Gabriel était mort depuis des années et que c'était arrivé par sa faute à elle. Leur dispute s'est envenimée alors je suis descendu pour… Je ne sais pas ce que j'espérais, en fait, reprit-il en soupirant, après une courte pause. Dès l'instant où mon père se mettait en colère, c'était difficile, voire impossible de le calmer.

— Que s'est-il passé ?

— Il a mis cette femme dehors sans aucun ménagement en lui ordonnant de ne plus jamais remettre les pieds chez lui. J'ai pu m'interposer entre eux, mais je suis sûr qu'elle a gardé un hématome sur le bras pendant quelques jours, vu la façon dont il l'a empoignée.

Mon cœur se mit à battre un peu plus vite. Cette femme était probablement Charlotte !

— Comment était-elle ?

— Les choses sont allées si vite que je ne l'ai pas vue plus de quelques secondes, tu sais. Elle pouvait avoir dans les quarante ans. Ce qui m'a surtout frappé, c'est le beau manteau violet qu'elle portait et son regard, à la fois empreint de détermination et de détresse.

Il faudrait que je demande à Doris si sa mère avait possédé un manteau comme celui que Pépé venait de me décrire. Je voulus savoir ce qui était ensuite arrivé.

— Cette femme est partie, quand ton père l'a mise à la porte ?

— Oui. C'est là que j'ai demandé une explication à mes parents. Mon père ne décolérait pas et c'est ma mère qui m'a expliqué qui était Gabriel. Quant à la femme, ils n'ont rien voulu me dire à son sujet.

— Je parie que c'était Charlotte.

— C'est fort possible, en effet.

— Tout cela ne nous dit toujours pas pourquoi Doris t'a envoyé le médaillon, fis-je remarquer.

Mon grand-père émit un petit rire.

— Je reconnais bien là ton impatience légendaire, Jo. Elle a sûrement besoin de prendre son temps, ce n'est pas simple de revivre le passé.

J'admis qu'il avait raison. J'avais débarqué dans cette bourgade anglaise sans m'annoncer. Au bout de quinze ans, Doris avait certainement abandonné tout espoir de pouvoir nous parler des liens qui avaient existé entre sa mère et Gabriel. Nous échangeâmes encore quelques nouvelles (j'appris que Lucette avait dérobé le dentier de Marcelin, son voisin de chambre, qui faisait trop de bruit quand il mastiquait ses aliments).

— Devine qui j'ai croisé, en allant lui rendre visite ?

Je réfléchis un instant.

— Je ne sais pas. Bradley Cooper, peut-être ? Tu lui as parlé de moi et il vient de s'installer dans mon appartement ?

Pépé éclata de rire.

— Quitte à choisir, je te verrais mieux avec un type du genre de Matt Damon. Ou Adrien. Ce qui tombe bien, puisque c'est lui que j'ai vu.

— Ah. Est-ce qu'il va bien ?

— Il s'inquiète, Jo. Je crois qu'il ne comprend pas ton silence. Je n'étais pas très à l'aise.

— Je suis désolée, Pépé. Je ne voulais pas te mettre dans l'embarras.

Merde, merde et merde ! Après avoir raccroché, je fonçai sous la douche, peu fière de moi, puis consultai mon compte Messenger. Un message d'Adrien m'y attendait :

Coucou ☺ Alors, c'est comment le Devon ? Hier, j'ai pensé à toi. Après avoir accompagné un groupe de touristes pour une excursion à vélorail, je suis passé devant une nouvelle pâtisserie. Leurs éclairs au chocolat ont l'air déments, mais sans toi, je n'ai pas eu le cœur d'y goûter. Reviens vite, Jo !
P-S : tu savais que les éclairs ont été nommés ainsi parce qu'on les mange vite ?

Son message me fit sourire autant qu'il me serra le cœur. Comment pouvais-je le laisser ainsi sans nouvelles ? Que je ne me sente pas capable de me lancer dans une relation amoureuse, c'était un fait, mais étais-je vraiment obligée de m'éloigner de lui ? Je tapai une amorce de réponse dans laquelle je m'excusais pour mon comportement, avant de l'effacer aussitôt. J'aurais pu recommencer un million de fois sans parvenir à appuyer sur la touche envoi. Je me maudis de réagir comme une gamine ; j'avais bien conscience du ridicule de la situation, d'autant plus que nous étions à des centaines de kilomètres l'un de l'autre. Mon cerveau devenait un peu trop pénible, en ce moment ! Dépitée, je pris mes affaires et rejoignis Adeline.

Le *George & Dragon* était un établissement traditionnel à la façade blanche creusée de fenêtres médiévales. Ce pub, le plus vieux de la ville, datait du

XIVe siècle. La carte promettait de bonnes bières et, pour les plus chanceux, un fantôme ou deux. À l'intérieur, le plafond bas aux poutres apparentes s'accordait aux murs en pierre, ce qui donnait à l'ensemble un côté très rustique. Adeline et moi nous installâmes sur des tabourets autour d'une table ronde et cirée. Non loin de nous, une silhouette en carton grandeur nature représentait la reine Elisabeth II.

— On va manger en bonne compagnie, souligna mon amie.

— D'ailleurs, le prince Harry se marie bientôt, non ?

Adeline posa la question à la serveuse venue s'enquérir de nos commandes.

— Dans moins de quinze jours ! nous confirma-t-elle. On a prévu de se réunir ici pour suivre la cérémonie à la télé… *Oh my God, I can't wait!*

Elle paraissait tellement excitée que je n'aurais pas été surprise d'apprendre qu'en réalité elle était la future mariée en personne et que Meghan Markle ne servait qu'à induire les paparazzis en erreur.

— On va rater ça de peu, me dit Adeline, après que la jeune femme eut noté nos choix.

— Tu penses que nous serons déjà rentrées ?

— Affirmatif. Il nous reste encore trois ou quatre nuits à l'hôtel, et je ne peux pas m'éterniser davantage. Mais d'ici là, ajouta-t-elle en me tapotant la main, je suis sûre que Doris nous aura tout raconté.

Quelque chose dans cette idée me contrariait.

— Tu ne trouves pas que ça se déroule un peu trop facilement ? On débarque à l'improviste et Doris consent à nous parler, sans même se méfier.

Adeline haussa les épaules.

— La vie n'est pas un roman d'Agatha Christie. Ça doit faire des années que cette femme a envie de se confier, elle n'allait pas en plus nous demander des garanties.

La serveuse déposa devant nous nos assiettes de porc au poivre et à la sauce tomate épicée.

— Je comprends que tu ne sois pas pressée de rentrer, poursuivit mon amie. Mais tu vas bien devoir te confronter un jour ou l'autre à la décision que tu n'as pas envie de prendre.

— Ça n'a rien à voir. Je pense que je ferais mieux d'accepter cette opération… mais j'ai la trouille. Je… Je ne veux pas rejoindre ma grand-mère sous terre, dans le caveau familial. C'est trop tôt.

Adeline me fixa, le menton tremblant imperceptiblement.

— Je vais te confier un truc, Jo : je suis sûre à quatre-vingt-dix-neuf pour cent que tu vivras vieille. Mais le dernier pour cent me tord les entrailles, car je n'ai absolument aucune envie de perdre ma meilleure amie. Alors je comprends que tu aies peur, c'est plus que légitime.

Refoulant les larmes qui montaient, je lui demandai ce que j'étais censée faire pour tenter de vivre la situation au mieux.

— La fille solaire que je connais déciderait de ne pas se laisser impressionner. Elle profiterait de chaque instant.

L'instant présent et tout le bla-bla de la pensée positive…

Je lui répondis par un éclat de rire sardonique.

— Profiter du moment présent… Tu parles, c'est une connerie pour les flippés de la vie, ça !

— Ah ouais ? fit-elle. C'est pourtant exactement ce que tu m'as conseillé de faire le jour où j'ai démissionné de la Police nationale. Et ne t'avise pas de me dire que ce n'est pas pareil.

Désireuse de changer de sujet, je lui fis part du message d'Adrien.

— Tu lui as répondu quoi ?

— Rien du tout. J'ai essayé, mais je ne trouve pas les bons mots. Je pensais bien faire et au lieu de ça j'ai tout flanqué par terre, soupirai-je. J'ai beau m'accrocher à l'idée que mon avenir est incertain, je n'arrive pas à refouler mes sentiments.

Elle secoua la tête, l'air agacée.

— Tes sentiments ne vont pas se désactiver sur commande ! Tu pourras toujours contrôler ce que tu penses, Jo, mais jamais ce que tu ressens.

J'étais encore en train de chercher une réponse appropriée lorsque ses yeux se déportèrent sans crier gare par-dessus mon épaule.

— Oh, regarde ! s'exclama-t-elle. Gavin est là.

Je me retournai au moment où ce dernier s'avisait de notre présence. Accompagné d'un homme et d'une femme, il nous adressa un geste de la main pour nous inviter à nous joindre à son petit groupe.

— Allons nous amuser un peu ! souffla Adeline en se levant.

En un rien de temps, elle déménagea nos assiettes d'une table à l'autre et je me retrouvai assise sur une banquette, coincée entre le mur et le copain de Gavin, qui semblait un peu plus jeune que nous.

— Voici Jenna et son frère Daniel, nous présenta-t-il, avant de leur expliquer qui nous étions.

— Salut, dis-je à mon voisin de table, qui parut aussi ravi de faire ma connaissance que de boire un verre de ciguë.

Adeline leur tendit une main chaleureuse.

— Enchantée, je suis la meilleure amie de Jo.

— Meilleure amie, psy et tyran est la fonction complète, rectifiai-je en pensant aux injonctions qu'elle m'avait serinées quelques minutes plus tôt.

Jenna, une grande jeune femme à la peau claire et aux cheveux roux retenus par un bandana, cessa un instant de regarder Gavin comme s'il était la huitième merveille du monde pour esquisser un immense sourire lumineux.

— Soyez les bienvenues dans notre petite ville, déclara-t-elle d'une voix forte. Vous faites bien de venir nous voir au printemps, c'est la saison durant laquelle l'Angleterre offre ce qu'elle a de plus beau.

Je lui répondis que j'avais entendu parler de sa boutique de produits locaux par Gavin et Doris.

— Il faudra que vous preniez le temps d'y faire un tour avant votre départ, nous encouragea-t-elle. Tant que vous n'aurez pas goûté les biscuits au miel de Doris, vous n'aurez rien vu d'Ilfracombe.

Puis elle se tourna vers son frère, qui n'avait toujours prononcé aucun mot.

— Dany, sois gentil et va nous chercher des pintes.

Le jeune homme s'exécuta, non sans avoir préalablement poussé un gros soupir.

Charmant, vraiment.

Jenna nous sourit à nouveau.

— C'est un peu tendu entre mon frère et moi, il se cherche en ce moment, nous raconta-t-elle, comme si elle nous connaissait depuis des années. Si je ne m'occupais pas de lui, on le retrouverait proche de l'état catatonique.

— Tu exagères, intervint Gavin. Il a vingt-trois ans, laisse-le vivre un peu. L'autre jour, il est venu m'aider à la ferme. Ce qu'il lui faut, c'est une occupation.

Jenna protesta, arguant que Daniel n'avait jamais été capable de conserver le moindre travail.

— Ses journées se résument à jouer sur sa Xbox. Par-dessus le marché, il fume plus qu'une locomotive à vapeur. Je m'inquiète, Gavin, est-ce que tu peux le comprendre ? C'est quand même moi qui l'ai élevé, ce petit con.

Elle poussa un long soupir, comme s'il ne pouvait pas y avoir pire que cette épreuve. Adeline se racla la gorge pour leur rappeler notre présence.

— Moi aussi, j'ai parfois envie d'étriper mon frère. Peut-être que nous devrions vous laisser…

— J'ai encore monopolisé la conversation, c'est ça ? s'enquit la pétulante jeune femme, avec une moue contrite.

Daniel revint à cet instant avec trois Guinness et un silence coupable plana sur notre groupe.

— De quoi parlions-nous, déjà ? se risqua Jenna alors que son frère reprenait sa place à côté de moi.

— Des amours de Gavin ! lança Adeline, mue par un éclair de génie. Alors, as-tu quelqu'un dans ta vie, monsieur le fermier ?

Tant que tu y es, demande-lui aussi la couleur de ses caleçons et le nombre d'enfants qu'il veut !

Avait-elle oublié qu'il était divorcé et père d'un petit garçon ? Flatté par l'intérêt que lui portait mon amie, Gavin entra dans son jeu :

— C'est une proposition ?

Le sourire que Jenna affichait jusque-là s'évanouit d'un coup.

— Non, ce n'est pas une proposition, statuai-je à la place de la principale intéressée. Adeline a déjà tout ce qu'il lui faut en France.

— C'est vite dit, maugréa cette dernière.

— Mauvaise passe ? demanda Gavin. J'adore consoler les cœurs en détresse.

— Monsieur le fermier serait donc un tombeur…

Comme Jenna contemplait à présent sa bière avec les sourcils froncés, je pris mon amie en aparté :

— Arrête de flirter ! Tu ne vois pas qu'elle est amoureuse de lui ?

Heureusement, personne d'autre que nous autour de cette table ne paraissait comprendre le français. À l'évidence, Gavin ne se rendait pas compte du malaise de son amie. Adeline arrondit les yeux en réalisant la situation et, redoutant certainement de finir décapitée par le portrait grandeur nature de la reine, elle essaya de rattraper le coup avec Jenna en relançant la discussion autour de sa boutique. Daniel ayant les yeux rivés sur l'écran de la télé, Gavin reporta son attention sur moi.

— Alors comme ça, tu as été marié, lui lançai-je en repensant à l'irruption de Tess et Jack, un peu plus tôt.

— Ça a l'air de te surprendre, constata-t-il en riant.

Je lui fis remarquer que rien dans son attitude n'avait laissé présager de l'existence d'un enfant.

— Tu vis chez ta grand-mère, c'est un peu particulier, non ?

Il prit le parti d'en plaisanter.

— Oh, je vois, tu as pensé que j'étais un vieux garçon !

— Peut-être bien.

— Mauvaise déduction. Tess et moi avons eu un coup de foudre lors d'une soirée chez des amis communs, me raconta-t-il. Nous avons cru nous aimer, et huit mois après nous étions mariés. Elle est venue s'installer à la ferme, et puis Jack est né. Sauf qu'on s'est vite rendu compte que les défauts de l'autre nous irritaient plus qu'autre chose et surtout, nous ne partagions pas l'essentiel. Grammy m'en a un peu voulu, mais nous avons réussi à nous séparer bons amis.

— Ce sont des choses qui arrivent, relativisai-je. Si vous avez eu l'intelligence de préserver Jack, vous avez préservé l'essentiel.

Il me renvoya un sourire pudique.

— Je suis bluffé que tu aies fait tout ce chemin pour entendre l'histoire de Charlotte, déclara-t-il, désirant apparemment changer de sujet.

— Je serais surtout prête à tout pour faire plaisir à mon grand-père, répliquai-je sans entrer dans les détails.

Il me regarda d'un air indéchiffrable. Sans être mal à l'aise, j'avais toutefois un peu de mal à le cerner. Je lui fis remarquer à quel point c'était sordide, d'avoir séparé Charlotte de son bébé.

— Il avait trois mois, c'est ça ?

Gavin opina du chef et, à croire qu'il entendait les questions silencieuses qui me passaient par la tête, me précisa :

— J'ai eu la chance de connaître Charlotte. Malgré tout ce que le destin lui a infligé, elle a vécu longtemps ; elle avait quatre-vingt-quatorze ans lorsqu'elle est partie dans son sommeil, en 2003. Une vraie force de la nature.

— C'est incroyable qu'elle ait réussi à surmonter la perte de Gabriel. Émile, lui, a au moins pu se consoler avec la naissance de mon grand-père…

Un détail me frappa subitement, une révélation si soudaine qu'elle me laissa stupéfaite.

Comment n'y ai-je pas pensé plus tôt ?

Je me fis alors la réflexion qu'Émile était sacrément gonflé d'avoir battu Charlotte avant de la laisser livrée à elle-même aux États-Unis, sous le prétexte de son infidélité.

Car si mes calculs étaient exacts, Charlotte n'était pas la seule à avoir commis un adultère.

12

De retour dans ma chambre d'hôtel, je me débarrassai de mes chaussures et m'assis en tailleur sur mon lit. Cette histoire était complètement dingue, mais je ne pouvais pas téléphoner à Pépé à cette heure-ci. À près de minuit, il devait être couché depuis un moment. Pour ma part, je n'avais pas sommeil, pas après ce que je pensais avoir découvert.

Désœuvrée, je me résolus à naviguer sur mon Smartphone. Messenger m'appelait comme l'anneau de Sauron. (Si j'étais physiquement le portrait craché de ma mère, mon père pouvait se flatter d'avoir réussi à me transmettre un peu de sa passion pour Tolkien.) Un petit point vert lumineux au-dessus de sa photo m'informa qu'Adrien était en ligne. « Je crois qu'il ne comprend pas ton silence », m'avait reproché mon grand-père.

OK, Pépé, bien reçu. Sans plus réfléchir, je répondis au dernier message d'Adrien.

Hey, salut toi ☺ C'est sympa de penser à moi !
Non, je ne savais pas d'où les éclairs tenaient leur nom. Et toi, tu étais au courant que Paul McCartney considère *God Only Knows* comme la plus belle des

chansons d'amour ? À mon avis, c'est parce qu'il ne nous a jamais entendus la ~~massacrer~~ chanter ! Sinon, le Devon, c'est cool, ça ressemble un peu à la Bretagne. En revanche, je n'ai pas l'impression que les Anglais connaissent les éclairs au chocolat, ils sont plutôt branchés saucisses, haricots rouges et puddings en tout genre. Adeline a déjà frôlé l'indigestion. Tu penses que je devrais ouvrir une pâtisserie française pour les initier au bon goût ?

Je pris une inspiration et envoyai ma prose, sans même me relire. Quand sa réponse me parvint, très peu de temps après, mon cœur se mit à danser la java dans ma poitrine. J'étais pathétique.

Je suis content que tu me répondes, Jo.
Je m'inquiétais un peu et je commençais à me demander si des activistes anti-mangeurs de grenouilles ne t'avaient pas kidnappée.
Je le savais pour McCartney, même si tu vas me dire « Ouais, genre ! ».
Et il est hors de question que tu ouvres quoi que ce soit dans le Devon. Ta mère me tuerait avec son couteau électrique (celui qu'elle utilise pour couper son succulent rôti) si je te laissais faire un truc pareil :-P

Ouais, genre !
La seule dangereuse activiste dans le coin est Adeline, qui s'est mise à flirter de façon outrageuse avec Gavin, notre hôte. Sous les yeux de Jenna, une nana qui en pince pour lui. On a frôlé l'incident diplomatique. Peut-être que je devrais la faire enfermer dans la Tour de Londres jusqu'à la fin de notre séjour.

Et rectification : ma mère ne te tuerait pas, elle te torturerait (avec le couteau électrique) jusqu'à ce que tu consentes à monter dans le premier avion avec elle pour venir me récupérer.

Bien sûr, j'omis de me justifier sur les raisons de mon silence. Je n'avais pas envie d'avoir un arrêt cardio-respiratoire sur la conscience et que les derniers mots qu'il ait lus soient : « Désolée pour tout, Adrien, mais j'ai flippé parce que le docteur Mauvaises Nouvelles m'a diagnostiqué une possible mort prochaine. » Adopter la politique de l'autruche était ce que je réussissais de mieux depuis quelques jours.

Le message qui apparut sur l'écran me tira de mes pensées :

Sacrée Adeline ! J'aurais donné cher pour assister à la scène. J'espère que les choses s'arrangeront entre Bruno et elle.
Ce sont de belles personnes et les belles personnes méritent d'être heureuses.
Tes recherches avancent comme tu veux ?

J'entrepris alors de lui raconter tout ce que Doris m'avait déjà révélé au sujet de Charlotte. Il me répondit que c'était affreux, avant de me demander quel pouvait finalement être le lien avec mon grand-père puisqu'il était né d'un autre mariage. Le moment était venu pour moi de partager la conclusion à laquelle j'étais parvenue au pub.

A priori aucun rapport. En revanche, Émile n'a pas été très honnête. Il a lui aussi trompé Charlotte et bien avant cet épisode à New York.

Quoi??? Mais comment tu as découvert ça ?

Pépé est né en juin 1930, ce qui fait que
sa mère est tombée enceinte à l'automne.
Or, Charlotte vivait encore en France à l'époque,
Gabriel a vu le jour en septembre 1929.
J'en déduis qu'Émile a épousé sa maîtresse
après avoir laissé Charlotte en plan aux States.

Bordel, mais c'est énorme !

Quoi qu'il en soit, mon arrière-grand-père
n'était pas un saint, loin de là.

Qui l'était, durant ces années-là ? Je suis prêt
à parier que Ryan Dolan était un bootlegger,
cela n'aurait rien d'étonnant.

Je n'avais jamais brillé par mon assiduité durant les cours d'histoire, en l'occurrence, mes connaissances sur les Années folles se résumaient aux images de ces filles aux cheveux coupés court, qui faisaient très souvent la fête en dansant le charleston. Je me promis de mieux me renseigner sur le contexte.

Tu penses à un truc genre *Le Parrain*, avec Marlon
Brando ? Pourquoi pas… Bon, je vais te laisser,
il est tard et Adeline est capable de me réveiller
à l'aube juste pour le plaisir d'une balade
sur le port à marée basse.

Tu sais, j'aurais pu t'accompagner, moi aussi.

Non, tu n'aurais pas pu car je te l'aurais défendu.

Je restai un instant à fixer l'écran de mon Smartphone, espérant presque qu'il taperait une réponse à ma place. Ce qui, bien sûr, ne se produisit pas. En revanche, Adrien ne comptait pas en rester là.

Jo ? Ouh-ouh, y a quelqu'un ?

Mes doigts restèrent en suspens au-dessus du clavier tactile. Je ne savais pas quoi lui dire, j'avais le choix entre un énième mensonge qu'il ferait semblant de croire ou une vérité qui pouvait faire mal. Essayant de me convaincre que c'était le mieux à faire, j'écrivis ces quelques mots :

Je suis fatiguée, Adrien. On se reparle bientôt ☺
Bonne nuit !

Non, mais attends, Jo, tu es sûre que tout va bien ?
Je te trouve bizarre, en ce moment.
Jo ? Tu es toujours en ligne ?
Vraiment, t'es partie ? Bon, je m'en vais bouder tout seul dans mon coin en écoutant cette chanson de Rose que tu trouves gnangnan. Juste pour le plaisir de te la mettre en tête.
♫Jeteeeeeeer tout par les fenêtres…
Tiens, je t'envoie même le lien YouTube pour que tu regardes le clip.
Apparemment tu n'es vraiment plus là, sinon tu m'aurais déjà insulté, pourri, viré de tes contacts et planté des aiguilles dans une poupée vaudoue à mon effigie. Bonne nuit, Jo. Reviens vite en France, quand même.

En mode hors-ligne, je prenais connaissance de ses messages au fur et à mesure qu'ils arrivaient. Les spasmes de rire silencieux qui me secouaient menaçaient de se transformer en crise de larmes. Adrien me manquait tant que c'en était douloureux. Adeline avait raison, je m'étais aveuglée dès le départ sur ce que je ressentais pour lui. J'avais préféré me retrancher derrière la solidité d'une amitié et à présent, je ne savais plus où j'en étais. Les choses auraient été tellement plus simples sans cette histoire d'anévrisme ! À un moment ou un autre, il faudrait bien que je lui en parle.

*

— Cette tourte est un régal ! m'enthousiasmai-je le lendemain, assise à table en compagnie de Doris, Gavin et Jack.

— Attends d'avoir goûté le dessert ! me répondit Gavin avec gourmandise. Tu ne voudras plus jamais repartir.

Il se leva aussitôt pour débarrasser les couverts.

— Non, laisse, me dit-il lorsque je voulus l'aider. Adeline et toi vous êtes nos invitées.

— Est-ce que je peux aller dehors ? demanda Jack. Il ne pleut presque plus.

Rivant mon regard à la fenêtre, je constatai que si la pluie s'était effectivement calmée après les averses tombées dans la matinée, le ciel était encore très chargé.

— Pas question, déclara Doris. Ta mère hurlera si elle te récupère enrhumé.

— Qu'est-ce que je vais faire, alors ? rouspéta le garçonnet. Je m'ennuie, c'est nul.

Un sourire en coin, Gavin lui suggéra d'aller déguster son dessert devant une rediffusion de *Chasseurs de fantômes*. Jack ne se le fit pas dire deux fois et décampa en un rien de temps. Je ne dissimulai pas mon étonnement :

— *Chasseurs de fantômes*, vraiment ? Il a quoi… huit ans ? Ça ne lui donne pas de cauchemars ?

Mon Dieu… Je me faisais l'effet d'être l'une de ces mères moralisatrices, qui dictaient aux autres la façon dont ils devaient élever leur progéniture. Sauf que je n'avais pas d'enfants. Gavin s'amusa de ma remarque.

— Des cauchemars ? Cette émission l'éclate ! Il ne croit pas aux fantômes, mais il adore faire flipper ses copains en leur racontant tout ensuite.

Doris profita de cet intermède pour nous découper de généreuses parts de crumble aux pommes et aux mûres.

— Fait avec les fruits du jardin ! précisa-t-elle.

— Seigneur ! s'extasia Adeline en portant sa cuillère à sa bouche, j'ignorais qu'une grande partie de l'hospitalité anglaise se concentrait sur la nourriture ! C'est divin !

Je demandai poliment à notre hôtesse si elle était pâtissière de métier.

— Non, j'ai toujours travaillé ici, à la ferme, avec mon mari, m'expliqua-t-elle. Billy a été embauché par mes parents après la guerre… Et nous nous sommes vite aperçus que nous ne pouvions plus nous passer l'un de l'autre.

Les étoiles qui brillaient dans ses yeux révélaient à quel point elle avait dû aimer son mari.

— Grammy a toujours cuisiné pour tout le monde, précisa Gavin en terminant son crumble. Je me souviens des grandes tablées que l'on faisait dehors, une fois par an, avec les ouvriers de la ferme.

Doris sourit à l'évocation de ces souvenirs.

— C'est vrai. Il faudrait que je retrouve les photos… À présent, nous ne pouvons plus nous permettre d'embaucher autant de personnes.

Elle nous apprit que depuis quelques années, les activités de naguère ne rapportaient plus grand-chose. Le lait et la viande ne suffisaient plus à faire tourner leur exploitation et c'est pour ça qu'ils avaient diversifié leurs produits. En plus des gâteaux qu'elle confectionnait, Doris vendait par le biais de Jenna des œufs frais et des légumes du potager.

— Vous connaissez Jenna depuis longtemps ? glissa subtilement Adeline.

— On a grandi ensemble, répondit Gavin. Nos parents étaient très proches, avant de…

Il s'interrompit dans sa phrase et nous tourna le dos. J'ignorais ce qui avait pu se produire, mais c'était visiblement encore très douloureux.

Doris enchaîna, comme si de rien n'était :

— Gavin a retapé l'ancienne grange des ouvriers, qui nous était devenue inutile. Il l'a transformée en deux studios que nous espérons louer à des estivants.

J'approuvai l'initiative. Les vacances à la ferme avaient le vent en poupe en France, alors ce devait également être le cas en Angleterre. Ce que Gavin me confirma.

— Par chance, ajouta-t-il, notre côté de la colline est encore délaissé par l'urbanisme. Si vous avez l'occasion, il y a de belles balades à faire, à pied ou à vélo.

Adeline s'agita et ses fins bracelets d'argent tintèrent à ses poignets.

— Je ne crois pas que nous aurons le temps de jouer les touristes. Si je ne rentre pas dans quatre jours, mon banquier risque de me rappeler que mon prêt professionnel ne m'a pas été accordé pour que je parte en vacances.

Doris voulut savoir ce qu'elle faisait dans la vie et, tandis que nous buvions le thé, la conversation s'enchaîna sur nos activités respectives.

— Ce n'est pas courant ce que tu fais, observa Gavin quand je leur révélai être thanatopractrice.

— Jo ne fait jamais rien comme tout le monde ! railla Adeline.

Pourtant, parfois, j'aimerais bien.

— Côtoyer chaque jour la mort doit demander une certaine dose de courage, supposa Doris en posant la théière sur la table.

— Je ne sais pas, je ne me pose pas ce genre de questions.

Mon ton avait beau se vouloir désinvolte, en réalité, si, je savais. Je savais que la mort n'est pas qu'un vain mot. J'aurais pu leur dire que l'on vit constamment sous sa menace, en tentant de la tenir à distance, de l'oublier. Qu'on est à sa merci, puisque nous venons au monde pour mourir. Bien sûr, je me tus. Je n'étais pas là pour leur faire part de mes états d'âme, encore moins pour parler de moi. Je devais me concentrer sur Charlotte et uniquement sur elle. Je changeai aussitôt de sujet :

— Je me demandais, Doris… Comment votre mère est-elle arrivée dans le Devonshire ? La logique aurait plutôt voulu qu'elle retourne en France, non ?

La vieille dame me considéra un instant. À sa façon de mordre sa lèvre inférieure, je sentis qu'elle soupesait ses mots.

— Sa vie a connu de nombreux rebondissements, me révéla-t-elle. Ce qui est arrivé le soir où elle a succombé à Ryan Dolan n'a été que l'élément déclencheur d'une suite d'événements.

— Le fameux battement d'ailes du papillon…, pensai-je à voix haute.

— D'une certaine façon, acquiesça Doris. Cela dit, je reste persuadée que la chose que l'on s'évertue à appeler destin reste le résultat de nos choix. L'avenir est loin d'être tout tracé.

Les paroles de Doris firent tant écho à mes agitations intérieures que toutes les questions qui s'entrechoquaient sous mon crâne disparurent soudainement. Adeline rompit le silence.

— Donc, pour en revenir à Charlotte…, encouragea-t-elle Doris.

— Son histoire ne mérite pas que l'on aille directement du point A au point B, sans s'attarder sur les tempêtes qu'elle a traversées pour y arriver. Lorsqu'elle s'est retrouvée coincée à New York, sans papiers pour prouver son identité, elle était persuadée que le pire venait de lui tomber dessus.

Elle secoua la tête avec tristesse et je me retins de justesse de lui demander si Ryan était un trafiquant d'alcool, ainsi que l'avait supposé Adrien. Ce matin, pendant qu'Adeline se préparait, j'avais effectué une rapide recherche sur Internet afin de me faire une idée plus précise des « rugissantes années vingt », comme on les appelait. Tout avait commencé avec le dix-huitième amendement, le 16 janvier 1919, le *Volstead Act*, qui décrétait l'interdiction totale de la production et de la vente d'alcool dans tous les États américains. Du pain bénit pour les gangsters, qui trouvèrent là le filon parfait pour monter leur business. D'une façon générale, la population soutenait les fraudeurs et la plupart des effectifs de la police se laissaient corrompre par un billet de cinquante dollars bien glissé. Un article très précis m'avait appris que la situation s'était dégradée avec le fameux « massacre de la Saint-Valentin ». Les fédéraux avaient alors commencé à mener une véritable guerre aux malfrats de la trempe de Capone. La montée des violences lors des règlements de comptes avait choqué l'opinion, déjà démoralisée par le krach boursier survenu deux mois avant l'arrivée de Charlotte à New York. À l'époque, sortir boire un martini entre copines était quelque chose d'assez risqué.

Je leur parlai d'un détail qui me tarabustait :

— Il y a une chose que je ne comprends pas : l'ambassade de France existait déjà, en 1929, pourquoi Charlotte ne s'y est-elle pas réfugiée afin de raconter son histoire ? Ils auraient pu l'aider à rentrer.

Gavin répondit à la place de sa grand-mère :

— Elle a été prise au dépourvu. Je ne suis même pas certain qu'elle avait connaissance de ses droits.

— Surtout, elle venait de province, compléta Doris. Dans la campagne, au début du XXe siècle, tromper son mari était inacceptable. L'opprobre des autres était terrible, Charlotte le savait.

Je demandai alors ce que Charlotte avait fait, seule dans cette immense ville qu'elle ne connaissait pas.

— Le directeur du Plaza a naturellement fait prévenir Ryan Dolan. C'est ensuite lui qui a pris les choses en main.

13

Charlotte, 1929-1930

— Charlotte, qu'est-ce que c'est que cette histoire ? demanda Ryan, essoufflé, en faisant irruption dans la chambre.

La jeune femme se redressa sur le lit. Elle ne parvenait plus à contrôler le tremblement de ses jambes. Plus d'une heure s'était écoulée depuis qu'elle était revenue à elle et le médecin que l'on avait fait intervenir avait diagnostiqué un important choc émotionnel. Le directeur de l'établissement avait fait prévenir Ryan, par le biais du *Cotton Club*. On avait contraint Charlotte à s'allonger, mais le médecin n'avait pas jugé nécessaire de lui administrer un calmant. D'après ce qu'elle lui avait décrit, il avait conclu qu'Émile lui avait fait boire une forte dose de tranquillisants. Suffisamment pour qu'il puisse partir avec leurs bagages sans qu'elle se rende compte de rien.

Étendue sur son lit, la jeune femme avait remonté le fil de la soirée, s'arrêtant à la même conclusion que celle du docteur : son mari l'avait droguée. Sinon, comment expliquer qu'elle avait dormi jusque si tard, elle qui était habituée à se réveiller au chant du coq ? Elle aurait dû entendre l'agitation new-yorkaise, quelques étages plus bas. Elle aurait dû percevoir l'aube en train de se lever, Émile en train de prendre la fuite. En proie à un interminable séisme intérieur, elle avait attendu l'arrivée de Ryan.

— Est-ce vrai ce que le directeur m'a raconté ? voulut savoir celui-ci. Ton mari t'a laissée ici ?

Il semblait totalement incrédule.

— Ryan, c'est terrible ! répondit Charlotte d'une voix tremblante. Il est rentré… et tout… il savait tout et…

Son cœur se contractait de chagrin au fur et à mesure qu'elle essayait de formuler des phrases cohérentes. Expliquer une nouvelle fois l'étendue du désastre rendait les choses encore plus affreusement concrètes. Son souffle était court, l'impuissance et la culpabilité la laissaient hors d'haleine.

— Le salaud ! marmonna Ryan entre ses dents.

La colère avait pris le pas sur sa surprise si bien que tous ses muscles frémissaient d'indignation. Un bref instant, Charlotte pensa que si son mari s'était encore trouvé à Manhattan à l'heure actuelle, elle n'aurait pas donné cher de sa peau. Puis la vérité brutale des faits la frappa de plein fouet : indifférent à son sort, Émile était sur le navire qui faisait route vers la France.

— Où avais-je la tête ! gémit-elle. Si je n'avais pas… Enfin, si nous…

Ryan se précipita vers elle et la serra dans ses bras.

— Tu n'y es pour rien si ton mari est un lâche. Regarde ce qu'il a fait à ton visage !

— Je l'ai cherché.

— Non. Il n'y a que les faibles qui frappent leurs femmes. Ton mari mériterait bien pire.

Désespérée, Charlotte demanda ce qu'elle allait devenir, à présent. Ryan lui promit qu'ils allaient trouver une solution.

— Mais laquelle ? s'écria-t-elle en se détachant brusquement de son étreinte. Des milliers de kilomètres me séparent de mon fils et je n'ai aucun endroit où aller. Je n'ai même plus de papiers pour prouver mon identité !

Paniquée, la jeune femme frôlait à nouveau la crise d'hystérie. Elle entendait à peine Ryan qui s'échinait à la raisonner :

— Charlotte, ça va aller, je te promets que les choses vont rentrer dans l'ordre.

Mais elle restait sourde à toute tentative de réconfort.

— Mon bébé a besoin de moi ! Je dois aller le retrouver ! On ne peut pas le laisser privé de… Comment est-ce que ça a pu arriver ? acheva-t-elle, le poing plaqué contre sa bouche.

D'un geste protecteur, Ryan l'enlaça par la taille et la jeune femme sanglota contre son épaule. Durant quelques minutes, il la laissa déverser sa peine en lui caressant tendrement les cheveux, avant de lui enjoindre avec douceur :

— Charlotte, regarde-moi.

Charlotte obéit et planta un regard las dans le sien. La fatigue émotionnelle commençait à avoir raison d'elle. Son visage habituellement soigné était défait, marbré par les larmes et les hématomes.

— Je sais que ce que tu vis est très difficile.

— Non, tu ne sais pas. Si je ne retrouve pas mon bébé, j'en mourrai !

Ryan prit une légère inspiration pour se concentrer et des rides verticales creusèrent la peau entre ses sourcils.

— Je te promets que je ferai tout ce qui est en mon pouvoir. Absolument tout, insista-t-il en la maintenant serrée contre lui. Ce salaud ne s'en tirera pas comme ça. Maintenant, repose-toi.

Les jours suivants passèrent sur elle comme une épaisse nappe de brouillard. Ses journées ne se résumèrent plus qu'à dormir, grâce aux pilules qu'un médecin avait consenti à lui prescrire. Dormir lui permettait d'oublier et de devenir inexistante. Dès qu'elle ouvrait les yeux, c'était pour sentir le poids de son chagrin qui lui écrasait la poitrine et lui enflait le cœur. Le simple fait d'être encore en vie lui paraissait cruel. Son cœur avait été littéralement broyé entre les griffes acérées de son mari. Pendant combien de temps encore allait-elle devoir supporter ce malheur ? Au bout de quelque temps, son cerveau habitué aux somnifères ne repoussa plus les images qui s'inséraient dans ses songes agités : un Gabriel hurlant le manque de sa mère, puis la repoussant brusquement comme si elle était une inconnue. Ne supportant plus ces visions, Charlotte se résolut à ne plus avaler un seul médicament ; elle préférait encore ne plus dormir qu'être hantée chaque nuit par l'idée que Gabriel pourrait ne plus la reconnaître lorsqu'elle le retrouverait.

Ryan, toujours très attentionné, venait la voir le matin et en fin d'après-midi. Il lui apportait des vêtements et des accessoires de toilette, lui faisait livrer ses repas et passait du temps avec elle, prenant soin de la jeune femme comme d'une fleur fragile qu'on ne supporte pas de voir s'éteindre.

— Quand vais-je pouvoir rentrer en France ? l'interrogea-t-elle un matin, deux semaines après la fuite d'Émile.

Le regard de Ryan s'éclaira. C'était la première fois en quinze jours que Charlotte prononçait une phrase d'une voix claire, une phrase qui la projetait dans l'avenir et non dans les méandres de sa douleur. Il lui demanda d'être encore un peu patiente.

— Tu auras bientôt de nouveaux papiers, mais la possibilité de rentrer chez toi prendra plusieurs semaines.

Charlotte soupira. Se dirigeant vers la fenêtre qui donnait sur la 5e Avenue, elle contempla la foule de marcheurs résolus qui bravaient la pluie et se préparaient pour le meilleur moment de l'année : Noël. Noël aurait lieu dans trois jours et elle, elle le passerait enfermée dans cette suite, à attendre qu'un miracle se produise.

— Pourquoi est-ce si long ? fulmina-t-elle.

Le regard empli de mille excuses, Ryan lui indiqua qu'elle ignorait dans quel état d'esprit se trouvait Émile. Mieux valait tout préparer de façon minutieuse.

— Et Dieu seul sait ce qu'il aura pu raconter à vos proches pour justifier le fait que tu ne sois pas rentrée avec lui.

— Que suis-je censée faire, alors ? J'en ai plus qu'assez d'être là, à me morfondre sans bouger. Mon enfant a besoin de moi !

Il avança dans sa direction pour la serrer dans ses bras.

— Fais-moi seulement confiance, lui répondit-il en tentant délicatement de l'embrasser.

Ce contact aurait dû la rassurer et adoucir sa peine, mais Charlotte se dégagea de son étreinte.

— Ryan, nous ne pouvons pas… ! refusa-t-elle.

Ce dernier frotta pensivement ses lèvres l'une contre l'autre, avant d'allumer une cigarette.

— Je comprends, Charlotte, affirma-t-il en expirant la fumée qui s'éleva en volutes bleutées. Je comprends ton sentiment de culpabilité, je comprends ton impatience de retrouver ton bébé. Mais… tu n'es pas en train de mourir, alors dois-tu réellement t'empêcher de vivre ?

Il faisait à présent les cent pas dans la pièce. Comme Charlotte ne répondait pas, il poursuivit :

— Je ne veux plus d'atermoiements, lui assena-t-il d'un ton agacé. Il est temps d'agir.

Ces paroles lui firent l'effet d'une gifle et la jeune femme sortit de ses gonds. Pour qui se prenait-il ? Elle fondit sur lui et saisit à pleines mains le col de sa veste hors de prix.

— Est-ce que tu as la moindre idée du manque qui me consume ? s'écria-t-elle.

Il ouvrit la bouche pour riposter, mais Charlotte continua, pointant un doigt accusateur sur son torse :

— Si tu ne m'avais pas séduite, je n'en serais pas là ! Si, ce soir-là, tu ne m'avais pas invitée à danser, à l'heure actuelle je serais en France, en train de veiller sur Gabriel ! Et toi… toi ! Tu te pavanes comme un paon dans tes costumes coupés sur mesure, tu m'apportes des belles tenues comme si j'avais l'intention de remettre les pieds dans un de ces fichus clubs et tu entends me dire si j'ai raison ou non de me sentir mal ? Mais qui es-tu, Ryan Dolan, pour penser à ma place ?

Face au silence qu'il lui opposa, la jeune femme recula avec nervosité, regrettant aussitôt sa diatribe. Ryan avait beau s'être insurgé de l'attitude d'Émile, le recours à la violence ne devait pas être une chose effrayante pour lui. Toutefois, un sourire se dessina très lentement sur sa bouche, conférant à son visage une expression de soulagement.

— On peut savoir ce qu'il y a de si réjouissant ? interrogea Charlotte, déroutée par le calme qui émanait de lui.

Ryan bougea la tête comme pour répondre, puis se ravisa. Il avança vers elle et tendit la main pour lui caresser la joue. La jeune femme eut un sursaut, mais ne se déroba pas.

— Je voulais simplement te faire réagir, Charlotte. Et ta réaction vient de me prouver que tu es prête à affronter la situation.

— Je ne comprends pas, marmotta-t-elle.

Où voulait-il en venir ? Elle se sentait toujours autant dévastée et l'approche des fêtes n'arrangeait en rien son état.

— Tu es en colère, souligna Ryan. Et tu as toutes les raisons de l'être. Alors oui, si je ne t'avais pas séduite, rien de tout cela ne serait arrivé. Crois-moi, je m'en mords les doigts car s'il y a bien une chose que je ne souhaitais pas, c'était te voir sombrer.

Sans la laisser répondre, il enchaîna :

— Mais la Charlotte que j'ai à présent devant moi est une femme vivante, qui n'est plus assommée par les pilules et le désespoir. Tu es prête à te prendre en main et à choisir ton destin.

La jeune femme déglutit.

— Mon destin est de retrouver mon fils, dit-elle, la gorge sèche.

— Et pour cela, tu ne dois pas te laisser dépérir. Je connais du monde et nous allons tout faire pour que tu puisses le récupérer. Mais tu ne peux plus rester enfermée, ce n'est pas du huitième étage d'un hôtel que tu pourras faire bouger les choses.

Charlotte hocha doucement la tête. Elle voulait désespérément lui faire confiance et ses derniers mots n'étaient pas dénués de sens ; l'hébétude du chagrin cédait comme une digue. La jeune femme avait besoin de mouvement, sans quoi elle allait devenir folle. Les faits étaient là : tant qu'elle serait éloignée de Gabriel, elle ne pourrait plus respirer normalement, elle n'aurait plus assez d'air dans ses poumons pour cela. Chaque geste quotidien était une épreuve, chaque nouveau réveil si loin de lui une torture. Mais elle devait se montrer forte et déterminée. Prouver à Émile que s'il avait remporté une bataille, elle gagnerait la guerre. Or, gagner incluait de ne pas se montrer faible.

Le lendemain de cette conversation, le 23 décembre, Charlotte sortit pour flâner dans Central Park, en bas de l'hôtel. D'abord agressée par la cacophonie ambiante, elle lutta contre elle-même afin de ne pas faire demi-tour ; courir se réfugier entre les murs rassurants du Plaza aurait été si facile ! Les rideaux de pluie qui s'étaient précédemment abattus sur la ville avaient laissé place à de doux flocons et bon nombre de New-Yorkais en profitaient pour aller patiner et se promener dans le parc.

La jeune femme se convainquit de commencer par quelques pas. Son histoire n'était pas inscrite sur son visage, et quand bien même cela aurait été le cas, les gens de la ville ne prenaient pas la peine de se regarder les uns les autres. Rassurée par ce constat, Charlotte se détendit un peu. Le côté cosmopolite de la population lui permettait de se fondre parfaitement dans la masse. Ici, on parlait une multitude de langues et les vêtements différaient selon la classe sociale ou les origines. Des femmes fardées, les cheveux coupés court sous leurs chapeaux ornés de nœuds en taffetas, paradaient dans leurs manteaux en fourrure, un porte-cigarettes fiché entre leurs lèvres vermillon. Quelques mètres plus loin, des mères de famille en habits de laine enfonçaient de gros bonnets sur la tête de leur progéniture, puis la regardait jouer en berçant le dernier-né dans son landau. Des hommes en costumes de très bonne facture se pressaient sur le trottoir d'un pas assuré tandis que d'autres, probablement des ouvriers, passaient avec leur casquette vissée sur la tête et des pantalons parfois rapiécés. Jamais encore Charlotte n'avait vu autant de diversité concentrée dans un même endroit !

Tout à coup, quatre gamins surgirent et formèrent une ronde autour d'elle, tendant leurs mains encore potelées. La jeune femme comprit très vite qu'ils quémandaient de l'argent et elle secoua la tête, attristée de ne rien pouvoir faire pour eux. Les gosses s'éparpillèrent aussitôt et, tout en resserrant sur ses épaules le beau manteau en cachemire que lui avait offert Ryan, Charlotte réalisa que bon nombre de miséreux erraient, à l'affût de nourriture ou d'un endroit plus chaud que la rue. Dans un recoin du parc, une vieille dame toute maigre au regard désabusé était recroquevillée sur elle-même, vêtue d'une accumulation de haillons. Sa peau était noire de crasse, sa bouche édentée. Elle avait manifestement besoin de soins médicaux, au lieu de quoi elle faisait la manche, les cheveux couverts d'un mince foulard rouge trop usé pour la protéger du froid mordant. Charlotte enrageait de n'avoir rien à lui offrir ! Comment un pays si plein de promesses pouvait laisser des gens mourir dans une telle déchéance ?

Ryan la rejoignit à l'hôtel en fin d'après-midi, muni d'un magazine et de brioches aux raisins et à la cannelle. Sans daigner jeter un œil à ce qu'il lui apportait, Charlotte lui relata avec excitation ce qu'elle avait fait.

— Tu as traversé Central Park ? Mais c'est formidable !

Ryan paraissait sincèrement ravi qu'elle ait enfin trouvé le courage de sortir de sa torpeur.

— C'était très bizarre au début, parce que je me suis sentie comme une étrangère sur une terre inconnue. Mais tu sais, poursuivit-elle, j'ai été frappée par le nombre de nécessiteux.

La jeune femme lui expliqua à quel point elle s'était sentie démunie face à la misère de la vieille dame qu'elle avait croisée.

— Tu aurais dû voir cette pauvre femme, s'indigna-t-elle. Quel drame !

Ryan hocha lentement la tête et croqua dans une brioche.

— Tu me fais penser que je devrais te laisser un peu d'argent, lui répondit-il. Tu pourrais avoir envie d'aller au cinéma, t'acheter des vêtements ou un sandwich…

— Mais oui ! Voilà ce que je pourrais faire ! le coupa-t-elle. Je vais retrouver cette femme et lui apporter de quoi manger. Et du café, aussi, ça la réchaufferait…

Elle s'interrompit en se rendant compte que Ryan était sceptique.

— Tu n'approuves pas mon projet ? s'enquit-elle.

— Ce n'est pas ça, Charlotte. Au contraire, j'admire ta générosité. C'est juste que Manhattan a toujours laissé tomber les personnes qui ne sont pas nées du bon côté. Et crois-moi, elles sont trop nombreuses pour que tu puisses régler ce problème à toi seule.

Il lui apprit que les immigrés étaient ceux qui morflaient le plus.

— Italiens, Irlandais, Polonais… Tous dans le même sac. C'est la loi de la rue, qui nous forge. Certains ont plus de ressources que d'autres pour s'en sortir et intégrer la *middle class*, mais il y en a d'autres à qui l'Amérique ne donne rien.

La jeune femme réprima un frisson en songeant à l'enfance qu'avait dû être la sienne à Five Points. Naître pauvre, encaisser la faim, les coups, une vie dure qu'on n'avait pas choisie. Rien de surprenant à ce que des laissés-pour-compte puissent avoir soif d'une revanche sociale. D'une petite voix, elle se risqua à demander :

— Est-ce que les gangsters sont tous issus de la pauvreté ?

Ryan la regarda en silence et Charlotte retint son souffle. Aurait-elle mieux fait de ravaler sa question ? Elle tenait seulement à mieux connaître l'homme à qui elle devait son salut ! Sans lui, il ne faisait aucun doute qu'elle aurait connu le triste sort de la vieille dame au foulard mité.

Ryan termina sa brioche et esquissa quelques pas vers la fenêtre.

— Ces gangsters dont tu parles sont, pour la plupart, soutenus par les responsables politiques, déclara-t-il en rivant ses yeux sur Central Park.

— Vraiment ? souffla-t-elle.

Il fit volte-face pour acquiescer. Il la regardait droit dans les yeux, mais son expression demeurait impassible.

— Jimmy Walker, notre maire, est connu pour fréquenter des *speakeasies*.

Charlotte, qui ignorait ce qu'étaient les *speakeasies*, s'efforça de ne pas s'affoler lorsqu'il lui parla de ces bars clandestins qui avaient fleuri un peu partout dans le pays, aussi bien dans les arrière-boutiques de commerces en tout genre que dans des hôtels particuliers. Et l'évidence la frappa. Ryan Dolan connaissait trop bien ce milieu pour ne pas en faire partie.

— Ma chérie, lui dit-il en s'approchant d'elle, tu as tant de choses à apprendre sur New York et l'Amérique !

— Alors apprends-moi ! lui intima-t-elle. Dis-moi pourquoi votre pays interdit l'alcool, dis-moi si tes activités sont illégales et pourquoi tu te promènes toujours avec un revolver. J'ai besoin de comprendre ce lieu dont je suis prisonnière.

Le silence retomba. Les mots s'étaient échappés de sa bouche, et à présent, ils devaient amener des réponses. Ryan porta sur elle un regard dans lequel pointait une once de fierté.

— Tu es une femme intelligente, Charlotte. Mais pour ta sécurité, je préférerais ne pas te répondre.

— Mais enfin, Ryan, je…

Le « non » qui fusa aussitôt était sans demi-teinte.

— Crois en moi. C'est tout ce que je te demande.

*

Charlotte reposa en soupirant le journal du jour, qui revenait sur l'incendie de la nuit passée dans le bureau ovale du président Herbert Hoover. L'ennui commençait à la gagner, elle ne savait plus quoi faire pour accélérer le temps. Quelle drôle de façon de passer Noël ! songea-t-elle. Gabriel lui manquait horriblement. Le pire dans tout cela, c'est qu'elle ne savait pas si lui aussi ressentait ce vide ou si, au contraire, il était insouciant des drames qui se jouaient. L'ignorance, le pire des maux. La séparation lui pesait de plus en plus, et avec tout ce qu'elle venait de lire, la jeune femme estimait urgent de quitter New York.

Au bout du compte, même si elle en avait été d'abord contrariée, Charlotte était à présent soulagée que Ryan n'ait pas pu se libérer en ce jour festif. Lorsqu'elle lui avait suggéré l'idée, l'avant-veille, il avait prétexté un repas en famille.

— Le fils de mon oncle Joe s'est installé à New York il y a dix ans. Je ne peux pas leur fausser compagnie, Charlotte. Noël est toujours un grand événement pour les Irlandais.

Il lui avait suggéré d'aller au cinéma, voir le film *Lucky in Love* qu'ils avaient vu dans le magazine du *New York Times*, où Greta Garbo posait en couverture. Ryan avait ensuite débarqué avec un somptueux chapeau cloche comme elle en rêvait, une boîte de chocolats et une pile de journaux datés des derniers mois.

Scandales, meurtres, pègre, règlements de comptes, krach boursier, bars clandestins, réclames pour le Ziegfeld Theatre ou pour des postes de radio. Charlotte avait la tête farcie des dessous du rêve américain et maintenant qu'elle en avait saisi les grandes lignes, rester ici l'effrayait plus que tout. La prohibition avait été votée dix ans plus tôt parce que les femmes en avaient marre que les salaires de leurs maris partent dans les saloons et l'industrie capitaliste avait compris qu'un ouvrier efficace était un ouvrier sobre. C'est à partir de là que les gangsters avaient trouvé leur nouvelle vocation : fournir aux citoyens qui ne comptaient pas rester la gorge sèche la possibilité de s'enivrer malgré tout. Charlotte avait découvert avec stupéfaction que les plus modestes se rabattaient sur du gin frelaté ou du vin fabriqué dans des baignoires, alors que les bandes organisées faisaient transiter les breuvages interdits par le Canada, Saint-Pierre-et-Miquelon ou encore les Caraïbes, afin de fournir la crème de la société. En contrepartie, les rivalités s'avéraient sanglantes. Outre le massacre de la Saint-Valentin, Rothstein, connu pour être le nabab des casinos, avait été assassiné l'année précédente. Et ce n'était qu'un exemple parmi tant d'autres. Sept mois plus tôt, les principaux criminels du pays s'étaient réunis durant plusieurs jours à Atlantic City afin de discuter de leur avenir commun, au su et au vu de tous.

Charlotte déglutit en réalisant qu'en la laissant découvrir ces faits Ryan lui signifiait clairement qu'il faisait partie des bootleggers. Était-ce sa façon à lui de lui faire comprendre que son mode de vie était à prendre ou à laisser ? La jeune femme tenta de se projeter mentalement l'image d'un tueur froid et impassible. Cela ressemblait tellement peu au Ryan doux et attentionné qu'elle croyait connaître ! Ses cicatrices, pourtant, parlaient pour lui mais elle avait du mal à admettre que cet homme, qui l'avait prise sous son aile était un mafieux sans foi ni loi. Une sensation suffocante lui tomba soudain sur la poitrine : elle était à sa merci et rien ne prouvait qu'il avait réellement l'intention de l'aider à retrouver son bébé. Et s'il voulait faire d'elle l'une de ces filles que l'on mettait sur une scène pour se trémousser sur des chansons grivoises devant un parterre d'hommes alcoolisés grâce aux bons soins de la pègre ?

Dans un élan de panique, Charlotte se précipita vers le bureau dans lequel elle avait rangé les dollars que lui avait laissés Ryan. Il y avait là un beau rouleau… Sans plus réfléchir, la jeune femme s'empara de son manteau, ajusta son nouveau chapeau sur ses cheveux et quitta la suite du Plaza sans se retourner.

14

Le taxi la déposa devant la compagnie maritime et s'éloigna, la laissant seule face à sa décision. Charlotte prit une longue inspiration puis, d'un pas résolu, pénétra dans le bâtiment. Devant elle, trois personnes discutaient de leur voyage à venir et, en tendant l'oreille, elle saisit qu'un paquebot partirait pour la France le 28. Dans trois jours. La jeune femme calcula mentalement combien d'argent il lui resterait après avoir acheté son billet. Elle pourrait trouver un hôtel pas trop cher où passer les trois prochaines nuits. Peu lui importait qu'il soit complètement miteux ; bientôt, elle retrouverait son bébé !

Lorsque son tour arriva, Charlotte perdit contenance et crut qu'elle ne parviendrait pas à s'exprimer. Le visage voilé d'appréhension, elle s'efforça pourtant de paraître naturelle en annonçant à l'employé qu'elle souhaitait embarquer sur le prochain navire à destination de la France. Cette fois-ci, elle ne voyagerait pas en première classe, mais ce n'était pas grave. Elle pourrait bien endurer un peu d'inconfort.

— Vous voyagerez seule, madame ?

Charlotte se mordit la lèvre. Quelle excuse une dame pouvait bien avoir pour entreprendre un tel périple sans personne pour l'accompagner ?

— Oui… Je vais rendre visite à ma sœur qui est souffrante, bluffa-t-elle. Mon mari doit rester ici pour travailler.

L'homme était-il en train de la scruter d'un œil soupçonneux ? Devinait-il que l'argent qu'elle avait sur elle ne lui appartenait pas et que, d'une certaine manière, elle se sauvait ? La jeune femme tenta de l'amadouer par un sourire, qui sembla laisser l'employé de marbre.

— Votre passeport vous sera demandé le jour de l'embarquement, dit-il en la fixant avec insistance.

Charlotte hocha la tête.

— Mon passeport. Bien sûr. Que se passerait-il si je l'oubliais ?

— Si vous n'avez pas vos papiers, on ne vous laissera pas monter, répliqua l'employé, implacable.

— Je vois, souffla-t-elle en baissant les yeux. Merci, je vais réfléchir encore un peu.

Submergée de honte, la jeune femme quitta le bureau presque en courant. Ainsi, tout s'effondrait à nouveau ! Une fois dehors, elle jeta un dernier regard aux bateaux qui flottaient sur les eaux sombres de l'East River, puis erra sur les docks encombrés de tonneaux en bois. Là, Charlotte laissa libre cours à des sanglots de rage et d'espoirs contrariés. Ses larmes l'aveuglaient, mais elle avait besoin de marcher, quitte à regagner le Plaza à pied. À présent qu'elle avait la certitude de ne plus pouvoir quitter ce pays sans passeport, quel autre choix lui restait-il ? Elle parcourut deux blocks à vive allure, en prenant garde à ne pas glisser sur la neige. La jeune femme ne reconnaissait en rien les établissements et les immeubles qu'elle longeait : une boucherie, des épiceries et un drugstore. Elle croisa même un vendeur de pois chiches grillés au coin d'une rue. Quand les odeurs fluviales et les cris des mouettes laissèrent place aux relents d'ail et d'urine, Charlotte comprit qu'elle s'était perdue. Elle devait rebrousser chemin et dénicher un taxi. Sans savoir où elle se dirigeait, elle s'engagea dans la mauvaise artère. Des dizaines de gamins chétifs et dépenaillés couraient sur les trottoirs d'une rue jonchée d'immondices. En dépit du froid, trois garçonnets, les mains dépourvues de gants, se jetaient des boules de neige. D'autres se balançaient sur les rambardes des perrons. Une femme apparut à une fenêtre et, armée d'une cuillère en bois, invectiva dans une langue étrangère un homme qui sortait de son immeuble. Adossé contre le porche d'un immeuble surmonté d'une palissade de guingois, un vieux monsieur chiquait du tabac tout en dévisageant Charlotte. Les coins de sa bouche se relevèrent en un sourire obscène quand elle passa à sa hauteur.

— Tu cherches le grand frisson, ma jolie ? demanda-t-il d'un air grivois.

Épouvantée, la jeune femme serra son sac à main plus fermement contre elle et accéléra le pas. Elle s'admonesta intérieurement pour son imprudence. Si elle avait su refréner son impulsivité, à l'heure actuelle elle serait au chaud, dans sa suite ! C'était une véritable folie d'avoir cédé à la panique !

Quelqu'un la percuta brutalement par-derrière. La collision fut si violente que Charlotte n'eut d'autre choix que de se rattraper à une poubelle en fer-blanc afin de ne pas tomber. En revanche, le choc lui fit lâcher son sac. Elle allait le ramasser, quand le môme responsable de la bousculade lui attrapa les mains. Âgé d'une douzaine d'années, il portait une veste élimée et des chaussures trop grandes. Sa figure sale affichait un air profondément navré. Le garçon se mit à débiter en italien :

— *Mi scusi, signora ! Perdono, perdono, perdono ! Mi dispiace davvero.*

La jeune femme, les yeux rivés sur les ongles crasseux de l'adolescent, ne comprenait rien à son charabia.

— Je ne parle pas italien, lui indiqua-t-elle, impuissante, avant de se pencher pour reprendre son sac.

L'effroi la paralysa au moment où elle se rendit compte que celui-ci ne se trouvait plus à ses pieds. Déjà, les gamins détalaient, s'éparpillant de tous les côtés.

— Attendez ! cria-t-elle. Rendez-moi mon sac !

Elle se mit à courir après eux, mais les garnements avaient miraculeusement disparu, avalés par les ruelles adjacentes.

— Ce n'est pas possible ! marmonna-t-elle avec rage, alors que le vieillard indécent ricanait doucement sur son perron.

Comment n'avait-elle pas vu que ce gosse détournait son attention, le temps qu'un autre puisse dérober son sac ? Elle devait à tout prix sortir de ces ruelles sales et pestilentielles. Le jour déclinait. Si des enfants pouvaient commettre des larcins en plein après-midi, elle ne voulait même pas imaginer ce qui pourrait lui arriver une fois la nuit tombée.

Le sang battant très fort contre ses tempes, la jeune femme se remit en route. Néanmoins, avant d'avoir atteint l'angle de la rue, elle sentit ses jambes se dérober. Une main se glissa aussitôt sous son coude et, faisant volte-face, Charlotte ne put retenir un cri de frayeur en avisant le visage couleur ébène qui scrutait le sien.

— Lâchez-moi ! hurla-t-elle.

L'homme leva les mains, paumes vers le haut, et elle soupira, soulagée de constater qu'il ne semblait nourrir aucune mauvaise intention.

— Je ne veux pas vous faire de mal, m'dame ! lui confirma-t-il d'une voix épaisse. J'ai cru que vous alliez vous évanouir, alors…

Embarrassée, elle posa sa main gantée sur sa gorge et chassa ses larmes d'un battement de paupières. Sa voix resta haut perchée tandis qu'elle expliqua :

— Pardon, j'ai eu peur. On vient de me voler mon argent.

— Ah ça, m'dame, dit-il, c'est bien notre drame à tous.

Comme elle ne réagissait pas à sa remarque, il enchaîna :

— Vous êtes pâle. Vous ne voulez pas que je vous offre un Coca-Cola ?

Charlotte secoua la tête.

— Non, je vous remercie. Je cherche juste à rejoindre l'hôtel Plaza, sur la 5e Avenue. Je me suis perdue.

L'homme siffla.

— Eh bien, vous êtes à l'opposé. Je vais vous accompagner jusqu'à la 42e Rue Est et ensuite je vous expliquerai comment trouver votre hôtel.

— Est-ce que c'est loin ?

— À environ deux miles de Grand Central Station. Vous en avez pour une bonne heure.

Les pieds de Charlotte la faisaient déjà souffrir après plus de trente minutes d'errance, mais elle s'abstint de se plaindre, préférant se concentrer sur la chance qu'elle avait dans son malheur. L'homme, qui parlait beaucoup, se présenta sous le nom de Curtis Tiller. En dépit de sa maigreur, il était très propre et d'une correction remarquable, marchant à bonne distance de la Française. Charlotte décida qu'il avait l'air bienveillant. Peut-être aurait-elle dû se méfier, mais elle n'avait pas la force de suspecter cet individu.

— Je suis contente d'être tombée sur vous, lui avoua-t-elle, reconnaissante. Je commençais à penser qu'il n'y avait que de la vermine dans ce quartier.

— En majorité, c'est le cas, fit-il en haussant une épaule.

Affable, il tira de sa poche un paquet de chewing-gums Juicy Fruit et lui en proposa un. La jeune femme déclina poliment.

— Est-ce que vous vivez ici ? s'enquit-elle en désignant les docks, derrière eux.

Curtis secoua doucement la tête.

— J'habite avec ma cousine, à Harlem.

— À Harlem ? répéta Charlotte en arrondissant les yeux. Mais que faisiez-vous donc dans ce coin malfamé ?

— Je suis venu repérer des clubs.

— Le jour de Noël ? Quelle drôle d'idée.

— Je cherche du travail. Pas de repos pour les braves.

Charlotte pensa aussitôt à ces serveurs noirs du *Cotton Club.* Puisqu'il lui avait indiqué vivre à

Harlem, il ne devait pas en être très loin. Elle évoqua l'endroit, en lui suggérant d'y proposer ses services.

— Je n'ai pas osé m'y présenter, reconnut-il. Norma se méfie des patrons, elle dit qu'ils rackettent les bars nègres.

La jeune femme supposa que Norma était la cousine avec laquelle il vivait.

— J'y ai pourtant vu des serveurs comme vous, objecta-t-elle.

Curtis s'immobilisa sans crier gare et Charlotte dut en faire autant. Était-il vexé par l'allusion à sa couleur de peau ? Toutefois, il ne semblait pas fâché. Plutôt amusé.

— Je suis musicien, lui révéla-t-il en posant ses yeux marron dans les siens. Je joue de la trompette.

Une vieille dame les contourna, non sans rouspéter un peu au sujet de ces Blanches qui s'affichaient sans complexe avec des Noirs.

— Oh, pardon ! s'exclama Charlotte en ignorant la femme. Musicien. Bien sûr.

Ils se remirent à marcher, d'abord en silence. Au bout d'un moment, la jeune femme lui demanda depuis combien de temps il était trompettiste.

— Depuis que mon père m'a mis cet instrument entre les mains, répondit Curtis, laconique. Alors j'ai récupéré la trompette qui lui appartenait et je me suis dit que je pourrais tenter ma chance à New York.

Charlotte hocha la tête, se remémorant une nouvelle fois l'orchestre de Calloway.

— Je pense vous devriez vraiment vous présenter au *Cotton Club*, affirma-t-elle. Ils organisent des auditions pour leurs spectacles.

L'espace d'un instant, elle se demanda si elle n'allait pas passer pour un oiseau de nuit aux mœurs dépravées. L'homme n'allait-il pas trouver curieux qu'une femme incapable de trouver son chemin entre les docks et la 5e Avenue connaisse un lieu comme ce club ? Toutefois, s'il la jugea immorale, il n'en dit rien et la remercia. La jeune femme se surprit alors à songer qu'Émile aurait fait une drôle de tête, s'il l'avait vue ainsi, en train d'échanger avec un Noir. Elle-même devait admettre que, quelques semaines plus tôt, cette idée lui aurait paru impensable, mais toutes ses anciennes certitudes paraissaient appartenir au passé.

— Regardez, lui dit Curtis en désignant l'imposant bâtiment qui se révélait à leurs yeux, nous sommes près de la gare.

Se tournant vers lui, Charlotte sourit et lui tendit la main. Il la regarda de façon circonspecte, ne sachant vraisemblablement pas comment réagir.

— On dirait que je vous dois des remerciements, déclara-t-elle.

— Ce n'est vraiment rien, répondit-il en lui accordant très brièvement une poignée de main, comme s'il avait peur de se brûler.

Ce faisant, il jeta des coups d'œil frénétiques autour de lui. Charlotte eut du mal à cacher son étonnement, mais elle ne fit aucun commentaire. Il lui tardait tant de rentrer à l'hôtel et ôter ses chaussures qui lui comprimaient les pieds !

— Je vous aurais volontiers dédommagé pour m'avoir raccompagnée, reprit-elle, mais…

— Je sais, on vous a détroussée. Ne vous en faites pas.

Il lui indiqua ensuite l'itinéraire qu'elle devait suivre pour regagner la 5e Avenue, puis ils se séparèrent, chacun s'acheminant vers l'incertitude de son futur.

*

Assis sur une chaise, la cheville remontée sur le genou, Ryan tenait le *New York Times* du jour roulé comme un télescope contre l'un de ses yeux.

— Je te sens à des millions d'années-lumière, Charlotte, déclara-t-il.

La jeune femme but une gorgée de café et beurra un toast. Elle n'arrivait pas à oublier sa mésaventure de la veille et s'en voulait d'avoir agi si bêtement. De plus, elle se sentait redevable envers Curtis, mais ne savait comment aborder le sujet.

Elle s'essuya le coin de la bouche avec une serviette. Venu prendre le petit déjeuner avec elle pour se faire pardonner son absence au dîner, Ryan attendait sa réponse.

— Je me demandais si tu aurais la possibilité de convaincre le directeur du *Cotton Club* d'engager un musicien…

Étonné, il replia le journal dans un rectangle parfait, qu'il lissa du plat de la main.

— Est-ce que j'aurais raté quelque chose ? s'enquit-il.

Charlotte se lança alors dans une version édulcorée des événements. Elle était sortie prendre l'air, avait poussé jusqu'à Grand Central Station et, étourdie par le tourbillon de la foule, avait pris le mauvais chemin pour rentrer. Après s'être fait voler son sac à main près de l'East River, elle avait eu la chance de tomber sur

Curtis Tiller. Songeur, Ryan l'écoutait sans l'interrompre.

— C'est grâce à lui que je suis rentrée saine et sauve. J'aimerais beaucoup l'aider en retour.

— Je ne suis pas certain d'avoir suffisamment de pouvoir pour convaincre Big Frenchy et Madden, mais je peux toujours essayer de glisser un mot en sa faveur, si tu y tiens, proposa-t-il en fronçant les sourcils.

Cette requête semblait le contrarier, mais Charlotte n'avait pas envie de laisser tomber Curtis. Sans lui, Dieu seul savait ce qu'il serait advenu d'elle !

— Oui, j'y tiens, affirma-t-elle d'une voix résolue.

Ryan opina du chef et Charlotte, soulagée, porta sa tasse à sa bouche. Elle faillit avaler de travers lorsqu'il lui demanda tout à coup :

— Comment se fait-il que tu sois allée jusqu'à la gare ? Tu n'as jamais vu de trains ?

— J'y suis arrivée complètement par hasard, mentit-elle, les épaules crispées.

— Avec tout l'argent que je t'avais laissé, donc.

Tous deux se dévisagèrent sans ciller. Charlotte aurait pu parier que Ryan ne croyait pas un traître mot de ce qu'elle venait de lui dire. C'est du moins ce que laissait suggérer la façon qu'il avait de la sonder. Et il avait l'air… déçu. Oui, c'était bien de la déception qu'elle lisait dans son regard, alors qu'elle se serait plutôt attendue à de la colère. Cet homme était décidément insaisissable.

— Ce n'est pas courant qu'une femme seule sorte avec une telle somme sur elle pour une simple promenade de santé.

La remarque de Ryan plana entre eux, au-dessus de la table. Charlotte se fit l'effet d'une sotte, d'avoir pensé pouvoir le mener en bateau. La jeune femme se sentait sur le point de craquer, elle en avait assez de tous ces mystères et de cette situation impossible ! Et puis, flûte, l'heure était venue d'obtenir des explications !

— Très bien, j'ai songé à m'enfuir, si tu veux tout savoir, admit-elle. Je suis allée me renseigner auprès de la compagnie maritime, pour rentrer en France.

Ryan serra les mâchoires et se laissa aller contre le dossier de sa chaise.

— T'enfuir, rien que ça ? demanda-t-il en penchant la tête de côté pour l'observer. Le mot n'est-il pas un peu fort ? Tu n'es pas ma prisonnière.

Dans un mouvement exaspéré, Charlotte rejeta vivement sa serviette sur la table.

— M'enfuir, parfaitement ! N'as-tu jamais connu cette sensation d'être coincé dans un endroit alors que ta place est ailleurs ? Parce que c'est exactement ce que je vis en ce moment !

Toujours assis, Ryan conservait son calme. Seules les rides qui creusaient son front trahissaient une certaine préoccupation.

— Que t'arrive-t-il, Charlotte ? Je croyais que tu me faisais confiance.

— Il ne s'agit pas de ça, rétorqua-t-elle, irritée.

Elle faillit ajouter qu'au fond elle ne le connaissait pas et ignorait s'il avait réellement l'intention de l'aider à retrouver Gabriel, mais elle préféra s'abstenir.

— Je pensais bien faire avec toi.

— J'ai l'impression d'être un oiseau en cage, Ryan. Tu ne me dis rien, j'ignore complètement comment tu comptes t'y prendre pour que je puisse retourner auprès de Gabriel.

Elle fit une pause afin de reprendre son souffle et se leva.

— Je ne supporte plus d'être mise à l'écart.

Ryan alluma une cigarette et s'enquit, d'un ton las :

— Qu'est-ce que tu attends exactement de moi, Charlotte ? Je n'ai pas le pouvoir de matérialiser ton fils en un claquement de doigts.

La jeune femme secoua la tête de dépit. Elle-même n'était plus très sûre de ce qu'elle voulait.

— Il me manque tellement, murmura-t-elle.

Ryan se redressa et jeta sa Camel pour lui presser la main. Elle ne le repoussa pas lorsqu'il lui ouvrit ses bras.

— Je sais, Charlotte, tenta-t-il de l'apaiser.

— Non, tu ne sais pas.

Il lui déposa un baiser au sommet de sa tête.

— Ma jolie petite Française si têtue…, chuchota-t-il. Je voulais te faire la surprise, mais je vais te le dire maintenant.

— Me dire quoi ? demanda-t-elle, le visage enfoui contre son épaule.

— Tes nouveaux papiers sont prêts. Je te les apporterai après-demain.

La jeune femme releva la tête et se retint à la chemise de Ryan pour ne pas flancher sous le coup de l'émotion.

— Je vais pouvoir rentrer chez moi ! s'écria-t-elle.

— Tu le pourrais, en effet, répondit-il d'un ton incertain. Cependant, ce ne serait pas très prudent.

Ils avaient déjà eu cette discussion. Charlotte savait que si elle parvenait à remettre les pieds à Épernay, elle passerait pour une abomination aux yeux de toutes ses connaissances. Une mauvaise réputation qui ternirait son avenir et l'empêcherait de trouver du travail. Il lui serait alors compliqué de subvenir aux besoins de son fils. Sans compter la réaction d'Émile en la voyant.

— Alors je vais devoir rester ici, murmura-t-elle, terriblement déçue, en se détachant de son étreinte.

La réalité qui se dessinait sous ses yeux lui sembla bien amère. Une lueur de compassion traversa le regard de Ryan.

— Je n'ai pas terminé, dit-il. Tu vas écrire à ton mari pour l'informer que tu veux divorcer et récupérer Gabriel.

Charlotte réfléchit un court instant. Dans l'immédiat, cela semblait en effet la solution la plus appropriée. Une fois Gabriel arrivé à New York, plus rien ne pourrait l'empêcher de se consacrer au bonheur de son fils. Ils pourraient peut-être devenir de véritables Américains. L'Amérique devait bien avoir quelque chose à leur offrir ! Alors que si elle agissait sur un coup de tête, guidée uniquement par son chagrin de mère, rien ne garantissait qu'elle réussirait. Néanmoins, il subsistait un obstacle de taille.

— Émile n'acceptera jamais de me rendre Gabriel, répliqua-t-elle sombrement. Il préférera me faire souffrir plutôt que prendre en considération les besoins de son fils.

La jeune femme lui raconta à quel point son mari avait été traumatisé, quelques années plus tôt, par le comportement adultère de sa belle-sœur.

— Son frère s'est pendu en découvrant qu'un bâtard était né durant son absence. C'est pour ça qu'il me fait payer si lourdement ce que nous avons fait.

Ryan balaya l'argument d'un revers de la main.

— S'il ne veut pas te rendre ton bébé, mes hommes et moi irons le chercher, affirma-t-il d'un ton sans appel. Et il aura tout intérêt à nous le confier.

Cette réponse lui glaça l'échine. Jusqu'où seraient-ils capables d'aller ? Elle haïssait Émile comme elle n'avait encore jamais haï personne et rêvait rageusement de vengeance, personne n'était jamais vraiment innocent, dans ce bas monde. Mais elle ne souhaitait pas sa mort. Cela aurait été considéré comme un lourd péché, et depuis la nuit où elle avait succombé à Ryan, la jeune femme en avait beaucoup à expier.

— Es-tu à la solde de la pègre, Ryan ?

La question avait fusé, hors de contrôle. Ryan campa fermement ses mains sur les épaules de la jeune femme, la forçant à relever le visage vers lui.

— Chut, lui intima-t-il. Tu n'as pas besoin de…

— Dis-le-moi, insista-t-elle. Je veux que tu sois honnête envers moi.

Leurs regards se sondèrent à nouveau, s'affrontant dans une lutte silencieuse.

— Les New-Yorkais ont du mal à se faire à ces lois anti-alcool, concéda-t-il. À ma façon, j'y remédie.

Face à cette moitié d'aveu, la jeune femme ferma les yeux, serrant les paupières au point de distinguer des points blancs qui voletaient comme des papillons de nuit. À cet instant, elle aurait voulu que le sol l'engloutisse. Parce que, malgré tout le dégoût que les gangsters lui inspiraient, celui-ci l'attirait, en dépit de toute raison.

— Ce Madden pour qui tu travailles…

— Owney Madden est le patron du *Cotton Club*.

— Mais c'est un truand ! J'ai lu qu'il avait été emprisonné à Sing Sing, ce n'est pas rien !

— Avons-nous besoin de parler de ça, Charlotte ? Tu m'as posé une question, j'y ai répondu.

— Et je te remercie pour ta sincérité, Ryan, dit-elle en tentant d'éloigner les images qui s'imposaient à son esprit.

Elle s'abstint d'ajouter que s'ils parvenaient à faire passer Gabriel en Amérique, elle serait obligée de l'élever bien loin de cet univers souillé par la décadence et la violence.

15

— Que dirais-tu de passer le réveillon du Nouvel An avec moi, au *Cotton Club* ?

Charlotte était en train de piquer des épingles dans ses cheveux lorsque Ryan avait surgi dans la chambre, un sourire triomphant illuminant son visage.

Elle ôta l'épingle qu'elle retenait entre ses lèvres et se tourna vers lui.

— Je ne suis pas certaine d'avoir envie de remettre les pieds là-bas, dit-elle, ennuyée.

Ryan ne se départit pas pour autant de sa bonne humeur.

— Enfin, Charlotte, c'est tout de même le lieu de notre rencontre…

— Et qui a causé mon malheur, lui rappela-t-elle de façon un peu trop abrupte.

— As-tu besoin de me le rappeler éternellement ? répliqua-t-il, vexé.

Elle vit aussitôt qu'elle l'avait réellement chagriné.

— Pardon, Ryan. Je me sens juste… découragée, par moments. Je n'arrête pas de penser que plus le temps passe, plus Gabriel risque de m'oublier. Je crois que je ne suis pas d'humeur festive, ce soir.

Ryan esquissa quelques pas vers elle et prit un air mystérieux quand il la contempla à travers le miroir.

— Je pensais que tu aurais aimé voir Curtis Tiller jouer de la trompette…, lança-t-il d'un ton évasif.

La jeune femme bondit aussitôt du siège de la coiffeuse.

— Oh ! s'exclama-t-elle, électrisée. C'est vrai ? Il a été engagé ?

Ryan, qui ne s'était toujours pas débarrassé de son chapeau feutre, opina du chef. Toute à sa joie, Charlotte se jeta sur lui, le renversant presque.

— Eh bien ! s'écria-t-il, flatté par tant de démonstrations. Je prends ça pour un oui ! J'espère que tu réagiras aussi bien à l'autre nouvelle.

Charlotte se figea en réalisant qu'elle avait noué ses mains autour du cou de Ryan. Il risquait de prendre cela pour une invitation, ce que sa conscience n'était pas prête à lui accorder.

— Et quelle est-elle, cette autre nouvelle ? s'enquit-elle en reculant un peu.

Ryan tira des papiers de sa veste.

— Je t'ai promis une nouvelle identité, la voici, Miss Charlotte Coomer, répondit-il en lui agitant les feuillets sous le nez.

La jeune femme poussa un nouveau cri de victoire. Enfin un pas en direction de son avenir ! La veille, elle avait envoyé un courrier à Émile, dans lequel elle s'adressait à lui de façon cordiale, comme s'il ne l'avait pas brisée à la fois physiquement et moralement. Elle ne lui avait pas parlé de la petite cicatrice qu'elle garderait sous la lèvre, ni de son cœur à vif tant le manque de son bébé la rongeait. Elle lui avait seulement annoncé qu'elle souhaitait divorcer et récupérer

Gabriel, le priant de faire le nécessaire. Charlotte savait qu'une éventuelle réponse mettrait des semaines entières à lui parvenir et qu'il lui restait encore beaucoup à affronter, mais le plus dur avait été fait. L'espoir était bel et bien là, son futur possible.

Tandis qu'elle passait les papiers en revue, Ryan précisa :

— Tu es née dans l'Indiana en 1909. Ta mère est morte en te donnant naissance et ton père travaillait dans une scierie. Il buvait, te frappait et tu t'es sauvée pour tenter ta chance à New York.

Elle remua vaguement la tête en guise d'assentiment, n'osant lui dire qu'elle aussi avait quelque chose à annoncer. Durant ces deux derniers jours, la jeune femme avait longuement réfléchi et il lui était paru évident qu'elle voulait être libre, sans rien devoir à personne. Si son destin se trouvait à New York, alors elle s'en sortirait par ses propres moyens.

— Allons, Charlotte, ça ne te fait pas plaisir ? lui demanda Ryan, interloqué par son silence.

— Si, bien sûr, mais… Je voudrais travailler, lança-t-elle au bout de quelques secondes.

— Tu veux travailler, répéta Ryan, abasourdi.

— Je n'ai plus envie de dépendre d'un homme et si je récupère mon fils, je tiens à lui inculquer des valeurs morales. Tu ne peux pas t'y opposer, ajouta-t-elle, sur la défensive.

— Le problème n'est pas là. Je pensais que tu avais lu les journaux que je t'ai apportés.

Elle lui confirma que c'était le cas.

— Alors il n'aura pas pu t'échapper que le pays a subi un gros krach boursier. Du travail, il n'y en a plus beaucoup.

Charlotte hocha la tête. Suffisamment d'articles avaient en effet relayé les scènes de panique et d'émeutes qui s'étaient emparées de Wall Street, du 24 au 29 octobre. Après un boom boursier trop rapide et une forte augmentation de la production industrielle, beaucoup d'investisseurs avaient acheté des titres à crédit, songeant à la possibilité de revendre avec une importante plus-value. Alors, quand l'indice Dow Jones avait commencé à s'effondrer, tout le système économique n'avait pas tardé à suivre. À présent, il était logique que le chômage explose.

— Je suis résistante à la tâche, affirma-t-elle d'une voix butée. Je pourrais faire le ménage pour des familles.

Ryan secoua la tête.

— La plupart des domestiques sont noires, Charlotte. Sais-tu pourquoi ?

Elle lui fit signe que non.

— Parce que en engageant des Négresses, les maîtresses de maison sont certaines que leurs maris ne partiront pas avec. Et de toute façon, les familles riches n'ont plus un rond.

La jeune femme le fixa, épouvantée.

— Il doit bien y avoir quelque chose que je puisse faire !

— Nous y réfléchirons, d'accord ?

*

La soirée battait son plein dans le club situé à l'angle de Lenox Avenue et de la 142e Rue. Cela avait commencé par un important défilé de voitures, dont les phares perçaient la pénombre nocturne de Harlem.

Tout New York semblait décidé à fêter le passage à l'année 1930 au *Cotton Club*. Pour l'occasion, les meilleurs musiciens du moment se relayaient sur scène afin de divertir le public qui comptait, entre autres, le maire de la ville, l'actrice Mae West ou encore Fred Astaire. Tous étaient venus chercher du spectacle et ils étaient servis !

Tout en se délectant des numéros de jazz et de claquettes, Charlotte s'efforçait de conserver une posture impeccable. Ryan lui avait offert une robe couleur noir et argent, au décolleté carré et à la jupe en lamé. Jamais encore elle n'avait porté de vêtement si près du corps, et elle se sentait déguisée, ainsi accoutrée ! Pour parfaire l'ensemble, elle avait ajouté un bandeau noir orné d'une plume assortie ainsi que d'une fleur en strass, et ramassé ses cheveux sur sa nuque à l'aide d'épingles. Si la coiffure donnait l'illusion qu'elle les portait courts, elle avait le mérite de dégager l'ensemble de son visage et de faire ressortir ses yeux bleus. Depuis qu'il était passé la récupérer, Ryan n'avait de cesse qu'il ne lui jette des regards empreints de désir et de fierté.

— Eh bien, Harold ! lança justement ce dernier à un des invités assis à leur table. Tu es renfrogné, ce soir. C'est la fête, amuse-toi !

— Ce ne sont pas tes oignons, Dolan, grogna l'interpellé.

Teddy émit un sifflement.

— Quelle humeur ! T'es bougon ? T'as pas bu ton whisky ce matin ?

Les hommes éclatèrent de rire.

— Fiche-moi la paix, OK ? Ma femme est partie vivre chez sa sœur, à Seattle. Elle a emmené les gosses.

Charlotte tourna la tête vers lui, prête à compatir. Elle ne pouvait que trop bien imaginer ce que ce pauvre homme devait ressentir.

— C'est le moment de prendre du bon temps avec ta gauchère ! suggéra Franck d'un ton railleur. Et arrange-toi pour que Vera l'apprenne, la jalousie la fera revenir.

Face à sa mine interrogative, Ryan souffla à l'oreille de Charlotte que ce qu'ils appelaient une « gauchère » désignait en réalité une maîtresse.

— Langage de rue. Frankie vient de Brooklyn, précisa-t-il, comme si cela expliquait tout.

La jeune femme lui pressa le bras en déployant son plus beau sourire. Elle avait beau se sentir parfois perdue, au milieu de ces conversations masculines et égrillardes, elle devait reconnaître que Ryan s'y entendait pour charmer son auditoire. Tout ce qu'il disait agissait sur ses amis comme un charme. Ils approuvaient, s'esclaffaient, le congratulaient à coups de bourrades dans l'épaule. Comme c'était épuisant de lutter contre l'attraction qu'il exerçait aussi sur elle ! Chaque fois qu'elle était tentée de se jeter dans ses bras, se noyer dans le ciel de ses yeux et de l'embrasser, sa conscience la rappelait à l'ordre ; se donner à un homme qui vivait du crime organisé était une chose immorale. Cependant, ce soir-là, l'alcool la grisait et Charlotte n'avait de cesse qu'elle ne recherche la proximité physique entre eux.

— En parlant de gauchère, voilà celle du Tout-Manhattan, dit Harold en désignant du menton une jeune femme qui avançait vers eux.

— Oh, oh ! lâcha Ryan en faisant mine de se tasser sur sa chaise. On est bons pour les ennuis !

À l'instar des quatre hommes, Charlotte regarda la fille qui se rapprochait en chaloupant. Si sa robe à la mode révélait des genoux un peu épais, il émanait d'elle une assurance à toute épreuve. Ses cheveux crantés étaient si blonds que ses cils et ses sourcils étaient presque invisibles. Mais ce qui frappait le plus, c'était l'étincelle de colère qui brillait dans son regard noir.

— Ryan Dolan ! articula-t-elle lentement en parvenant à leur hauteur.

Ce dernier réagit à peine, alors que, selon toute vraisemblance, son interlocutrice semblait sur le point de le tuer.

— Henrietta. Quel plaisir de te revoir, répondit-il, les deux bras étendus sur les chaises voisines.

Charlotte aurait pu jurer avoir entendu une intonation moqueuse dans sa voix.

— C'est donc vrai, ce qu'on raconte, continua la blonde en considérant Charlotte de haut en bas. Tu loges une poupée au Plaza.

Si elle s'efforçait d'être on ne peut plus aimable, son sourire avait quelque chose de figé et d'artificiel. Décontenancée par ces insinuations douteuses, Charlotte inclina la tête vers Ryan, dans l'espoir d'obtenir un début d'explication.

— Je ne suis pas au fait de tous les ragots, rétorqua ce dernier, mais je te présente Charlotte. Ta curiosité est-elle assouvie ?

L'ignorant de façon délibérée, Henrietta se tourna vers la jeune femme, la détaillant avec une attention qui frisait l'impolitesse. Charlotte avait la sensation d'être scrutée par une créature venimeuse prête à l'empoisonner.

— Tu as l'air d'un oisillon tombé du nid, la môme, assena Henrietta sitôt son examen achevé. Tu devrais te méfier de ce type, il finira par t'user.

Charlotte avait conscience qu'elle devait répondre quelque chose, et quelque chose de percutant, qui laisserait son interlocutrice sans voix. Dans un geste lent, elle s'empara du verre de Ryan et le vida en deux gorgées. Du whisky. Parfait. L'alcool l'avait toujours rendue plus joyeuse.

— Il m'usera… Voilà qui est intéressant, Henrietta. J'admets volontiers que passer mes nuits avec un homme comme celui-là, ça ne m'aide pas à me lever le matin.

Charlotte ponctua sa phrase par un soupir de satisfaction et un silence retomba autour de la table, tandis que Ryan lui passait un bras autour de la taille. Puis Harold éclata de rire.

— Oh, Ryan ! Cette fille est formidable !

Henrietta leur adressa un regard noir.

— Tu aurais dû me dire que tu préférais faire sauter des jeunes mijaurées sur tes genoux, Dolan !

Ryan s'esclaffa à son tour.

— J'aurais dû, en effet, mais je ne voulais pas te mettre en colère. La mauvaise humeur, ça donne des rides. Je te présente mes excuses, Henrietta.

Cette dernière le gifla sans ménagement.

— Tes excuses foireuses, tu peux te les fourrer là où le soleil ne brille jamais ! cracha-t-elle avant de rejoindre son groupe d'amis, qui l'attendait plus loin.

À la fois choquée et fascinée, Charlotte la regarda s'éloigner.

— Tu as vraiment refusé ses avances ? demanda Teddy à Ryan. Mais c'est quoi, ton problème ?

Big Frenchy surgit à ce moment-là derrière eux. Il tendit l'index vers Henrietta.

— Cette femme, quelle furie ! Elle n'est pas habituée à ce qu'on lui résiste.

Ryan haussa les épaules avec fatalisme.

— Elle s'en remettra. À quelle heure doit passer le nouveau trompettiste ?

— Dans dix minutes ! lui répondit le copropriétaire du club. J'espère que tu es vraiment sûr de lui, Dolan. Ce gosse joue bien, mais il m'a posé des questions. Je n'aime pas ça.

La rougeur qui gagna aussitôt les joues de Charlotte n'était, cette fois, pas due à l'alcool. En son for intérieur, elle redoutait Big Frenchy qui, comme son sobriquet l'indiquait, était colossal. La jeune femme n'aurait pas aimé s'en faire un ennemi. En tant qu'associé de Madden, il était réputé pour se montrer impitoyable. Si jamais elle avait commis une bêtise en demandant à Ryan de faire engager Curtis Tiller au *Cotton Club*, elle s'en voudrait toute sa vie. D'autant plus qu'au bout du compte elle ne savait que peu de chose au sujet du musicien.

— Tu te tracasses trop, rétorqua Ryan. Tu me fais confiance, non ?

— Si ce n'était pas le cas, tu n'aurais plus une seule goutte de sang dans ton corps à l'heure qu'il est, Dolan.

— Alors, crois-moi quand je te dis que Curtis Tiller ira loin.

Si Charlotte n'en revenait pas de cette propension au bluff dont semblait doté Ryan, elle se garda bien de moucharder qu'en réalité il n'avait jamais rencontré le trompettiste. Curtis entra en scène, visiblement un peu intimidé par le public qui se déployait face à lui. Mais dès qu'il porta son instrument à sa bouche et entama les premières notes de *Basin Street Blues*, une chanson qui avait remporté un vif succès l'année précédente, son visage se transforma littéralement, comme s'il était possédé par la musique.

— C'est vrai qu'il a du talent, reconnut Big Frenchy.

— Purée, d'où est-ce qu'il sort ? interrogea Franck, qui battait la mesure avec ses pieds.

— Il m'a dit qu'il venait d'Alabama, répondit le géant. Il aurait fait le voyage avec une cousine à bord d'un train de marchandises.

Charlotte faillit leur demander de se taire afin de mieux jouir du spectacle, mais elle n'osa pas. Dans la salle, les gens se dandinaient sur leurs chaises au rythme de la musique. Les yeux fermés, Curtis se concentrait sur son morceau. La jeune femme aurait voulu capter son regard pour lui dire qu'elle était là, qu'elle assistait au spectacle et le trouvait génial, mais bien sûr il ne pouvait pas la voir. Au moins, elle avait la sensation d'avoir accompli quelque chose de bien en aidant cet homme à trouver un endroit où exercer son talent, et elle célébra le passage dans une nouvelle décennie avec un sentiment de bien-être presque indécent dans son quotidien émaillé de tristesse et d'espoirs.

*

— Tout de même, j'aurais aimé lui parler, regretta Charlotte en pénétrant dans sa suite du Plaza.

Après avoir terminé sa prestation sous une salve d'applaudissements, Curtis s'était aussitôt retiré au profit d'une troupe de danseuses. La jeune femme ne l'avait plus revu de la soirée, les artistes n'ayant pas le droit de se mêler aux clients.

— Je suis certain que tu en auras bientôt l'occasion, la rassura Ryan, qui ôtait son chapeau et son manteau.

La jeune femme se débarrassa du bandeau qui lui comprimait le front.

— En tout cas, ne me demande plus de m'habiller avec ces vêtements, lui enjoignit-elle. Ce genre n'est pas fait pour moi. Ce qui n'a d'ailleurs pas échappé à Henrietta.

Son ton était plus acerbe qu'elle ne l'aurait voulu.

— Henrietta est jalouse parce que son succès est derrière elle.

— C'est une actrice ? s'enquit Charlotte, étonnée.

— Une danseuse. Elle a longtemps fait partie de la troupe des Ziegfeld avant de jouer quelques rôles de seconde zone pour le théâtre. Mais son jeu était mauvais et elle sait qu'elle ne peut compter que sur son physique.

— Ça, je confirme qu'elle a conscience de sa beauté ! D'ailleurs, comme l'a souligné Teddy, je me demande pourquoi tu as refusé ses avances.

Tout au long de la soirée, Charlotte avait remarqué que la plupart des hommes présents aimaient se pavaner avec des femmes somptueuses à leur bras. Cela semblait même être la marque de fabrique des types influents, qu'ils soient acteurs, politiques, ou gangsters. Henrietta n'aurait pas dépareillé au bras de Ryan.

— Je vais te confier un secret, lui dit ce dernier en s'approchant d'elle. Je déteste les femmes frivoles.

— Tu dois bien être le seul dans cette ville, observa-t-elle sans aucune trace d'ironie.

Ryan se planta face à elle et l'ébauche d'un sourire apparut au coin de sa bouche. D'un ton taquin, il lui dit :

— Quand tu auras fini de bouder, je pourrai peut-être te rapporter la conversation très intéressante que j'ai eue avec Harold.

Charlotte arqua un sourcil.

— Celui qui trompe sa femme et pleure ensuite son départ ? lança-t-elle, railleuse, tout en ne pouvant s'empêcher de se rapprocher un peu plus encore de Ryan.

Son souffle, l'odeur de sa peau, sa façon unique qu'il avait de la regarder, tout cela la rendait folle. Son corps réclamait ses caresses avec une insistance dangereuse.

Ryan tendit la main pour jouer avec une mèche de ses cheveux.

— Sais-tu qui est exactement cet homme ?

— Non, et pour l'heure, je m'en fiche, déclara-t-elle en faisant glisser sa robe à terre.

Charlotte ne pouvait plus se retenir, elle le voulait ici et maintenant. Seulement couverte d'une fine combinaison, la jeune femme se pressa contre Ryan. Elle avait décidé de céder une dernière fois aux supplications de son corps. Une dernière fois et ensuite, elle tâcherait de poursuivre son chemin.

— Charlotte ! protesta Ryan d'une voix rauque. Est-ce bien raisonnable ? Tu as bu.

Il respirait fort et sa peau était brûlante.

— Oh, assez ! soupira-t-elle. Embrasse-moi.

Lorsqu'il posa ses lèvres sur les siennes, le cœur de la jeune femme se mit à battre un peu plus vite. Alors, elle ferma les yeux et lui rendit son baiser, savourant toutes les sensations provoquées par sa langue qui se mêlait à la sienne tandis que les doigts de Ryan faisaient déjà disparaître les fines bretelles de sa lingerie. Toute la douleur de ces derniers jours s'évapora, il était tout ce dont elle avait besoin en cet instant. Ses réticences n'étaient plus qu'un lointain souvenir.

Un peu plus tard, le corps rassasié de mille frissons de plaisir, la jeune femme était allongée contre Ryan. Avant de s'endormir, elle songea que cette nuit, il n'y avait nul besoin de se presser. Personne ne l'attendait dans une autre chambre, personne n'allait se déchaîner sur elle à coups de poing.

*

— Harold Ward est le directeur du grand magasin Macy's, l'informa Ryan, le lendemain, alors qu'on venait de leur monter le petit déjeuner dans la suite.

Charlotte contempla son reflet brouillé sur la cloche en Inox qui maintenait les œufs au chaud. Ce matin, en se réveillant, elle n'avait plus été aussi sûre de ce qui l'avait poussée dans les bras de Ryan. Son cœur ressentait un mélange de crainte et de reconnaissance, son cerveau l'exhortait à la plus grande prudence alors que son corps ne gardait en mémoire que l'euphorie fébrile que son amant était capable de lui procurer.

— Pourquoi me parles-tu de cet homme ? demanda-t-elle avec réserve.

— Parce qu'il aimerait que tu passes le voir demain matin… Je lui ai dit que tu souhaites travailler.

Le couteau dont Charlotte se servait pour beurrer son pain resta suspendu en l'air.

— Il veut me recruter ? Moi ?

Ryan sourit en guise d'acquiescement.

— Mais je… Je connais à peine cette ville, paniqua la jeune femme. Je n'ai jamais mis les pieds dans ce magasin et je serais bien en mal de conseiller les clientes sur ce qui est à la dernière mode.

— Tout va très bien se passer, Charlotte, la rassura Ryan en lui caressant doucement le poignet.

Elle aurait tout donné pour en être autant convaincue que lui ! Serait-elle vraiment à sa place chez Macy's ? N'allait-on pas se rendre compte qu'elle ne connaissait rien ? Charlotte tenta de refouler son angoisse, puis elle pensa à cette vieille dame miséreuse croisée dans Central Park, à Curtis qui avait eu du mal à décrocher un contrat et à tous ces gens que le chômage avait plongés dans un état de grande pauvreté. Tout à coup, elle trouva ses craintes bien ridicules. Évidemment qu'elle se rendrait au rendez-vous fixé par Harold Ward ! Dans l'Amérique de 1930, quand un poste s'offrait à vous, on ne pouvait pas le refuser.

16

Jo, 2018

Doris sursauta quand le petit Jack vint annoncer que son émission était terminée.

— Je t'ai fait peur, Grammy ? demanda-t-il, épaté par ce nouveau pouvoir.

Son père le traita gentiment de fripouille.

— Grammy ne t'a pas entendu arriver car elle était en train de raconter une histoire à Jo et à Adline.

— Je m'appelle A*de*line, le reprit mon amie, avec une voix de petite comtesse agacée à l'idée qu'on écorche son prénom. Et à présent je suis frustrée car Doris nous laisse sur un vrai *cliffhanger*.

L'ombre d'un sourire apparut au coin de la bouche de la vieille dame, qui se tourna vers son arrière-petit-fils.

— Jack, il te reste des devoirs à faire pour demain. Prends donc un biscuit et va les terminer.

— Très bonne idée, souligna Adeline. Je veux savoir ce qui est arrivé après que Charlotte a passé la nuit entre les bras du sexy gangster.

Sexy gangster. Je reconnaissais bien là Adeline. Pour ma part, Ryan n'était pas le genre d'homme qui m'aurait fait fantasmer. Cependant, je devais reconnaître qu'il me paraissait presque sympathique. Mais il avait forcément eu du sang sur les mains et rien que pour cette raison, je ne pouvais pas faire partie des nostalgiques de ces gangsters et leur sens de l'honneur. Si classe soient-ils.

— J'imagine sans mal la lutte intérieure que Charlotte a dû mener, analysai-je à voix haute.

Gavin et Doris échangèrent un coup d'œil énigmatique.

— Ma mère n'a pas fini de vous surprendre, répondit Doris. Sa vie a connu tellement de remous.

— À ce sujet, repris-je, vous trouverez peut-être ma question étrange, mais est-ce que Charlotte possédait un manteau violet ? Je crois que vous y avez fait allusion dans votre récit.

Doris confirma aussitôt avec vigueur.

— Oui, c'était un beau manteau en cachemire. On n'en fait plus de tels, de nos jours. Pourquoi cette question ?

Bien, je détenais ma réponse : en 1947, Charlotte avait bel et bien rendu visite à Émile. Néanmoins, j'avais du mal à saisir pourquoi elle avait attendu si longtemps avant de se préoccuper du sort de Gabriel.

— En fait, avançai-je d'un ton prudent, selon mon grand-père, Charlotte est allée en France, après la guerre. Du moins, nous présumons que c'était elle. La description du manteau correspond, en tout cas.

— Ma mère tenait à ce vêtement comme à la prunelle de ses yeux… Et elle s'est en effet plusieurs fois rendue en France.

— Est-ce qu'elle vous a dit pourquoi ?

— Nous n'en sommes pas encore là, éluda-t-elle.

Adeline lui rappela que nous n'avions plus que quelques nuits à passer à l'hôtel.

— Le temps nous est compté.

— Laissez tomber l'hôtel, suggéra Gavin. Vous pourriez vous installer dans l'un de nos studios ; nous n'attendons pas de touristes avant l'été. Enfin, si ça ne te dérange pas, Grammy.

— Au contraire, c'est une très bonne idée ! s'enthousiasma celle-ci.

Je sondai Adeline du regard. Cette perspective me tentait bien et cela nous éviterait de multiplier les allers-retours entre Ilfracombe et ce petit bout de paradis.

— C'est très généreux de votre part ! répondit mon amie.

— Alors, c'est entendu, déclara Gavin. Grammy doit rendre visite à une amie demain et je travaillerai toute la journée, mais vous pourriez revenir en fin d'après-midi. Qu'en dites-vous ?

Adeline et moi acceptâmes de bon cœur, ajoutant toutefois que nous ne voulions pas nous imposer. Doris balaya l'argument d'un revers de la main.

— J'adore avoir du monde, et puis ce sera l'occasion de tester en avant-première le confort des studios.

Ils ne voulurent pas entendre parler de dédommagement et nous prîmes congé en les remerciant chaleureusement pour cette journée. Dans la voiture, Adeline se lança dans un débriefing de tout ce que nous venions d'apprendre.

— Fausse identité, liens avec la mafia… On dirait que Charlotte avait décroché le pompon.

— C'est fou qu'elle ait renoncé à s'enfuir. Je sais bien que l'époque n'était pas la même, mais si elle avait eu la force de monter sur un paquebot malgré tout…

Adeline ne me laissa pas terminer.

— En admettant qu'elle ait réussi à gruger la personne chargée de vérifier les passeports, Charlotte aurait eu de gros problèmes une fois arrivée en France. Elle aurait tout perdu.

— D'une certaine façon, c'est ce qui s'est produit, lui fis-je remarquer. Je n'arrive pas à savoir si Ryan la menait en bateau ou s'il avait réellement l'intention de l'aider à récupérer Gabriel. J'ai beaucoup de mal à le cerner.

— Doris nous le dira peut-être demain, me répondit-elle en réprimant un bâillement.

Mon portable émit une sonnerie. Je profitai du fait qu'Adeline était au volant pour lire le message.

Jo, il faut que je te parle. Rdv Skype ? C'est important.

Adrien veut me parler en visio ? Mais pourquoi ? En panique totale, je faillis lâcher mon Smartphone et le rattrapai de justesse.

— Tu viens d'apprendre une mauvaise nouvelle ? me demanda Adeline.

— Oui, répondis-je trop rapidement. Enfin, non. Adrien veut qu'on s'appelle en visio.

Elle leva un sourcil.

— Il va peut-être te proposer des choses interdites aux moins de dix-huit ans, extrapola-t-elle, une lueur malicieuse dans le regard.

Rien qu'à cette idée, ma tête bourdonna.

— Adeline, arrête ! Tu ne vois pas que ça me stresse ? Et si Pépé lui avait tout déballé ?

Non, ce n'est pas possible, il ne m'aurait pas trahie !

— Ce serait si dramatique que ça ?

J'ignorai la question. Évidemment, que ça le serait !

— Je ne comprends pas, lançai-je sans réfléchir. Adrien avait l'air normal hier soir…

Mon amie pila sur le parking de l'hôtel. Les deux mains toujours posées sur le volant, elle tourna une tête outrée vers moi.

— Tu as discuté avec Adrien hier soir et tu ne m'as rien dit ?

— C'était trois fois rien…

— Bah voyons ! Tu comptes me faire gober que vous avez parlé du cours du baril de pétrole ?

Tout à fait, pourquoi ?

OK, Adeline me connaissait suffisamment pour ne pas croire à mes mensonges. Je lui fis un résumé de ma conversation de la veille avec Adrien.

— Il doit être impatient de connaître la suite, c'est tout, supposa Adeline.

— Non, il y a autre chose puisqu'il me dit que c'est important.

Soit son hamster était mort et j'allais devoir le consoler, soit Pépé lui avait tout raconté. À moins que…

— Et s'il m'annonçait qu'il se remet avec son ex ? m'exclamai-je, horrifiée.

— Il serait con de faire ça. Mais en même temps, si tu t'étais montrée moins cruche…

Adeline a toujours su me remonter le moral.

— Tu es censée me dire que je me trompe sûrement, en fait. Ou que tu vas le tuer, si c'est ça.

Au lieu de me répondre, elle me saisit le bras avec fermeté et m'entraîna dans sa chambre.

— Hé, tu fais quoi, là ? m'offusquai-je en faisant mine de me débattre. Tu ne veux pas que je rappelle Adrien ?

— Si, mais avant de lui parler, tu vas te pomponner un peu.

Je protestai aussitôt :

— C'est une conversation visio, pas un dîner aux chandelles !

Adeline secoua la tête d'un air réprobateur, puis s'empara d'un flacon de lait démaquillant.

— T'as le Rimmel en débandade, on doit faire quelque chose, Jo. Sans parler de tes cheveux ; on dirait qu'ils ont entamé une mutinerie.

Quinze minutes et quelques coups de pinceau plus tard, j'arborais un visage un peu plus frais. Quant à mes cheveux, la seule façon d'étouffer leur rébellion avait été de les passer sous l'eau.

— Bah, on a fait ce qu'on a pu ! dédramatisa Adeline. Adrien croira que tu sors de la douche. Il va forcément t'imaginer nue, le corps savonné et…

Je me bouchai les oreilles pour ne plus l'entendre.

— Tais-toi ! la coupai-je en m'enfuyant vers ma chambre. Et je t'interdis d'écouter à travers le mur.

— Je ne comptais pas écouter à…

— Je le saurai, si tu le fais !

Si ma voix se voulait guillerette, je ne faisais pas franchement ma maligne. J'étais de plus en plus certaine qu'Adrien était au courant pour mon anévrisme. Alors, j'allais lui couper l'herbe sous le pied et le lui annoncer moi-même. Ma résolution était prise. En ouvrant Messenger, je ressentis une trouille bleue.

Est-ce qu'il était fâché ? Il aurait eu de quoi ! Indépendamment de ma volonté, ma stupide cervelle convoqua l'image d'une Charlotte perdue dans New York, tentant de gérer les choses pour le mieux. S'efforçant de repousser Ryan malgré leur attirance évidente. Les époques ont beau être différentes, ce sont finalement toujours les mêmes sentiments qui nous animent. La haine, les doutes. L'amour. La peur.

— Hey ! Salut, Jo ! me lança Adrien, quand son visage apparut sur l'écran.

À première vue, il n'avait pas l'air furax. C'était bon signe. Il portait un T-shirt vert foncé et ses cheveux bruns étaient en pagaille (quand je pense qu'Adeline osait parler de mutinerie en ce qui concernait les miens !). Et…

Oh non, son visage est en train de me refaire le coup du fameux sourire dévastateur !

Mon cœur allait se disloquer d'une seconde à l'autre.

Réponds-lui, au lieu de le mater en bavant.

— Salut, Adrien. Tout baigne ?

— Ouais. Enfin… Oh, merde, je me sens stupide, Jo.

Pépé a craché le morceau, c'est sûr.

— Stupide ? Pourquoi ?

Ses yeux s'attardèrent sur les miens et j'eus une envie folle de le prendre dans mes bras.

— C'est par rapport à… ce que je veux te dire, bafouilla-t-il. C'est ridicule, j'aurais pu attendre ton retour, mais j'en suis incapable.

— Stupide et ridicule, rien que ça ! m'esclaffai-je.

Il tenta de rire lui aussi, mais je le sentais très stressé.

C'est maintenant ou jamais, Jo.

Je repris mon sérieux.

— Moi aussi, je dois te dire quelque chose, Adrien.

Mais d'où sortait cette voix enrouée à la Joe Cocker ? Ce n'était pas la mienne, impossible ! Adrien secoua la tête.

— Moi d'abord. Sinon je n'aurai plus le courage.

Il se pourrait tout à fait qu'à ce moment-là un couinement soit sorti de ma bouche. Du genre « voilà, il sait tout et comme en plus il est gentil, il cherche à me ménager alors qu'il m'en veut à mort ». Euh… une minute. Ce n'était pas du tout ce que semblait dire son regard, en fait. C'était bien mieux que ça. Adrien prit une longue inspiration et mes genoux se mirent à trembler.

— Jo, lâcha-t-il dans une expiration, tu te rappelles ce soir où on est allés à Saint-Jean-de-Monts, juste pour regarder la mer ?

— Bien sûr. C'était en septembre, je crois.

Le 3 septembre, vers dix-neuf heures, pour être plus précise. Ce soir-là, nous tournions tous les deux en rond, chacun chez soi, alors plutôt que de nous retrouver autour d'un énième McDo, nous avons pris la route de la plage. Adrien a apporté des éclairs et du vin rouge, que nous avons dégustés, assis face aux vagues. En y réfléchissant bien, c'était quand même une sortie vachement romantique, pour deux simples amis. Il hocha la tête et me sourit avec douceur.

— Je me souviens du vent dans ta robe. Des effluves marins mêlés à ton odeur. De ton rire quand tu t'es mise à sauter dans les vagues.

Le sang se mit à palpiter dans mes veines de façon très intense. Je déglutis et parvins à lui demander :

— Pourquoi tu me dis tout ça ?

— Parce que ce soir-là, j'ai pris conscience de quelque chose que je n'ai jamais osé t'avouer. Et je suis effrayé comme un môme à l'idée que tu ne voudras peut-être plus m'adresser la parole après ça.

Hypnotisée par son image sur l'écran, je le regardai sans bouger, craignant d'avoir deviné la suite.

— Adrien, je…

— Chut, Jo. S'il te plaît.

Sa voix tremblait et j'avais presque l'impression de l'entendre murmurer mon prénom à mon oreille.

— Ce que j'essaie de te dire, c'est que tu es la personne la plus merveilleuse que j'aie jamais rencontrée.

Non. Tais-toi. Tais-toi, je t'en supplie. Mais continue quand même un peu. Un tout petit peu.

Je n'arrivais plus à prononcer le moindre mot. Mon cerveau était comme vitrifié. Si Adrien persistait comme ça, je n'allais pas survivre aux deux prochaines minutes.

— Je n'avais pas prévu de tomber amoureux de toi, Jo, poursuivit-il. Et pourtant c'est arrivé.

Je suis morte, ça y est ?

— Dis-moi quelque chose, supplia-t-il avec une attente inquiète.

Visiblement, j'étais toujours en vie puisque j'avais les larmes aux yeux et des frissons sur tout le corps. Et j'allais devoir retrouver l'usage de la parole au plus vite.

— Les mots me manquent.

C'était un début de réponse, non ?

Il avança son index en direction de l'écran et le laissa glisser sur l'emplacement de ma joue.

— Toi aussi… Toi aussi, tu me manques. Parfois, la nuit, j'imagine ce que je te dirais si tu étais à côté de moi. J'imagine ce que ça ferait de te serrer sur mon cœur.

Ses paroles m'atteignirent en plein cœur. J'aurais dû m'en réjouir, au lieu de ça, j'étais anéantie. Je restai là, sclérosée par la force de mes sentiments et maudissant le destin. À cet instant précis, la certitude d'être aimée me faisait un bien fou. Pourtant, j'allais lui faire mal. Je ne pouvais plus retarder le moment de lui révéler la vérité. Ma voix se brisa :

— Tu me prends au dépourvu.

Adrien venait de me faire la plus belle des déclarations d'amour et moi j'allais tout fracasser en lui disant que d'ici quelques jours, je pouvais mourir ou finir paralysée. Ses beaux yeux sombres exprimèrent une tristesse infinie.

— Je suis désolé si tu le prends mal, Jo, mais je devais te le dire.

Comment est-ce que je vais me sortir de ce merdier, maintenant ?

En me comportant en adulte. Si Adrien en avait été capable, je lui devais bien ça. La gorge brûlante de larmes ravalées, je me lançai :

— En réalité, je ne suis pas fâchée. Je… Tu sais, quand on est rentrés de chez Adeline, la dernière fois ?

Il opina tranquillement du chef.

— Sur la digue, j'ai compris que ce que je ressens pour toi, c'est bien plus que de l'amitié. Tu étais là, si près de moi que je pouvais sentir ton souffle, et je brûlais de t'embrasser. Sauf que je n'ai pas eu le cran de me lancer, parce que j'avais peur de tout flanquer en l'air entre nous. Et à présent, c'est trop tard.

— Pas du tout ! On a l'avenir devant nous, Jo ! me répondit-il avec une joie qui frisait l'euphorie.

Mon cœur se serra douloureusement. Non, je ne pouvais pas le laisser penser qu'une histoire d'amour était dans l'ordre du possible. Sans plus réfléchir, je me débarrassai du fardeau qui m'encombrait depuis des semaines.

— Il y a quelque chose que tu dois savoir, Adrien. Je n'ai pas été tout à fait honnête envers toi.

J'évoquai alors le foutu verdict du neurologue, puis m'excusai de lui avoir menti, ou plutôt de n'avoir rien dit. Au fur et à mesure que je parlais, les plis de sa bouche s'affaissèrent, comme une marionnette dont on aurait brutalement lâché les fils. Je me sentais affreusement mal de voir Adrien se décomposer par ma faute et je ne parvenais plus à le regarder.

— Merde, ce n'est pas possible ! fit-il, le souffle coupé, lorsque j'eus terminé. Tu es sûre que… ?

Sa question resta en suspens. Abasourdi, il me dévisageait avec incrédulité, espérant peut-être que je lui dise qu'il s'agissait d'une mauvaise blague. Ce qui aurait été nettement préférable.

— Je suis navrée de te l'annoncer dans ces circonstances. Moi-même, j'aurais préféré ne jamais savoir. Au lieu de ça, je vous ai menti, à mes parents et à toi.

Adrien joignit les mains devant son visage, comme pour réfléchir à la situation. Son silence était assourdissant, toute trace de joie avait déserté ses traits. Soudain, il tapa son fauteuil du poing.

— Mais pourquoi tu ne m'as rien dit, Jo ? Je croyais que tu me faisais confiance !

L'accent de douleur que je perçus dans sa voix me rendit furieuse contre moi-même. Je bouillonnais de culpabilité, sachant pertinemment qu'aucune excuse ne pourrait justifier ma conduite. Néanmoins, j'essayai :

— C'est justement parce que je te fais confiance que j'ai gardé le silence. Parce que je sais à quel point tu peux être attentionné et impliqué. Je ne voulais pas que tu mettes ta vie entre parenthèses à cause de moi. Je ne voulais pas que tu souffres si…

Je ne pus aller au bout de ma phrase. Adrien me regardait comme s'il découvrait une nouvelle facette de moi. Et pas la meilleure. À ce moment-là, j'aurais donné n'importe quoi pour pouvoir revenir en arrière et rembobiner le fil de notre histoire. Pour que deux Smartphones et un océan ne nous séparent plus. Pour oublier et me blottir dans ses bras.

— Tu m'en veux ? demandai-je, désemparée.

Je n'avais pas le courage de m'engager dans une dispute.

— Non. Enfin si, je crois. Merde, Jo, je ne comprends pas pourquoi tu as érigé une barrière entre nous. Tu me fais un mal de chien, là.

Adrien fit une courte pause, puis m'assena le coup final :

— Je suis désolé, mais je vais avoir besoin d'un peu de temps pour digérer. On se recontacte.

La fenêtre de conversation coupa aussitôt, se refermant sur un gâchis dont j'étais l'unique responsable. Une terrible sensation de solitude m'envahit.

17

L'estomac noué, je restai quelques minutes à fixer l'écran vide, complètement hébétée. Un sanglot se coinça dans ma gorge et je cédai aux larmes. Je me sentais nulle, mais nulle ! Me contraignant à sortir de ma torpeur, je me levai et rejoignis Adeline dans sa chambre. À ma mine chiffonnée, elle remarqua tout de suite que quelque chose clochait.

— Quoi ? s'enquit-elle d'un ton inquiet. Il a vraiment renoué avec son ex ?

Je lui fis signe que non.

— Je lui ai tout dit. Pour l'anévrisme. Et il ne l'a pas bien pris.

— Oh, Jo ! s'exclama-t-elle en m'ouvrant ses bras.

Sans plus aucune retenue, je donnai libre cours à mon chagrin. Adeline me laissa pleurer tout mon soûl, sans parler. Puis, lorsque je me calmai enfin, elle me demanda de rester dans sa chambre un instant.

— Je reviens vite, me promit-elle.

Au bout de quelques minutes, mon amie se matérialisa avec un prospectus.

— Je nous ai commandé une pizza, déclara-t-elle. On n'est pas obligées de sortir tous les soirs.

Je lui adressai un sourire reconnaissant.

— Je ne veux pas non plus gâcher ta soirée avec mes états d'âme, m'excusai-je.

— Jo, dit-elle en s'asseyant face à moi, ça fait vingt ans qu'on se connaît. S'il y a une nana dont tu peux te permettre de gâcher une soirée et qui ne t'en voudra pas pour autant, c'est bien moi ! Allez, raconte !

— Adrien n'a pas du tout apprécié le fait que je lui aie dissimulé la vérité, soupirai-je.

— Reconnais que c'était un peu nul.

Ça l'était et j'aurais même pu anticiper sa réaction, mais une partie de moi (celle qui a cru au Père Noël jusqu'à sept ans) espérait que ça passerait comme une lettre à la poste.

— Jamais encore nous ne nous étions disputés, Adeline. Pas même le soir où j'ai débarqué chez lui avec des éclairs au chocolat surgelés et qu'il a fait semblant de les aimer pour ne pas me vexer.

Adeline sourit au souvenir de cette anecdote.

— Ouais, eh bien, tu as intérêt à lui faire livrer les meilleurs éclairs de la région si tu veux qu'il te pardonne, cette fois.

Malgré ma peine, je ris avec elle et quelques minutes plus tard, assises en tailleur sur son lit, nous entamions notre pizza au cheddar. Ce n'était pas mauvais, mais je ne pouvais pas m'empêcher de ruminer. Adrien était fâché contre moi. L'imaginer en train de me détester me coupa le peu d'appétit que j'avais.

— Tu penses que je devrais lui envoyer un message en le suppliant d'accepter mes excuses ? demandai-je à Adeline.

Elle parut peser le pour et le contre.

— Le supplier, peut-être pas… Mais tu ne perdras rien à lui demander pardon. Au fait, qu'est-ce qu'il avait de si urgent à te dire ?

Je reniflai un grand coup en me remémorant l'intensité de son regard et de ses mots.

Parfois, la nuit, j'imagine ce que je te dirais si tu étais à côté de moi. J'imagine ce que ça ferait de te serrer sur mon cœur.

— Il m'a avoué avoir des sentiments pour moi.

Adeline retint de justesse un cri hystérique.

— Je le savais ! s'exclama-t-elle, oubliant presque ce qui avait suivi. C'est génial !

— Ça aurait pu l'être dans d'autres circonstances, oui. Il n'est pas resté très longtemps sur son petit nuage.

Mon amie se renfrogna.

— Attend, si je comprends bien, tu as accueilli sa déclaration par un truc du genre « Ça me fait vraiment plaisir, mais ça tombe mal, tu vois, parce que je vais peut-être mourir » ?

Elle me dévisageait, visiblement choquée.

— C'est un bon résumé, confirmai-je.

Même si je m'étais exprimée avec plus de tact, Adrien avait dû le ressentir tel quel.

— Bordel, lâcha-t-elle.

— Je l'ai trahi en lui cachant les choses. C'est tout ce qu'il en retient.

— Il a dit ça sous le coup de la déception, tenta-t-elle de me consoler. C'est un mec, Jo. Son ego est en train de se tordre dans le caniveau, mais il se remettra.

J'espérais du fond du cœur qu'elle avait raison. Nous papotâmes encore quelques minutes, durant lesquelles Adeline me confirma qu'elle rentrerait à Nantes quatre jours plus tard, comme c'était convenu au départ.

— Je ne peux vraiment pas faire autrement pour ma boîte, s'excusa-t-elle, le regard plein de culpabilité.

— Ne t'en fais pas, avec un peu de chance, Doris aura terminé son récit d'ici là et je rentrerai avec toi.

Un coup de téléphone de Bruno mit fin à notre soirée et je me retirai discrètement, laissant Adeline discuter avec son homme.

*

— Prête pour une balade ?

Je n'avais pas fermé l'œil de la nuit (j'avais jugé plus utile de remuer le couteau dans la plaie en regardant en boucle des photos d'Adrien et moi, sur Instagram), donc non, je n'étais pas franchement disposée pour entamer un circuit touristique à neuf heures du matin, alors que la température extérieure n'excédait pas les dix degrés. Dans l'immédiat, j'avais surtout très envie d'explorer tous les recoins de ma couette. Mais je ne voulais pas contrarier Adeline alors que la veille, elle avait supporté mes jérémiades sans broncher.

La matinée était venteuse et lumineuse. Après nous être couvertes en conséquence, nous prîmes la direction du port, déserté par la plupart des bateaux de pêche. Seules quelques barques colorées étaient restées amarrées et se faisaient chahuter par les flots. Toutes sortes d'oiseaux chantaient, leurs cris se répercutant sur les quais. Nos pas nous menèrent rapidement vers les *tunnels beaches*. Adeline, qui s'était préalablement renseignée, m'apprit que la colline qui séparait la route de la mer avait été forée au XIXe siècle pour former ces tunnels, donnant accès à la crique qui s'étendait à présent face à nous. Une digue avait ensuite été édifiée afin d'empêcher le retrait des eaux à marée basse.

— Comme ça, conclut-elle, pas besoin de guetter les marées pour faire trempette.

Je frissonnai rien qu'à l'idée de tremper un orteil dans ces eaux froides. Cela dit, l'endroit était sublime. L'éclat du soleil se réfléchissait en milliers de paillettes sur la surface de l'eau. Un peu plus loin, des vagues tourbillonnaient autour des rochers, faisant jaillir l'écume.

— C'est splendide, non ? me fit remarquer Adeline.

— Époustouflant ! admis-je.

Le vent tonifiant et chargé de sel rugissait tant dans nos oreilles que nous devions hausser la voix afin de nous faire entendre. Les embruns nous picotaient le visage, ce qui n'était pas désagréable. Comme Adeline fixait l'horizon en faisant son maximum pour éviter mon regard, je devinai que quelque chose la tracassait.

— Crache le morceau, lui dis-je.

— Adrien m'a envoyé un message, hier soir.

Mon cœur fit un bond dans ma poitrine et je fus tentée de me boucher les oreilles pour ne pas entendre la suite. Lui avait-il reproché son silence, à elle aussi ? Non, je ne voulais pas savoir.

— Il t'a dit quoi ?

Aucune volonté, ma pauvre fille.

— Il m'a surtout bombardée de questions sur ton état de santé.

J'eus un rire sans joie.

— Et en toute logique, c'est par toi qu'il passe.

— Je l'ai senti inquiet, plaida-t-elle. Son ego a pris un sacré coup au casque, certes, mais au-delà de ça, il a peur pour toi. C'est plutôt bon signe, non ?

Je humai l'odeur marine pour dissiper le flou de mes pensées. À vrai dire, mes émotions étaient confuses et je ne savais plus trop sur quel pied danser.

— Il tient à toi, me dit doucement Adeline.

— Les choses ne sont pas si simples que ça, tu le sais. Même s'il me pardonne, ça ne changera rien entre nous. On n'entame pas une relation en sachant qu'on risque de mourir. Je refuse de lui faire subir ça.

Pour moi, la discussion était close. Ce qui n'était visiblement pas le cas d'Adeline, puisqu'elle se planta face à moi, mains sur les hanches.

— Tu veux un scoop, Jo ? Tout le monde va mourir un jour. Et oui, ça fait souffrir les gens qui restent. Personne n'est immortel, c'est comme ça, ma vieille. Alors arrête de prévoir ta vie en fonction de la peur qu'elle s'arrête.

Un élan de colère s'empara de tout mon être. D'un geste rageur, je balançai un coup de pied dans le sable humide. J'en voulais à Adeline de me brusquer ainsi et j'eus soudain envie de la planter là. J'en voulais à la Terre entière, j'en avais plus qu'assez ! Je levai les yeux en direction du phare, érigé sur la colline de la lanterne. Si le panorama était réputé, l'ascension s'annonçait abrupte puisque le mont dominait le port d'une centaine de mètres de haut. De la jetée, je scrutai le sommet et sa chapelle du XIVe siècle. Pas d'efforts intenses, avait préconisé le neurologue.

Ça, c'est ce qu'on va voir, docteur Mauvaises Nouvelles !

Sans prévenir, je détalai pour m'engager sur le sentier escarpé. Remontant la côte à vive allure, je m'efforçai d'ignorer mes jambes et mes poumons, qui me brûlaient. La terre était glissante, encore mouillée du déluge de la veille. Je fonçai droit vers les bords du précipice et si je ne m'en écartais pas très vite, je ne pourrais plus revenir en arrière. Je me fracasserais le crâne en contrebas, sur les rochers, et ce serait fini.

— Jo !

Courant derrière moi, Adeline haletait. Le menton tremblant, je me retournai pour la dévisager et repris finalement le chemin, qui s'achevait par des marches en pierre. J'arrivai au sommet, pantelante, les joues baignées de larmes.

— Putain, Jo ! lança Adeline en se pliant en deux, quand elle m'eut rejointe. J'ai cru que tu allais…

Elle s'interrompit, sans doute par peur d'évoquer l'horreur.

— Sauter dans le vide ? devinai-je.

Je m'appuyai contre la muraille qui entourait la colline et secouai la tête pour la détromper. Je n'avais pas eu envie de mourir, non. Juste de sentir la vie palpiter dans mes veines.

— OK, répondit-elle en reprenant sa respiration. Puisque nous sommes là, autant souffler un bon coup. Ça nous dénouera les tripes.

— On peut aussi admirer la vue, suggérai-je, ébahie par le paysage qui s'étendait à nos pieds.

Le port enclavé, les criques enserrées entre les murailles, la petite rade bordée de maisons de pêcheurs, des pans de rues… Un vrai décor pittoresque. L'Union Jack flottait au bout de notre promontoire. Imitée par

Adeline, je m'assis sur un banc aménagé dans un renfoncement en pierre, afin de m'abriter du vent.

— Merci, lui dis-je avec pudeur.

Toute ma colère était dissipée. Envolée. Partie avec ce sentiment d'avoir en partie surmonté mes craintes. La chanson *Birds*, d'Imagine Dragons, me trottait dans la tête et résumait parfaitement mon état d'esprit.

« *Seasons, they will change / Life will make you grow / Death can make you hard, hard, hard / Everything is temporary / Everything will slide / Love will never die, die, die.* »

Si je ne savais pas ce que l'avenir me réservait, j'étais encore debout et je me sentais vivante. Plus que jamais.

Adeline haussa les épaules d'un air désinvolte.

— Tu n'as pas à me remercier. Est-ce que tu tiens la pente ?

— Si tu parles de mon cerveau, oui, ça va.

— Je n'ai aucun doute sur le fait que tu vas t'en sortir, Jo. Je parlais d'Adrien.

Mon téléphone se mit à vibrer dans ma poche et je l'en extirpai aussitôt.

— C'est lui ? s'enquit Adeline en se redressant d'un bond.

— Non, répondis-je, déçue, en approchant le Smartphone de mon oreille. C'est ma messagerie vocale.

Ironie du sort, le message provenait du docteur Mauvaises Nouvelles.

« J'aimerais savoir si vous avez pris le temps de réfléchir », me pressait-il.

D'un geste agacé, j'appuyai sur la touche pour supprimer son message et reportai mes yeux sur les vagues ondulantes qui scintillaient sous le soleil. Quel besoin ce médecin avait-il de me mettre la pression ?

Je n'avais pas envie de lui faire part de ma décision ici, au pied du phare d'Ilfracombe. J'avais besoin d'oublier encore un peu cette épée de Damoclès suspendue au-dessus de ma tête, d'entendre Doris me parler de Charlotte, de percer le mystère du médaillon et prendre un peu de rab de vie tant que mon cœur battait et que mon cerveau fonctionnait. Je n'étais pas prête à rentrer en France et à jouer mon existence à pile ou face.

*

Une clochette tinta lorsque nous poussâmes la porte de la boutique de Jenna. Après avoir mangé des sandwichs et dévoré les meilleurs scones de toute notre vie dans un salon de thé, Adeline avait eu l'idée de rendre visite à l'amie de Gavin, comme nous le lui avions promis. Jenna nous accueillit avec l'exubérance qui la caractérisait, ce qui me donna aussitôt le sentiment de faire partie de son cercle d'amis intimes. Son magasin était à son image : derrière la devanture en bois comparable à une maison de poupée, se cachait un lieu haut en couleur. Une odeur de cassonade emplissait la boutique, qui débordait de produits locaux : boîtes de thé, bouteilles de Pimm's, le célèbre cocktail anglais à base de brandy, de limonade et de fruits, et autres puddings. Des œufs frais livrés de la ferme comportaient encore des plumes sur leurs coquilles.

— Vous avez raté Doris de peu ! nous apprit-elle en désignant une corbeille de petits gâteaux. Elle vient de me les déposer. Vous en goûtez un ?

Évidemment, nous ne nous fîmes pas prier. Les bouchées au miel de Doris étaient succulentes. Jenna engagea très vite la conversation :

— Alors comme ça, vous faites des recherches généalogiques ?

— Pas exactement, rectifiai-je, la bouche encore pleine.

Je me lançai dans le récit des événements qui m'avaient conduite jusqu'ici avec Adeline. Quand j'eus terminé, je demandai à la jeune femme si elle se souvenait de Charlotte.

— Un peu, me répondit-elle. C'était une très vieille dame, toujours très… altière. Oui, c'est le mot qui me vient à l'esprit. Elle m'impressionnait. Je me rappelle qu'elle aimait beaucoup s'occuper de son jardin.

Je sortis le médaillon de mon sac à main et le lui montrai.

— C'est le bijou qui a été expédié à mon grand-père. Je n'en comprends toujours pas la raison.

Jenna l'inspecta pour la forme.

— Peut-être que Charlotte le portait sur elle, c'est possible. Les souvenirs que j'ai d'elle sont imprécis, ajouta-t-elle, contrite, j'étais trop accaparée par l'éducation de mon frère pour m'intéresser à une personne âgée.

Elle se tut un instant, distraite par deux étudiants qui s'attardaient devant sa vitrine.

— Je comprends, lui dis-je simplement. Comment va Daniel ?

Jenna m'adressa un sourire désolé.

— Il me pose pas mal de soucis. Il a arrêté l'école en seconde, après le GCS, et depuis il ne fiche plus rien. Il aurait pu passer les A. Levels et aller à l'université, mais monsieur aime mieux glander.

Elle ponctua sa phrase par un gros soupir.

— Tu n'en restes pas moins admirable, la complimenta Adeline. Tout le monde ne peut pas se vanter d'avoir élevé sa fratrie.

Jenna haussa une épaule.

— Je n'ai pas eu le choix. Ma mère n'était pas apte à s'en occuper… Elle préférait la compagnie de la bouteille à celle de ses enfants. Quant au père de Daniel, je n'ai jamais su qui il était.

Pauvre Jenna ! Son enfance avait dû être difficile. Les deux étudiants entrèrent finalement dans la boutique et choisirent une grosse boîte de chocolats.

— Tu as pris une belle revanche, lui assurai-je avec sincérité, quand elle eut terminé avec ses clients.

La jeune femme éclata de rire.

— C'est en partie grâce à elle, déclara-t-elle en s'emparant d'une photo encadrée, posée près de la caisse.

Le portrait représentait une femme entre deux âges, au visage rabougri et fermé, la bouche scellée par deux lèvres serrées. Tout le contraire de Jenna, en somme !

— C'est ta grand-mère ? s'enquit Adeline.

— Oh, non ! Si j'avais eu une grand-mère pareille, j'aurais fini dépressive ! Il s'agit de mon ancienne prof principale, au lycée, nous expliqua-t-elle. Mrs. Nicholls. Cette vieille peau ne pouvait pas me blairer. Je m'occupais de Daniel le soir, alors j'étais trop fatiguée pour étudier et mes résultats s'en ressentaient. Lors de ma dernière année, Nicholls m'a prédit avec jubilation que je ne ferais jamais rien de ma vie.

— Sa boule de cristal n'était pas très au point, ricanai-je.

— N'est-ce pas ? Chaque matin, quand j'entre dans ma boutique, je la salue et la remercie pour tous les encouragements qu'elle m'a prodigués, ironisa Jenna. Si elle n'avait pas été si méchante, peut-être que j'aurais eu moins à cœur de prouver ma valeur.

Décidément, sous son extravagance assumée, cette fille était surprenante ! Adeline s'empara d'une bouteille de Pimm's et la leva en direction du portrait.

— À la vôtre, horrible Mrs. Nicholls !

Reprenant son sérieux, elle questionna Jenna sur sa vie amoureuse.

— Et donc, entre la boutique et ton frère, tu trouves le temps de fréquenter des hommes ?

Adeline et son tact légendaire...

Jenna se mit à rectifier l'alignement de pots de confiture.

— Je ne vois personne en dehors de mon cercle d'amis, mais je le vis très bien, se contenta-t-elle de répondre.

— J'aurais juré qu'avec Gavin...

Jenna pivota vers moi, les yeux arrondis par la surprise.

— Gavin ? Sérieusement ? Qu'est-ce qui te fait croire ça ?

Elle avait beau se montrer stupéfaite, je voyais bien la rougeur qui était en train de gagner sa gorge et le haut de son décolleté.

— Vous semblez complices, lui fit remarquer Adeline.

La jeune femme s'empressa de nous détromper.

— Mon père a tué le sien. Comment Gavin pourrait-il avoir envie de vivre une histoire d'amour avec moi ? C'est déjà beau qu'il m'accorde son amitié.

Une sortie en bateau qui avait mal tourné à cause du mauvais temps. Voilà ce que nous a expliqué Jenna, avant que nous ne partions. Son père et celui de Gavin, qui étaient très proches depuis l'enfance, aimaient se retrouver le week-end pour des parties de pêche ou autour d'un barbecue. Gavin et Jenna n'avaient pas dix ans lorsque c'était arrivé. Personne n'a jamais eu vent des derniers instants de ces hommes, pris dans une soudaine tempête. Mais quand ils ne sont pas rentrés, le soir, tout le monde a compris. Au bout de deux jours de recherche, l'océan a finalement rendu leurs deux corps, confirmant les épouvantables craintes.

— Le pire dans tout ça, nous a confié Jenna, c'est que Michael, le père de Gavin, aurait préféré rester à la ferme, ce jour-là. Mais Papa avait insisté, il était persuadé que le poisson mordrait.

Après le drame, les deux enfants sont restés amis, alors que les liens entre leurs mères se sont étiolés. Celle de Gavin est partie travailler dans une grande ville, laissant son fils à Doris, alors que celle de Jenna a sombré dans l'alcool.

— Quel triste destin ! soufflai-je à Adeline en garant l'Opel devant la ferme.

Le plus difficile, à présent, allait être de nous comporter comme si Jenna ne nous avait rien raconté. Cela outrepassait l'histoire de Charlotte et ne nous concernait pas. Pourtant, l'envie ne me manquait pas de cuisiner Gavin afin de savoir s'il tenait le père de son amie pour responsable de l'accident. Il semblait plus intelligent que ça, mais au fond, qu'en savais-je ? Adeline, elle, était fermement décidée à leur arranger le coup.

— Je parie qu'ils s'aiment depuis des années, ces idiots.

Elle me jeta un coup d'œil de travers, comme si j'étais coupable de leur situation.

— Je te vois venir, maugréai-je. Économise ta salive et n'établis aucun parallèle avec Adrien et moi, merci.

— Pourquoi faut-il toujours que les choses soient compliquées quand il s'agit d'amour ?

— Parce que l'amour n'est qu'une prise d'otage, répliquai-je d'un ton égal. Ça nous tombe dessus sans qu'on demande rien et c'est impossible à maîtriser.

— Une prise d'otage… Moui, si tu veux. Mais c'est pour le plus merveilleux des voyages.

Doris nous accueillit avec joie et nous fit faire le tour de la propriété avant de poser nos bagages dans les studios. Comme nous traversions un ravissant jardin qui débordait de myosotis, la vieille dame redressa une fleur qui poussait de travers. Je lui fis remarquer que Pépé avait la même passion qu'elle.

— Alors ça signifie qu'il a de la magie dans le cœur, me répondit-elle. Il en faut pour faire fleurir les plantes et les gens. C'est ma mère qui m'a appris tout ça.

Les studios étaient fonctionnels, décorés dans des nuances de vert et de beige. Le papier peint à motif oiseaux qui avait été posé sur un pan de mur apportait une touche poétique à l'ensemble. Fatiguée par ma nuit blanche et les diverses émotions de la journée, je fus tentée de m'allonger dans le lit moelleux.

Cependant, Doris avait d'autres plans : elle avait retrouvé des photos ayant appartenu à Charlotte.

— Je pourrais vous les montrer en vous racontant ce qui est arrivé à partir du moment où ma mère a commencé à travailler chez Macy's.

Ma curiosité l'emporta et je la suivis vers la maison.

18

Charlotte, 1930

— N'oublie pas de sourire, c'est important !

Charlotte hocha nerveusement la tête, tandis que Maggie, sa chef de rayon, terminait de lui appliquer une épaisse couche de rouge à lèvres grenat.

— Tu as un joli visage en forme de cœur, continua-t-elle à babiller. Il faut le mettre en valeur avec les produits que nous vendons.

Après ça, Maggie la conduisit à son poste.

— Maintenant, à toi de jouer ! l'encouragea-t-elle.

— Et si je ne sais pas répondre à une cliente ? s'inquiéta Charlotte.

— Tu me demandes, je suis là pour ça.

Deux jours plus tôt, le directeur de chez Macy's avait recruté Charlotte comme vendeuse au rayon maquillage, en remplacement d'une fille qui venait de se marier. Elle avait tout d'abord cru qu'il la faisait marcher. Puis, voyant qu'il était réellement sérieux, elle s'était convaincue qu'on la renverrait au bout de quelques heures ; elle s'y connaissait si peu en poudres de riz, vernis à ongles et rouges à lèvres !

Néanmoins, elle assimila très vite ses tâches. Elle faisait ce qu'on attendait d'elle : elle souriait. Charlotte se sentait pourtant étrangère à l'euphorie qui s'emparait des clientes qui venaient acheter de nouveaux bâtons de rouge, alors elle jouait le jeu et faisait semblant de partager leur excitation. Parfois, des *flappers* débarquaient par groupes de deux ou trois, vêtues de pantalons. Sous leurs franges de cheveux courts, elles affichaient une assurance à toute épreuve, demandant à chaque fois le maquillage le plus tape-à-l'œil. Leur liberté la stupéfiait, mais il y avait quelque chose qui la touchait, dans leur insouciance calculée. Au bout d'une vingtaine de jours, Charlotte avait si bien rodé son sourire qu'il paraissait sincère. Elle avait appris à discipliner ses pensées pour s'interdire de spéculer au sujet de Gabriel, et durant ses heures de travail elle y arrivait, car c'était pour lui qu'elle avait accepté ce poste. S'occuper était le meilleur moyen de soigner un cœur brisé.

Par une fin d'après-midi glaciale, trois semaines après ses débuts chez Macy's, Ryan passa la chercher. Le moteur du coupé Packard beige ronronnait comme un chat satisfait tandis qu'ils roulaient vers une destination dont Charlotte ignorait tout.

— Où est-ce qu'on va ? demanda-t-elle en prenant conscience qu'ils n'allaient pas en direction du Plaza.

— Sur la 86e Rue, répondit-il avec un sourire impénétrable. Nous y sommes, regarde.

Ils descendirent de voiture et Ryan lui prit la main pour la mener jusque devant un immeuble bordé d'érables et d'ormes. Charlotte sentit monter en elle une nouvelle déferlante de désir quand il plaqua derrière son oreille une mèche de ses cheveux, qu'elle avait fait couper jusqu'aux épaules. Avec son costume bleu et son chapeau feutre, Ryan ne manquait pas de charisme et elle se surprit à songer, non sans amertume, que la femme qu'il épouserait aurait beaucoup de chance. La jeune femme livrait toujours une véritable lutte contre l'ambivalence de ses sentiments. Elle n'avait rien à lui reprocher : Ryan prenait soin d'elle, la faisait rire et veillait à la distraire. En semaine, il leur arrivait de passer quelques nuits ensemble et Charlotte ne comprenait pas la force de ce désir charnel qui l'emportait contre toute logique.

Malgré tout, une ombre planait entre eux, un malaise dont elle n'arrivait pas à se départir. Elle avait conscience que tous deux ne formaient pas un couple traditionnel et elle ne pouvait pas admirer un homme dont l'activité principale pouvait coûter des vies. Chaque nouveau fait divers en relation avec le crime organisé lui faisait détester ces gangsters qui régnaient sur les six millions de New-Yorkais. Alors pourquoi n'arrivait-elle pas à haïr Ryan ? Son amant restait évasif sur son emploi du temps, il ne parlait jamais de l'endroit où il vivait et ne faisait aucun projet d'avenir avec elle. Charlotte n'osait même pas l'interroger sur ses sentiments. Sa seule certitude résidait dans le fait qu'ils étaient incapables de résister à l'attraction qui les poussait l'un vers l'autre.

— Prête ? lui demanda Ryan.

Il avait plu des cordes et l'eau ruisselait à présent dans les caniveaux. Ce n'était vraiment pas un temps à rester dehors. Charlotte le suivit dans l'immeuble et ils grimpèrent jusqu'au deuxième étage.

— À toi l'honneur ! lança-t-il joyeusement en tirant une clé de sa poche.

— Où sommes-nous, exactement ? voulut-elle savoir, intriguée.

— Tu verras.

Son ton était bien mystérieux ! Charlotte ouvrit la porte sur une pièce à vivre. Une table ronde, quatre chaises et un meuble bas occupaient une bonne partie de l'espace aux murs peints en vert. À droite, elle découvrit une étroite cuisine et au fond, une chambre avec un lit et une commode, ainsi qu'un cabinet de toilette doté d'une lucarne. Les oreillers étaient gonflés, le parquet semblait propre, mais l'appartement manquait d'âme. Alors qu'elle se tenait, dubitative, sur le pas de la porte de la chambre, Ryan avait du mal à contenir sa joie. Cet appartement était-il le sien ? Ce minimalisme ne collait pourtant pas au personnage. Charlotte demanda si quelqu'un vivait là.

Ryan esquissa un pas vers elle et lui prit la main.

— Oui, toi. Depuis cinq minutes.

Charlotte laissa échapper un cri.

— C'est vrai ? demanda-t-elle, les yeux brillants.

Si cet appartement lui avait paru décevant au premier abord, à présent elle ne pouvait que se réjouir ! Ryan et elle s'étaient disputés la semaine précédente, car la jeune femme ne voulait plus vivre à ses crochets, dans la suite du Plaza.

— Je refuse d'être une de ces poules entretenues ! avait-elle plaidé, avec une violence rentrée.

Dehors, il y avait tant de miséreux que la jeune femme ne pouvait plus supporter de vivre dans le luxe. Un jour, on était au top et le lendemain plus rien, quoi qu'on ait été avant. Dans les rues de Manhattan, le nombre de vendeurs de pommes avait doublé. Des gens dont il ne restait plus que ça pour espérer gagner quelque argent. À Columbus Circle, les files d'attente devant l'immense chaudron de la soupe populaire étaient interminables. À trois blocks de Times Square, certains faisaient la queue le matin pour repartir avec un café et un beignet, parfois leur unique repas de la journée. Charlotte avait appris à reconnaître ce regard opaque et vide qui caractérisait la misère humaine. Plus que jamais, elle était déterminée à prouver sa valeur et s'en sortir par ses propres moyens. Que se passerait-il, si jamais Ryan était arrêté ? Non, elle ne comptait pas finir à la rue.

— Ryan ! s'exclama-t-elle en tournoyant dans le salon. C'est merveilleux !

— Cet endroit te plaît ? s'enquit-il nerveusement. J'ai dû faire en fonction de ton salaire, je n'ai pas trouvé mieux. Et tu n'es qu'à quelques stations de métro de Macy's.

— J'en ferai le plus beau des palais, jura-t-elle, sa main se frayant déjà un passage sous la chemise de son amant.

Les jours suivants, Charlotte s'attacha à décorer l'appartement pour le rendre accueillant. N'ayant pas les moyens de s'offrir de nouveaux meubles, elle se fournissait dans des boutiques d'occasion. Maggie lui offrit une théière et Charlotte récupéra dans la rue un fauteuil tout à fait confortable, qu'elle installa près de la fenêtre du petit salon, qui donnait sur un prunier. Comme la vue sur le jardin serait agréable, au printemps ! Malgré les réticences de la jeune femme, Ryan lui acheta un poste de radio afin qu'elle puisse écouter des émissions pour s'occuper le soir, quand il ne pouvait pas rester auprès d'elle. Il savait que le manque de distractions la conduisait systématiquement à réfléchir et à ressasser ses fautes.

Dès qu'elle se retrouvait seule, elle contemplait des heures durant la photo de son bébé, qu'elle conservait précieusement dans son médaillon. Et elle lui parlait. Elle lui racontait ce qu'était la vie ici, à New York, elle lui décrivait la foule permanente des grandes avenues, la vue sur la *skyline* depuis South Street et tous ces gratte-ciel qui rivalisaient de verticalité. Elle lui parlait des projets qu'elle faisait pour eux deux, lui disait qu'elle l'emmènerait se promener à Central Park et qu'ils dévoreraient des bretzels achetés au coin d'une rue, qu'ils grimperaient au sommet du plus grand building, dont les travaux de construction avaient débuté le mois précédent. Et, bien sûr, ils iraient au cinéma pour regarder les dessins animés de Walt Disney. Elle lui parlait avec l'espoir que ses paroles se fraient un chemin jusqu'à son cœur et maintiennent un lien entre eux. Bien que sa chambre ne soit pas très grande, elle envisageait avec une impatience grandissante l'achat d'un lit d'appoint dans lequel son fils pourrait dormir quand il serait plus grand. Gabriel rôdait à la frontière de ses pensées, mais la jeune femme ne se laissait pas abattre.

*

Un dimanche matin de fin février, Ryan passa prendre Charlotte et l'emmena avec lui au *Cotton Club*, où il avait rendez-vous. D'ordinaire, il n'aimait pas inclure la jeune femme dans ses affaires, mais ils avaient prévu d'aller ensemble au cinéma après cet entretien, aussi voulait-il s'éviter un détour.

— Owney t'attend en haut pour une partie de billard, cracha Big Frenchy à l'intention de Ryan quand ils arrivèrent. Par contre, la poupée reste en bas.

Charlotte prit sur elle pour ne pas le remettre en place avec une repartie bien sentie et patienta dans la salle de restaurant du club, où on lui servit un café. Elle n'était plus revenue depuis la soirée du Nouvel An et l'esclandre d'Henrietta. Ce monde des oiseaux de nuit n'était pas le sien. Des danseurs en train de répéter leurs numéros étiraient leurs muscles et la jeune femme se sentait privilégiée de pouvoir y assister. Dans le calme matinal, l'atmosphère du club était bien différente. Un homme balayait le plancher sans se presser, soulevant quelques grains de poussière qui volèrent dans un mince rai de lumière. Charlotte avait l'impression d'être le témoin du lent réveil du *Cotton Club* après l'agitation nocturne. Elle tendit l'oreille quand des bruits de voix émanèrent de l'étage. Une partie de billard, de bon matin, vraiment… N'arrivant pas à saisir le moindre mot de ce qui se disait, elle commença à feuilleter le dernier *Harper's Bazaar* que lui avait prêté Maggie. Tout à coup, un mouvement en provenance de la scène attira son attention. En relevant le nez du magazine, elle vit un musicien sur le point de s'installer. Et pas n'importe quel musicien ! Charlotte bondit de sa chaise et se précipita vers le trompettiste.

— Curtis Tiller ! s'exclama-t-elle, enjouée. C'est vraiment vous ?

En entendant son nom, ce dernier sursauta, cherchant visiblement à remettre la jeune femme.

— Est-ce que je vous connais ? s'enquit-il, méfiant.

— Oui, affirma-t-elle, amusée. Nous nous sommes rencontrés le jour de Noël ; j'étais perdue et vous m'avez aidée à retrouver mon chemin.

Charlotte avait le sentiment que leur première rencontre remontait à une éternité. L'époque où elle avait eu la naïveté de croire qu'elle pouvait embarquer sur un paquebot sans passeport était bien révolue ! Une expression ébahie illumina les yeux sombres du jeune homme.

— Oh, madame ! Comment ne vous ai-je pas reconnue ?

Il semblait sincèrement contrit.

— Ce sont mes cheveux, je les ai coupés, lui expliqua-t-elle. Et puis, vous ne pouviez pas vous attendre à me rencontrer ici ; j'accompagne mon… un ami. Il joue au billard, là-haut. Je suis heureuse que vous ayez été engagé.

— Et moi, je suis content car j'ai enfin l'occasion de vous remercier, déclara-t-il avec chaleur. J'espère que vous ne vous égarez plus, désormais.

Charlotte lui raconta qu'elle avait déménagé et que, grâce au métro, ses trajets étaient simplifiés.

— Est-ce que vous vous plaisez, au *Cotton Club* ? demanda-t-elle poliment.

Curtis répondit avec humilité :

— Je me plais partout où je peux jouer de la musique.

— Et comment va votre cousine ?

Charlotte n'entendit pas la réponse car au même moment, la discussion qui avait lieu à l'étage s'envenima. On entendit un grand fracas, suivi de la voix tonitruante de Madden, qui perça le calme illusoire :

— À quoi tu pensais, Dolan ! Une femme, ça rend faible, et les affaires passent avant les femmes !

Charlotte sentit le sang déserter son visage.

— Je ferais sûrement mieux de m'en aller, murmura-t-elle.

Curtis approuva.

— Je ne sais pas ce qu'a fait votre gars, mais il ne fait pas bon les énerver, ceux-là, souligna-t-il, l'index pointé en l'air.

Soucieux, il ajouta que si Big Frenchy les surprenait en train de parler, il risquait d'être viré.

— Bien sûr, Curtis. Je ne veux pas vous attirer d'ennuis. Peut-être nous reverrons-nous.

La jeune femme ressentait un élan d'amitié inédit envers le musicien et aurait aimé lui demander de quelle façon elle pouvait prendre de ses nouvelles. Mais une porte claqua et quelqu'un dévala l'escalier. Charlotte eut à peine le temps de regagner sa place que Ryan était déjà en bas, la mine sombre.

— On y va, dit-il en lui prenant le bras, alors qu'elle l'interrogeait du regard.

Ils allèrent voir le premier film parlant de Greta Garbo, *Anna Christie*, l'histoire d'une prostituée qui tombait amoureuse d'un matelot. Tout le long du film, Ryan resta plongé dans ses pensées, le visage fermé. Après la séance, son attitude ne changea guère. Il s'obstinait à garder le silence pendant que Charlotte monologuait sur l'histoire qu'ils venaient de regarder et il n'eut aucune réaction quand elle lui fit part de sa joie d'avoir pu échanger quelques mots avec Curtis. Lorsqu'ils arrivèrent en bas de son immeuble, elle lui demanda ce qui avait tant mis Madden en colère, au *Cotton Club*. Ryan lâcha un soupir et détourna le regard.

— Il déteste perdre au billard.

— Tu mens bien mal.

Ses lèvres bougèrent comme s'il allait dire quelque chose, mais il hésita.

— Dis-moi, insista Charlotte. Je veux savoir.

— Ton mari n'a pas envoyé les caisses de champagne que nous avions négociées, lâcha-t-il enfin.

— Tu es en train de me dire qu'il vous a escroqués ? interrogea-t-elle d'une voix tremblante.

Cette idée l'ébranlait profondément. Émile était peut-être colérique et violent, mais, à sa connaissance, jamais encore il n'avait volé personne.

Ryan secoua la tête.

— Non, il a fait retourner son avance à Madden.

Charlotte fronça les sourcils.

— Dans ce cas, je ne vois pas où est le problème.

— Les gars comptaient beaucoup sur cette marchandise. C'est une sacrée affaire qui vient de leur passer sous le nez. On parle de dizaines de milliers de dollars.

Soudain, la jeune femme saisit toute l'ampleur de la situation.

— Mon Dieu…, chuchota-t-elle, la bouche arrondie d'horreur. C'est pour ça que Madden t'a tenu ce discours au sujet des femmes et des affaires ! Il pense que c'est à cause de moi.

Un éclair de fureur traversa soudain le regard de Ryan.

— Toi, toi, toi ! Tu ne penses donc qu'à ta petite personne ? s'énerva-t-il.

Blessée par son attitude, Charlotte rétorqua :

— Si tu préfères que nous cessions de nous voir…

— Ce n'est pas ce que j'ai dit, dit-il vivement avant de la laisser plantée là, prétextant un autre rendez-vous.

Le lendemain, Ryan se présenta chez elle, un bouquet de fleurs à la main. Des roses blanches, les préférées de Charlotte.

— Je suis désolé pour mon emportement d'hier, s'excusa-t-il. J'ai réagi sous l'effet de la panique, car je n'avais pas imaginé que tu avais entendu les paroles de Madden.

La jeune femme accepta ses excuses après un long baiser.

— Que va-t-il se passer, à présent ? interrogea-t-elle.

— Avec Franck et Teddy, nous allons essayer de faire changer d'avis ton mari.

— Il n'acceptera jamais, déclara-t-elle, catégorique. Émile n'a qu'une parole et s'il vous a retiré cette vente, il ne reviendra pas dessus.

Charlotte se demanda jusqu'où Ryan serait prêt à aller pour fournir la commande à Madden. Que se passerait-il si Émile exigeait qu'en échange il la renvoie à Épernay ? Cela n'aurait aucun sens, après l'avoir si lâchement abandonnée. Et pourtant, elle devait envisager cette possibilité.

— Est-ce que tu comptes te rendre en France ? voulut-elle savoir.

— Je ne sais pas encore, Charlotte. Les gars et moi y réfléchirons demain.

— Si vous y allez, je veux que vous me rameniez mon bébé.

Charlotte s'en voulait d'ajouter une pression supplémentaire sur les épaules de Ryan. Pourtant, si elle avait une chance de récupérer Gabriel, elle devait la saisir. Peu lui importaient les moyens.

19

Juin 1930

Du bout du pouce, Charlotte lissa l'enveloppe une dernière fois, puis la posta. Ce geste, pourtant banal, la soulagea ; toute nouvelle action entreprise devenait symbole d'espoir. La jeune femme avait appris par cœur chacun des mots de la lettre qu'elle avait écrite et osait croire qu'ils suffiraient à faire flancher Émile. C'était désormais sa seule solution.

« Émile,
Ma lettre datée de janvier étant restée sans réponse, je me permets de t'adresser ce nouveau courrier. Je travaille depuis cinq mois dans un grand magasin et je loue un appartement. Je peux subvenir à mes besoins, alors je te demande, une fois encore, de bien vouloir t'occuper des procédures afin de faire prononcer notre divorce et me laisser retrouver Gabriel. Je suis convaincue qu'un enfant ne peut être heureux sans sa mère et, si je comprends que tu aies voulu me faire payer le mal que je t'ai fait, je ne puis admettre que tu fasses subir cette souffrance à ton propre fils. Sans retour

de ta part, je m'adresserai à un avocat. Crois-moi sur parole, je suis sincèrement navrée que nous en arrivions à de tels extrêmes. Pour l'amour du ciel, je t'en conjure, ne gâche pas la vie de Gabriel.

Charlotte. »

Cela faisait à présent six mois que Charlotte était coincée à New York. L'hiver rugueux avait cédé la place au printemps et la glace qui recouvrait les lacs de Central Park avait peu à peu fondu, révélant des eaux sur lesquelles barbotaient les canards. Il flottait dans l'air une sorte d'allégresse créée par les promeneurs décidés à profiter de la douceur extérieure. La jeune femme picorait les miettes de l'ambiance de la rue et prenait plaisir à flâner en compagnie de Maggie, à l'heure où les rayons du soleil se déversaient de dessous les auvents.

Malgré l'explosion du chômage, Manhattan reprenait vie et Charlotte commençait à apprivoiser la ville, dans laquelle il régnait en permanence des odeurs de nourriture : New York était le lieu le plus cosmopolite du monde, toutes les cuisines s'y côtoyaient. Impossible de se lasser des senteurs exotiques qui imprégnaient chaque block. Les effluves de baklavas syriens se mêlaient à ceux des steaks grillés, de nouveaux restaurants libanais, italiens, russes et orientaux ouvraient sans cesse. On pouvait changer de pays juste en savourant un plat de pâtes.

Un jour, Ryan l'emmena déguster des petits gâteaux français garnis de ganache et ornés de feuille d'or. Elle en conserva un souvenir ému et l'impression de faire pour de bon ses adieux à sa patrie. La France lui manquait, bien sûr, mais Charlotte était persuadée qu'en retrouvant Gabriel elle parviendrait à vivre ici sans aucun regret. Encore faudrait-il que sa lettre produise l'effet escompté sur Émile.

Ryan et ses hommes finirent par comprendre que le champagne leur était définitivement passé sous le nez. Le mari de Charlotte ne donna pas suite aux nouvelles sollicitations des bootleggers et un voyage en France leur aurait pris bien trop de temps pour un résultat qui n'était pas garanti. Chaque virée au *Cotton Club* apportait à présent son lot de tensions, Owney Madden détestant qu'on lui fasse perdre autant d'argent. Ryan en revenait toujours plus éprouvé, comme s'il portait tout le poids du monde sur ses épaules. Cependant, il s'échinait à vouloir prouver qu'il valait encore quelque chose et travaillait dur, multipliant les contacts dans le milieu. Un soir, Charlotte tenta de l'infléchir :

— Ne crois-tu pas que tu devrais saisir l'occasion de faire autre chose de ta vie ?

Secrètement, elle nourrissait l'espoir que Ryan prendrait conscience de ses mauvais choix et abandonnerait ce milieu de malfrats. Ils pourraient se marier et s'installer dans une banlieue résidentielle avec Gabriel. Oui, peut-être que s'il devenait un homme honnête, elle pourrait s'autoriser à considérer leur relation comme de l'amour…

Pourtant, Ryan s'obstina :

— Je dois convaincre Madden. Je ne peux pas t'expliquer à quel point c'est important, mais fais-moi confiance.

Lui faire confiance. Il lui ressortait cette phrase avec une lugubre régularité. Qu'il s'agisse de ses affaires ou encore de Gabriel, c'était tout ce qu'il parvenait à dire à la jeune femme dès lors qu'elle le pressait : *fais-moi confiance.* Heureusement, les nouvelles qu'il lui rapportait de Curtis l'enthousiasmaient davantage que tous ces soucis liés à la contrebande. Le jeune homme traçait son chemin dans le célèbre club de Harlem. Un agent l'avait approché afin de lui faire intégrer un des orchestres les plus en vue du moment.

Charlotte se réjouissait de savoir qu'au milieu de tout ce chaos une existence puisse être vécue avec simplicité et honnêteté. La jeune femme se sentait proche du trompettiste et avait la curieuse sensation d'avoir trouvé en Curtis un ami qui la comprenait, bien qu'ils ne se fussent rencontrés qu'à deux reprises et qu'elle ne lui ait jamais raconté son histoire. Curtis aussi s'était déraciné et apprenait à survivre dans ce nouveau monde plein d'espoirs et de grandiloquence, mais qui pouvait vous détruire à la moindre occasion.

Cette occasion se présenta à Charlotte un soir de fin juin. Après sa journée de travail, elle rentrait en fredonnant *Pony Blues*, un air qu'elle avait entendu à la radio. La jeune femme souriait car on lui avait proposé de l'affecter dans le magasin d'Atlanta, en Géorgie, où on avait besoin d'une vendeuse au rayon des vêtements pour dames. Flattée par l'offre, elle avait promis d'y réfléchir ; elle n'avait rien contre le changement, mais elle visait surtout une véritable évolution de poste, qui lui permettrait de gagner un peu plus d'argent et de mettre quelques dollars de côté. Et puis, vendre du maquillage l'amusait ; avec l'avènement du cinéma parlant, Louise Brooks était passée de mode et les jeunes femmes voulaient désormais ressembler à Greta Garbo ou à Joan Crawford. Elles achetaient des miroirs grossissants pour maquiller leurs sourcils, appliquer du mascara noir et du fard à paupières. En ce qui concernait les vêtements, les ourlets des jupes se rallongeaient jusqu'à mi-mollet, on portait des épaulettes pour élargir la carrure et on soulignait la taille, mince. Tout changeait si vite !

Affamée, Charlotte grimpa les deux étages en se disant qu'accepter ce poste à Atlanta pourrait être un nouveau départ, à la fois pour elle et pour Ryan. Elle lui en parlerait avant de prendre sa décision. En pénétrant dans l'appartement, elle ramassa machinalement le courrier glissé sous sa porte et laissa échapper un cri de surprise en avisant une enveloppe un peu plus grande que les autres, en provenance de France. Sans même prendre le temps d'ôter son chapeau et ses chaussures, Charlotte la décacheta avec fébrilité. Émile lui fixait-il enfin une date pour le divorce ? Allait-elle retrouver Gabriel ? L'enveloppe contenait deux feuilles. La jeune femme faillit les laisser échapper en parcourant la lettre. Son cœur s'arrêta, elle se retint à une chaise. Se persuadant qu'elle avait mal lu, elle se força à revenir en arrière. Hélas, le sang qui martelait à présent contre ses tempes lui confirmait ce que son cerveau refusait de croire.

Non, non, non ! Ce n'est pas possible !

Charlotte pressa la main contre sa poitrine, où la douleur était la même que si on venait de lui enfoncer un tisonnier chauffé à blanc. Elle n'eut même pas la force de hurler. Elle tenta de se traîner jusqu'à son fauteuil, mais ses jambes se dérobèrent sous elle et elle s'effondra à même le sol.

Une heure plus tard, Ryan la trouva à terre, le dos appuyé contre le fauteuil. Charlotte tenait le courrier trempé de larmes entre ses mains. Elle pleurait tant qu'elle arrivait à peine à respirer, sa bouche produisait des hoquets incontrôlables. Quand elle le vit approcher, ses sanglots redoublèrent.

— Charlotte, que se passe-t-il ? demanda-t-il, affolé.

Elle leva vers lui un regard boursouflé de douleur et hoqueta une série de mots en français.

— Il est mort… sous terre… Il… doit… avoir peur.

Pour Ryan, cela n'avait aucun sens. Lui ôtant doucement la missive des mains, il s'efforça de déchiffrer cette langue qu'il ne comprenait pas.

— Charlotte, calme-toi, l'implora-t-il. C'est une lettre d'Émile, c'est ça ?

Elle le regarda, l'expression suppliante, comme si lui seul pouvait mettre fin à sa souffrance. Ryan la souleva alors du plancher avec délicatesse et la porta jusque dans son lit. Malgré la couverture sous laquelle il la borda, la jeune femme tremblait de tous ses membres. Il l'étreignit pendant de longues minutes et lui caressa les cheveux, attendant qu'elle réussisse à lui expliquer ce qui la plongeait dans un tel désespoir. Enfin, au bout d'un temps qui lui parut interminable, Charlotte sembla se calmer.

— Gabriel est mort, parvint-elle à articuler. Mon bébé a…

Elle s'interrompit, sur le point de céder à nouveau aux larmes.

— Mon Dieu, Charlotte ! murmura Ryan, affligé, en la reprenant dans ses bras. Je ne sais pas quoi te dire.

— Ne dis rien. Laisse-moi mourir.

Elle se sentait à l'agonie. Rien de plus terrible n'aurait pu lui arriver. Ryan se mit à la bercer contre lui.

— Chut… Je vais faire venir un docteur pour que tu puisses te reposer.

— Je ne veux pas. Tout ça est ma faute, Ryan. Je n'ai même pas pu le presser une dernière fois contre mon cœur, et maintenant c'est trop tard puisqu'il est…

Charlotte n'arriva pas au bout de sa phrase. Le mot était trop cruel pour qu'elle le prononce une fois encore. La vérité était comme des tessons de bouteille à avaler.

— J'ai laissé tomber mon bébé ! sanglota-t-elle en désignant le certificat de décès qui accompagnait la lettre d'Émile. Il n'est plus là, Ryan, plus là ! Je ne mérite pas de vivre.

Ryan se sentit démuni face à sa détresse et à ses cris déchirants.

— Je suis tellement navré ! répondit-il en la serrant contre lui. Tellement, tellement navré !

Ils restèrent ainsi dans la pénombre de la nuit, agrippés l'un à l'autre.

*

Charlotte passa les deux journées suivantes comme anesthésiée, indifférente à tout. Elle ne réagit pas lorsque Ryan l'informa qu'il avait prévenu le directeur de Macy's qu'elle ne pourrait pas assurer son poste durant quelques jours. Au bout du troisième jour, la souffrance devint insupportable. Pendant deux semaines, elle se traîna comme une âme en peine, incapable d'aller travailler ou de sortir faire les courses. Le soir, elle ne supportait plus les groupes d'hommes ou de femmes qui passaient bruyamment sous ses fenêtres, leurs voix gonflées de rires. Comment pouvaient-ils afficher tant d'insouciance alors qu'elle vivait la pire des atrocités ? La jeune femme n'était plus que tristesse et amertume, privée de son oxygène et de sa raison de vivre. Elle avait cru en leur avenir ici, elle s'était sentie prête à soulever des montagnes pour y parvenir. Or, la montagne venait de s'écrouler sur elle. Charlotte passait ses après-midi à fixer le portrait de Gabriel dans son médaillon, lui demandant mille fois pardon.

La nuit, ses pleurs réveillaient Ryan. Il avait beau tenter de trouver des paroles réconfortantes, il s'en voulait de ne pas savoir comment lui enlever son chagrin. Chaque jour, elle lui affirmait qu'elle ne survivrait pas à son bébé. C'était impossible quand tout son être avait explosé en mille morceaux. L'impression de désastre était irréversible et elle songea même à se donner la mort pour abréger son agonie. À quoi bon rester quand plus rien ne la retenait ? Si elle s'était trouvée à Épernay, le curé de sa paroisse lui aurait sans doute dit qu'elle devait vivre, vivre pour souffrir et expier ses péchés sans lesquels rien de tout cela ne serait arrivé. Des péchés sans lesquels Gabriel serait encore en vie. Parfois, elle espérait que ce n'était qu'un cauchemar, un long cauchemar qui s'éternisait dans une nuit qui ne finissait pas. Pour s'en assurer, elle relisait la lettre et, chaque fois, la douleur atteignait son paroxysme. C'était comme si on lui arrachait le cœur à mains nues. À vie, elle aurait cette vilaine tache sur l'âme.

« Épernay, juin 1930.
Charlotte,
Écrire ton prénom est pour moi une épreuve. Une lourde épreuve depuis que mon cœur est affligé d'une blessure qui ne partira plus. J'aurais pu te

laisser dans l'ignorance, mais tu mérites de savoir. Tu mérites de souffrir comme moi j'ai souffert car, après tout, tu portes une grosse part de responsabilité dans ce qui est arrivé. Tracer ces mots m'écorche vif : Gabriel n'est plus. Mes parents se sont très bien occupés de lui et les changements qui ont eu lieu ne l'ont pas particulièrement affecté. Peut-être a-t-il senti qu'une véritable mère aurait privilégié sa famille au lieu de se laisser tourner la tête par le premier venu. Notre pauvre bébé a contracté la rougeole au début du mois de mai et les soins apportés n'ont pas suffi à le guérir. La fièvre a eu raison de lui, il a rendu son dernier souffle dans les bras de sa grand-mère.
Ma peine est immense et plus que jamais je me demande comment tu as pu nous faire ça. Tu ne fais plus partie de notre vie, Charlotte. Tu n'as jamais existé. Les papiers du divorce te parviendront dans les semaines à venir. La justice s'est montrée très compréhensive envers moi quand je leur ai expliqué que tu as préféré rester à New York au détriment de ta famille.
Ma plus grande erreur a été de t'épouser.
Émile. »

La dernière partie était très explicite : il ne lui servirait à rien de vouloir rétablir la vérité, car c'était elle la fautive. La coupable de l'histoire, celle qui avait abandonné son mari et laissé mourir son bébé. Jamais elle ne pourrait se le pardonner. Ryan se sentait désemparé. Rien ne semblait pouvoir consoler Charlotte, qui maigrissait à vue d'œil. La lumière qui éclairait autrefois ses yeux avait disparu. En désespoir de cause, il prit les choses en main. Par un après-midi de juillet où Manhattan étouffait sous une chaleur d'étuve, il débarqua chez elle accompagné d'une jeune femme noire qu'il avait employée pour faire le ménage. Cette dernière ouvrit d'abord tous les rideaux. Après des jours passés dans la pénombre, le soleil estival éblouit Charlotte à tel point qu'elle crut devenir aveugle.

— Habille-toi, lui intima Ryan lorsque la femme de ménage fut partie. Tu vas bientôt recevoir de la visite.

— Je ne veux voir personne, protesta-t-elle d'un ton las.

— J'ai dit : habille-toi, Charlotte, répéta-t-il d'un ton sans appel, alors que quelqu'un frappait à la porte.

Faisant mine d'être absorbée par la contemplation du prunier, Charlotte resta obstinément assise sur son fauteuil tandis que Ryan allait ouvrir. Si elle leva à peine le nez pour s'enquérir du visiteur, la jeune femme tressaillit en reconnaissant la voix de Curtis Tiller.

— Regarde qui est là ! lança Ryan avec enthousiasme.

— Bonjour, Charlotte, fit le trompettiste en avançant dans le salon. Je vous ai apporté un peu de tarte à la patate douce qu'a faite Norma. Vous m'en direz des nouvelles.

La jeune femme tourna enfin la tête pour rencontrer le regard de Curtis et, sans plus rien contrôler, elle laissa à nouveau éclater son chagrin, pleurant comme s'il n'y avait personne d'autre qu'elle dans la pièce. Ryan regarda Curtis.

— J'aurais dû vous prévenir, ses émotions sont encore à vif.

Ce déferlement de larmes ne semblait pas effrayer le musicien.

— Laissez-moi un peu avec elle, je vais lui parler.

Ryan sonda Curtis, paraissant se demander si confier Charlotte à un homme de couleur était vraiment une bonne chose. Il dut toutefois le juger digne de confiance, car il annonça :

— Je vais faire un tour, je reviens dans trente minutes.

Lorsqu'il eut refermé la porte, Charlotte s'essuya maladroitement les joues.

— Je vous demande pardon, Curtis. Je dois offrir un bien piètre spectacle.

Son ami s'agenouilla auprès d'elle pour lui prendre les mains.

— Ne dites pas de bêtises. Votre peine est légitime.

— Alors vous êtes au courant.

Curtis opina du chef.

— Votre gars est venu me trouver ce matin, après la répétition. Il était très inquiet et il m'a raconté ce qui vous est arrivé.

Charlotte ressentit une vague de honte.

— Je présume que vous ressentez de la pitié, hasarda-t-elle. Ou que vous considérez que tout cela est bien fait pour moi. Vous auriez raison.

— Non, pas du tout. Votre vie privée ne me regarde pas et seul Dieu peut juger de vos actes.

La jeune femme renifla de mépris à l'évocation du Tout-Puissant, mais se garda de dire ce qu'à l'heure actuelle elle pensait de ce Dieu qui laissait mourir des enfants. Curtis se redressa et demanda si elle avait de quoi faire du café.

— Je sais bien qu'il fait chaud, expliqua-t-il comme elle le regardait avec curiosité, mais je ne mange jamais de tarte à la patate douce sans un jus.

Lui indiquant la cuisine, elle se leva pour l'accompagner. Avec un sourire en coin, il la laissa faire. Ryan serait content d'apprendre qu'elle avait quitté son fauteuil, même si ce n'était que pour quelques minutes.

— Vous savez, Charlotte, reprit Curtis en trouvant le pot à café, en fait, je vous admire.

— Êtes-vous tombé sur la tête ? s'enquit-elle sans ironie. Je n'ai rien d'admirable.

— Je ne vois pas les choses ainsi.

Ils poursuivirent leur discussion en apportant les tasses sur la table.

— Vous m'avez aidé à obtenir un travail alors que je suis noir, lui rappela Curtis en disposant les parts de tarte dans les assiettes que lui tendait la jeune femme. Pour moi, ça en révèle beaucoup sur votre âme.

— Ce n'était qu'un juste retour des choses, affirma-t-elle en s'asseyant. Sans vous, j'aurais sûrement fini égorgée sur les docks.

D'un geste de la main, elle refusa le morceau de tarte qu'il lui proposait.

— Vous allez devoir la manger, Charlotte, insista Curtis. Sinon Norma sera terriblement vexée. Croyez-moi, vous n'avez pas envie de déclencher son courroux.

Elle se força, pour lui faire plaisir. Bien que le dessert rehaussé de cannelle s'avérât succulent, elle avait du mal à avaler, la gorge encore obstruée par la boule de chagrin qui s'y était logée depuis deux semaines. Son ami continua de parler :

— J'aurais pu aider n'importe quelle dame à retrouver son chemin. Toutes ne m'auraient pas pour autant tendu la main en retour comme vous l'avez fait.

— Parce que vous êtes noir ? demanda-t-elle en fronçant les sourcils.

— Précisément. Les gens ne nous aiment pas, sauf quand on les divertit. C'est comme ça.

Charlotte le dévisagea franchement.

— Vous le prenez avec une telle philosophie, fit-elle remarquer, sidérée.

— Je n'ai pas le choix. Si je veux gagner ma vie, il faut aussi que j'accepte de m'écraser.

Tout à coup, les yeux de la jeune femme s'embuèrent. Curtis l'observa d'un œil soucieux.

— Est-ce que j'ai dit quelque chose qui vous a blessée, Charlotte ? Votre gars va me tuer si c'est le cas.

— Non, lui assura-t-elle en secouant tristement la tête. Je… Je me demandais seulement quelle quantité de souffrance une personne peut endurer. La vie est si cruelle ! Sans mon enfant, elle n'a plus aucun sens.

Le jeune homme se pencha par-dessus la table pour mieux la toiser.

— Je vais vous dire une chose : l'être humain peut encaisser bien plus que ce que vous pensez.

Il lui confia que là d'où il venait, en Alabama, les gens comme lui avaient à peine le droit d'exister.

— On pend encore des Noirs qui ont eu le malheur d'avoir croisé le regard d'une femme blanche. Ou alors, juste comme ça, pour montrer l'exemple. C'est ce qu'ils ont fait à mon père.

Charlotte lui adressa un regard compatissant.

— C'est affreux, je suis désolée pour vous. Pourquoi s'en sont-ils pris à lui ?

— Avaient-ils besoin d'une raison ? Mon père s'est trouvé au mauvais endroit, au mauvais moment.

Les types du Klan ont eu envie de « buter du négro », comme ils disent et c'est tombé sur lui.

— Le Klan ?

— Ouep. Le Ku Klux Klan. Des suprémacistes qui nous haïssent et aiment semer la terreur. Ce soir-là, Papa sortait d'un bar, avec deux copains. Ils les ont chopés et le lendemain, on les a retrouvés dans la forêt.

Son regard déjà foncé s'assombrit davantage.

— Je n'avais jamais vu de mort de ma vie. Je vous garantis que voir la dépouille de son père qui se balance à une branche d'arbre, quand on a onze ans, ça laisse une marque indélébile sur votre esprit.

— Je ne comprends pas pourquoi ils vous font subir ça, Curtis.

En France, on se méfiait des gens de couleur, mais on ne les pendait pas aux arbres pour les punir d'exister.

— Je ne le sais pas plus que vous. Ils sont allés chercher nos ancêtres en Afrique pour en faire des esclaves et maintenant que nous sommes libres, ils ne veulent pas de nous. J'ai longtemps porté cette couleur de peau comme un fardeau. Mais à présent, j'en suis fier, car si ma peau avait été blanche, peut-être que je n'aurais jamais appris ce qu'est la détermination.

Charlotte avait entendu parler des fameux convois négriers et de la guerre de Sécession, sans toutefois concevoir l'ampleur des choses. Pour elle, ce n'étaient que des histoires exotiques qui se passaient très loin, dans des contrées qui s'apparentaient aux colonies françaises. Comme elle avait honte de son ignorance, en cet instant !

— Je comprends que vous soyez venu tenter votre chance à Manhattan. Ici, les gens ont l'air plus ouverts d'esprit.

Curtis approuva.

— C'était ça ou je trimais toute ma vie comme cueilleur de fruits. Je l'ai fait, avec Norma, vous savez. On gagnait trente-cinq cents par jour, le dos courbé à arracher des foutus agrumes dans des foutus champs. Des pamplemousses, ajouta-t-il, d'un air dégoûté.

Il lui raconta qu'une partie du labeur consistait à grimper à un arbre pour mettre un anneau autour du fruit.

— Si le pamplemousse passait à travers, il ne fallait pas le cueillir. Et pas question de gruger : quand on ramenait le panier, ils vérifiaient toujours derrière nous.

Il lui décrivit les usines abandonnées, les cheminées qui ne crachaient plus de fumée, les vieilles guimbardes inutiles et les chiens errants.

— C'était ça, notre horizon quotidien. Là-bas, la crise a frappé bien avant le krach boursier. Ma seule consolation, c'était le soir, quand je retrouvais la trompette que m'avait laissée mon père. Il avait toujours cru en mon talent. Si je ne m'étais pas accroché à ça… Eh bien, je ne serais sûrement pas en train de tailler la bavette avec vous, conclut-il avec un sourire communicatif.

Lorsque Ryan rentra, il fut agréablement surpris de les trouver en pleine discussion. Charlotte se tenait toujours dans une posture abattue, mais les traits de son visage semblaient un peu plus animés. D'un commun accord, Curtis prit l'habitude de revenir la voir dès qu'il avait du temps libre. Si ces visites amicales n'avaient pas le pouvoir de refermer la plaie béante de son cœur, la jeune femme écoutait avec attention les histoires qu'il lui racontait sur l'Alabama. Il en parlait si bien qu'elle visualisait sans peine les porches poussiéreux et l'air chaud qui ondulait en flaques au-dessus des chemins lorsque le temps était trop sec. Pour lui, la chaleur avait des reflets dorés. Elle frémit d'indignation quand, un après-midi, il évoqua le crime resté impuni de cette femme noire massacrée par un Blanc, pour lui voler sept dollars.

— La couleur de peau ne fait aucune différence quand on a faim ; en revanche, face à la justice, elle est déterminante. Avec mon frère, il nous est arrivé de prendre du lait devant les portes. On volait des petits pains et des biscuits dans des épiceries. Un jour, un type a pointé son fusil vers nous, on a déguerpi parce qu'on savait que s'il ne nous tuait pas, on nous enverrait en prison.

— Vous n'étiez pas des délinquants, objecta Charlotte, qui repensait à ces gens qui devaient se débrouiller pour survivre, durant la Grande Guerre.

— Ça, non, nous n'étions pas des délinquants, confirma-t-il. Nous étions des prédateurs, à l'affût de la moindre nourriture. Comme des coyotes, obligés de chaparder ici et là pour survivre. Sauf qu'on ne nous le pardonnait pas.

Charlotte éprouvait beaucoup d'admiration pour son ami. Curtis avait vécu des épreuves bien difficiles en dépit de son jeune âge et avait refusé de s'avouer vaincu. Lui n'avait pas perdu un enfant, mais la vie l'avait marqué par toute l'horreur dont elle était capable. Et aujourd'hui, à seulement vingt-trois ans, il faisait preuve d'une sagesse exemplaire. Leur amitié l'illuminait, il était pour elle comme une lampe allumée dans le noir.

— Eh bien, Curtis, tu es épatant ! déclara-t-elle. N'importe qui d'autre aurait détesté la vie, après avoir traversé tout ça.

— Maudire le destin ne mène nulle part… Il n'y aura jamais de mots pour atténuer tes chagrins, mais quand on fait des efforts, on ne peut qu'avancer, Lottie.

20

Charlotte remonta la fermeture de sa robe couleur blanc cassé et noua une écharpe en soie en guise de ceinture. Jetant un regard à son miroir grossissant, elle se poudra le nez, appliqua du rouge à lèvres et le tamponna avec un mouchoir en papier, comme le lui avait appris Maggie. Enfin, elle enfila ses escarpins à bride en cuir rouge et à petits talons. Le reflet que lui renvoyait la glace était celui d'une jolie jeune femme qui vivait avec son temps, qui s'occupait d'elle et de sa vie. Et c'était exactement ce qu'elle avait décidé de faire, ce matin, en se réveillant.

Avant de sortir, Charlotte griffonna un mot à l'attention de Ryan s'il devait revenir avant elle. Dehors, il faisait une chaleur de plomb, lui donnant l'impression que le goudron allait fondre. Elle s'engouffra dans le métro sans hésiter. Mais à l'intérieur du wagon, il lui sembla que l'air autour d'elle se raréfiait, sa peau devint poisseuse et sa tête bouillante. Charlotte quitta finalement le métro bien trop étouffant deux stations plus tôt, et prit un mouchoir pour tamponner un filet de sueur sur son front. Une fois à l'air libre, elle plissa les yeux vers la silhouette compacte des immeubles qui se dressaient autour d'elle. D'où venait cette angoisse qui lui comprimait la poitrine ? L'espace d'un instant, Charlotte redevint la créature stupéfiée par l'intense agitation de la ville. Avisant un drugstore à deux pas, elle se réfugia à l'intérieur de l'établissement. Là, elle erra un moment entre les rayons déserts. L'odeur d'hamamélis qui imprégnait l'endroit apaisa les battements de son cœur. Le bourdonnement d'une mouche perçait le silence à intervalles réguliers et le seul vendeur présent se tenait penché sur un livre de comptes.

La jeune femme profita de ce calme pour remettre de l'ordre dans ses pensées. Le fait de ne pas savoir quel accueil on allait lui réserver, chez Macy's, lui semblait insurmontable. Pourrait-elle reprendre son poste ? Allait-on lui demander de rentrer chez elle ou la reléguer à faire le ménage ? L'heure tournait et elle savait que si elle ne partait pas maintenant, jamais elle ne se déciderait. Histoire de ne pas ressortir les mains vides, elle acheta un tube de pâte à dentifrice Mac-Lag et s'efforça de reprendre contenance. Que venait-il de lui arriver ? Une insolation ? Une crise de panique ? Quand elle sentit que son cœur avait repris un rythme normal, elle se remit en route. Ses nerfs pouvaient bien lui jouer des tours, ils ne l'empêcheraient certainement pas de travailler.

En pénétrant chez Macy's, Charlotte se dirigea vers son rayon. Maggie se trouvait en grande discussion avec une vendeuse qu'elle n'avait encore jamais vue. Sa remplaçante, supposa-t-elle. Les deux jeunes femmes commentaient avec pétulance un article du *Ladie's Home Journal* qu'elles étaient en train de feuilleter en douce, les visages dissimulés derrière la large couverture noire sur laquelle un homme et deux femmes admiraient des feux d'artifice. Charlotte s'avança vers elles.

— Alors, on glousse comme des corneilles au lieu de s'occuper des clientes ? plaisanta-t-elle comme si elles s'étaient quittées la veille.

Les rires des vendeuses s'éteignirent lorsqu'elles la virent. Sa chef n'aurait pas fait une autre tête si elle avait eu un fantôme face à elle.

— Charlotte, ça alors ! se reprit-elle.

— Eh oui, surprise ! Le travail commençait à me manquer.

— Quel plaisir de te savoir de retour ! Je n'y croyais plus ! Est-ce que tu as prévenu Mr. Ward ? s'enquit-elle, la mine pensive.

— Non, je viens d'arriver.

Maggie demanda à Vivian, sa collègue, de s'occuper du rayon.

— Viens avec moi, dit-elle à Charlotte en lui prenant le bras, nous devons au moins voir le chef du personnel.

Les deux jeunes femmes se dirigèrent vers le fond du magasin, où elles empruntèrent un escalier dissimulé derrière des étagères.

— J'ai un peu entendu parler de ce qui est arrivé, dit Maggie en baissant la voix. Tu es courageuse.

Charlotte sentit son enthousiasme fondre comme du beurre en plein soleil. Comment Maggie pouvait-elle être au courant ? Sa collègue avait beau être une femme douce et joviale, elle n'en restait pas moins avide de potins. Combien d'employés de Macy's connaissaient désormais sa situation ?

— J'espère que ça ne me portera pas préjudice, marmonna-t-elle, terrifiée à l'idée que la direction soit scandalisée par son comportement.

Maggie écarquilla les yeux.

— Tu plaisantes, ou quoi ? Tu es exemplaire ! C'est vrai que ton père te frappait quand il était ivre ? Tu as du mérite d'être allée à son chevet. Moi, je l'aurais laissé crever dans son coin.

Charlotte s'immobilisa sur la dernière marche, se demandant ce que Maggie était en train de lui raconter. Son père ? Tout à coup, l'histoire que lui avait inventée Ryan au sujet de ses origines lui revint en mémoire. *Oh, Ryan !* songea-t-elle avec une bouffée d'amour. Pour la première fois depuis des semaines, la jeune femme déploya un véritable sourire. Ryan avait pensé à tout, naturellement.

— Bien sûr, confirma-t-elle après un laps de temps qui lui parut un tantinet trop long, j'étais dans l'Indiana. Mais… Je me suis absentée longtemps, tu ne trouves pas ?

Sa responsable haussa les épaules.

— Est-ce que le jeu en valait la chandelle, au moins ? Tu as hérité de quelque chose ?

Charlotte soupira.

— Non, je n'ai rien gagné. Rien.

Le chef du personnel se montra ravi de retrouver la jeune femme.

— Évidemment, que vous pouvez reprendre votre poste ! approuva-t-il. En revanche, il faudra vous remplumer un peu ; vous êtes maigre comme une queue de billard. Ah ! Ces filles d'aujourd'hui !

Charlotte réintégra donc le rayon maquillage de chez Macy's. Les premiers jours ne furent pas les plus simples. Si elle jouait la comédie en se montrant amicale et causante avec ses collègues et ses clientes, il lui arrivait encore de se réveiller le matin en sursaut, épouvantée en se souvenant que Gabriel ne ferait plus jamais partie de son avenir. Cependant, elle devait bien reconnaître que depuis qu'elle ne passait plus ses journées assise sur son fauteuil, une tristesse résiduelle avait peu à peu remplacé la sensation de vide. Il n'y avait plus ces impressions de coups de poignard lorsqu'elle pensait à son bébé, mais plutôt une douleur diffuse. Curtis lui conseilla de consacrer son temps libre à quelque chose qui la passionnait au point de lui faire oublier tout le reste. Hélas, rien ne trouvait grâce à ses yeux, pas même les séances de shopping dans lesquelles Maggie aimait parfois l'entraîner durant leur jour de congé. Quant au cinéma, il ne parvenait plus à la divertir. Chaplin ne la faisait plus rire. Il était trop souvent question de famille, d'enfants et d'histoires d'amour qui finissaient bien. Or, Charlotte avait découvert à ses dépens que la vie n'était pas si belle que ce que les scénaristes voulaient laisser croire. Plus que jamais, elle avait besoin de se confronter à la dure réalité des choses.

Après le travail, la jeune femme prit l'habitude de faire une partie de son trajet de retour à pied. Depuis son deuil, le métro l'oppressait et lui donnait la sensation d'étouffer. Alors elle coupait par la 5e Avenue et passait le long de Central Park. Il lui arrivait d'en arpenter les allées et de s'arrêter pour contempler les lacs, caressés par une brise légère. Un après-midi d'automne, Charlotte prit conscience que des miséreux avaient établi des campements de fortune dans le réservoir du parc, qui était hors service pour cause de travaux. Des cabanes de tôle et de bois se serraient les unes contre les autres à l'ombre des chics immeubles et ces pauvres hères étaient contraints d'allumer des feux dans des tonneaux pour se réchauffer. Cela engendra des affrontements avec les forces de l'ordre, mais les sans-abri revinrent, encore plus nombreux. La crise n'avait pas seulement touché les boursiers ; des millions de foyers avaient tout perdu et la mortalité infantile repartait à la hausse. À croire que le malheur n'avait aucune limite, aucun périmètre de clôture. Il n'était pas étonnant que cette ville engendre des bêtes féroces. Elle aurait tant aimé que quelqu'un se préoccupe de leur sort ! Or, le gouvernement ne mettait en œuvre aucune aide et laissait ses pauvres à l'abandon.

C'est ainsi que Charlotte en vint à s'intéresser aux photoreportages, se prenant de passion pour les magazines qui lui permettaient de découvrir ce qui se passait dans le monde. Elle avait une admiration sans bornes pour les photographes qui n'hésitaient pas à aller dans les bas-fonds, afin de saisir la misère humaine, et fut grandement surprise de lire qu'Al Capone avait ouvert une soupe populaire à Chicago. Les laissés-pour-compte s'y pressaient et le gangster passait pour un chic type auprès du peuple, allant même jusqu'à être ovationné lorsqu'il se rendait au stade. Était-ce possible que le pire des criminels fût doté d'un cœur ? Ou sa générosité cachait-elle d'autres ambitions plus complexes ? On le disait fou d'amour pour sa femme d'origine irlandaise, et il avait la réputation d'exiger de ses hommes qu'ils ne tuent jamais d'enfants. Cette attitude paradoxale renvoyait Charlotte à ses propres interrogations ; elle aurait voulu être capable de détester Ryan. Elle aurait dû le haïr, puisque dès l'instant où elle avait fait sa connaissance, sa vie ne s'était plus résumée qu'à des « si » et à des drames. Ces faits pesaient sur leur amour et le rendaient compliqué, mais au fond, elle savait qu'il était trop tard. Ryan tenait son cœur entre ses mains et elle devait vivre avec tous ces sentiments contradictoires qui l'agitaient.

Le 17 septembre, la jeune femme fêta ses vingt et un ans. Ce jour était spécial pour elle, c'était son premier anniversaire depuis le décès de Gabriel. Ryan avait convié Curtis et tous les trois se régalèrent de sandwichs au rosbif, d'épis de maïs et d'un gâteau à la crème.

— Joyeux anniversaire, ma chérie ! lui dit Ryan, quand ils eurent terminé leur dessert.

Il lui tendit un paquet, arborant un de ces sourires qui donnaient l'impression à Charlotte d'être une reine. Elle considéra tour à tour son amant, puis le cadeau, avec circonspection.

— Qu'est-ce que c'est ?

— Ouvre-le !

La jeune femme déchira le papier et découvrit avec émotion un appareil photo. C'était un authentique Leica I modèle C, à trois objectifs interchangeables.

— Oh, mon Dieu, Ryan ! s'écria-t-elle en fixant l'objet avec incrédulité. Tu es fou !

— Je serais fou de t'offrir ce cadeau si la photo ne t'intéressait pas, se défendit-il, fier de lui, en lui plaquant un baiser au sommet du crâne. Or, j'ai bien remarqué ta curiosité grandissante dans ce domaine.

Charlotte serra longuement Ryan contre elle. Ce Leica était bien plus précieux que tous les bijoux qu'il aurait pu lui offrir.

— C'est tellement merveilleux, répondit-elle, émue aux larmes. Mais j'ai bien peur de ne pas savoir m'en servir.

— C'est très simple, tu verras. Le vendeur m'a expliqué qu'il suffit de régler le temps d'ouverture du diaphragme. Moins il y a de luminosité, plus c'est long. Ensuite, tu n'as plus qu'à appuyer.

Charlotte s'exerça en premier lieu sur Ryan et Curtis, jusqu'à ce qu'elle maîtrise la technique. Puis elle sortit photographier sa rue, les magasins, le *diner* qui faisait l'angle et l'épais tapis de feuilles mortes qui jonchait le trottoir. Ses photographies n'étaient pas parfaites et elle n'osait pas encore s'approcher des sujets qui l'intéressaient réellement, mais tout cela lui donnait néanmoins le sentiment de faire partie d'un vaste univers en constant changement.

*

Il devint très vite évident que Ryan n'était plus en odeur de sainteté au *Cotton Club*. Ses tentatives pour redorer son blason avaient toutes lamentablement échoué et il avait du mal à dissimuler sa nervosité. Pourtant, loin de renoncer à ses activités, il s'était mis à fréquenter un *speakeasy* ouvert par une ancienne actrice. Charlotte se désespérait de le voir un jour mener une vie rangée. Parfois, le soir, ils se retrouvaient à l'appartement et dansaient au son du jazz diffusé à la radio. Leurs vêtements finissaient par s'envoler rapidement et la danse se transformait alors en une véritable ode à la sensualité. Mais pour Charlotte, ce n'était plus assez.

— Tu ne penses pas qu'on devrait se marier ? lâcha-t-elle, une nuit, alanguie sur le lit.

Ryan lui renvoya une expression à mi-chemin entre incrédulité et amusement.

— Je ne m'attendais pas à ce qu'une femme me demande un jour de l'épouser, dit-il avec nonchalance.

Vexée, Charlotte se redressa sur un coude.

— J'aimerais seulement que tu fasses de moi une femme respectable, Ryan.

Son amant parut touché, mais il secoua la tête.

— Mon cœur, tu es une femme respectable. Et tu n'as pas envie de te marier avec un gars comme moi.

La discussion était close. Quelques jours plus tard, Curtis et elle étaient tous les deux en train de regarder les clichés que la jeune femme venait de faire développer, pris sur le chantier de construction de l'Empire State Building. Sur l'un d'eux, on distinguait la silhouette de Ryan, chapeau rabattu sur le front. Dans ce qui lui sembla être un triste éclair de lucidité, elle demanda à son ami :

— Je n'ai aucun avenir avec lui, n'est-ce pas ?

Le musicien poussa un soupir. Ce genre de conversation ne l'enchantait guère car il savait que, quelle que soit sa réponse, elle ne conviendrait pas à Charlotte.

— Il n'est pas si mauvais que ça, ton gars, répondit-il, laconique. À Manhattan, le pire et le meilleur vont toujours de pair. Ryan en est l'illustration parfaite.

— Je ne comprends pas pourquoi il s'échine à suivre le mauvais chemin, insista-t-elle en déchirant une photo ratée.

Curtis roula sa lèvre inférieure pour réfléchir.

— Tu sais, fit-il au bout de quelques secondes, en travaillant au *Cotton Club*, j'ai repéré un trait commun à ces hommes qui jouent avec le feu. Ils rêvent de marquer le monde de leur empreinte, mais ils savent que c'est éphémère.

Charlotte opina du chef. Deux jours auparavant, un nouveau règlement de comptes avait eu lieu en pleine rue, à Brooklyn. Cela arrivait souvent et les gangsters savaient qu'ils risquaient leur peau en permanence. Combien de veuves, combien d'orphelins et de victimes collatérales, dans l'histoire ? Et surtout, dans quel but ?

— Ryan a eu une enfance difficile et il n'est pas évident de s'en sortir quand on a grandi dans ces conditions…, reprit-elle pensivement. Mais il aurait pu faire tant d'autres choses bien meilleures.

Curtis lui ôta doucement le cliché qu'elle tenait entre ses mains et plongea un regard grave dans le sien.

— Tu essaies de le tirer vers le haut, Lottie, et c'est tout à ton honneur. Mais fais attention à ne pas gâcher cet éclat unique dont tu vibres.

Ces paroles la laissèrent avec un sentiment de désastre imminent. Alors qu'elle se démenait pour survivre à la pire des douleurs, elle avait aussi l'impression d'attendre quelque chose qui n'arriverait sans doute pas. C'était ridicule. Que deviendrait-elle si Ryan finissait criblé de balles ou sous les verrous ? Charlotte secoua la tête afin de chasser cette pensée. Si elle perdait courage maintenant, alors elle perdrait à peu près tout ce qu'il lui restait, tout ce qu'il lui fallait pour vivre. Et plus que jamais, elle était déterminée à sauver Ryan de lui-même.

21

Septembre touchait à sa fin. Peu après sa discussion avec Curtis, Charlotte avait réfléchi au tour que prenait sa relation avec Ryan et elle était parvenue à la conclusion qu'elle ne pouvait pas le laisser tomber. Il était devenu essentiel à son cœur, nécessaire à sa vie. Même si les activités de son amant l'angoissaient, elle décida de sortir davantage avec lui, le soir. Elle demanda conseil à Maggie afin de s'acheter une robe de soirée.

— Toi, tu as un homme à séduire ! paria cette dernière.

Charlotte préféra ne pas mentionner les circonstances de sa rencontre avec Ryan et se contenta d'acquiescer. Quelques soirs plus tard, elle accueillit Ryan vêtue d'une longue robe dos nu, coupée dans un tissu drapé rouge. Le décolleté était carré, la jupe légèrement évasée. Il ne put retenir un sifflement d'admiration.

— Mais qu'avez-vous fait de Charlotte, madame ? souffla-t-il.

Sa voix trahissait son désir et il resta planté à l'entrée du salon, à la dévorer des yeux.

— Cette tenue te plaît ? demanda-t-elle, charmeuse.

— Et comment ! s'exclama-t-il en lui tendant la main pour l'attirer à lui. Tu es divine.

— Alors emmène-moi danser.

Ryan secoua la tête avec regret.

— Je ne peux pas, Charlotte. Je dois retrouver Franck et Teddy.

— Je veux que tu m'emmènes avec toi dans ce nouveau bar que tu fréquentes, exigea-t-elle. Je me sens triste, ce soir, j'ai le cœur qui flanche.

Gabriel aurait eu un an aujourd'hui. Son ventre tirait, ses yeux piquaient. C'étaient l'une de ces soirées où le vide pesait trop lourd.

— Je ne suis pas certain que tu t'amuseras dans ce genre d'endroit, Charlotte.

— Est-ce qu'il y aura de l'alcool ?

Il lui lança un regard éloquent en guise de réponse.

— Parfait, reprit-elle, c'est tout ce que je demande.

En cet instant, Charlotte n'avait qu'une envie : oublier ses peines. Se laisser aller à l'ivresse et se sentir neuve. Devenir, l'espace de quelques heures, une autre femme. Ryan paraissait néanmoins assez réticent.

— Je ne crois pas que ce soit une bonne idée, ma chérie.

— Allez, Ryan ! supplia-t-elle en se serrant dans ses bras. Tu ne voudrais tout de même pas que je sorte seule, à la merci du premier venu ?

Son amant leva les yeux au ciel. Il aurait trop de scrupules à la laisser ce soir.

— Bon, c'est d'accord, céda-t-il. À une condition : en aucun cas tu ne devras t'éloigner de moi.

— Mais enfin, pour qui me prends-tu ? s'offusqua-t-elle, peinée qu'il puisse la soupçonner de chercher à flirter avec d'autres.

L'intransigeance qu'elle lut dans ses yeux mit fin à son agacement. Ryan avait l'air plus inquiet que jaloux.

— Tu ne sors pas de mon champ de vision, répéta-t-il.

Un peu plus tard, ils se présentèrent devant une lourde porte en acier. Ryan frappa cinq ou six coups rythmés. Un homme costaud, à l'allure patibulaire leur ouvrit. La jeune femme songea aussitôt qu'il ressemblait à Big Frenchy.

— C'est pour quoi ? cracha-t-il d'une voix méfiante.

Loin d'être aussi obséquieux que le personnel du *Cotton Club*, ce type avait l'air prêt à en découdre si cela s'avérait nécessaire.

— Je viens voir la livraison de chapeaux de Mrs. Smith, répondit Ryan. Il m'en faut un bleu.

Charlotte leva la tête vers lui, le considérant comme s'il était devenu fou. Que signifiait cette invraisemblable histoire de chapeaux ?

— OK, c'est bon, bougonna le gars. Vous pouvez passer.

Il s'effaça, leur révélant un sombre corridor tapissé de tentures rouges.

— C'était quoi, ce numéro ? s'enquit Charlotte, lorsqu'ils pénétrèrent dans le club à l'atmosphère viciée par la fumée de cigarettes.

— Un mot de passe, ma chérie. Tout le monde ne peut pas entrer à sa guise dans un *speakeasy*.

Ils se retrouvèrent brusquement plongés dans une soirée qui battait son plein. Une fois que ses yeux se furent accoutumés à la faible luminosité, Charlotte découvrit des couples en train de se trémousser au son du charleston, pressés les uns contre les autres. L'établissement n'étant pas très grand, l'ambiance était oppressante et l'accès au bar difficile. Il se dégageait une odeur moite de transpiration mêlée de brillantine. Quand ils prirent place, Charlotte discerna parmi la clientèle huppée des hommes à l'élégance tapageuse. Fumant de gros cigares, ils s'envoyaient de grandes claques dans le dos et s'affichaient avec des blondes trop maquillées. La jeune femme croisa tout à coup le regard d'Henrietta, qui était assise sur les genoux d'un type aux cheveux très bruns. Cette dernière la toisa durant un bref instant avant de reporter son attention sur sa conquête du moment.

— Elle fricote avec un des sbires de Luciano, lui apprit Ryan, à qui aucun détail n'échappait. Je crois qu'elle vise le lit du patron.

Charlotte en déduisit que Ryan faisait allusion à Lucky Luciano, le chef de la mafia new-yorkaise qui, l'année précédente, avait échappé à une tentative d'assassinat dont il conservait une affreuse balafre au visage. Luciano était à l'origine du Syndicat du Crime, qui visait à mettre un terme aux éliminations systématiques entre bandes rivales. Il était de notoriété publique que le type empochait des millions grâce à un vaste trafic d'alcool qui s'étendait de l'Écosse au Canada. La jeune femme soupira en comprenant qu'ils se trouvaient dans un nouveau repaire de bootleggers. Tout revenait toujours à ces malfrats !

— Qu'est-ce que tu bois ? lui demanda Ryan.

— Un double thé glacé sec.

— Charlotte…, gronda-t-il en comprenant qu'elle venait de commander un whisky.

— Détends-toi, Ryan. Il faut bien que je vérifie si la marchandise gérée par Luciano en vaut la peine. Je ne voudrais pas mourir bête.

On leur servit leurs boissons dans de ravissantes tasses à thé, censées faire illusion en cas de descente de police. Tout cela lui paraissait si irréel ! Plus loin, au fond de la salle, un groupe d'hommes étaient agglutinés autour d'une table de jeu. Franck et Teddy en émergèrent pour les rejoindre. Tout en sirotant son verre, la jeune femme les laissa discuter affaires et écouta la chanteuse noire qui se produisait à présent sur une estrade. Sa voix épaisse chantait un blues déchirant qui lui donna la chair de poule et le vague à l'âme. Lorsque l'artiste salua le public, Charlotte se rendit compte que Teddy n'était plus là. Elle ignorait depuis combien de temps il était absent, mais Ryan semblait tendu. Ses genoux remuaient nerveusement sous la table.

— Je pense qu'on ferait mieux d'aller voir, dit-il à Franck en fronçant les sourcils. Ce n'est pas normal.

— Il est juste parti pisser, répondit ce dernier. Tu ne veux pas qu'on aille la lui tenir, pendant que tu y es ? Luciano est en pleine partie de billard, il ne se passera rien.

D'un coup d'œil explicite, Ryan rappela la présence de Charlotte à son homme de main, mais la jeune femme, qui venait de terminer son whisky, ne fut pas choquée outre mesure. L'alcool qui se répandait dans ses veines commençait à lui tourner légèrement la tête. Un peu plus loin, Henrietta fumait une cigarette et Charlotte se dit qu'elle en ferait bien autant, pour se donner un genre. Elle allait en demander une à Ryan lorsque ce dernier se tourna à nouveau vers Franck.

— Je n'aime vraiment pas ça, vieux. Ce n'est pas normal, Teddy devrait déjà être de retour.

Il ponctua sa phrase en se relevant subitement.

— Reste avec Charlotte, je vais voir.

— Si tu penses qu'il y a du rififi, je ne te laisse pas y aller seul, riposta Franck.

Les yeux de Ryan revinrent se poser sur Charlotte. Il paraissait en proie à un terrible dilemme ; la tension autour de leur table était palpable.

— Je peux venir avec vous, suggéra la jeune femme. Je commence à m'ennuyer.

Elle était persuadée qu'ils retrouveraient Teddy dans un couloir, en train d'embrasser une actrice ou une danseuse. Mais, visiblement, Ryan n'était pas du même avis.

— Hors de question, Charlotte, je ne veux pas…

— Elle n'aura qu'à rester derrière nous, l'interrompit Franck, avant de marmonner que Ryan devenait complètement parano.

Ils se frayèrent un chemin parmi la foule de danseurs et Ryan s'engouffra avec prudence dans les toilettes pour hommes, ordonnant à ses acolytes de rester en retrait.

— Teddy ? appela-t-il.

Aucune réponse ne lui parvint. Il sortit alors son revolver et, le pointant en avant, ouvrit chaque porte d'un coup de pied. Teddy ne se trouvait pas ici. Charlotte se demanda si les inquiétudes de Ryan n'étaient pas fondées, au bout du compte. En sortant du corridor des WC, ils croisèrent un homme à la mine grêlée de cicatrices d'acné.

— Hé, Errol ! le héla Franck en lui passant un bras autour des épaules. Tu n'aurais pas vu Teddy, par hasard ?

Bien que le geste pût passer pour amical, le ton était menaçant. Le front de son interlocuteur se couvrit aussitôt de sueur.

— Pourquoi ? répondit celui-ci d'une voix trop aiguë. Il a des ennuis ?

— Tu l'as vu, oui ou non ? s'impatienta Franck en se débrouillant pour le plaquer contre le mur.

— On se calme !

— Alors parle, avant que je ne m'énerve franchement.

Sous les yeux affolés de Charlotte, Franck braqua son pistolet sous la gorge de l'homme. L'autre, le regard implorant, désigna une issue de secours d'un geste de la main.

— Je crois bien qu'il est parti avec un type, par là-bas.

Ryan et Franck échangèrent un regard qui n'augurait rien de bon.

— Quel type ? le pressa Ryan, d'une voix durcie par la tension.

— J'en sais rien, moi, fit Errol. Je n'ai fait que l'apercevoir. Je suis même pas sûr à cent pour cent que c'était votre gars. Je peux aller pisser, maintenant ?

Ryan plissa les yeux pour sonder son interlocuteur.

— S'il est arrivé quoi que ce soit à Teddy, t'es un homme mort, gronda-t-il. On y va, ajouta-t-il à l'intention de Franck en montrant la porte du menton. Charlotte, tu restes là.

La jeune femme ressentit un frisson de peur au moment où Ryan actionna la poignée. La porte arrière du bar clandestin donnait sur une ruelle pleine de voitures.

— Là ! s'écria Ryan, qui venait de repérer Teddy, étalé dans une flaque de sang. Oh bordel, ce n'est pas vrai !

Tandis que Franck et Ryan s'avançaient pour vérifier si leur ami était encore en vie, Charlotte, figée sur le seuil, perçut un mouvement sur sa droite. Quelqu'un émergeait par le côté d'une voiture et, de dos, les hommes ne pouvaient rien voir.

— Attention ! hurla-t-elle.

Franck et Ryan pivotèrent simultanément et la jeune femme se jeta à terre, derrière des poubelles, dès les premiers échanges de tirs. Les mains plaquées sur les oreilles, elle entendait le bruit des balles qui sifflaient et elle fermait les yeux aussi fort qu'elle le pouvait. Elle ne savait pas à combien d'assaillants les hommes devaient faire face, mais elle avait l'impression que cela ne s'arrêterait jamais.

Enfin, le vacarme cessa pour laisser place à un silence de mort. Charlotte n'osait plus regarder autour d'elle. Elle n'avait pas envie de découvrir le corps inerte de Ryan. Un cri de rage lui fit redresser la tête et ce qu'elle vit sous le clair de lune argenté la glaça d'effroi : le visage empreint de haine, Ryan s'acharnait à coups de pied sur le cadavre d'un homme qu'il venait de descendre.

— Espère d'ordure ! éructait-il.

— Ryan, stop !

En entendant l'injonction de Charlotte, ce dernier s'immobilisa, comme au sortir d'un mauvais rêve. La jeune femme le fixait, épouvantée.

— Charlotte, souffla-t-il en avançant vers elle.

Mais cette dernière recula, jusqu'à tenter de se fondre dans le mur de l'établissement.

— Ne m'approche pas, articula-t-elle, pantelante.

— Je ne voulais pas que tu voies ça.

— Il est mort, murmura-t-elle. Pourquoi ? Pourquoi avoir fait ça ?

Ryan la rejoignit en deux enjambées.

— Ils allaient nous buter si je ne ripostais pas. Le deuxième a pris la fuite, c'est fini, à présent. Tu n'es pas blessée ?

Charlotte le dévisagea franchement. Qui était cet homme qui avait continué à frapper un cadavre ?

— Je n'ai rien, affirma-t-elle.

— Franck est parti chercher la voiture, reprit Ryan. Teddy saigne comme un cochon, mais il s'en sortira.

En effet, ce dernier se tenait assis contre un mur, les traits déformés par la douleur. Quelques mètres plus loin, un lampadaire éclairait une rue sur laquelle des ombres épaisses et menaçantes s'étalaient.

— Ryan, qui es-tu ? murmura Charlotte.

Exténué, il soupira et se frotta le visage, passant les doigts sur la cicatrice qui marquait son arcade.

— Pas maintenant, ma chérie.

La voiture approcha. Ryan poussa une Charlotte encore stupéfiée sur la banquette arrière et, aidé par Franck, il porta Teddy pour l'installer à l'avant.

*

Par la suite, Charlotte eut bien du mal à agir comme si de rien n'était. Teddy expliqua qu'il s'était laissé entraîner dehors par Errol et qu'il était tombé dans un guet-apens. Deux hommes armés avaient surgi et lui avaient tiré dans les tibias, puis les rotules. Selon lui, ils lui avaient laissé la vie sauve car c'était Ryan qu'ils visaient. Ils savaient que la disparition de Teddy mènerait leur proie dehors, mais ils n'avaient pas compté sur la prompte réaction de Charlotte, ni sur le sang-froid de Ryan et de Franck.

Charlotte n'avait aucun doute sur le sort réservé au fameux Errol, mais elle ne posa aucune question. À présent, elle savait de quoi il était capable et avait beaucoup de mal à l'accepter. Elle aurait préféré ne jamais le voir à l'œuvre. Ryan ne cessait de lui répéter qu'il était navré qu'elle ait dû assister à cela. Il ne pensait pas que Madden chercherait à se venger pour une simple commande de champagne annulée.

— Je ne veux plus que tu viennes avec moi, décréta-t-il. Tu ne dois plus apparaître en ma compagnie, ça devient trop dangereux. Désormais nous ne nous verrons plus que chez toi.

— Tout ça va mal finir, Ryan, lui prédit-elle. C'est inéluctable.

Incapable de lui répondre, il lui retourna un regard empreint de désolation.

Les semaines suivantes, Ryan s'absenta pour des durées de plus en plus longues. Tour à tour, il prétendit se rendre à Chicago ou encore à la frontière canadienne. En dépit de la présence de Curtis, Charlotte trouvait le temps long. La scène de la fusillade repassait en boucle dans son esprit, pourtant, malgré la face sombre qu'il lui avait laissée entrevoir, Ryan lui manquait. Quand il revenait, tous deux se disputaient, Charlotte insistant pour savoir ce qui pouvait bien l'accaparer autant, puis se réconciliaient sur l'oreiller.

— Depuis ce qui s'est passé dans cette ruelle, on ne se voit quasiment plus ! lui reprochait-elle, frustrée par la tournure que prenait leur relation.

L'absence de Gabriel était déjà bien assez cruelle à gérer pour qu'en plus Ryan la délaisse.

Un après-midi, Charlotte eut la surprise de voir Henrietta débarquer chez Macy's. Avec un sourire carnassier, la blonde lui demanda le dernier rouge à lèvres d'Elizabeth Arden, dont Marlene Dietrich raffolait. La jeune femme prit sur elle pour la servir sans lui jeter ses achats à la tête. Alors qu'elle emballait le bâton et une poudre de riz, Henrietta lança, l'air de rien :

— Il paraît que ton gars n'a plus le vent en poupe. Tu devrais faire comme moi et miser sur les bons chevaux.

Charlotte darda vers elle un regard méfiant.

— J'ignore de quoi vous parlez, madame, répliqua-t-elle en espérant qu'Henrietta s'en tiendrait là.

Celle-ci se mit à rire.

— Bien tenté, chaton, répondit-elle. Il n'empêche, je n'en reviens pas que Ryan te laisse travailler alors qu'il pourrait subvenir à tes besoins.

Charlotte prit une inspiration et rétorqua que son métier lui plaisait.

— J'aime mon indépendance. Est-ce que ce sera tout, madame ?

Cependant, Henrietta ne comptait pas en rester là. D'un ton plein d'assurance, elle cracha :

— Tu es bien bête. Je suis certaine que sa femme a moins de scrupules à être entretenue.

Le visage de Charlotte s'empourpra.

— Va-t'en ! s'écria-t-elle, prête à gifler la blonde. Il faut tomber bien bas pour répandre de telles rumeurs.

— Ah ! s'esclaffa Henrietta. Des rumeurs, hein ?

Elle rapprocha son visage de Charlotte et persifla :

— Pourquoi n'a-t-il pas couché avec moi, d'après toi ? La nuit où j'ai réussi à l'entraîner chez moi, il n'a eu aucune réaction. J'ai cru qu'il était impuissant, mais cet idiot m'a raconté qu'il ne pouvait pas faire ça à sa femme. Je me demande comment tu as réussi à le faire changer d'avis.

Non, cela ne pouvait pas être vrai ! Un accès de colère transperça Charlotte. Le regard brouillé par les larmes, elle se rua sur son interlocutrice sous les yeux écarquillés des autres clientes. Maggie lui cria d'arrêter immédiatement, appelant deux collègues en renfort pour la calmer. Un demi-cercle de curieux s'était formé autour d'elles.

— Ça ne va pas, Charlotte ? Qu'est-ce qui te prend ? Contrôle tes nerfs !

Henrietta en profita pour filer sans demander son reste. Quelques minutes plus tard, le chef du personnel ordonna à Charlotte de quitter le magasin.

— Mr. Ward n'admet pas qu'on fasse un esclandre devant ses clients !

La jeune femme eut beau plaider sa cause, le directeur se déplaça en personne pour la sermonner en lui disant que son comportement était inadmissible. Ce n'était pas ce qu'on attendait des employées d'un magasin aussi prestigieux que le sien.

— Si vous avez besoin de références pour un autre emploi, faites-le-moi savoir, conclut-il.

Charlotte rentra chez elle, plus abattue que jamais. Comment survivre à Manhattan sans emploi ? Les choses lui paraissaient si définitives que sa poitrine la brûlait. Tout ce qu'elle touchait finissait par s'effriter et tomber en poussière. Elle n'avait pas vraiment eu le temps de connaître son bébé et alors qu'elle pensait tout savoir de Ryan, elle se rendait compte qu'elle s'était trompée sur toute la ligne. Cela lui faisait mal d'en convenir, mais les propos d'Henrietta ne semblaient pas dénués de sens. Ils pouvaient expliquer pourquoi son amant restait évasif au sujet de sa vie privée et n'évoquait jamais le désir de s'engager. Et sa réaction quand elle avait parlé de mariage… Comme elle avait pu être naïve ! Charlotte avait envie de pleurer et de s'enfermer pour ne plus jamais sortir. Toutefois, elle voulait d'abord confondre Ryan. Il y avait en elle une nécessité de cris, de reproches et de rage. Et elle avait aussi besoin de se raccrocher à une minuscule branche d'espoir. Parce que au fond, il devait bien exister une chance, même infime, pour qu'Henrietta ait menti, non ?

*

À l'approche de Grand Central Station, Charlotte sentit son courage flancher. Lorsque Ryan l'avait rejointe à son appartement, deux heures plus tôt, elle s'était efforcée de rester naturelle. Ils avaient fait l'amour, tous deux surpris par l'intensité qu'elle y mettait, et elle ne lui avait rien dit. L'air contrit, Ryan lui avait ensuite annoncé qu'il ne pouvait pas dîner avec elle. La jeune femme avait alors prétendu que de toute façon elle était bien trop fatiguée et préférait se mettre au lit avec un roman de Faulkner. Elle l'avait laissé partir, puis elle l'avait suivi.

Bousculée par un voyageur pressé, Charlotte se ressaisit. Elle pouvait encore réfléchir, mais pas en restant plantée sur ce trottoir. En pénétrant dans la gare, elle fut aussitôt happée par l'immensité du lieu : le bâtiment colossal comportait de larges ouvertures de chaque côté. Des lustres scintillants pendaient du plafond bleu et voûté du vaste hall, dans lequel de longs rais de lumière striaient le sol en marbre.

La gare grouillait de monde et la jeune femme eut bien du mal à repérer Ryan. Elle dépassa une famille qui traînait de lourdes valises en convergeant vers la grande horloge et le vit, non loin d'une femme dont le petit garçon impressionné se cachait sous son manteau. Ryan se dirigeait vers un quai et, après en avoir lu la destination, Charlotte se dépêcha d'acheter un billet. Nouant son foulard autour de ses cheveux, elle s'installa au fond du wagon, dissimulée derrière un livre, plusieurs rangées derrière lui. Quand il descendit à Port Reading, elle en fit de même. La petite ville était située à moins d'une heure de Manhattan. La jeune femme calcula qu'elle pourrait donc être rentrée chez elle avant vingt-trois heures, si tout se déroulait bien.

Ryan marchait d'un pas tranquille sur le trottoir éclairé de lampadaires. Ses pas le menèrent vers un quartier pavillonnaire et il s'engagea dans l'allée d'une maison bordée de haies taillées avec soin. Le fumet d'un ragoût planait dans l'air, réveillant en Charlotte les prémices de la faim. La jeune femme s'accroupit derrière une voiture quand il ouvrit la porte et observa les ombres qui se mouvaient derrière les rideaux de la pièce éclairée. Une terrible angoisse l'étranglait et elle enfonça son poing dans sa bouche pour s'empêcher de hurler quand Ryan embrassa la femme qui devait être son épouse. Comment avait-elle pu être aussi aveugle ?

Lorsque Ryan se présenta chez elle le lendemain soir, Charlotte fondit sur lui et lui administra une gifle monumentale.

— Salaud ! Tu es marié !

Elle avait eu toute la journée pour ruminer sur ce qu'elle avait vu à Port Reading et n'avait cessé de tourner comme une lionne en cage. À présent, ce n'était plus du sang qui coulait dans ses veines, mais du feu. Complètement hébété, Ryan se tenait la joue.

— Charlotte, qu'est-ce qui te prend ? demanda-t-il.

— Je t'ai vu, hier soir avec ta femme ! cria-t-elle.

La jeune femme put suivre le cheminement de pensées à travers l'expression de son visage. Elle fut presque tentée d'afficher un sourire de triomphe quand Ryan se décomposa.

— Tu m'as suivi ?

— C'est bien le moment de t'en offusquer ! ironisa-t-elle.

Son silence était si épais qu'il valait tous les aveux.

— Je peux t'expliquer, tenta-t-il enfin pour sa défense.

— Ah, ça, oui ! Tu peux m'expliquer pourquoi tu ne m'en as jamais parlé alors qu'Henrietta était au courant, elle ! Tu n'es qu'un… qu'un…

À cours de mots, elle s'empara d'un verre et le fit voler à travers la pièce.

— Charlotte ! supplia-t-il en essayant de l'approcher.

— Ne me touche plus jamais ! éructa-t-elle, avant de fondre en larmes.

Ryan attendit deux minutes et, comme la jeune femme sanglotait toujours, il l'enserra par la taille, le menton appuyé sur sa tête.

— Charlotte…

— Tais-toi. Je ne veux plus te voir.

Le tranchant de ses paroles la surprenait elle-même, mais les choses devaient en être ainsi. Elle ne tolérerait pas d'être la maîtresse d'un homme marié. Et puisqu'il ne quitterait sûrement pas sa femme, Charlotte prenait les devants.

— Tu as une épouse et peut-être des enfants. Ta place est auprès d'eux.

Sa voix peinant à contenir un sanglot, Ryan répondit qu'il n'avait pas d'enfants.

— Je te le jure, Charlotte.

— Pour moi, ça ne change rien.

Se retournant pour lui faire face, elle essuya d'un revers de la main les larmes qui roulaient encore sur ses joues.

— Tu dois partir, Ryan. Déblaie le plancher.

— Charlotte, je t'en prie. Ces derniers mois avec toi ont été les plus heureux de ma vie.

Il semblait sincère, mais elle refusa de se laisser fléchir.

Elle secoua la tête.

— Cette histoire ne pouvait pas avoir de fin heureuse, de toute façon, ajouta-t-elle, amère.

Ryan prit doucement le visage de Charlotte entre ses mains.

— J'aurais tellement aimé t'avoir rencontrée plus tôt, dit-il, la voix brisée.

— Embrasse-moi et fiche le camp.

Ils échangèrent un long baiser, le dernier. Puis, les yeux voilés, Ryan partit sans se retourner.

22

Jo, 2018.

Je me réveillai désorientée et tâtonnai, à la recherche d'un interrupteur. Il me fallut plusieurs minutes avant de comprendre où j'étais, et pourtant, c'était la deuxième nuit qu'Adeline et moi passions dans le studio.

Doris nous avait raconté la vie de Charlotte durant deux soirs de suite. Je brûlais d'envie de lui poser des questions et de la presser d'en arriver directement au but, mais j'avais conscience que la vieille dame abattait ses cartes au rythme qu'elle avait choisi. Peut-être que chaque détail avait son importance, comme un pion sur l'échiquier. Et puis, en toute franchise, plus Doris avançait dans son récit, plus je vibrais au fil de l'histoire.

J'aurais aimé avoir connu Charlotte, mais elle n'était pour moi qu'une présence floue, dont il ne subsistait que des sourires sur papier glacé. La grand-mère de Gavin nous avait montré divers clichés que Charlotte avait pris avec son Leica. Émerveillées, Adeline et moi avions découvert les prémices de ce qui serait plus tard l'Empire State Building, des photos prises dans des quartiers chics où les immeubles avaient des porches flanqués de colonnes, ou encore des scènes de vie dans Bryant Park, près de la New York Public Library, l'une des plus grandes bibliothèques des États-Unis. Son travail soulignait toute l'ambivalence de ce que la ville pouvait donner ou enlever, de façon totalement arbitraire.

Il y avait aussi des photographies de Curtis, avec ou sans sa trompette, un couvre-chef planté sur le haut du crâne et une cigarette au coin des lèvres. Son sourire était vraiment communicatif. Doris tenait à ne nous montrer que des photos en rapport avec l'époque dont elle nous parlait, nous assurant que la suite viendrait après.

— Il vous faut connaître l'histoire pour comprendre le sens de chaque photo, nous a-t-elle précisé.

Adeline tomba sous le charme de Ryan quand un portrait lui révéla l'homme solide à l'allure agréable. Le cheveu clair et les épaules larges, il avait un visage régulier aux pommettes prépondérantes et une certaine intelligence dans le regard. Il n'était pas d'une beauté conventionnelle, mais séduisant. Cependant, en sachant tout le mal qu'il avait fait à Charlotte, je ne le trouvais plus du tout sympathique. Un criminel et un briseur de cœur. C'était désormais tout ce que je voyais en lui. Pourquoi la mère de Doris avait-elle conservé ces photos après leur rupture ?

Adeline râla au moment où j'allumai la lumière. Comme nous avions préféré partager un studio au lieu d'en occuper deux, nous dormions ensemble.

— Laisse-moi pioncer, bougonna-t-elle. Je ne suis pas d'humeur, ni maintenant, ni jamais.

— Tu veux en discuter ?

— Non, grogna-t-elle comme si je venais de lui proposer une coloscopie.

Divine Adeline et sa délicatesse sans bornes !

— OK. Donc, tu préfères bouder, c'est ça ?

— Oh, ça va, c'est marqué nulle part qu'on est obligé de parler aux gens le matin.

Finalement, mon amie se redressa, non sans me jeter au préalable un coup d'œil noir.

— Tu ronfles comme un vieux bouledogue, si tu veux tout savoir ! À mon avis, c'est plutôt ça que tu aurais dû avouer à Adrien.

Je m'efforçai d'ignorer la seconde partie de la phrase, celle qui incluait d'avouer quelque chose à quelqu'un.

— Un bon café, voilà ce qu'il te faut.

Je dus presque la traîner de force jusque sous la douche. Il était hors de question de faire attendre Doris pour le petit déjeuner, d'autant plus qu'elle avait un programme chargé pour la journée. Et ce soir, Gavin, Adeline et moi étions conviés à dîner chez Jenna. Le lendemain, mon amie rentrerait en France…

Doris se redressait en grimaçant lorsque nous la rejoignîmes dans la cuisine, d'où s'élevait un appétissant arôme de pâte à crêpes.

— Tout va bien ? demandai-je en m'élançant pour la débarrasser de deux lourdes assiettes remplies de pancakes.

La vieille dame s'éventa avec un torchon.

— Quelques douleurs dans les articulations, ne vous en faites pas. La vieillesse n'est pas très tendre avec moi, mais ce n'est pas ça qui va m'abattre.

— Vous devriez peut-être vous reposer un peu, suggéra Adeline, dont toute la bonne humeur était revenue après qu'une chauve-souris avait failli me tomber dessus en ouvrant les volets.

Doris agita la main comme pour chasser une mouche.

— Je vais prendre un antidouleur et je ne sentirai plus rien. Jack s'est levé en même temps que son père pour aller traire les vaches, ajouta-t-elle, comme nous remarquions l'absence du petit garçon.

— Gavin a toujours travaillé ici ? questionnai-je, même si je me doutais plus ou moins de la réponse.

Doris acquiesça et nous raconta l'accident de mer dont son fils avait été victime.

— Après le drame, Cecilia, ma belle-fille, a pris un poste de professeure de littérature anglaise à l'université, poursuivit-elle. Elle avait besoin de s'éloigner de ces eaux qui lui ont pris son mari… Mais Gavin était malheureux en ville et Cecilia n'avait pas beaucoup de temps à lui consacrer. Elle travaillait dur. Alors il est revenu vivre à la ferme.

— Il n'a pas souffert de cette séparation avec sa mère ?

La chose me paraissait difficilement concevable. Même si la mienne, par moments, pouvait me rendre folle, j'aurais été choquée si elle avait envisagé de confier mon éducation à quelqu'un d'autre.

— Gavin a toujours été un garçon de la campagne, me détrompa Doris. Cecilia revenait tous les week-ends et le prenait avec elle pour les vacances. Tout le monde y trouvait son compte. Je crois que sans notre petit-fils, mon mari et moi aurions eu plus de mal à surmonter la perte de Michael.

Doris se confiait à nous avec une facilité déconcertante. Il n'y avait aucune amertume dans sa voix. On aurait dit qu'elle acceptait tout simplement les épreuves que la vie lui avait envoyées.

— Gavin a noué avec sa mère une relation pleine de tendresse et d'amour, continua-t-elle. Cecilia a su comprendre que la place de son fils était en pleine nature. C'est un cadeau inestimable qu'elle lui a fait.

Je songeai qu'elle avait surtout fait preuve d'une sacrée abnégation. Que pouvait-on ressentir, à devoir laisser son enfant chez ses grands-parents pour pouvoir travailler ?

— Notre société n'est pas tendre pour les femmes qui ne veulent pas se cantonner à leur seul rôle de mère, constatai-je en soupirant. Les choses avaient l'air tellement plus simples, à l'époque de Charlotte. Le bon vieux temps…

— Tout dépend du point de vue, ma chérie, me contredit Doris. Les femmes s'arrêtaient de travailler pour s'occuper de leur famille, on ne leur laissait pas le choix. Et puis il n'y a pas de bon vieux temps, car des hommes voulaient travailler et ne le pouvaient pas.

Adeline s'étonna que les gens n'aient pas défilé dans les rues pour protester, à l'époque de la Grande Dépression.

— En ce temps-là, tout le monde acceptait son rôle, fit observer Doris en attrapant un pancake. Tout le monde se sentait responsable de son destin. Chacun, ou presque, se reprochait à soi-même ses échecs. Maintenant, si ça venait à recommencer…

Elle s'interrompit pour réfléchir, puis soupira.

— Les gens sont tellement habitués à avoir plus que nécessaire et à vivre dans l'abondance ! Ils seraient capables d'une guerre. Parce que au lieu de se demander quoi faire pour que les choses s'améliorent, ils cherchent à tout prix un coupable à leurs maux.

Je méditais encore sur ces paroles lorsque Gavin entra avec Jack. Tous deux étaient affamés et les délicieux pancakes de Doris furent très vite avalés.

Doris étant absente pour le reste de la journée, elle ne put m'en apprendre davantage sur l'histoire de Charlotte. Ma curiosité allait devoir attendre. Jack accompagna son père dans les champs ; il était particulièrement fier de se pavaner sur le tracteur de Gavin. Désœuvrées, Adeline et moi nous installâmes sur la balancelle, à l'ombre du pommier. L'air était doux et le soleil brillait à travers les arbres. Un oiseau sautillait un peu plus loin, près des draps blancs et humides qui dansaient dans la brise. C'était une belle journée. Même Sam, le colley de Gavin, était étalé dans l'herbe et offrait son ventre à Adeline afin qu'elle le lui grattouille du bout du pied. La tête penchée, il ouvrait la gueule comme s'il souriait. Moi aussi, j'aurais pu en profiter, si mes pensées m'en avaient laissé le loisir.

— Je n'arrête pas de me demander comment Charlotte a surmonté tous ces drames, dis-je à Adeline. C'est bête, mais par moments, j'ai l'impression que ses douleurs font écho aux miennes.

Adeline battit des paupières et me scruta comme si je devenais cinglée. Ce qui était probablement le cas.

— Ne me dis pas que tu soupçonnes Adrien d'être marié !

Il ne manquerait plus que ça.

Je laissai échapper un petit rire.

— Non, bien sûr que non. Ce que j'essaie de te dire, c'est qu'à chaque fois que Charlotte est tombée plus bas que terre, elle a trouvé en elle la force de se relever. Comme moi, je dois puiser au fond de… Peu importe, en fait. Si elle a eu Doris, c'est que, sauf intervention divine, elle s'est remise de tout ça.

Adeline acquiesça.

— Oui… À mon avis, le fait que Charlotte ait été bien entourée l'a aidée à remonter la pente. L'essentiel, c'est de ne pas être seul.

Elle fixa l'horizon avant d'ajouter, d'une voix hésitante :

— Si tu aimes, tu vis.

Message subliminal reçu, merci.

— Il ne lui restait que Curtis à aimer, fis-je remarquer. Tu penses que c'est lui, le père de Doris ?

Mon amie haussa un sourcil.

— Je n'avais pas envisagé cette option… Je me disais que Charlotte avait peut-être rencontré quelqu'un d'autre après sa rupture avec Ryan. Doris a le teint pâle, en plus. Mais d'après ce que j'en ai vu sur les photos, c'est vrai que Gavin a des airs de Curtis.

Cela faisait un mystère de plus. Mais, après tout, ce n'était pas le point le plus important et on avait vu d'autres enfants métis avec la peau pâle et les yeux bleus. Ce qui m'impressionnait le plus, c'était la capacité de résilience de Charlotte. Le destin semblait fermement décidé à l'abattre, et pourtant, elle finissait toujours par rebondir.

— Je vais accepter l'opération, lançai-je tout à coup.

Depuis vingt-quatre heures, j'avais arrêté de peser le pour et le contre. Moi aussi, je devais agir et ne plus me morfondre sur les potentielles conséquences de mes actes.

— C'est la meilleure nouvelle que j'aie entendue depuis des semaines ! s'exclama Adeline en se jetant dans mes bras. Tu vas l'annoncer à Adrien ?

Dès les calendes grecques.

Je fis signe que non.

— Je n'ai toujours pas de nouvelles de lui. L'agonie de son ego est lente.

À ce moment-là, Gavin et Jack revinrent des champs en chantant la comptine *Baby Shark*. Leurs cris résonnaient alentour et je souris quand, une fois descendus du tracteur, ils entamèrent une chorégraphie complètement désordonnée. Je me sentais à la fois soulagée par la décision que j'avais prise, triste qu'Adeline reparte bientôt et démunie face au silence d'Adrien. Mais j'avais aussi une énigme à résoudre et une histoire à écouter. J'étais en vie et peut-être bien que j'allais le rester encore un moment ou y rester tout court, mais au moins, j'aurais essayé.

Quelque chose dans l'expression de mon visage dut alerter Gavin, car il tendit la main et m'invita à me joindre à eux.

— Laisse tomber, Papa, je suis sûr qu'elle ne connaît pas *Baby Shark*, me défia Jack.

— Tu vas voir, si je ne connais pas ! répondis-je en m'élançant vers eux.

Combien de chances y avait-il pour que le colley me fonce dessus juste à ce moment-là et, tout à son enthousiasme, qu'il me fasse tomber dans ce qui ressemblait à…

Une bouse de vache ? Oh non, merde !!!

Sans doute dans le but de se faire pardonner, Sam me lécha la figure à grands coups de langue, déposant au moins un demi-litre de bave sur mes vêtements déjà puants.

Au secours !

Adeline, Gavin et Jack cédèrent au fou rire alors que je tentais tant bien que mal de me relever. Impossible de résister plus longtemps, je me mis à rire à mon tour à gorge déployée. À ce moment-là, il n'existait plus rien de grave.

*

Le cottage de Jenna était situé à seulement deux kilomètres de la ferme, sur le même versant de la colline. Gavin, qui avait l'habitude de s'y rendre à vélo, nous avait déniché à Adeline et moi deux antiques bicyclettes ayant appartenu à Doris. L'expédition fut un peu épique : la dernière fois que j'étais montée sur un vélo remontait à une bonne dizaine d'années. Pourtant, cela faisait des mois que je me promettais d'en acheter un, mais évidemment, j'avais toujours mieux à faire. Mes parents auraient dû me donner *procrastination* en second prénom, ça aurait été moins commun qu'Émilie et plus approprié. En attendant, je me mordais les doigts d'avoir toujours repoussé le moment de me mettre au sport et arrivai chez Jenna aussi essoufflée que si je venais de faire le mont Ventoux dans l'espoir de décrocher le maillot jaune. Sans entraînement ni dopage. Une fois descendue du vélo, je pus reprendre mon souffle.

Respirer. C'est très sous-estimé comme fonction.

Jenna vivait dans un cottage typique, comme on pouvait en trouver en Angleterre. Ou dans les contes de fées. La petite maison paraissait comme posée au cœur d'un patchwork bucolique de fleurs multicolores qui jaillissaient de l'herbe par touffes. La façade en pierre avait un aspect doux et clair, accentué par les encadrements blancs des fenêtres. À l'intérieur, Jenna avait su créer une ambiance cosy. Elle nous accueillit avec chaleur et, une fois installés autour de la table, les sujets de conversation ne manquèrent pas.

— Nous avons quelque chose à fêter ! nous annonça-t-elle avec un sourire très expressif. Daniel a enfin décroché un boulot.

— Attends, vérifia Adeline, on parle bien de ton frère, là ? Celui qui ne décollait pas de sa console de jeux vidéo ?

— Eh oui, comme quoi tout arrive !

La jeune femme nous raconta qu'elle lui avait posé un ultimatum car elle en avait assez de vivre avec quelqu'un qui commençait à sentir un peu trop le renfermé.

— Je vous jure, j'avais l'impression d'héberger une mémé oubliée aux objets trouvés. Dans la semaine, un de mes clients, plombier, est venu me signaler qu'il embauchait en ce moment. Il était même prêt à former tant la main-d'œuvre manque.

— Et Dany s'est porté volontaire ? demanda Gavin, le sourcil en accent circonflexe.

Les pommettes de Jenna se mirent à rougir.

— Disons que je lui ai un peu forcé la main en lui faisant comprendre que s'il ne saisissait pas cette chance, je le mettais à la porte.

— Tu l'aurais vraiment fait ? voulut savoir son ami.

Jenna parut hésitante.

— Oui… Non, je ne sais pas. C'est mon frère, quand même. Il avait surtout besoin d'un bon électrochoc. Il a bien râlé un peu parce que je le bousculais, mais au fond, je le sens soulagé.

— Tu vas enfin pouvoir trouver un mec, lui fit remarquer Adeline en lorgnant sans aucune discrétion en direction de Gavin.

Soit ce dernier ne comprit pas l'allusion, soit il était très bon comédien.

— Il n'est pas né, celui qui la supportera ! s'esclaffa-t-il.

La jeune femme répliqua par un coup de serviette. J'entrepris aussitôt de la défendre :

— Tu rigoles ou quoi, Gavin ? Je suis sûre que Jenna est obligée de sortir un taser pour repousser ses hordes de prétendants.

— Pas tant que ça, répondit de façon modeste la principale concernée. Au cas où vous ne l'auriez pas remarqué, je suis bâtie comme une déménageuse et je n'ose pas me maquiller parce que ça me fait ressembler à mon frère en drag-queen.

Mes yeux se braquèrent sur Gavin. Allait-il saisir la perche et lui dire qu'au contraire elle était très jolie ?

Allez, Gavin ! Tu peux le faire, mon gars !

Ce dernier objecta :

— Arrête, c'est pas comme si tu étais une affreuse vieille sorcière pleine de verrues.

Je grimaçai malgré moi. On pouvait prendre ça comme un compliment, après tout. Les joues empourprées, Jenna termina son verre.

— C'est gentil, mais je dirais plutôt que j'ai le potentiel séduction de Freddy Krueger.

Se redressant d'un bond, elle s'exclama :

— Ouh ! la la ! C'est mon rôti qui va ressembler à Freddy si je ne le sors pas immédiatement du four !

— Besoin d'aide ? s'enquit Gavin.

— Non, c'est bon !

Elle revint rapidement, apportant un rôti à demi calciné et un gratin de légumes un peu plus appétissant. À table, la discussion tourna très vite autour de la boutique, Jenna croulant sous les demandes des clients qui n'avaient jamais assez des bouchées au miel de Doris.

— J'ai peur qu'elle se fatigue trop, confia Gavin.

— Si elle acceptait de me donner sa recette, ce serait une occasion de la soulager, soupira Jenna. Mais ta grand-mère est aussi têtue qu'une mule.

Gavin promit de lui en toucher un mot. Adeline en profita pour lui demander si la possibilité de faire des cosmétiques bios avec le miel produit dans la région avait déjà été envisagée.

— Je pourrais en proposer à la vente sur mon site, suggéra-t-elle. Mes clientes raffolent des nouveautés.

Ravie, Jenna déclara qu'elle la mettrait en contact avec le producteur. Après le repas, elle nous soumit l'idée d'une balade nocturne afin de digérer son gâteau malté aux fruits, et ce fut d'un pas joyeux que nous empruntâmes le sentier qui descendait vers une petite crique.

23

— Sans blague, Jenna, tu n'as toujours personne en vue ?

Une lampe-tempête en guise d'éclairage, nous étions assis sur le sable, à siroter une eau-de-vie de prune en contemplant l'eau qui scintillait sous la lune. Le ciel de velours était criblé de paillettes lumineuses et des flaques s'étaient formées entre les rochers. Emmitouflée dans une cape bordée de fausse fourrure, Jenna coula un œil morne vers Adeline.

— Franchement, tu veux que j'intéresse qui ?

Au hasard, Gavin, qui fait semblant d'être absorbé par le sable.

— J'ai tout donné pour Daniel, reprit-elle. Je ne le regrette pas, loin de là, mais maintenant je suis hors jeu.

Soudain, un miracle se produisit : Gavin leva la tête pour la dévisager. Et à son expression contrariée, on aurait dit qu'une mouche venait de le piquer.

— Tu te caches derrière ton frère, Jenna, dit-il, agacé. Il a vingt-cinq ans, il n'a plus besoin de toi. Pense à ta vie, un peu.

C'était me mêler de ce qui ne me regardait pas, mais j'abondai dans son sens.

— Gavin a raison. Tu n'as jamais eu envie de fonder une famille ?

Je me mordis la langue. Si ça se trouve, Jenna faisait partie de ces personnes qui prônaient l'extinction de la race humaine pour sauver la planète. Je tentai de rattraper le coup.

— Je ne dis pas que le célibat n'a pas des bons côtés, bien sûr. Je suis convaincue qu'on peut très bien s'épanouir sans avoir d'enfants, mais…

— J'ai trente-huit ans, me coupa-t-elle. C'est un peu tard.

Ce constat me fit bondir malgré moi. Plus que jamais, je rêvais d'atteindre un jour le même âge qu'elle. Et au-delà. Je rêvais d'avoir l'occasion de marcher avec une canne et de parler de mes problèmes d'arthrose avec mes copains du club du troisième âge. C'était même un désir ardent.

— Vieillir est un privilège, crois-moi !

Je devais avoir mis un peu trop d'emphase dans ma déclaration, car leurs visages étaient à présent tournés vers moi. J'allais devoir leur fournir une explication.

Oh et puis zut, après tout, je ne risque rien à me confier.

Encouragée par un clin d'œil d'Adeline, je leur parlai de mon anévrisme et de cette sensation de vivre avec une épée de Damoclès au-dessus de la tête.

— Rien ne me prouve que je serai encore en vie demain. Rien ne me dit que mon cerveau attendra tranquillement l'opération. Et je ne sais pas non plus si je vais me réveiller après l'anesthésie, garder des séquelles ou non. Alors, désolée, Jenna, mais actuellement, je trouve la notion de vieillesse plutôt cool et si je peux encore réaliser des rêves à quatre-vingts ans, je ne vais pas me priver.

Tout à coup, le silence devint tel qu'on aurait pu entendre une mouche voler. Adeline, qui avait toujours l'art de dissiper les malaises, fit diversion :

— La vache, Jenna, ça incendie le gosier ton truc ! s'exclama-t-elle après avoir avalé une gorgée d'eau-de-vie.

— Fabriquée avec les prunes du jardin, répondit-elle, avant de se tourner vers moi. Je suis désolée pour ce qui t'arrive, Jo. Et j'espère sincèrement que tu te remettras.

— Oui, elle se remettra, affirma Adeline d'un ton qui ne me laissait pas le choix. Et un jour, ses arrière-petits-enfants lui feront la lecture, comme elle le fait pour les petits vieux à côté de chez elle.

Gavin me demanda comment limiter les risques, alors je lui répétai les recommandations du neurologue.

— Tu ferais peut-être mieux de reposer ton verre immédiatement, me conseilla-t-il.

Il n'avait pas tort, mais je n'en avais pas envie. Une légère sensation d'ivresse me donnait l'impression d'évoluer dans un cocon ouaté. Tant pis si le docteur Mauvaises Nouvelles piquait une crise à la prochaine IRM.

— Ça va aller, le rassurai-je. Ce n'est pas un petit verre occasionnel qui va me faire du mal.

C'est alors qu'Adeline crut bon de compléter mon histoire :

— Ce que Jo ne vous a pas dit, c'est qu'au moment où elle a appris que sa cervelle déconnait elle s'apprêtait à démarrer une belle histoire d'amour.

Et moi, j'ai tout gâché.

— Oh, mauvais karma, compatit Jenna. Comment a-t-il pris les choses ?

— Plutôt mal. En fait, j'ai caché mon état à Adrien parce que je ne voulais pas qu'il laisse tout de côté pour moi. Il est entier, quand il fait les choses, ce n'est jamais à moitié…

Bouderie comprise.

— Quand je lui ai expliqué pourquoi j'avais pris mes distances, il s'est senti trahi.

— S'il t'aime il te pardonnera, trancha Gavin. La vie est trop courte pour vous prendre la tête, les filles.

Jenna déposa un baiser sur la joue mal rasée de son ami. Puis elle se releva, frottant le sable qui s'était incrusté sur son pantalon.

— Il est l'heure d'aller au lit, les enfants, dit-elle en étouffant un bâillement. La journée a été longue.

Le retour jusqu'à la ferme fut joyeux. Perchées sur nos vélos, Adeline et moi nous mîmes à brailler :

« Quand on partait de bon matin / Quand on partait sur les chemins / À bicyclette… »

Un chœur d'oiseaux nocturnes chantait avec nous et notre bonne humeur devait être contagieuse puisque Gavin riait comme une loutre alcoolisée.

« Et puis Paulette… »

— En parlant de Paulette, lança subitement Adeline, tu as eu des nouvelles de Lucette ?

— Paulette, Lucette… C'est qui, ça ? voulut savoir Gavin.

Je lui fis un résumé, que j'espérais concis :

— Paulette, c'est la fille du facteur, dans la chanson. Et Lucette c'est l'amoureuse de Pépé, mais ils n'en ont pas trop conscience. Un peu comme Jenna et toi.

Oups… Je me mordis la langue, un peu trop tard.

— Tu racontes vraiment n'importe quoi ! réagit Gavin, alors que j'étais prise d'un nouveau fou rire. Je savais bien que tu n'aurais pas dû boire.

— Tais-toi et roule ! lui ordonna Adeline, avant de se remettre à chanter.

Nos vélos avaient du mal à rouler droit, et pourtant nous pédalions. Filant sur la petite route, j'éprouvai une délicieuse impression de liberté.

Quelques minutes plus tard, alors qu'Adeline était en train de se doucher, je poussai un cri aigu.

— Quoi ? s'enquit-elle, inquiète, en fermant le robinet. C'est ton cerveau ? Tu as mal ?

— Non, c'est Adrien ! Il m'a envoyé un message ! tonitruai-je d'une voix hystérique.

Mon amie soupira de soulagement.

— Ouf, tant mieux ! Ça m'aurait terriblement gênée de devoir accueillir les pompiers avec du savon sur tout le corps.

Les mains tremblantes, je consultai le message qu'Adrien m'avait envoyé une heure plus tôt.

> Il est 22 h 17 et j'ai envie que tu sois là, à côté de moi, Jo. J'ai été bête, j'ai laissé un sentiment puéril déborder sur tout le reste. Pardonne-moi.

À la fin de son message, il avait mis un lien vers une chanson. *Listen to Your Heart*, Roxette. Ma mère possédait le vinyle et j'étais sûre qu'il ne m'envoyait pas ce titre par hasard.

« Listen to your heart when he's calling for you / Listen to your heart there's nothing else you can do / I don't know where you're going and I don't know why / But listen to your heart before you tell him goodbye... »

C'était exactement ce que je traversais. Comme dans la chanson, je me demandais quel était le sens à tout ça et je laissais trop mes peurs prendre le dessus. Une fois de plus, Adrien m'avait très bien cernée. De joie, je me mis à faire des bonds de cabri à travers tout le studio. Ce soir devenait officiellement le plus beau de ma vie ! Dans la salle de bains, l'eau s'arrêta de couler.

— Il te dit quoi ? me demanda Adeline en passant la tête par la porte. Oh non, ne réponds pas ! Vu ton expression, c'est un truc hyper cucul la praline et je vais être dégoûtée.

— Il me demande pardon.

— Hourra ! s'exclama-t-elle tout en se séchant les cheveux. L'ego est ressuscité !

Les mains tremblantes, je m'installai sur le lit pour écrire une réponse.

> Je n'ai pas été plus futée que toi. J'ai bien conscience que j'aurais dû te parler plus tôt de tout ça...
> Je pense rentrer en France le week-end prochain, si Doris a terminé son récit. J'accepte de me faire opérer. P-S : est-ce que tu crois qu'un jour on écoutera des chansons un peu plus modernes ?

J'ajoutai en pièce jointe *Le temps qui reste*, de Serge Reggiani. Encore un titre que Pépé m'avait fait découvrir durant mon enfance.

« Je l'aime tant, le temps qui reste… / Je veux rire, courir, pleurer, parler / Et voir, et croire / Et boire, danser / Crier, manger, nager, bondir, désobéir / Voler, partir, repartir / Souffrir, aimer / Je l'aime tant, le temps qui reste. »

Ce soir, ces paroles résonnaient en moi plus qu'aucune autre.

Cependant, Adrien n'était plus en ligne. Il ne verrait mon message que le lendemain, mais mon cœur était déjà allégé d'un sacré poids.

*

— Non, le chien, pas toi. Aux dernières nouvelles, tu n'as pas encore passé ton permis de conduire.

Adeline, qui venait de caser sa valise dans l'Opel, tentait de déloger Sam, assis à la place du conducteur. Apparemment, il avait l'intention de s'offrir un voyage en France.

— Il t'aime, Adeline. Tu lui brises le cœur en t'en allant.

Mon amie s'avança vers moi pour m'étreindre.

— Il y en a un autre qui m'aime et qui attend mon retour avec impatience. Et je ne parle pas uniquement de mon banquier.

Je m'abîmai dans la contemplation de l'herbe, presque dorée dans la lumière matinale.

— Tu ne veux pas que je vienne avec toi ? La nuit a quand même été courte.

Au-delà du fait de devoir rester seule dans le Devon, ça m'ennuyait qu'Adeline n'ait personne avec elle pour la relayer au volant.

— Je vais m'arrêter régulièrement, me promit-elle. Et chaque soir je veux un rapport sur tout ce que tu auras appris de nouveau.

— Entendu, chef. Mais l'aventure était plus drôle avec toi.

— J'ai entendu Gavin dire que cet après-midi, c'est journée jeux au pub. Ça a l'air marrant, non ?

— Euh… non.

— Mais si, tu verras.

Une vache mugit au loin et un chien aboya en écho. Soudain, Adeline me scruta d'un air plus grave. Une hésitation passa sur ses traits.

— Tu penses tenir le coup ? voulut-elle savoir.

J'opinai du chef.

— Ne t'en fais pas, si je dois mourir ici je te préviendrai avant, plaisantai-je. Je te lègue mes fringues et mes petits vieux de l'EHPAD.

— Qui parle de mourir ? s'offusqua Doris, que nous n'avions pas entendue approcher.

— Bon, eh bien, c'est le moment où je vous laisse, se défila Adeline.

Doris la serra brièvement contre elle.

— J'ai été ravie de vous connaître. J'espère que vous reviendrez nous voir.

À son regard si doux, je sus qu'elle ne disait pas cela par simple politesse.

— Je crois qu'avant de revenir elle va fabriquer un bébé avec Bruno, lui dis-je, complice.

— Quelle merveilleuse idée ! s'extasia la grand-mère de Gavin.

— Merci d'étaler mon intimité, ricana Adeline. Pour le bébé, j'ai dit que j'allais réfléchir. Je veux d'abord retrouver mon mec, celui avec lequel je me sens bien. Peu importe les idées archaïques de mon idiot de frère.

— Alors file retrouver ton prince charmant avant que je ne me mette à pleurer ! lui ordonnai-je.

Mes émotions étaient comme la marée : elles affluaient d'un coup et je devais ensuite accepter leur recul avant leur retour en force. La joie que j'avais ressentie hier soir à la lecture du message d'Adrien laissait à présent place à la peur de ne plus jamais revoir Adeline. Ma gorge se contracta douloureusement à cette idée. Doris passa un bras autour de mes épaules quand la voiture de location disparut de la petite route, puis elle m'entraîna dans la cuisine.

— Allons, ma chérie, tu n'es pas franchement guillerette.

Apparemment, je ne cachais pas mes sentiments aussi bien que je l'espérais. Fermant les yeux, je secouai la tête.

— Est-ce que ça vous est déjà arrivé d'avoir l'impression que votre vie était suspendue à un fil ?

La vieille dame me considéra avec attention. Je la voyais évaluer mentalement la pertinence de ce que je venais de lui dire.

— Tu es encore bien jeune pour te poser ce genre de questions… Tu sais quoi ? lança-t-elle en faisant claquer ses doigts. Rien ne vaut des scones pour se remonter le moral.

Elle me désigna une assiette posée sur la table.

— Prends-en un, mets-y beaucoup de crème et de confiture. Ensuite, tu me raconteras tes peines.

Quelques minutes plus tard, après avoir fait le plein de sucre et de gras, je la félicitai.

— Ils ont le goût de la tendresse, vos scones.

Puis je me laissai aller aux confidences, de la même manière que je l'avais fait hier soir auprès de Gavin et Jenna. Plus j'en parlais, moins je me sentais seule dans cette tempête.

— Je veux profiter de chaque instant, mais j'ai le sentiment de vivre en retenant mon souffle, parce que j'ai conscience que tout peut s'arrêter demain, terminai-je.

Ma voix était pleine de lassitude à mes propres oreilles. Curieusement, Doris semblait comprendre.

— Ah, la vie ! soupira-t-elle. Elle a tendance à nous empapaouter sans nous demander notre avis, pas vrai ?

Elle prononça avec une telle application le verbe « empapaouter » que je ne pus retenir un sourire.

— C'est comme ça, reprit-elle, mais il faut être plus malin qu'elle. Si la Terre devait s'arrêter de tourner quand l'un d'entre nous passe un sale moment, nous flotterions tous dans l'espace.

Elle avala une gorgée de thé, puis me dévoila qu'un jour Charlotte lui avait fait des révélations dont l'effet fut de les brouiller toutes les deux pendant près de trois ans.

— J'étais jeune, je me croyais invincible. Et pourtant, ce jour-là, c'était comme si elle venait d'anéantir ma vie tout entière… Au fil du temps, j'ai compris qu'en réalité Maman m'avait donné les clés pour comprendre bien des choses qui m'échappaient.

Je lui jetai un regard surpris.

— Quel type de révélations ?

— Nous en discuterons plus tard. Ce que je veux te dire, c'est que la vie est une pochette-surprise. Parfois elle nous déçoit, d'autres fois c'est le cadeau qui est mal emballé. Il faut avancer en confiance et se dire que le meilleur est devant nous, pas derrière.

Mon grand-père aurait pu prononcer exactement ce genre de phrase. Comme il me manquait, tout à coup ! En parlant de Pépé, je me souvins que j'ignorais toujours pourquoi il avait reçu ce médaillon. Malheureusement, Doris n'avait pas le temps de m'en parler aujourd'hui, car nous devions nous préparer pour la journée au pub.

Avant de partir, je consultai mon portable, approximativement pour la centième fois depuis mon réveil. Mon cœur s'emballa quand je découvris qu'Adrien m'avait répondu.

> Jamais je n'ai été aussi heureux d'entendre une notification de message. Ta décision t'appartient et je serai là, si tu veux de moi.
> En attendant, j'aimerais bien que tu me racontes ce qui est arrivé à Charlotte. Tu m'as laissé sur ma faim, la dernière fois. Tu es pire qu'un *cliffhanger* dans *Game of Thrones*, mais tu es le meilleur des scénarios.
> Et puis non, je ne pense pas qu'on puisse partager autant d'émotions sur des chansons modernes. Aucune ne va à l'essentiel.
> ♫ *God only knows what I'd be without you…*

Avec un profond sentiment de joie, je lui fis un résumé de tout ce que je savais sur Charlotte. Je parlai de l'indépendance qu'elle avait tenu à acquérir, puis de la lettre lui annonçant la mort de Gabriel. J'évoquai aussi sa passion quasi thérapeutique pour la photo, son amitié avec Curtis, et bien sûr, la rupture avec Ryan.

Elle avait enduré tant de choses à seulement vingt ans !

Je ne m'attendais pas à cette trahison de la part de Ryan. Si on oublie le gangster, il avait vraiment l'air de tenir à Charlotte. Bref, je me dis qu'elle s'est peut-être consolée entre les bras de Curtis, ce qui expliquerait la naissance de Doris. Mais le mystère plane toujours en ce qui concerne le médaillon. Je ne vois pas en quoi il « revient de droit » à Pépé. J'espère que Doris m'en dira plus demain.

J'inspirai un grand coup avant d'écrire la suite.

Tu me manques.

*

La nuit suivante, je fus réveillée par le mauvais temps. La pluie crépitait sur le toit du studio comme du pop-corn.

Cinq heures et demie !

Dans trente minutes, Gavin se lèverait et filerait dans la salle de traite pour recueillir le lait des vaches. Quel travail éreintant ! Hier, en dépit de sa fatigue, nous nous étions tous entassés dans son Land Rover pour aller au pub et Gavin s'était beaucoup amusé, entre les quiz et les parties de dominos. Il aimait sa vie en plein air, cela ne faisait aucun doute. Jenna était là elle aussi et je remarquai qu'elle avait fait un effort en mettant un peu de rouge à lèvres. Sa complicité avec Gavin était évidente et, pendant quelques instants, il m'avait semblé me revoir avec Adrien, à l'époque où j'étais persuadée que nos sentiments relevaient juste de l'amitié. Comment avais-je été assez stupide pour ne pas ouvrir les yeux ? De façon inconsciente, Jenna et Gavin recherchaient en permanence la présence l'un de l'autre, ils se tournaient autour. Exactement comme Adrien et moi durant un an.

Contrairement à ce que je craignais, je ne me suis pas ennuyée une seule seconde cet après-midi-là. Le petit Jack m'a fait beaucoup rire, tout d'abord en m'offrant un dessin censé me représenter (et qu'il avait manifestement fait dans le noir), puis en me demandant d'un air de diplomate préoccupé par l'imminence d'une guerre :

— C'est vrai que vous mangez des grenouilles ?

— Ouh là, non ! me suis-je esclaffée. Enfin, pas moi. J'ai même tourné de l'œil en cours de biologie quand on nous a demandé d'en disséquer une.

Chose curieuse quand on songe qu'une partie de mon métier consiste à vider des gens…

Bien sûr, je n'ai pas partagé le fond de ma pensée avec le garçonnet et quand l'heure du quiz est arrivée, j'ai fait équipe avec Jenna, Gavin et Doris, tout en buvant un peu de Pimm's. J'ai même connu mon instant de gloire en répondant juste à une question portant sur *Downton Abbey*. L'ambiance était bonne, les habitants d'Ilfracombe étaient venus là dans l'intention très claire de s'amuser, comme ils le faisaient un dimanche par mois depuis plusieurs générations.

À vingt et une heures, Adeline m'a envoyé un message pour me confirmer qu'elle était bien rentrée et épuisée. Adrien m'a également répondu et nous avons échangé durant une bonne partie de la soirée pour tenter de définir si Ryan était ou non un salaud. J'étais encore en train de chercher la réponse… Rattrapée par mes pensées, je renonçai à trouver le sommeil lorsque l'aube s'infiltra dans la chambre. Doris devant être réveillée, je jugeai l'heure convenable pour me doucher et aller prendre mon petit déjeuner.

Dehors, le déluge, était impitoyable et je dus courir sur le sol battu par la pluie. Malgré les quelques mètres qui séparaient le studio de la maison, j'entrai dans la cuisine trempée des pieds à la tête. La vieille dame n'était pas là. Je remarquai cependant une miche de pain posée sur la table.

— Doris ? appelai-je.

J'ignorai les grondements de mon estomac, alléché par l'odeur du pain frais. Que faire ? Je n'avais pas le courage de sortir et affronter la pluie une nouvelle fois. Une lueur provenant du salon attira mon regard. Je retirai mes chaussures pleines de boue, puis me dirigeai vers la pièce en question. Assise sur une bergère, Doris sirotait son café dans le silence de l'aube, face à la flambée de la cheminée. Les flammes créaient des ombres dansantes sur les murs.

— Doris ? répétai-je doucement.

Cette dernière sursauta.

— Oh, Johanna ! Je ne t'avais pas entendue entrer. Mais approche-toi de la cheminée, tu es trempée !

Déjà, elle s'activait à la recherche d'une serviette pour me frictionner.

— Comment se fait-il que tu sois debout à cette heure-ci ? s'enquit-elle cinq minutes plus tard, en m'apportant une tasse fumante et deux tartines.

— L'air de la campagne, je suppose.

Mon regard se déporta vers un secrétaire ouvert dans lequel j'aperçus des enveloppes éparses. Doris s'empressa de le refermer.

— J'étais plongée dans mes pensées, s'excusa-t-elle.

— Ah oui ? dis-je. Des pensées joyeuses, j'espère.

— Le passé…, lâcha-t-elle sans plus d'explications. C'est si curieux de te parler d'une époque qui n'existe plus !

Je me mordillai la lèvre inférieure.

— Si c'est trop douloureux pour vous…

Après tout, en débarquant ici sans prévenir, je n'avais pas envisagé cette option. Je n'avais obéi qu'à une idée fixe, soufflée par mon grand-père que je ne voulais pas décevoir.

— Pas du tout, me détrompa Doris. J'estime même qu'il est plus que temps de te raconter la suite de l'histoire.

J'avalai une gorgée de café et lui posai la question qui me turlupinait :

— Pourquoi est-ce que vous ne me dites pas directement ce qui vous a poussée à envoyer le médaillon à mon grand-père ?

— Parce que tu dois d'abord comprendre tous les tenants et les aboutissants. Le destin peut s'avérer parfois très surprenant et il m'a fallu moi-même beaucoup de temps pour démêler l'écheveau complexe de la personnalité de mes parents.

Je fronçai les sourcils.

— Curtis était votre père, n'est-ce pas ?

Doris tressaillit de surprise.

— Non, qu'est-ce qui te fait croire ça ?

— Gavin lui ressemble un peu.

La vieille dame m'adressa un sourire de connivence.

— Tu es une fine observatrice. Il est normal que Gavin lui ressemble, puisque sa mère n'est autre que la petite-fille de Curtis.

— Votre fils a épousé la petite-fille de Curtis ?

Je sifflai sous le coup de la révélation. Cela signifiait que Charlotte et son ami musicien sont probablement restés en contact durant toute leur vie.

— Je ne l'avais pas vu venir !

— Quand je te dis que tu n'es pas au bout de tes surprises ! Au début des années cinquante, mes parents ont accueilli Marvin, le fils de Curtis. À l'époque, il fréquentait des groupes d'activistes pour les droits civiques. La cause était noble, mais Marvin était influençable et Curtis craignait que les choses dégénèrent avec la drogue et tous ces paradis artificiels qui circulaient. Marvin n'a plus jamais quitté l'Angleterre et nos familles sont restées très proches.

Je hochai doucement la tête.

— Mais alors, qui était votre père ?

— Tu n'en as vraiment aucune idée ? me dit-elle, une lueur taquine au fond des yeux.

24

Charlotte, 1930-1934

Deux jours après la rupture entre Ryan et Charlotte, Maggie débarqua chez la jeune femme et la trouva dans un état léthargique. Charlotte se traînait péniblement, les cheveux emmêlés et le visage creusé de cernes. L'appétit et le sommeil l'avaient fuie, elle n'avait plus aucune branche à laquelle se raccrocher. Curtis croulait sous les répétitions et n'avait pas encore trouvé le temps de lui rendre visite.

En voyant Maggie sur le pas de la porte, sa première réaction fut de penser qu'une nouvelle catastrophe allait lui tomber sur la tête.

— Bah alors ! s'exclama sa collègue. C'est quoi, cette allure négligée ?

Charlotte haussa les épaules.

— Désolée, je ne m'attendais pas à recevoir de la visite.

Une ride d'expression barra tout à coup le front de Maggie.

— Toi, tu souffres à cause d'un homme, déduisit-elle.

Charlotte acquiesça et la fit entrer. Elle prépara du café, dénicha des biscuits aux raisins dans un placard et apporta le tout sur la table.

— Je suis porteuse d'une bonne nouvelle, lui annonça Maggie en goûtant le café. Mais avant, il va falloir que tu m'expliques ce qu'il t'a fait pour te mettre dans cet état-là. Je présume qu'il y a un rapport avec la blonde que tu as failli étriper l'autre jour ?

Face au naturel désarmant de sa collègue, Charlotte céda et lui exposa sa situation avec Ryan. Elle éluda la France, Émile et Gabriel, ainsi que ses faux papiers, par peur que Maggie, scandalisée, ne la dénonce. Toutes les deux avaient beau avoir développé une certaine complicité, Charlotte vivait tout de même ici en hors-la-loi. Maggie l'écouta sans broncher, écarquillant ses yeux gris. Charlotte n'avait pas pour habitude de se confier de la sorte, mais elle se sentait presque soulagée d'avoir trouvé une oreille pour l'écouter. Lui raconter ces choses-là les rendait plus légères, moins terribles.

À la fin, Maggie affirma d'une voix pleine de sagacité :

— Pardonne-moi, ma chérie, mais tu ne seras ni la première ni la dernière à qui ça arrive.

— Je m'en doute, en convint Charlotte. Seulement, une part de moi espérait tant que Ryan était différent des autres !

Maggie leva les yeux au ciel.

— Tu crois encore aux contes de fées ? Qu'est-ce que vous avez toutes à vous amouracher de ces bonimenteurs ?

Charlotte soupira, consciente qu'elle aurait dû se méfier dès le départ. Ryan n'était pas revenu depuis leur confrontation et la jeune femme tentait de se convaincre que ce n'était pas plus mal ainsi. Car à présent que sa colère était retombée, il n'aurait pas fallu que son amant insiste beaucoup pour se faire pardonner. Le pire, c'est qu'elle se sentait coupable de telles pensées en sachant que presque chaque soir, son épouse l'attendait.

Pendant qu'elle était plongée dans ses réflexions, Maggie poursuivit son laïus :

— Ce qu'il te faut, c'est un homme droit et honnête. Si j'ai réussi à en épouser un, tu dois bien pouvoir en dénicher quelque part. Il n'y a pas que de la vermine, à Manhattan.

— Il semblait pourtant peiné, quand je lui ai dit que je ne voulais plus le voir, souffla Charlotte pour elle-même.

— Que le ciel te vienne en aide ! s'exclama Maggie de façon théâtrale. Je te le répète, il n'y a rien à espérer de ce genre d'homme. Dis-toi que cette Henrietta t'a rendu un fier service.

Charlotte conserva une moue dubitative. Maggie avait raison, mais comme souvent, la réalité avait le tranchant d'un poignard.

— Bien, poursuivit sa collègue, puisque tu n'en as rien à faire de mes conseils, je vais passer directement à la bonne nouvelle. C'est beaucoup plus réjouissant.

— Je t'écoute, répondit Charlotte, qui ne voyait pas ce qui pourrait lui remonter le moral.

Maggie replaça une mèche rousse derrière son oreille et esquissa un large sourire.

— Tu vas me faire le plaisir de te laver les cheveux et de porter une tenue convenable, parce qu'à partir de demain matin, tu réintègres le magasin.

Charlotte n'en crut pas ses oreilles.

— Quoi ? s'exclama-t-elle. Mais comment est-ce possible ? Mr. Ward m'a renvoyée.

Fière de son effet, Maggie opina du bonnet.

— Certes, mais j'ai discuté avec lui. Il a compris que tu avais agi sur une impulsion parce qu'on t'avait insultée. Je lui ai juré que ça ne se reproduirait plus, alors ne me fais pas mentir.

La bouche de Charlotte ne cessait de s'arrondir de surprise.

— Et puis, pour être honnête, continua Maggie, Vivian ne t'arrive pas à la cheville. Les chiffres parlent en ta faveur et en cette période, c'est un argument imparable.

— Oh, Maggie ! Tu es formidable !

Réconfortée par la nouvelle, Charlotte la serra dans ses bras et se répandit en remerciements. Plus que tout, elle redoutait de finir à la rue et de venir grossir les rangs des sans-abri. Le nombre de chômeurs venait d'atteindre le chiffre vertigineux de trois millions cinq cent mille et la Bowery YMCA en nourrissait douze mille chaque jour. L'Église de la Transfiguration, quant à elle, distribuait quotidiennement mille repas, mais c'était encore insuffisant. Paradoxalement, les chaises en rotin des nombreuses terrasses de café étaient toujours occupées et Manhattan grouillait de vie. Les magasins qui fermaient laissaient la place à des échoppes dans lesquelles on pouvait acheter de quoi manger pour une bouchée de pain. L'espoir et le désespoir se côtoyaient à chaque coin de rue.

Charlotte se donna corps et âme au travail, qui possédait cette vertu de lui changer les idées. La jeune femme s'impliquait auprès de ses clientes avec le même soin qu'elle aurait mis à choisir un produit pour elle ou pour offrir à une amie. Elle devint vite l'une des vendeuses favorites de cette clientèle privilégiée, qui n'hésitait pas à dépenser des sommes faramineuses le temps d'un après-midi, en achetant du maquillage, des bas de soie, des appareils électriques ou encore des tonnes de jouets pour gâter leur progéniture nourrie aux petits pots pour bébés, qui faisaient fureur depuis deux ans. Elsie Adams, une vieille dame dont l'unique fonction se résumait à être la riche veuve d'un homme d'affaires, aimait discuter chaque matin avec Charlotte pour faire passer le temps. Toutes deux évoquaient l'avancée des grands chantiers de Manhattan, et notamment ces gratte-ciel en phase d'être bientôt terminés, le Chrysler Building et l'Empire State Building. Ce dernier, situé non loin de Macy's, emportait tous les regards vers le haut.

Les ouvriers, presque tous des immigrés européens, s'échinaient sans relâche sur ce chantier. Ceux que l'on surnommait les *skyboys* s'occupaient d'assembler les différents composants de l'armature métallique de l'édifice et travaillaient au-dessus du vide, sans protection. Des photos parues dans la presse les montraient en train de déjeuner sur des poutrelles, l'air insouciant. C'en était époustouflant et Charlotte redoutait chaque jour qu'il y ait un accident. Par miracle, aucun *skyboy* ne perdit la vie.

Régulièrement, la jeune femme prenait son Leica et, accompagnée de Curtis, elle arpentait les rues pour immortaliser les campements de pauvres. On appelait ces allées de cabanes les *Hooverville*. Ils s'établissaient désormais jusque dans certaines ruelles et des familles entières s'entassaient dans ces baraquements de fortune, desquels émanait une odeur infecte de détritus et d'excréments. Un soir, près de Penn Station, ils virent des employés municipaux ramasser le cadavre d'un homme vraisemblablement mort de froid.

— J'ai eu beaucoup de chance, releva Curtis en frissonnant. Si je ne t'avais pas rencontrée, peut-être que je n'aurais jamais trouvé de travail. Qui sait comment j'aurais terminé ?

— N'y pense pas, lui répondit Charlotte en lui pressant le bras. Regarde-toi, voilà que tu passes des auditions pour Duke Ellington, à présent ! Tu aurais cru ça, un jour ?

— Ma foi, c'est la magie de New York. Cette ville me tient par les entrailles. Elle m'a ensorcelé et j'en redemande.

La jeune femme ne pouvait pas se vanter des mêmes sentiments, mais la joie de son ami était si douce qu'elle lui sourit.

— Je suis contente pour toi, Curtis. Sincèrement.

Il lui coula un regard de biais, hésitant.

— J'ai aperçu Ryan au *Big Apple*, l'autre soir, dit-il enfin. Il n'y avait aucune fille à sa table.

Charlotte résista à l'envie de lui demander comment il allait.

— Je ne veux pas parler de lui.

Curtis n'insista pas. Il avait été le premier à lui recommander de faire attention à ses fréquentations et ça l'ennuyait, car si on exceptait ses activités, Ryan était quelqu'un de sympathique, en apparence. Mais bien sûr, il restait un criminel et Curtis n'aimait pas fourrer son nez dans ce genre d'affaires.

Après le travail, Charlotte sortait parfois le soir en compagnie de Maggie et son mari, James. Avec eux, pas de *speakeasies* coincés dans des impasses sombres. Ils dînaient généralement au *Royal Chinese Grill*, sur la 71e Rue, à Broadway, où un orchestre de jazz jouait des morceaux à la mode. Cet univers la changeait des bars sulfureux auxquels Ryan l'avait habituée et c'était reposant. Charlotte savourait le fait de fréquenter des gens normaux, qui ne lui faisaient courir aucun danger et ne risquaient pas d'être arrêtés par la police du jour au lendemain. Lors de ces dîners, il arrivait que Maggie et James lui présentent des hommes célibataires de leur entourage, cependant, aucun ne donnait à la jeune femme l'envie d'entamer une relation. Aucun de ces prétendants ne déclenchait en elle des élans de passion comme avait su le faire Ryan. Charlotte avait le triste sentiment d'avoir perdu l'homme de sa vie, ce qu'elle considérait en même temps comme complètement stupide. Ainsi que Maggie le lui avait seriné, il n'y avait rien à espérer de la part d'un gangster. Rien d'autre qu'une vie dans l'illégalité et la peur. Elle ne se sentait toutefois pas prête à s'engager avec quelqu'un d'autre, quelqu'un qui ne savait rien d'elle et à qui elle devrait mentir. Il était beaucoup trop tôt pour combler l'abîme.

*

Par une froide journée de la mi-novembre, Charlotte et Maggie profitèrent de leur pause déjeuner pour aller manger des sandwichs dans un snack de la 6e Avenue. Le métro aérien passait non loin de là, dans un cliquètement métallique dissonant.

— C'est affreux, je déteste le métro, laissa tomber Charlotte.

— C'est pourtant bien pratique, répondit son amie. Je me demande même comment on a pu s'en passer, avant. Dieu merci, je n'ai pas connu cette époque. Tu nous imagines, marchant sur des kilomètres par un froid pareil ?

Les températures étaient en effet très basses et l'hiver s'annonçait terrible. Dans le snack, la plupart des clients se réchauffaient en buvant du café. Les deux jeunes femmes ne firent pas exception et en commandèrent en mangeant leur repas, assises au comptoir.

— Il ne va pas tarder à geler, si ça continue, remarqua Maggie. J'ai dû sortir une couverture supplémentaire pour la nuit et je n'ose même plus me lever pour aller aux toilettes.

— Tous ces pauvres gens à la rue..., songea Charlotte en frissonnant.

— Ouais. Et Hoover ne fait rien. C'est assez édifiant. Il paraît même qu'il parlerait d'augmenter les impôts pour financer des projets gouvernementaux, c'est James qui me l'a dit.

— Ce type n'a décidément rien compris, rétorqua Charlotte, qui ne pouvait s'empêcher de se demander si la situation était similaire en France.

L'employé du snack servit un hamburger à un homme et tous les deux se mirent à converser au sujet d'un nouveau règlement de comptes qui s'était tenu dans un lieu de stockage d'alcool, près des docks. Un agent de police avait été tué.

— Il paraît que ça a fait un sacré boucan, raconta le client en allumant une cigarette. Ils racontent que le flic a été piégé.

— J'ai vu ça ce matin, répondit le serveur en brandissant un journal. Ça va mal finir, un jour.

Charlotte s'efforçait de ne pas écouter leur discussion, mais c'était plutôt difficile puisque les hommes se tenaient à deux tabourets du sien.

— Quand je te dis que tu avais tout à perdre, à fréquenter ce voyou, lui souffla Maggie, qui n'en avait pas non plus perdu une miette. Il te faut un gars travailleur, ma chérie. Est-ce que tu comptes revoir Stuart ? Tu sais, celui qu'on t'a présenté la semaine dernière ?

— Je n'en sais rien, Maggie. Je crois que je ne me souviens même pas de son visage, avoua Charlotte en étouffant un rire.

— Oh, Seigneur ! Tu es incorrigible !

L'employé reposa le journal sur le comptoir. Le titre qui s'étalait en caractères gras à la une ne manqua pas d'attirer le regard de Charlotte.

SANGLANT RÈGLEMENT DE COMPTES SUR SOUTH STREET : MORT DE L'AGENT FÉDÉRAL JACK O'DELL, QUI OFFICIAIT SOUS COUVERTURE

La jeune femme cligna des yeux en remarquant le portrait qui illustrait la une. Ce n'était pas possible ! La photo était celle de Ryan ! Dans un geste fébrile, Charlotte repoussa son sandwich au rosbif et ouvrit le journal pour lire l'article en entier.

« *Hier, la police fédérale a perdu l'un de ses membres les plus émérites. L'agent Jack O'Dell est décédé alors qu'il travaillait sous couverture. Déterminé à lutter contre le trafic d'alcool, le policier s'était porté volontaire pour investir ce milieu, sous le nom de Ryan Dolan. Le but était de démanteler le cœur même d'un vaste réseau, qui s'étend du Canada à l'Écosse, en passant par la France. Alors que ses collègues ont pris d'assaut l'entrepôt de South Street qu'il leur avait signalé, Jack O'Dell a été retrouvé gisant dans un bureau du bâtiment, vraisemblablement battu à mort. Ses assassins ont pris la fuite avant l'intervention des agents et la police de New York déplore cette perte, soupçonnant l'un des leurs d'avoir vendu la mèche.*

"Nous n'aurons de cesse que nous ne luttions contre cette criminalité, nous a confié l'agent Peter Fuller, très ému par le décès de son coéquipier. Jack était un exemple pour nous tous, il prenait sa mission très à cœur et jamais il ne nous aurait trahis. Toutes mes pensées vont à son épouse et nous nous efforçons désormais de découvrir qui est à l'origine de ce crime."

Le capitaine Meade, supérieur de l'agent O'Dell, souligne quant à lui le travail remarquable de ce dernier, ajoutant que grâce à son implication exemplaire, les fédéraux ont pu collecter des informations de la plus haute importance.

Rappelons que ce genre de… »

Les mains tremblantes, Charlotte ne put aller au bout de sa lecture. Il y avait forcément une méprise ! Ses yeux revinrent au portrait de Ryan.

— Charlotte ? Tu es pâle, est-ce que tu es sûre que tout va bien ?

Hagarde, la jeune femme tourna la tête vers Maggie.

— Ryan est…

Elle avait chaud, très chaud. Charlotte tenta de se lever pour aller prendre l'air, mais ses jambes flageolèrent et ses oreilles étaient à moitié bouchées. Puis, d'un coup, tout devint noir et la terre l'engloutit.

*

Quatre jours plus tard, Charlotte remontait Bleecker Street, en direction du quartier italien. Marchant d'un pas rapide, elle ne pouvait cependant pas éviter les enfants qui, au lieu d'être à l'école, vendaient des journaux à la criée. La jeune femme bifurqua pour rejoindre Canal Street, une artère commerçante particulièrement bruyante, sur laquelle se mêlaient passants et voitures. Un peu perdue, elle s'immobilisa devant une boulangerie où d'appétissantes miches de pain à cinq cents trônaient fièrement dans la vitrine. Une employée lui indiqua la direction à prendre et, parvenant à se frayer un chemin, elle changea de trottoir en apercevant le café où elle avait rendez-vous. Charlotte s'arrêta devant la porte, prit une grande inspiration et la poussa. L'homme qui l'attendait était attablé devant des œufs au bacon et du café. Il était grand, costaud et un début de bedaine menaçait de passer par-dessus sa ceinture. Son chapeau dissimulait une partie de ses cheveux bruns, mais pas son visage de bon vivant, à l'expression pourtant soucieuse. Charlotte ne l'avait encore jamais rencontré, mais tout dans sa façon d'être trahissait sa fonction.

— Agent Peter Fuller ? demanda-t-elle d'une voix intimidée.

Charlotte avait décidé d'écrire à celui que la presse avait présenté comme le coéquipier de Ryan. Ou plutôt de Jack O'Dell. Elle avait besoin de le rencontrer et entendre de vive voix que le policier tué était bien son amant. Toute cette histoire lui paraissait si insensée qu'elle entretenait le mince espoir qu'il ne pouvait s'agir que d'une coïncidence. Pourtant, le journal ne pouvait pas avoir inventé Ryan Dolan et la photo correspondait trait pour trait à celui qu'elle avait connu. Après son malaise, dans le snack de la 6e Avenue, la jeune femme avait tenu à retourner travailler, mais toutes ses pensées s'organisaient autour de cette une. Dans son esprit, l'incrédulité et la tristesse se mêlaient.

Peter Fuller se leva et lui serra la main. Il lui avait répondu qu'il acceptait de la rencontrer dans ce café de Little Italy. L'invitant à s'asseoir, il lui commanda un cappuccino. Fuller montrait des signes évidents de nervosité, ne laissant aucun temps mort dans ses gestes. Il lança sans ambages :

— Jack m'a tant parlé de vous que j'aurais pu vous reconnaître entre mille.

— Vraiment ? répondit-elle sans parvenir à dissimuler sa surprise.

Puis elle secoua la tête.

— J'ai connu Ryan, pas Jack.

Le policier souffla. Il semblait soulagé.

— Il ne vous a jamais parlé de tout cela ?

— Non, je n'étais au courant de rien. Il m'aura menti jusqu'au bout, constata-t-elle avec amertume.

Son interlocuteur lui fit signe qu'elle se trompait.

— Ce n'est pas ce que vous croyez, Charlotte. Jack essayait de vous protéger. Il savait que s'il vous mettait au courant, votre vie aurait également été mise en péril.

— Alors… Cet article n'était pas une mauvaise blague. Ryan… enfin, Jack, n'était pas un malfrat.

Soudain, elle frémit en se remémorant une discussion qu'ils avaient eue, en début d'année, quand Charlotte lui avait franchement demandé s'il était un bootlegger.

Les New-Yorkais ont du mal à se faire à ces lois anti-alcool. À ma façon, j'y remédie.

Voilà ce qu'il lui avait répondu. Jamais il n'avait admis être un gangster.

— Notre pays est décidé à lutter contre le crime organisé, lui confia Fuller à voix basse. Il existe un nouveau dispositif d'agents réputés incorruptibles, parce que la plupart des flics se laissent graisser la patte. C'est une vraie gangrène.

Il lui expliqua que Jack s'était porté volontaire pour officier sous couverture. Contrairement à ce qu'il avait raconté à Charlotte, il n'avait pas grandi dans les Five Points, mais dans une banlieue de Chicago tout aussi minable.

— Comment a-t-il pu infiltrer ce milieu ? voulut savoir la jeune femme. Pour les avoir vus à l'œuvre, ils ne se laissent pas si facilement approcher.

— Une petite main que nous avions arrêtée a accepté de nous aider contre un allègement de peine. Nous l'avons relâché et il a introduit Jack auprès des dénommés Franck Reed et Teddy Lopez, qui sont des sous-fifres de Luciano.

Tout concordait. Charlotte se décida alors à poser la question qui lui brûlait les lèvres. Elle devait en avoir le cœur net.

— A-t-il été tué à cause du champagne que mon mari a refusé d'expédier ?

Fuller posa le coude sur la table et se pinça l'arête du nez.

— Non, dit-il. Jack était très tendu ces dernières semaines. Il était persuadé d'avoir été démasqué.

— C'était donc ça, fit-elle, songeuse. Depuis quelque temps, il me faisait l'effet d'un homme acculé, qui se savait condamné. La fusillade dans laquelle Teddy a été blessé n'a pas arrangé les choses.

— C'était une mascarade pour l'impressionner. Madden voulait lui foutre la trouille, mais ce n'était pas pour cette histoire d'alcool. Il pouvait s'en procurer d'autre très facilement et il n'était qu'un pion sur notre route pour atteindre… les plus gros poissons.

Lucky Luciano ou Dutch Schultz, pensa la jeune femme. Les gangsters les plus redoutés de New York. Madden ne devait pas en mener large à l'idée que les deux mafieux puissent penser qu'il avait fait entrer les fédéraux dans leur nid.

— Pourquoi Jack est-il resté, s'il se savait démasqué ?

Son interlocuteur soupira.

— C'était un homme obstiné. Il n'avait aucune preuve, juste des soupçons… Jack était persuadé d'avoir le temps de mener sa mission à bien. Il s'imaginait qu'on le mettrait à l'épreuve avec le stockage dans l'entrepôt qu'il nous avait signalé. Et ça aurait pu marcher.

— Pourtant il est mort, répliqua Charlotte en déglutissant.

— On s'est fait baiser en même pas une seconde, reconnut Fuller. Pardon, m'dame, je ne devrais pas vous dire ça. Mais il est évident qu'un membre de la police l'a balancé. D'après notre enquête, Jack s'est rendu au rendez-vous fixé par Madden. Il nous avait dit que c'était pour lui l'occasion d'obtenir à nouveau ses faveurs. Tu parles… Ils l'ont entraîné dans l'entrepôt et… C'était un piège. Ils lui ont réservé le sort destiné aux traîtres.

— Il n'y a donc aucune méprise possible, alors.

Fuller lui expliqua qu'ils avaient retrouvé une carte de tarot près du corps. La carte du Jugement.

— C'est un procédé caractéristique de la mafia italienne, leur signature pour désigner une personne qui les a trahis. Nul doute que Madden a agi sous la pression de Luciano.

— Quel gâchis !

Dire qu'elle avait pris Ryan pour un criminel sans foi ni loi, sans jamais se douter de rien ! À présent, elle ne le reverrait plus, il ne pourrait jamais lui expliquer tout ça et, pire, il laissait une veuve.

— Il était marié, lâcha-t-elle.

Fuller secoua la tête.

— Ça, vous n'étiez pas censée le découvrir. Si ce soir-là, vous aviez lu son véritable nom sur la boîte aux lettres, les conséquences auraient pu être désastreuses.

— Il n'en reste pas moins qu'il a menti à sa femme durant des mois. Et il s'est joué de moi, protesta-t-elle.

— Vous comptiez beaucoup pour Jack, la détrompa le policier. Il disait que vous aviez le cœur pur et il s'en voulait terriblement de ce qui vous est arrivé.

Charlotte réalisa avec dépit qu'en définitive elle ne connaissait rien de lui.

— Ce qu'il y avait entre nous, ce n'était pas de l'amour, mais de la passion.

— Je n'en suis pas si sûr, Charlotte. Peut-être que je ne devrais pas vous dire ça, mais Jack n'était pas un coureur de jupons. Avant vous, il n'avait jamais trompé Lucy. Les élans du cœur sont des choses qui ne se contrôlent pas.

Une fois de plus, tout cela se regroupait avec ce que lui avait balancé Henrietta, lors de l'esclandre chez Macy's.

— À ce sujet, reprit Fuller en posant un billet sur la table pour payer la note, c'est nous qui vous avons donné votre nouvelle identité. Jack y tenait et n'a eu de cesse qu'il ne harcèle les patrons jusqu'à ce qu'ils acceptent.

Un étrange soulagement balaya momentanément l'humeur sombre de Charlotte.

— Est-ce que cela signifie que je ne suis pas considérée comme une hors-la-loi ?

Le policier lui sourit, puis lui désigna sa tasse.

— Vous ne terminez pas votre cappuccino ?

D'un mouvement de la tête, la jeune femme lui fit signe que non. Sa boisson ne lui disait plus rien. Les effluves de caféine qui planaient dans l'air étaient trop prononcés, à la limite de l'écœurer.

— L'odeur du café est particulièrement forte ici, non ? Pour en revenir à Ry… à Jack, ça ne l'a pas empêché de m'offrir des cadeaux avec l'argent sale que lui filait Madden.

— Vous faites erreur, Charlotte. Le bureau fédéral lui avait alloué un budget substantiel pour qu'il puisse mener le train de vie qu'on attend d'un mafieux. C'était pour lui une fierté quand vous avez décidé de travailler et de louer un appartement, soyez-en sûre.

— Mon Dieu, murmura Charlotte, les yeux brillants de larmes. Si j'avais deviné. Si seulement j'avais deviné tout cela !

Les choses auraient-elles pu être différentes ? À quoi bon remuer le couteau dans la plaie ?

Fuller se leva pour prendre congé. Avant de quitter le café, il ajouta :

— J'sais pas si ça pourra vous consoler, mais dans ce métier, c'est dur de faire de vieux os. Jack est un héros. J'espère que c'est l'image que vous garderez de lui.

25

— Pitié, non ! Ce n'est pas possible !

Charlotte sortit péniblement de son lit, une nausée chevillée à l'estomac. Ce n'était pas la première fois que cela lui arrivait et elle avait fini par attribuer ces haut-le-cœur à l'accumulation des chocs émotionnels. Pourtant, ce matin-là, la sensation s'éternisait. La jeune femme hésitait à consulter un médecin ; elle redoutait qu'il lui ordonne de se reposer, or, elle avait besoin de travailler. La vie à Manhattan avait un coût, encore plus durant ces temps tourmentés. Charlotte soupira en songeant que si elle s'était trouvée en France, il lui aurait suffi d'emprunter un vélo et d'aller voir la rebouteuse pour qu'elle lui administre un traitement à base de plantes en échange de quelques œufs ou d'un morceau de viande. Mais la campagne était loin et ici, lorsqu'on tombait malade, on consultait un docteur bardé de diplômes. Et si l'on n'avait pas les moyens, on s'en remettait entre les mains du destin.

Mais la jeune femme comprit que personne ne pourrait rien contre ce genre de maladie. Elle avait déjà connu ces symptômes, par le passé : l'odeur du café qui l'écœurait où qu'elle aille, l'envie de vomir dès le réveil, puis ce pic d'énergie dans la journée avant la fatigue de plomb qui lui tombait dessus à l'heure du dîner. Aucun doute possible, elle était enceinte. C'était une véritable catastrophe. Il n'y avait aucun avenir envisageable pour ce bébé qui n'avait plus de père. Comment elle-même pourrait-elle aimer cet enfant alors que son cœur n'éprouvait plus que des émotions atrophiées ? Charlotte décida de garder le secret aussi longtemps qu'elle le pourrait. Si son état était découvert, elle perdrait sa place. Il lui suffirait de prétendre être malade le jour où elle accoucherait et ensuite, elle n'aurait plus qu'à confier le bébé à l'un des nombreux orphelinats de Manhattan. Ce plan lui paraissait le plus raisonnable.

Plusieurs mois s'écoulèrent ainsi, jusqu'à fin février. Personne ne semblait soupçonner qu'un petit être prenait vie dans le ventre de Charlotte, qui trichait en ajustant la taille de ses robes. Elle se mit à refuser les invitations à sortir de Maggie.

— Tu es décidée à finir vieille fille ? la railla celle-ci, après que Charlotte eut décliné une soirée au théâtre.

Ce sort lui paraissait plutôt enviable, en comparaison de tout ce qu'elle avait vécu. La jeune femme ne reçut plus de nouvelles d'Émile, elle ne revit pas non plus l'agent Peter Fuller. Si elle avait parfois l'impression de revenir de loin, elle ressentait encore souvent des vagues de tristesse en songeant à Gabriel. C'était ce bébé-là qu'elle aurait dû élever et elle ne savait pas comment faire le deuil d'un enfant. Ce n'était pas le genre de choses que l'on apprenait en ouvrant un livre. Celui qui grandissait en elle lui rappelait douloureusement tout ce qu'elle avait perdu. Ressemblerait-il à Ryan ? À bien y réfléchir, elle préférait ne pas savoir. Ne pas le voir quand il naîtrait.

Curtis était le seul qu'elle avait mis dans la confidence au sujet de la véritable identité de Ryan et le musicien, quoique très étonné, l'avait soutenue. Puis, à la demande de Charlotte, ils n'avaient plus évoqué le sujet.

Un dimanche après-midi, Curtis passa pour regarder des clichés que la jeune femme avait réalisés de lui en train de jouer de la trompette. Depuis qu'il faisait partie de l'orchestre de Duke Ellington, il n'avait plus de problèmes pour boucler ses fins de mois et il avait gagné en prestance. Les photos, magnifiques, révélaient un musicien habité par son interprétation.

Ils burent un peu de thé et discutèrent au sujet de l'actualité. Un mois plus tôt, le nombre de chômeurs avait dépassé la barre inquiétante des cinq millions et de plus en plus de personnes quittaient clandestinement les États les plus pauvres, espérant trouver une vie meilleure dans les grandes villes.

— Ils voyagent à bord de trains de marchandises, fit observer Curtis. Comme Norma et moi l'avons fait.

— J'espère qu'ils auront autant de chance que vous. Tu ne m'as pas beaucoup parlé de ta cousine. Est-ce qu'elle s'habitue à New York ?

Curtis lui sourit.

— Norma a une forte personnalité et crois-moi, elle ne s'en laisse pas conter. Pour elle, New York ou l'Alabama, ça ne fait aucune différence ; elle sait qu'elle doit travailler dur et elle ne se plaint pas pour autant. Une force de la nature.

— Que fait-elle ?

— Elle a réussi à trouver une place dans une famille, vers Gramercy Park. Des gens qui ont été assez futés pour ne pas perdre trop d'argent. Elle leur fait la cuisine.

Charlotte remercia intérieurement le ciel d'avoir au moins épargné Curtis et sa cousine. La situation était des plus préoccupantes, mais dans les plus hautes sphères du pouvoir, on continuait de fermer les yeux et de se vouloir rassurant.

Tout à coup, la jeune femme blêmit en sentant une terrible douleur lui perforer le bas-ventre. Pliée en deux, elle dut se retenir à la table.

— Charlotte ? s'inquiéta Curtis. Que se passe-t-il ?

Elle-même n'en savait rien. Le moment n'était pas encore venu d'accoucher ! Était-elle en train de perdre l'enfant ?

— Apporte-moi de l'eau, Curtis. S'il te plaît.

Il allait s'exécuter lorsque son regard s'arrêta sur le mollet de Charlotte.

— Mais tu saignes ! s'écria-t-il.

— Oh mon Dieu, non.

Il n'était pas question qu'on l'emmène à l'hôpital, encore moins qu'elle arrête de travailler.

— Tu dois voir un médecin.

Affolée, Charlotte secoua la tête.

— Impossible, Curtis. Je suis enceinte d'au moins cinq mois.

Son ami arrondit la bouche de stupeur.

— Je vais t'aider à t'allonger et ensuite je vais aller chercher Norma, parvint-il enfin à articuler en soutenant la jeune femme qui prit appui sur lui. Ma cousine saura quoi faire.

Charlotte voulut protester, mais Curtis ne lui laissa pas le choix. D'autorité, il la força à s'étendre, puis il se rendit dans la salle de bains où il mouilla un gant de toilette afin qu'elle puisse nettoyer le mince filet de sang qui avait roulé le long de sa jambe.

— J'ai mal, Curtis, souffla-t-elle.

— Je fais au plus vite, répondit-il avant de se diriger vers la porte.

Son absence parut durer des heures. Par moments, Charlotte sombrait dans l'inconscience, puis elle se réveillait en se demandant si son ami ne reviendrait jamais. Peut-être que cette grossesse le choquait et qu'il allait la laisser livrée à elle-même. Curtis avait beau être humain, il n'était pas forcément prêt à aider une jeune femme qui s'était compromise à ce point. Au moins, le saignement s'était interrompu et elle se rendormit, bercée par le calme étrange qui régnait dans la rue en cette fin de journée de février.

Un bruit de voix la tira du sommeil. En ouvrant les yeux, Charlotte vit Curtis au pied de son lit. Il était accompagné d'une femme replète dont la robe brodée de fleurs accusait quelques plis sur les hanches et d'un homme, noir lui aussi, qui la scrutait avec un air soucieux.

— Bon, vous êtes réveillée, constata ce dernier. Je suis le docteur Campbell. Mes patients vivent en général à Harlem, mais apparemment, il s'agit d'une urgence.

La jeune femme tourna un regard réprobateur vers son ami.

— Je t'avais dit que ce n'était pas nécessaire, marmonna-t-elle entre ses dents.

— Bien sûr que si, intervint Norma d'une voix autoritaire. Et ce n'est pas la peine de vous en prendre à Curtis ; c'est moi qui lui ai dit d'aller chercher le docteur.

— Laissez-nous, leur demanda celui-ci. Ma patiente a besoin d'intimité pour l'examen.

Cinq minutes plus tard, quand le médecin eut terminé de palper le ventre et l'utérus de Charlotte, il lui confirma ce qu'elle savait déjà :

— Votre grossesse est avancée. Cinq mois, je dirais. Les saignements sont des choses qui arrivent parfois. Le bébé semble aller bien, mais vous devez rester alitée.

— Je ne peux pas, protesta Charlotte avec virulence. Je dois travailler pour subvenir à mes besoins !

— Dans votre état, c'est hors de question. Curtis m'a expliqué que le père est… hum…

— Décédé. Il était policier.

— Donc, vous étiez mariés ?

Charlotte secoua la tête.

— Non. Et si la question suivante est : est-ce que je veux garder le bébé, la réponse est la même. Je compte accoucher et confier l'enfant aux sœurs d'un orphelinat.

Le docteur renifla.

— Le désespoir est mauvais conseiller, il vous reste environ quatre mois pour y réfléchir. D'ici là, je vous interdis de faire le moindre effort. Je vais demander à Curtis et à Norma d'y veiller personnellement.

Vexée que l'on décide à sa place, Charlotte soupira. Qu'allait-elle bien pouvoir prétexter pour justifier une absence aussi longue auprès de Macy's ? Elle ne se faisait aucune illusion, on la renverrait, cette fois-ci sans possibilité de retour.

*

Harlem, 133e Rue

Une odeur de beurre et de sucre accueillit Charlotte quand elle pénétra dans l'appartement de Norma.

— Bien ! lança la cousine de Curtis, de sa voix chantante et étoffée. Maintenant que vous êtes là, on va vous remplumer et vous donnerez naissance à un bébé en pleine forme !

Sur l'insistance du Dr. Campbell, Curtis avait en effet convaincu Norma d'héberger la jeune femme.

— Elle n'a plus de travail, avait-il plaidé face à la méfiance de sa cousine. Et les valeurs que l'on m'a inculquées n'incluent pas de laisser une amie enceinte à la rue.

La cousine de Curtis avait vaguement protesté que la jeune femme étant blanche, cela risquait de faire jaser, mais au fond, elle était contente d'avoir de la compagnie. Depuis que le musicien louait un appartement, non loin de là, elle se sentait un peu seule. Quelques jours plus tôt, Charlotte avait donc démissionné de chez Macy's, ne pouvant se résoudre à attendre le moment où on la renverrait parce qu'elle avait caché une grossesse illégitime. Elle avait préféré partir la tête haute. Seule Maggie avait deviné la vérité. Elle était passée la voir avant que Charlotte ne rende son appartement.

— Je présume que tu ne nous quittes pas pour te marier… Ton gars t'a laissé un souvenir, c'est ça ?

Au risque de passer pour la pire des dépravées, Charlotte avait acquiescé.

— Est-ce que tu vas retourner dans ta famille ?

— Je n'ai plus de famille, Maggie.

Son amie avait alors baissé les yeux.

— Tu avais l'avenir devant toi, Charlotte. C'est tellement dommage !

— Tu me parles comme si j'étais condamnée.

— Ta situation n'est pas convenable et…

Elle s'était interrompue, une expression de culpabilité brouillant son regard.

— Je suis vraiment désolée, Charlotte, mais James ne voudra plus que je te fréquente, quand il saura.

Dans un soupir, Charlotte avait tenté d'expliquer qu'elle ne comptait pas garder l'enfant. Mais à quoi bon ? James et Maggie verraient toujours en elle cette fille à la vie dissolue, qui était tombée enceinte d'un gangster. Charlotte n'avait pas pu se résoudre à confier à son amie qui était réellement Ryan. De toute façon, cela n'aurait été en rien suffisant pour justifier sa conduite. Charlotte rassembla alors ses affaires pour s'installer chez Norma. Elle revendit les beaux vêtements que lui avait offerts son amant, conservant seulement son manteau violet en cachemire. La jeune femme enferma également dans une boîte quelques clichés de Ryan, comme de précieux trésors, douloureux, mais dont elle ne parvenait à se défaire.

Au départ, Charlotte eut du mal à s'habituer au logement de Norma. Elle se disait que le minuscule appartement allait la rendre claustrophobe, avec son salon étriqué, son coin cuisine et son unique chambre. Les toilettes et le lavabo étaient sur le palier, il fallait les partager avec la famille d'en face. Heureusement, il y avait Norma, toujours de bonne humeur. Cette dernière cuisinait pour dix, la plupart du temps en fredonnant de vieux airs populaires, et elle entretenait son logis avec amour. Avec elle, les vitres étaient impeccables et aucun grain de poussière ne flottait dans l'air. Charlotte découvrit une routine qui lui était jusque-là étrangère. Comme bon nombre d'Américains, Norma, très attentive à ses dépenses, rendait chaque semaine ses bouteilles de lait vides en échange d'un nickel, qui lui permettait de prendre le métro. Pourvue de l'orgueil fragile de ceux qui n'ont rien, elle refusait que Curtis l'aide, mais donnait aux pauvres, en cachette, les restes de nourriture dont ses employeurs ne voulaient plus. Norma aimait la vie, de façon évidente et naturelle, si bien que sa méfiance envers Charlotte ne dura pas plus de quelques minutes.

Norma lui préparait des repas roboratifs typiques de la cuisine afro-américaine, lui racontait ce qui se passait à l'extérieur, évoquait ses voisins et lui demandait de lui parler des livres qu'elle lisait à un rythme effréné, depuis qu'elle était au repos forcé. Tout était bon pour tenter de chasser l'accablement qui paraissait peser sur ses frêles épaules. Le chagrin changeait constamment de forme, mais il ne disparaissait jamais, même si les larmes ne coulaient plus. Charlotte avait fini par comprendre qu'il était trop tard et inutile de pleurer. On ne pouvait pas retrouver le temps qui n'était plus.

Un des rares soirs où il ne se produisait pas sur scène, Curtis vint les rejoindre pour dîner. Norma avait cuisiné un gratin de patates douces et, pour le dessert, elle avait réussi à se procurer des pêches au sirop qu'elle servit avec de la crème. Charlotte ne desserra pratiquement pas les lèvres de la soirée, occupée à évaluer le nombre de jours qu'il lui restait avant d'accoucher. Un peu moins de trois mois. Où irait-elle, ensuite ? L'envie de retourner en France ne la quittait pas. La jeune femme s'imaginait se rendre sur la tombe de Gabriel pour lui adresser un dernier adieu et refaire sa vie loin d'Épernay, peut-être à Paris.

Après le dessert, la conversation glissa sur l'affaire des *Scottsboro Boys* qui secouait une partie du pays. Neuf garçons afro-américains, âgés de douze à vingt ans, étaient accusés d'avoir violé deux femmes blanches dans un train de marchandises qui traversait l'Alabama. Juste avant leur inculpation, la foule avait failli les lyncher.

— Ils clament leur innocence et les rapports médicaux vont dans ce sens, mais le juge a tranché en faveur de l'opinion publique, se scandalisa Curtis.

Norma fronça les sourcils.

— Condamnés à mort parce qu'ils sont noirs, murmura-t-elle, la mine sombre. Pourquoi ce monde nous hait-il à ce point ?

Charlotte tressaillit, choquée par cette sentence.

— Ils vont être exécutés ?

— Non, lui répondit Curtis. Pas pour l'instant, du moins. Ils ont fait appel. C'était un simulacre de procès et j'espère bien qu'il sera révisé.

Sa cousine se signa et frissonna.

— Quand je pense que ça aurait tout aussi bien pu t'arriver, quand on a quitté l'Alabama… On a fait le voyage dans un wagon qui transportait des oranges, expliqua-t-elle à Charlotte. Il y avait des Blancs, des Noirs. Tous clandestins, tous dans le même sac. J'ai voulu me déguiser en homme pour pas être embêtée, mais Curtis a pas voulu.

Elle désigna son imposante poitrine puis éclata de rire, exposant ses deux dents de devant écartées.

— Il paraît que certaines choses auraient été difficiles à cacher, plaisanta-t-elle.

— Et vous n'avez pas eu d'ennuis ? voulut savoir Charlotte, qui était consciente des risques.

Si des miliciens les avaient découverts, ils auraient pu être battus et jetés en prison.

— Le conducteur était complice, confia Norma, il nous comprenait. Il savait qu'il n'y avait rien pour nous, au fin fond de cette cambrousse.

— Tu te souviens, quand des gars ont ouvert des filets d'oranges ? lui rappela Curtis.

Sa cousine approuva du chef.

— Les oranges ! s'esclaffa-t-elle. Comme on avait rien à becqueter, on a vu là l'occasion de faire le plein de vitamines. Sauf que malgré la faim, on ne pouvait pas en avaler beaucoup car ça finissait par nous brûler la bouche. J'ai bien cru que ces fichus fruits allaient nous tuer. Je ne peux plus en manger, maintenant.

— Entreprendre un tel périple m'aurait terrifiée, avoua Charlotte.

— Allons, il ne faut pas s'arrêter à la peur, la raisonna Norma. Si on l'écoutait, on ne ferait jamais rien.

Comme Charlotte allait protester, Curtis enchaîna avec passion :

— Combien de gens sont morts à cause de la peur ? Il y a un an et demi, des types ont sauté des fenêtres parce qu'ils avaient perdu du fric… Mais pourquoi, bon Dieu ? C'est quoi, l'argent ? Ce qui compte, c'est vivre. Ils auraient pu repartir de zéro. Seulement, ils ne l'ont pas fait parce qu'ils avaient peur d'essayer. Ça, ça me choque.

Charlotte avait beau être d'accord avec les propos de son ami, une partie d'elle-même ne pouvait s'empêcher de comprendre que l'on se sente paralysé par le grand vide que pouvait représenter l'avenir.

— Repartir à zéro, ça demande de la force, déclara-t-elle. Et quand la vie nous a foutus en l'air, ce n'est pas toujours simple.

Les pupilles embuées, elle s'interrompit. Norma posa la main sur son ventre et le caressa tandis que le bébé donnait des coups de pied.

— T'es sacrément amochée, Charlotte, mais cette petite va te réparer à force de tendresse.

— Tu feras moins ta maligne si c'est un garçon, ricana Curtis.

Sa cousine leva les yeux au ciel.

— Je me demande bien ce que tu y connais, toi. La forme du ventre ne trompe pas.

Charlotte déglutit péniblement.

— Garçon ou fille, de toute façon, ce bébé ne restera pas avec moi, leur rappela-t-elle.

— C'est ridicule, la sermonna Norma. Ton gars n'est plus de ce monde et il t'a menti, j'entends bien, mais ce bébé, qu'est-ce que tu lui reproches, au juste ? La vie continue, Charlotte !

C'était un ordre. Et on ne contestait pas les ordres de Norma.

26

— Allez, ma jolie, tu peux le faire !

Le front mouillé de sueur, Charlotte poussait pour tenter d'expulser le bébé de ses entrailles.

— Je n'y arrive pas ! protesta-t-elle. Il ne veut pas venir !

Dans la moiteur de cette nuit de juin, Norma avait couru réveiller le Dr. Campbell afin qu'il vienne l'assister pour accoucher Charlotte. L'enfant se présentait bien, il n'était pas en siège, mais c'était comme si la jeune femme faisait tout pour le retenir dans son ventre.

— Mon Dieu, gémit-elle, je n'avais pas autant souffert pour Gabriel !

Le docteur leva un sourcil.

— Gabriel ?

Norma, qui était au courant dans le détail du passé de Charlotte, arrondit les yeux et sortit la première explication qui lui traversa l'esprit :

— La douleur la fait dérailler, docteur Campbell. On doit bien pouvoir l'aider ?

Le médecin fit signe que non.

— Le problème, c'est qu'elle ne pousse pas assez fort. Allons, Charlotte, si vous n'y mettez pas du vôtre, je vais vous emmener à l'hôpital, menaça-t-il.

Ces paroles semblèrent faire leur effet car Charlotte se redressa légèrement. Lorsque les premières contractions s'étaient déclenchées, un peu plus tôt dans la soirée, la jeune femme avait subitement paniqué, déclarant qu'elle préférait accoucher dans l'appartement de Norma. Curtis avait eu beau lui assurer qu'il pouvait payer les frais d'hôpital, Charlotte s'était obstinée, refusant de bouger.

— Si je t'écoute, Curtis, on va me confier aux mains d'inconnus qui me jugeront. C'est hors de question. Je vais mettre ce bébé au monde ici et demain, je l'emmènerai à l'orphelinat.

Curtis et sa cousine avaient échangé un regard et, sans mot dire, Norma avait changé les draps du lit et fait bouillir de l'eau.

— Va assurer ton concert, avait-elle soufflé à Curtis, qui s'éternisait près d'elle dans la cuisine. Cela peut prendre plusieurs heures, alors laisse-nous, c'est désormais une affaire de femmes.

Le jeune homme avait suivi son conseil. Ce soir-là il donnait une représentation importante au sein d'un nouvel orchestre, pour lequel il jouait occasionnellement. Jay Garner et Yip Harburg avaient écrit une chanson inspirée par la Grande Dépression dont souffrait le pays et l'avaient intitulée *Brother, Can You Spare a Dime?*. Bing Crosby était pressenti pour enregistrer le titre qui se jouait déjà en avant-première dans les clubs et remportait un franc succès. Curtis gagnait à présent deux cent soixante-quinze dollars par semaine et était payé dix dollars l'heure lorsqu'il enregistrait en studio. Il travaillait d'arrache-pied et ne manquait jamais une prestation.

Peu avant quatre heures du matin, encouragée par Norma qui lui épongeait le front, Charlotte fit une dernière poussée. Le Dr. Campbell, qui commençait à somnoler sur sa chaise, se leva d'un bond, juste à temps pour réceptionner le bébé, qui hurla tout de suite.

— C'est une magnifique petite fille ! s'exclama-t-il avec émotion. Vous avez fait du beau travail, Charlotte.

Épuisée par l'effort, elle ne lui répondit pas. Norma nettoya la petite qui criait toujours et la tendit à Charlotte. Cette dernière secoua la tête.

— Norma, je…

— Elle a faim, l'interrompit son amie d'une voix ferme. Tu dois la nourrir.

— Je ne peux quand même pas la prendre avec moi !

Le docteur s'apprêtait à riposter, mais Norma s'imposa :

— Bien sûr que tu vas tenir ce bébé dans tes bras, Charlotte. Tu n'as rien d'autre à faire que l'aimer.

D'autorité, elle lui posa l'enfant sur la poitrine, qui attrapa goulûment le sein de sa mère. Les cris du nourrisson s'apaisèrent aussitôt. La jeune femme se fit violence pour ne pas la redonner à Norma, puis elle se décida finalement à la regarder. Toutes ses certitudes volèrent en éclats quand elle contempla la peau pâle et sans défauts de sa fille, le fin duvet aux reflets d'or qui recouvrait son crâne et sa bouche rose, en forme de cœur. Ses petits doigts se recroquevillèrent instinctivement sur la main de Charlotte, qui sut à cet instant précis qu'elle ne pourrait pas l'abandonner.

— Doris, murmura-t-elle en se souvenant avoir aimé la sonorité de ce prénom entendu à la radio. Tu es ma petite Doris.

*

Du jour au lendemain, la vie de Charlotte, Curtis et Norma se mit à tourner autour de cet être minuscule qui apportait tant de bonheur à leur existence. Sidérée par l'intensité de ses sentiments, Charlotte se plaisait à observer sa fille durant de longues minutes. Elle qui était persuadée qu'elle ne réussirait jamais à l'aimer se retrouvait émerveillée, déterminée à la protéger. Doris la regardait avec une telle adoration innocente qu'il lui était impossible de résister. Curtis, quant à lui, achetait de telles quantités de jouets que la place commençait à manquer dans l'étroit appartement. Un jour du mois d'août, il revint même avec un wagon à tirer Mickey Mouse, où la célèbre souris jouait du tambour quand on la faisait avancer.

— Mais enfin, protesta Charlotte, elle n'a que deux mois !

— Notre belle princesse l'aura sous le coude quand elle apprendra à marcher, rétorqua-t-il, complètement gaga devant le bébé.

Si Charlotte avait d'abord redouté une ressemblance trop frappante entre Ryan et Doris, elle devait reconnaître que la petite avait un peu pris d'elle, notamment dans la forme du visage. Le regard, en revanche, était bien celui de son père et elle avait parfois l'impression qu'il vivait un peu à travers les prunelles de sa fille. Devrait-elle lui parler de l'histoire de Jack O'Dell, un jour ? La petite finirait bien par l'interroger et voudrait sûrement tout savoir de ses origines. Norma répétait à Charlotte de ne pas se tracasser avec ça. Le moment venu, elle saurait quoi lui dire. En attendant, Doris était chouchoutée par tout le quartier. Les voisines se battaient presque pour pouvoir la tenir dans leurs bras, elles se pressaient autour d'elle dans un concert de pépiements et rivalisaient de conseils experts qu'elles dispensaient à Charlotte. Personne ne se montrait choqué de la présence prolongée de la jeune femme chez des Noirs de Harlem, à l'exception d'une vieille dame à qui Norma apportait à manger cinq soirs par semaine et qui avait connu l'esclavage avant son abolition, l'année de ses dix-huit ans. Pour elle, il était inconcevable que Norma héberge une Blanche par simple amitié.

— Si elle le pouvait, cette pimbêche vous ferait trimer jusqu'à la mort, cancanait-elle. J'en ai connu, des comme elle ! J'espère au moins que le bébé n'est pas de Curtis, ce serait une honte pour votre famille.

— Mais taisez-vous donc, vieux tromblon ! lui assena un jour Norma, excédée par ces ressassements incessants. Nous sommes en 1931, il n'y a plus d'esclavage depuis bientôt soixante-dix ans.

Lorsque Doris eut quatre mois, Charlotte exprima son désir de travailler à nouveau. Curtis étant disponible durant la journée, elle pensait que son ami ne verrait aucun inconvénient à s'occuper de la petite quand les voisines ne le pourraient pas.

— Est-ce que tu es sûre de toi ? lui demanda-t-il. Je peux te donner de l'argent, si tu en as besoin. Combien te faut-il par mois ?

Cependant, la jeune femme n'était pas d'accord.

— Je ne veux pas être entretenue, Curtis.

— Tu seras payée une misère, si jamais tu trouves quelque chose.

Charlotte campa sur sa position :

— Je ne gagnerai pas ma vie aussi bien que toi, mais on n'a jamais rien d'autre que ce qu'on a. Quel que soit mon salaire, je ferai avec. Je veux partager les frais de nourriture avec Norma, il n'y a pas de raison.

En dépit de toute sa bonne volonté, il lui fallut bien vite reconnaître que le travail ne courait pas les rues. Charlotte n'osait pas aller quémander un nouveau poste chez Macy's. En y réfléchissant, elle réalisa que même si cela avait été dans l'ordre du possible, elle n'aurait pas pu. C'était une partie de son passé, à laquelle Maggie et Mr. Ward appartenaient. Le fait de les voir au quotidien lui aurait trop rappelé l'époque du *Cotton Club* et de sa passion amoureuse. La jeune femme prit donc ce qui se présenta et devint une « fausse touriste » pour les bus. Chaque prestation lui rapportait entre vingt-cinq et cinquante cents et tout ce qu'elle avait à faire était de prendre place à bord d'un véhicule touristique pour attirer des clients. Le reste du temps, elle s'occupait de Doris et continuait de photographier tout ce qui captait son attention, qu'il s'agisse d'immeubles en construction, de passants de hasard ou des pauvres qui faisaient toujours la manche dans les rues. Alors que l'Empire State Building avait été achevé en mai, pour un coût de quarante millions de dollars, la situation économique du pays s'était encore aggravée et le budget d'État connaissait un très gros déficit, sans précédent. Le nombre de gens dans le besoin explosa quand le plus gros producteur d'acier, l'US Steel, décréta une baisse de dix pour cent des salaires, entraînant une encore plus grande pauvreté dans les familles. L'actualité était catastrophique, mais Charlotte put au moins se réjouir de la condamnation d'Al Capone à dix-sept ans de prison pour fraude fiscale.

*

Curtis débarqua à l'aube, un matin de novembre. Charlotte s'étirait dans son lit quand elle entendit Norma s'écrier :

— Jésus, Marie, Joseph ! Qu'est-ce que c'est que ça ?

Intriguée, la jeune femme se leva et, s'assurant que Doris dormait toujours, avança à pas feutrés vers la cuisine, dans laquelle Norma avait installé un lit d'appoint. Le spectacle qui s'y tenait était des plus saisissants : poings sur les hanches, Norma faisait face à son cousin, qui portait entre ses bras… un bébé.

— Je n'ai pas le choix ! murmura-t-il de façon appuyée, la mine défaite.

Une expression de panique animait son visage, d'ordinaire si paisible. Norma allait répondre quand ils s'avisèrent de la présence de Charlotte.

— Que se passe-t-il, au juste ? s'enquit-elle.

Norma désigna le nourrisson endormi contre Curtis.

— Cet idiot a mis une danseuse enceinte et elle ne veut plus du rejeton ! répondit-elle en décochant un regard sévère à son cousin. Je savais que le bon sens n'était plus à la mode, mais à ce point, ça dépasse l'entendement !

— Je te jure que je ne savais rien, protesta Curtis. Elle est venue me trouver hier soir et m'a collé ce bébé dans les bras en me disant que c'était le mien.

— Et il l'est ? demanda Norma, méfiante.

Charlotte s'approcha prudemment du petit garçon, qu'elle inspecta d'un coup d'œil.

— On dirait bien que oui. Curtis tout craché, releva-t-elle sans se démonter.

— Seigneur ! s'exclama Norma en roulant exagérément les yeux. Deux marmots à élever ! Mais qu'est-ce que j'ai bien pu faire au Ciel pour subir ses foudres ?

Elle semblait si déconcertée que son expression en devint comique. Charlotte sentit gonfler en elle un fou rire qu'elle ne parvint plus à refréner.

— Et elle, ça la fait rire ! s'indigna Norma, qui perdit totalement pied quand Curtis s'esclaffa à son tour.

Charlotte, secouée de soubresauts, tentait de se calmer.

— Oh, Norma, ce n'est pas la fin du monde, non plus. Curtis, donne-moi ton fils. Il est tout maigrichon, je vais le nourrir.

— Tu es sûre de pouvoir, Lottie ?

— Je ne pensais pas évoquer un jour ce sujet avec toi, mais si telle est la question, oui, j'ai suffisamment de lait.

Norma la fixait, comme si elle venait de proférer la pire des inepties.

— Quoi, encore ? dit Charlotte, agacée.

— Vous n'avez pas la même couleur de peau, avança Norma à mi-voix. Je ne sais pas si…

— Norma ! Ne me dis pas que tu as peur que ce bébé devienne blanc à cause de mon lait !

Sans plus attendre, elle accueillit le nourrisson sur sa poitrine comme s'il était le sien.

— Est-ce qu'il a un prénom ? demanda-t-elle en s'efforçant d'ignorer les regards inquisiteurs qui pesaient sur elle.

Norma poussa un soupir, signe de capitulation, et pressa l'épaule de son cousin.

— Marvin, répondit Curtis, la gorge nouée d'une émotion soudaine. C'était le prénom de mon père.

C'est ainsi que le petit Marvin Tiller devint le frère de lait de Doris.

Les années s'écoulèrent au rythme des saisons et des cris des enfants. Les deux bambins débordaient d'énergie, s'aimaient et se chamaillaient comme n'importe quelle fratrie. Norma, qui avait refusé que Curtis lui trouve un appartement plus grand, criait parfois plus fort qu'eux pour tenter de maintenir un semblant d'ordre. Grâce à l'agent de son ami, Charlotte devint comédienne radiophonique. Son joli timbre de voix lui permit d'enregistrer chaque semaine, pour environ cent dollars, des émissions qui concurrençaient l'opérette musicale *The Palmolive Beauty Box.* La jeune femme était sans cesse sollicitée par ses collègues masculins, mais elle avait décrété qu'elle n'avait pas besoin d'un homme dans sa vie. De toute façon, aucun d'eux n'était réellement prêt à s'engager, ils recherchaient avant tout des liaisons fugaces qu'elle n'avait pas l'intention de leur offrir. Les enfants lui tenaient chaud la nuit, dans le lit qu'ils partageaient, et souvent leurs fous rires se mêlaient. Rien ne sonnait aussi joyeusement qu'un rire enfantin à ses oreilles. Sans le savoir, Doris et Marvin détricotaient ses peines et son cœur souriait à nouveau.

En 1932, le démocrate Franklin Roosevelt succéda à Hoover, devenu très impopulaire puisque, en dépit de la crise, il avait continué à augmenter les impôts. Roosevelt créa un programme d'aide sociale, le New Deal, qui permit à des milliers de personnes de retrouver un emploi et de se loger à peu près décemment. La moitié des habitants de Harlem purent en bénéficier, ce qui était une bonne nouvelle dans ce quartier rongé par la tuberculose et la prostitution. Al Capone fut incarcéré à Atlanta et, quelques mois après son élection, le président Roosevelt échappa à une tentative d'assassinat lors d'un discours à Miami. L'auteur des coups de feu, un anarchiste d'origine italienne, fut exécuté. Un quart de la population américaine resta toutefois au chômage. Tous ignoraient quand le pays sortirait de la crise et Charlotte n'avait de cesse qu'elle immortalise des scènes de rue, s'enhardissant à proposer ses clichés à différentes revues. L'un d'eux fut retenu par un grand hebdomadaire. La photo représentait un homme debout sur une caisse, qui débitait en hurlant des propos décousus sur la fin du monde. Sa barbe était noire de crasse et son imperméable en lambeaux. À l'évidence, la pauvreté l'avait entraîné dans l'alcool, puis dans la folie. C'était aussi cette face sombre de l'Amérique que la jeune femme tenait à montrer. Les réussites brillantes l'intéressaient beaucoup moins. Le jour de l'abolition de la prohibition, le 5 décembre 1933, Charlotte sortit dans les rues pour photographier la liesse qui s'était emparée du peuple. Les bars et les boîtes étaient pleins à craquer, les gens buvaient, dansaient et chantaient, saouls comme jamais. Ils hurlaient de tous les côtés, les voitures klaxonnaient à n'en plus finir. Cette cacophonie témoignait de la fin d'une époque, soulignée par les pétards qui explosaient et les coups de feu qui retentissaient un peu partout. La folie s'empara de Manhattan et il était inutile de compter sur la police, dont les effectifs fêtaient aussi l'événement. L'alcool passa de quarante à cinq dollars le gallon et, la bière étant redevenue légale, il y eut tout à coup une flambée de boulot. Les bootleggers, eux, se trouvèrent au chômage, obligés de se recycler dans les paris ou la prostitution puisque les bars clandestins n'avaient plus lieu d'exister.

Le lendemain de l'abolition, tandis que Curtis soupirait en contemplant son verre de bière comme s'il venait de retrouver un amour perdu, Charlotte eut une pensée pour Ryan, qu'elle avait toujours du mal à se représenter comme l'agent Jack O'Dell. Elle revit à la façon de plans-séquences les moments qu'ils avaient partagés, regrettant de n'avoir pas su comprendre qui il était réellement. Peut-être que si elle avait ouvert les yeux, sa fille aurait un père. Mais la vie en avait décidé autrement, ses douleurs avaient laissé une empreinte ardente, une empreinte qu'elle ne pourrait plus jamais effacer. Elle se consolait en voyant Doris et Marvin grandir comme s'ils étaient frère et sœur et une bonne partie de l'année 1934 s'écoula dans une routine confortable. Charlotte et Norma travaillaient, les voisines et Curtis se relayaient pour garder les enfants et, le soir venu, le musicien rejoignait les salles de spectacle dans lesquelles il se produisait. Ils ne manquaient de rien, mais Charlotte essayait de mettre de l'argent de côté afin de regagner l'Europe dès qu'elle serait prête. La jeune femme avait appris que la France traversait elle aussi une crise, à la fois sociale et politique, et elle se demandait si elle parviendrait à trouver du travail une fois sur place. Dans le doute, elle retardait son départ, se promettant d'attendre l'année suivante pour voir si les choses rentraient dans l'ordre. Ces projets entraînaient en général des prises de bec avec Norma.

— Pourquoi vouloir partir ? lui reprochait son amie. Tu es chez toi, ta fille est américaine et nourrie au bon poulet frit de Tante Norma.

— Je ne peux pas être chez moi là où je ne me sens pas à ma place.

De fait, si l'Amérique avait un côté fascinant, la simplicité de sa vie d'autrefois et ses racines lui manquaient. À New York, on ne pouvait pas battre la campagne aux quatre vents, ni recueillir chaque jour les œufs des poules pour les manger en omelette. La baguette de pain était inexistante et la mentalité différente. Néanmoins, dès que les beaux jours revenaient, les deux femmes emmenaient Marvin et Doris à Coney Island, où ils profitaient des manèges et de la plage, se gavaient de hot-dogs et de gourmandises dégoulinantes de sucre. Mais tout cela ne valait pas ce que Charlotte avait connu.

— Tu es persuadée que changer d'air te rendra heureuse, insistait Norma. Mais tes racines, tu peux les emporter n'importe où, comme Curtis et moi l'avons fait. Ce que tu fuis, Charlotte, c'est un fantôme.

Et un fantôme, la jeune femme crut bien en voir un, par une fin d'après-midi de septembre. Elle venait de quitter le studio d'enregistrement de la radio, où on lui avait fait lire un texte publicitaire. Le soleil brillait et, en remontant le long de la 133e Rue, Charlotte sourit à son reflet en passant devant la vitrine du boucher, celui-là même qui comptait les saucisses un peu moins que leur poids et donnait toujours du rab aux enfants. Elle rectifia un pli de sa robe et avança jusqu'à son immeuble. Norma était assise seule sur les marches entourées de narcisses jaunes. Cela ne lui ressemblait pas.

— Norma ? Où sont les enfants ? s'inquiéta aussitôt Charlotte.

La cousine de Curtis lui offrit un sourire tel que la jeune femme ne lui en avait jamais vu auparavant. C'était un sourire résigné, qui masquait difficilement une certaine tristesse. Charlotte s'attendit au pire.

— Ils sont là-haut, avec Curtis, répondit-elle enfin. J'avais besoin de prendre l'air, ne t'inquiète pas. Il y a quelqu'un qui veut te voir.

Charlotte plissa le front, se demandant qui pouvait l'attendre. Ce n'était sûrement pas Maggie, avec laquelle elle n'avait plus aucun contact. Et si Madden ou quelqu'un de sa bande avait décidé de se venger ? Elle monta les escaliers presque en courant, en essayant de se raisonner. Cependant, la peur lui serrait le ventre. En entrant, elle trouva Doris montée sur une caisse de Coca-Cola. La petite aidait Curtis à nettoyer la vaisselle, l'air très sérieuse du haut de ses trois ans. Le trompettiste se tourna vers Charlotte et la considéra fixement, avec un fond de tendresse dans les yeux.

— Norma m'a dit que…, commença-t-elle à murmurer, avant de se rendre compte que l'appartement était étonnamment silencieux. Que se passe-t-il ? Où est Marvin ?

— Il fait une sieste, la rassura Curtis, qui souleva Doris pour la faire voltiger dans les airs. Tu devrais aller dans le salon, tu as de la visite.

— Moi veux voir le monsieur ! exigea Doris.

— Non, ma chérie, lui répondit Curtis. Je t'ai déjà expliqué que nous allons réveiller Marvin et aller manger une glace avec Tante Norma.

— Bon, d'accord, capitula-t-elle. Mais l'est gentil quand même le monsieur.

La petite soupira lorsque Curtis la déposa par terre.

— Mais enfin, quel monsieur ? s'agaça Charlotte, en proie à la panique la plus totale.

— Moi, lança quelqu'un derrière elle.

En reconnaissant la voix, Charlotte se figea.

— Non, ce n'est pas possible, chuchota-t-elle avant de se retourner lentement. Je deviens folle.

Pourtant, aucun doute n'était permis : l'homme qui se tenait face à elle n'était autre que Ryan.

27

Silencieux, Jack O'Dell se tenait immobile dans l'embrasure de la porte. Il dévisageait Charlotte avec la même attention que s'il contemplait un spectacle fascinant. Sous le coup d'une vive émotion, la jeune femme n'arrivait pas à parler. Elle se sentait au bord d'un précipice, prête à vaciller. Son cerveau ne parvenait plus à analyser la situation. Elle sursauta lorsque Curtis lui toucha le bras.

— Est-ce que je peux vous laisser tous les deux, Charlotte ?

Stupéfaite, Charlotte reporta son regard sur son ami. Elle ouvrit la bouche comme pour dire quelque chose, puis se ravisa et tourna à nouveau les yeux vers le père de sa fille.

— Ça ne peut pas être toi, souffla-t-elle. Tu es mort depuis quatre ans.

— Je crois que nous avons beaucoup de choses à nous dire, lui répondit Jack.

Curtis fit un signe de la tête pour prendre congé et entraîna Doris avec lui.

— Nous reviendrons dans deux heures, promit-il.

Elle le regarda soulever dans ses bras un Marvin encore un peu ensommeillé et ne dit rien quand il lui pressa l'épaule avant de sortir.

— Dis-moi que je ne suis pas en train de perdre la raison, prononça-t-elle une fois qu'ils furent seuls.

— Je sais que c'est ce que tu dois ressentir, mais je peux t'assurer que tu as toute ta tête.

Il s'avança vers elle, incapable de résister à l'envie de la serrer dans ses bras. Mais Charlotte recula, dans une attitude méfiante.

— Tu m'as menti, Jack O'Dell, déclara-t-elle en détachant distinctement les syllabes de son nom.

— Si tu savais comme je m'en veux.

— Non, tu ne vas certainement pas me faire le coup des regrets ! lui assena-t-elle d'une voix pleine de colère. Je te croyais mort ! J'ai souffert quand un journal m'a appris que tes petits copains t'avaient liquidé. Je suis allée jusqu'à donner rendez-vous à ton coéquipier, qui, soit dit en passant, est très doué pour faire pleurer dans les chaumières. J'ai élevé notre fille en étant persuadée que son père était sous terre. Est-ce que tu penses à tout ce que j'ai enduré ?

Charlotte s'arrêta, à bout de souffle. Pantelante, elle attendait que son interlocuteur se défende, qu'il justifie comment il avait pu lui faire croire qu'il était mort.

— Ce sont les fédéraux qui ont décidé de tout, lâcha-t-il enfin. Je n'ai pas eu le choix.

La jeune femme arqua un sourcil et se servit un demi-verre de bourbon, repoussant la tentation de l'avaler d'un seul coup.

— M'écrire pour me dire que tu étais en vie ne t'a pas traversé l'esprit ? lui demanda-t-elle, d'un ton mesquin. À moins que tu n'aies finalement préféré retourner auprès de ta femme. Je n'étais qu'une conquête à tes yeux, n'est-ce pas ?

Jack se pencha en arrière et ferma les yeux.

— Charlotte, laisse-moi t'expliquer depuis le début, je t'en supplie. C'est uniquement pour toi que je suis revenu aux États-Unis. Tu n'es pas une conquête, tu es tout pour moi.

Elle laissa échapper un rire sans joie.

— Bien sûr. Tu réapparais au bout de quatre ans et tu oses imaginer que je vais te tomber dans les bras ?

Malgré son ton acrimonieux, Charlotte se sentait profondément ébranlée. En moins de trente minutes, tout avait une nouvelle fois volé en éclats. Jack était vivant. Doris avait un père. La jeune femme alla ouvrir la fenêtre et s'assit sur le rebord.

— Jack. Jack O'Dell, répéta-t-elle. Tu es pour moi un mystère et je veux que tu me racontes tout. Cela ne te donnera aucun droit sur mon avenir, mais j'ai besoin de connaître la vérité.

Il hocha la tête et tira de sa veste un paquet de Woodbine, des cigarettes anglaises. Puis, d'une voix rendue râpeuse par la tension, il commença son récit :

— Comme tu l'as appris, j'étais un agent sous couverture, chargé de démanteler un vaste trafic d'alcool en m'infiltrant au cœur de l'action. Tout se déroulait bien jusqu'à ce qu'un flic me balance. Je n'ai jamais su qui.

Charlotte lui confirma que cela, elle le savait déjà.

— Le jour où on m'a cru assassiné, Owney Madden et sa bande m'avaient fixé rendez-vous. Mes collègues étaient censés intervenir grâce au tuyau que je leur avais refilé, mais Madden était au courant.

Jack expliqua à Charlotte qu'il avait d'abord été torturé.

— Avoir été dupés par un flic les a humiliés et ils voulaient me voir souffrir. Ils m'ont plongé la tête dans de l'eau glacée, arraché des ongles… Ils ont même menacé de m'électrocuter. À la fin, Big Frenchy a donné le signal et ils m'ont tabassé avec des barres en métal avant de me laisser pour mort.

En donnant l'assaut dans l'entrepôt, ses collègues l'avaient retrouvé dans un état méconnaissable. Jack respirait à peine et son visage n'était plus qu'une masse tuméfiée.

— Madden et Luciano me croyant mort, ils m'ont hospitalisé dans le plus grand secret. Mes supérieurs ont annoncé mon décès, et une fois que j'ai été remis sur pied, ils m'ont exfiltré du pays.

Ce plan faisait partie d'un programme de protection accordé dans de rares cas. La personne qui en bénéficiait devait alors couper les ponts avec son passé et tous les gens de son entourage.

— Ils m'ont donné de l'argent et une nouvelle identité pour que je puisse refaire ma vie ailleurs. J'ai choisi l'Angleterre.

Charlotte secouait la tête, sidérée de découvrir tout cela.

— Et ta femme ? voulut-elle savoir. Tu l'as emmenée avec toi ?

Jack lui fit signe que non.

— J'étais tombé amoureux de toi, Charlotte. Je ne pouvais plus faire semblant. Lucy et moi, on ne s'aimait pas. On s'est rencontrés à un moment de notre vie où nous étions tous les deux paumés et nous avons cru bon de nous marier pour colmater nos fissures. Ce qui n'a pas marché.

Charlotte insista :

— Ne me dis pas qu'elle te croit mort, elle aussi…

— Non. J'ai été honnête et elle a accepté d'endosser le rôle de veuve. Je ne dis pas qu'elle a pris les choses avec le sourire, mais elle a compris que ce serait mieux pour tous les deux.

S'efforçant de ne pas se laisser submerger par ces révélations, elle poursuivit son interrogatoire :

— Pourquoi prendre le risque de venir me raconter tout ça si ta vie est menacée ?

Jack inspira un grand coup.

— Parce que je ne peux plus vivre sans toi, Charlotte. Je croyais le monde assez vaste pour t'oublier, mais ça n'a pas fonctionné. Tu as kidnappé mon cœur, alors je suis venu le récupérer.

La jeune femme sursauta sous le feu de sa déclaration. Comment pouvait-il lui dire ça, à brûle-pourpoint ? La nuit tombait sur Manhattan et Charlotte exigea que Jack lui parle de son passé.

— J'ignore tout de toi, et la façon dont tu t'es déchaîné sur le cadavre de ce type, le soir de la fusillade, m'a fait froid dans le dos.

— Je ne suis plus comme ça. Mon exil m'a appris à canaliser ma colère.

Pendant que Charlotte contemplait la lente ascension de la lune, Jack lui décrivit son enfance, dans un quartier sordide de Chicago. Des parents qui buvaient pour oublier leur misère, des bagarres de rue, des guerres de territoires, un frère aîné tombé très vite entre les filets de la mafia, exécutant les sales tâches pour elle.

— Alec parlait d'eux comme s'ils étaient sa véritable famille et il était vexé que je ne veuille pas les rejoindre. Instinctivement, je me méfiais. Et j'ai eu raison.

Jack lui apprit que son frère avait été froidement exécuté après avoir tenté d'escroquer un parrain de mille dollars sur une marchandise.

— C'est pour ça que je suis devenu flic, pour mettre ces criminels sous les verrous. Parce que je les déteste. Je déteste ce qu'ils font des jeunes qui voient en eux des mentors et l'unique façon de s'en sortir. Je les déteste de briser des vies et des familles.

Il fit une pause avant de conclure :

— Ce que tu as vu ce soir-là, Charlotte, ce n'était rien d'autre qu'un gamin cherchant encore à venger la mort de son frère.

La jeune femme tenta de remettre de l'ordre dans ses pensées. La présence de Jack réveillait en elle un flot de souvenirs qui la désarçonnaient complètement. Elle avait à la fois envie de tournoyer, de s'abandonner à la joie, et en même temps, c'était si soudain qu'elle avait du mal à y croire et ne savait plus si elle devait encore ressentir de la colère. L'émotion lui nouait la gorge, elle détourna la tête pour lui cacher ses larmes. Jack se méprit sur son geste.

— Ne me laisse pas repartir sans toi, souffla-t-il. Je t'aime, Charlotte.

Après avoir surmonté tant de chagrins, allait-elle repousser la lueur d'espoir qui s'infiltrait dans son cœur ? Et si la passion qu'elle avait ressentie des années plus tôt pour celui qu'elle appelait Ryan ne renaissait pas ? Charlotte quitta le rebord de la fenêtre. Elle avait besoin de se confronter à Jack O'Dell, de le redécouvrir afin de comprendre si elle l'aimait. S'approchant doucement de lui, elle le détailla, sans un mot. Elle le scruta longuement, comme pour s'assurer qu'il était intact, et remarqua une cicatrice qui n'était pas là auparavant.

— C'est eux qui t'ont fait ça, supposa-t-elle, d'une voix ténue.

Charlotte tendit la main pour suivre du bout de l'index la balafre qui s'étirait de la pommette jusqu'à la racine de ses cheveux. Bouleversé par le contact de ses doigts et son haleine si proche de la sienne, Jack ferma les yeux. Une larme roula le long de sa joue, une larme dont Charlotte interrompit la course d'un baiser. Elle enfouit ensuite son visage dans son cou et respira sa peau, retrouvant le parfum qu'elle aimait sentir lorsqu'elle se blottissait autrefois contre lui.

— Charlotte, murmura-t-il d'un ton de supplicié, en lui caressant les cheveux.

Relevant la tête, la jeune femme agrippa sa chemise avant de trouver le chemin de ses lèvres. Jack soupira de bonheur contre sa bouche et Charlotte sut qu'aussi longtemps qu'elle vivrait, elle se souviendrait du miracle de ces retrouvailles.

Un peu plus tard, après que leurs corps se furent retrouvés avec un naturel désarmant, Jack reboutonnait sa chemise. Norma, Curtis et les enfants n'allaient plus tarder et il n'était pas question qu'ils les retrouvent alanguis, éblouis par l'amour qu'ils venaient de faire, comme s'ils s'étaient quittés la veille.

— Que va-t-il se passer, maintenant ? demanda Charlotte en remettant de l'ordre dans ses cheveux. Je présume que tu ne resteras pas aux États-Unis.

Jack interrompit son geste et revint s'asseoir près d'elle, sur les draps encore froissés du lit.

— Non, ma chérie, en effet. J'ai pu me faire un peu oublier, Madden aussi, d'ailleurs, depuis que la mafia italienne empiète sur ses territoires, mais cela reste trop dangereux. Ma vie est en Angleterre, à présent.

— Et que fais-tu, au juste, là-bas ? voulut-elle savoir.

Sa voix était à présent pleine de tristesse à l'idée de devoir le perdre une nouvelle fois. Jack lui répondit que dans un premier temps, il avait posé ses bagages à Londres, où il avait travaillé comme manutentionnaire. Il était devenu rapidement ami avec un de ses collègues, qui avait quitté la campagne pour goûter à l'agitation des grandes villes.

— Un soir, au pub, il m'a raconté que ses parents cherchaient un repreneur pour leur ferme, située dans le Devon. Ils en avaient assez de leur existence faite d'un dur labeur incessant. Sans réfléchir, je me suis tout de suite mis en route ; avoir du travail qui ne me laisserait pas l'occasion de ruminer mes pensées, c'était exactement ce que je cherchais.

— Tu es devenu fermier ? interrogea-t-elle, incrédule.

Jack opina du chef.

— Je sais qu'on est loin du rêve américain, mais oui, je passe désormais mes journées à m'occuper de vaches laitières, de champs d'orge et de blé. Mes vêtements sentent souvent le fumier et le labour, le premier endroit où je me rends le matin est la salle de traite, et malgré tout, j'espère que tu accepteras de venir à Ilfracombe avec moi.

— Mon Dieu, Jack, souffla Charlotte. Je… Enfin, c'est si soudain pour moi.

— Je sais, ma chérie. C'est pourquoi je reviendrai demain pour savoir quelle est ta décision. Mais je ne pourrai pas laisser l'exploitation plus longtemps. J'ai fait l'aller-retour pour toi. Et pour notre fille, ajouta-t-il, un doux sourire aux lèvres.

Charlotte le laissa filer en lui faisant promettre de ne pas se faire tuer dans la nuit.

— Je serai là demain, avant l'heure du déjeuner. Tu n'as rien à craindre.

Puis, lorsque ses amis revinrent, elle coucha les enfants et expliqua la situation à Curtis et à sa cousine. Norma fut prompte à pousser les hauts cris :

— Tu vas nous laisser pour suivre un homme qui t'a menti ? Est-ce que tu penses à Doris, au moins ?

— Calme-toi, lui enjoignit-elle. Est-ce que je t'ai dit que j'acceptais de partir en Angleterre ?

— Non, mais je sais que tu vas le faire, accusa Norma. Tes yeux ne mentent pas, ils brillent comme les sapins des grands magasins.

Charlotte soupira, résignée. Son amie lisait en elle comme dans de l'eau claire.

— Norma, reprit-elle en s'efforçant de ne pas se départir de son ton paisible, tu sais que je projetais de partir de toute façon. Je ne te l'ai jamais caché. Quant à Doris, bien sûr que je pense à elle ! Grandir à la campagne lui enseignera tout ce dont elle aura besoin dans sa vie d'adulte.

— Et comment tu vas lui expliquer qu'elle ne verra plus Marvin ?

La jeune femme y avait pensé, mais pour l'instant, elle n'avait pas de réponse. Elle était consciente que suivre Jack équivaudrait à séparer deux enfants qui se considéraient comme frère et sœur. Mais devait-elle passer à côté de sa vie pour autant ?

— Écoute, Norma, quand j'étais au plus mal, Curtis et toi n'avez eu de cesse que vous ne me répétiez qu'il ne fallait pas avoir peur, parce que la peur empêchait de vivre…

— Charlotte a raison, intervint Curtis. Moi non plus, je n'aime pas l'idée qu'elle nous laisse. Ça me fait un trou dans le cœur, si tu veux tout savoir, mais on ne peut pas la priver de son bonheur.

— Et vous me manquerez aussi, Norma. Curtis et toi avez pris beaucoup de place dans ma vie.

L'air boudeur, Norma se releva et bougonna qu'elle allait se coucher. Restée seule avec Curtis, Charlotte se confondit en excuses, mais son ami les balaya d'un geste de la main.

— Tu n'as pas à te faire pardonner quoi que ce soit, Lottie. Tu vas seulement me promettre que tu reviendras nous voir une à deux fois par an, et trinquer avec moi à notre amitié.

*

Le lendemain matin, Charlotte se réveilla avec la sensation d'avoir trop bu, mais en paix avec elle-même. Puisque Norma avait dormi avec les enfants, elle s'était installée dans le lit d'appoint de la cuisine et ce fut le pas traînant de la cousine de Curtis qui la tira du sommeil. Charlotte se redressa et s'étira longuement. Elle savait qu'elle devait à nouveau évoquer Jack avec son amie, mais elle n'osait pas, de peur de s'attirer une nouvelle fois ses foudres.

— Bonjour, Norma, la salua-t-elle d'une voix pâteuse.

Celle-ci était en train de préparer du café.

— Ça y est, on est réveillée ? demanda-t-elle d'un ton neutre. Je te le fais bien fort, j'imagine que tu vas en avoir besoin.

— On a fait du bruit ?

— Pas assez pour empêcher les enfants de dormir. Mais j'aimerais bien savoir combien de verres vous avez descendus.

Charlotte se mordit la lèvre inférieure et quitta le lit. Elle avança doucement vers son amie et lui entoura les épaules de ses bras, la forçant à pivoter vers elle.

— Norma, pour hier soir…

— Ne dis rien, la coupa-t-elle. J'ai réagi comme une égoïste. Tu vas laisser un grand vide sous ce toit, Charlotte, mais tu dois aller là où se trouve ton bonheur.

En prononçant ces mots, Norma avait les larmes aux yeux. Émue, Charlotte la serra longuement dans ses bras, la remerciant pour sa bénédiction.

— Bon, reprit Norma au bout de quelques minutes, en se dégageant de l'étreinte, si les enfants nous voient comme ça, ils vont se mettre à pleurer eux aussi. Ton gars revient quand ?

Comme convenu, Jack fut là en fin de matinée. Norma, qui ne travaillait pas ce jour-là, comptait bien le retenir pour le déjeuner, aussi avait-elle préparé un repas gargantuesque composé d'une salade de pommes de terre, de rôti, de purée et de haricots verts. Elle avait même trouvé le temps de confectionner un *angel cake*, un gâteau en forme de kouglof, décoré d'un glaçage blanc. Durant tout le repas, Doris ne quitta pas Jack des yeux. Charlotte lui avait expliqué que cet homme était son papa et qu'il n'avait pas pu venir plus tôt parce qu'il avait des choses importantes à régler en Angleterre, leur nouveau pays.

— Est-ce que tu aimerais vivre avec des animaux ? l'interrogea Jack.

— Des chiens ? demanda la fillette.

— Il y en a deux, oui. Il y a aussi des vaches, des poules et des cochons.

— Beurk, pas des cochons ! s'exclama-t-elle de façon très théâtrale. Ils puent, je ne les aime pas.

Tous éclatèrent de rire, à l'exception de Jack, qui, les yeux humides, caressa la petite tête aux cheveux blond foncé. Après le dessert, les enfants allèrent jouer dans la chambre et Norma servit le café.

— Nous allons devoir parler, m'sieur O'Dell, déclara-t-elle en s'asseyant près de lui. Je sais que je ne devrais pas m'adresser à vous comme ça, en raison de ma couleur de peau, mais…

— Oubliez votre couleur, Norma, implora-t-il. Je ne vois que des êtres humains, autour de cette table. Pas vous ?

Il ponctua sa phrase d'un sourire, qui dériva ensuite vers Charlotte. La jeune femme ne se lassait pas de le contempler, elle avait encore du mal à croire en son bonheur de l'avoir retrouvé et n'osait presque pas le quitter des yeux, de peur qu'il ne s'évapore.

— Vous savez très bien parler, mais moi aussi, répondit Norma. Et ce que j'ai à vous dire ne vous plaira peut-être pas, cependant je dois le faire.

— Je vous écoute.

— Déjà, je vous en veux beaucoup parce que vous surgissez pour nous ravir notre Charlotte.

Curtis arrondit les yeux et gronda doucement :

— Norma ! Nous en avons…

Mais sa phrase resta suspendue car sa cousine lui ordonna d'un ton autoritaire :

— Laisse-moi finir, Curtis. Je veux seulement dire à m'sieur O'Dell que Charlotte place son avenir entre ses mains et qu'au pays des Anglais elle ne connaît personne. Mais je respecte son choix.

— Et je t'en remercie, intervint la principale concernée.

— Charlotte a un cœur en or, m'sieur. C'est la passion qui l'anime, elle est entière et je sais que si elle vous suit, c'est parce qu'elle vous aime. Alors, si j'apprends que vous lui avez fait du mal, je vous assure que je trouverai un moyen de faire le voyage pour venir vous étriper de mes propres mains.

Curtis se retenait visiblement de rire, bien qu'il ait tenu le même genre de propos à son amie, la veille au soir. Il était évident qu'aucun d'entre eux ne laisserait plus jamais Charlotte souffrir. Elle avait enduré bien assez de choses à seulement vingt-cinq ans et il était temps qu'elle goûte un peu au bonheur, même s'il ne serait jamais complet sans Gabriel.

En réaction à ce que venait de lui dire Norma, Jack se leva et fit le tour de la table pour venir se camper à côté de Charlotte.

— Vous faites bien de soulever cet aspect de la situation, Norma, répondit-il après un court silence. Vous doutez encore de mes intentions et c'est normal. Alors, maintenant, j'aimerais que nous fassions ça dans les règles.

Mettant un genou à terre, il prit la main de Charlotte.

— Mon amour, par le passé, tu m'as parfois reproché de ne pas faire de toi une femme respectable. À présent, tu sais qu'à l'époque je ne le pouvais pas.

Mais puisque tu vas venir vivre avec moi en Angleterre, j'aimerais officialiser notre relation. Acceptes-tu de devenir mon épouse ?

La jeune femme fut aussitôt secouée de sanglots, au point d'avoir du mal à formuler une réponse. Norma se redressa d'un bond, l'attrapa par les épaules, puis poussa un cri :

— Tu vas te marier ! Oh Charlotte, quelle fabuleuse nouvelle ! Voilà ce que j'appelle un gars bien !

— Je présume que c'est oui ? demanda Jack, ému à son tour.

— Oui ! Oui, oui, mille fois oui ! bafouilla Charlotte, au comble de l'euphorie.

— Pourquoi Tante Norma elle a crié ? Faut faire moins fort, Marvin au dodo.

La tête dépassant du coin de la porte de la chambre, Doris scrutait ces quatre adultes, inquiète par tant d'agitation. Jack lui fit signe d'approcher.

— Viens, ma chérie, dit-il en lui ouvrant les bras.

— Tante Norma est contente parce que avec ton papa, nous allons désormais former une famille, la rassura Charlotte.

— La plus belle des familles, compléta Jack en juchant la petite sur ses genoux.

Curtis essuya une larme discrète qui perlait au coin de ses yeux et lança joyeusement :

— Eh bien, c'est une chance que la prohibition ait été abolie, car une si bonne nouvelle, ça ne se fête pas au thé glacé !

Pelotonnée contre Jack et leur fille, Charlotte se mit à rire à travers ses larmes. Après les drames, la vie finissait toujours par reprendre ses droits.

28

Jo, 2018

Comme Charlotte l'avait sans doute fait des années plus tôt, je me passai les mains sur le visage afin d'en chasser les larmes. Bercée par le crépitement des bûches dans l'âtre, je m'étais laissé embarquer pour ce voyage dans les années trente.

— Jack O'Dell, murmurai-je. Jack… Comme le fils de Gavin.

Doris confirma par un signe de tête.

— Gavin idolâtrait son arrière-grand-père. Il ne l'a pas connu, car Papa est mort avant sa naissance, mais il l'a toujours considéré comme un héros.

La scène des retrouvailles entre les parents de Doris me filait encore la chair de poule.

— Je sais à présent pourquoi Charlotte s'est installée en Angleterre, réalisai-je à voix haute.

Doris m'expliqua que, dans un premier temps, Jack était rentré seul dans le Devon afin de s'occuper de toutes les formalités nécessaires pour accueillir sa famille.

— Maman et moi avons fait la traversée sur un paquebot et elle m'a raconté que j'avais été très malade. À notre arrivée en Angleterre, Papa était là. Je me souviens avec précision de cet instant où nous nous sommes jetées dans ses bras.

Elle désigna l'album photo qu'elle était montée chercher entre-temps.

— Regarde, ajouta-t-elle en me montrant deux clichés noir et blanc. Là, c'est mon père, qui me tient dans ses bras, devant la porte de cette maison qui est aujourd'hui la mienne.

Les photographies suivantes étaient attendrissantes. On y voyait tour à tour Jack, Charlotte ou Doris, dans des scènes de vie quotidienne. Le couple posant fièrement à côté d'une voiture, la petite fille juchée sur un ballot de foin ou encore toute la famille attablée dans la cour avec les ouvriers de l'exploitation. Je demandai à Doris si Charlotte était parvenue à s'habituer à la vie agricole.

— C'est tellement aux antipodes de New York !

La vieille dame laissa échapper un rire cristallin.

— La vie à la ferme n'était pas exactement ce à quoi Maman s'attendait, reconnut-elle. Elle continuait à porter de jolies robes et à se maquiller, ça faisait rire les femmes des exploitations alentour. Le jour où les hommes lui ont demandé de les aider à soulever un chaudron d'eau au-dessus du feu pour tuer la truie, elle a bien failli prendre ses jambes à son cou.

Je ne pus m'empêcher de rire en imaginant la scène.

— D'un commun accord avec mon père, continua Doris, elle a décidé de s'occuper des poules et du potager. Cette existence tranquille lui plaisait. Maman faisait des confitures chaque été et continuait à s'adonner à la photographie. D'ailleurs, si tu as l'occasion de visiter le musée d'Ilfracombe, tu verras certains de ses clichés exposés.

— Je ne manquerai pas d'y faire un tour, lui promis-je, encore bouleversée par la magnifique histoire d'amour de Jack et Charlotte. Vos parents ont-ils pu se marier rapidement après votre arrivée ?

— Oui, Papa avait tout préparé. Cela n'a pas été une grande fête comme on peut en voir de nos jours. Ils devaient rester discrets, car les ragots circulent vite, dans les villages.

Le couple s'était marié en présence de Doris et de deux témoins choisis parmi leur personnel. Pour l'occasion, Charlotte portait une robe toute simple et son sautoir en perles. Son bouquet était constitué de roses et d'œillets blancs, et Jack, dont le patronyme était désormais Kendall, avait offert un repas à la ferme pour tous leurs employés.

— Mon père regardait souvent ma mère comme si elle représentait tout pour lui. Leur amour a traversé tous les écueils de la vie. Et ce jusqu'au dernier souffle de Papa, en 1975.

Je calculai mentalement que Charlotte et Jack avaient connu quarante années de bonheur. C'était à la fois beaucoup et si peu ! Ma curiosité n'avait plus aucune limite et je voulais tout savoir.

— Est-ce qu'ils vous parlaient de leur rencontre à New York ?

— Oh non ! répondit-elle vivement. Il m'arrivait de les interroger, bien sûr, n'importe quel enfant veut connaître ce genre de détails. Mais chaque fois, un mystérieux voile de silence recouvrait mes questions. C'est plus tard que j'ai su toute la vérité.

Malheureusement, l'heure tournait et la vieille dame devait vaquer à ses occupations. Je lui fis remarquer qu'elle ne m'avait toujours pas expliqué pourquoi c'était mon grand-père qui avait hérité du médaillon de Charlotte.

— Je t'en parlerai bientôt, Jo, mais je dois d'abord trouver les bons mots.

— Je ne vais pas pouvoir attendre très longtemps, lui rappelai-je en douceur. J'appelle le neurologue tout à l'heure pour programmer mon opération.

Doris me sourit avec une infinie gentillesse.

— Je comprends. Écoute, j'ai une idée. Samedi, nous passerons la journée à Windsor pour assister au mariage du prince Harry. Est-ce que ça te dirait de te joindre à nous ?

Ma bouche s'arrondit de stupéfaction.

— Vous êtes *invités* à ce mariage ?

— J'en aurais été ravie, mais non, me détrompa-t-elle. Nous regarderons passer le cortège de la famille royale. Gavin m'a fait la surprise de louer une maison sur place pour deux nuits. N'est-il pas adorable ? C'est la dernière fois que je pourrai vivre ce genre d'événement, alors je ne le raterais pour rien au monde !

Doris s'arrêta, attendant ma réponse.

— Évidemment, que je viens ! m'exclamai-je, excitée à la perspective d'avoir une occasion de faire un high-five avec Harry.

On peut toujours rêver, non ?

*

Quelques heures plus tard, je marchais sur le sable mouillé de la plage. Gavin et sa grand-mère étaient partis sur un marché agricole, et le temps étant redevenu plus clément, j'avais décidé de sortir faire une balade plutôt que rester enfermée à attendre que le temps passe. Contemplant le ciel qui s'illuminait un peu plus à chaque seconde qui passait, je tentai de joindre le neurologue. À l'autre bout du fil, la musique classique qu'on m'avait balancée pour me faire patienter me paraissait interminable.

Avec un peu de chance, quelqu'un prendra mon appel d'ici la prochaine lune…

J'allais raccrocher quand la voix du docteur Mauvaises Nouvelles me répondit. Il ne m'apprit pas qu'il s'agissait d'une méprise et que à la suite d'une erreur humaine, mes résultats avaient été inversés avec ceux de quelqu'un d'autre. J'aurais adoré entendre ça, mais cela ne se produisit pas. Au contraire, de son ton posé, le neurologue me fit part de son soulagement. Il espérait bien que je prendrais la décision la plus raisonnable et me libéra une place…

— Dans quinze jours, déclara-t-il, satisfait. Le plus tôt sera le mieux. D'ici là, ne prenez pas de risques inutiles.

Je raccrochai en proie à la panique, en réalisant à quel point les choses s'accéléraient tout à coup. Mon regard se riva à l'horizon, là où l'océan se confondait avec le ciel. Quel était-il, mon horizon ? Mes pensées revinrent à Charlotte, qui avait bravé tant d'épreuves : l'abandon de son mari, la perte de son bébé, puis les révélations concernant Jack. Le fait que, pendant quatre longues années, elle avait cru l'amour de sa vie mort. Elle s'était relevée de tout ça avant de foncer vers l'inconnu, l'Angleterre. Si je n'étais pas du bois dont on fait les héroïnes, la mère de Doris, elle, l'était.

Assurément. Et je devais prendre exemple sur cette femme qui, toutes proportions gardées, a bataillé sans relâche. Je respirai un grand coup les embruns en tentant de me convaincre que j'avais pris la bonne décision. Puis je tirai à nouveau mon Smartphone de ma poche, cette fois-ci pour envoyer un SMS à Adeline :

> Breaking news ! Je vais assister au mariage du prince Harry samedi !!!! ☺ Et accessoirement, je me fais opérer dans quinze jours.

L'avantage d'avoir une meilleure amie qui travaille à domicile, c'est qu'elle me répondit tout de suite :

> Je suis fière de toi ! La bise à Harry (et je compte sur toi pour vendre mon maquillage bio à Meghan) !

En me connectant à Messenger, je découvris qu'Adrien était en ligne. Je l'appelai aussitôt pour lui faire un résumé de la situation. Mon opérateur téléphonique allait me compter un hors-forfait de folie, mais tant pis. De toute façon, si l'opération foirait, cela ne serait plus mon souci.

Dernier hors-forfait avant le paradis. Je peux bien me payer ce luxe ! J'avais besoin d'entendre sa voix dans mon oreille, besoin de partager le bel amour entre Jack et Charlotte et l'excitation de vivre les noces royales en direct. Au bout d'un quart d'heure, Adrien s'esclaffa en me disant que si je ne m'arrêtais pas pour reprendre mon souffle, j'allais m'écrouler.

— Eh bien, comme ça, rétorquai-je, les médecins qui ont prédit ma mort par anévrisme cérébral feront moins les malins si je meurs d'un arrêt cardiaque.

Il se remit à rire et j'appuyai sur la touche visio. Mon cœur fit une embardée quand il apparut à l'écran.

— Je suis content de te voir, Jo, me dit-il en reprenant son sérieux.

Mon Dieu, comme il me manquait ! Nous avions beau discuter régulièrement, cela ne valait pas sa présence en chair et en os.

— Moi aussi. Je rentre lundi prochain.

Adrien mâchonna sa lèvre inférieure, comme s'il réfléchissait. Se rendait-il compte à quel point ce truc était sexy ? Les jambes tremblantes, je dus m'asseoir sur un muret.

— C'est loin, lundi, fit-il remarquer.

— Je présume que d'ici là, je connaîtrai enfin toute l'histoire. Parce que je ne fais toujours pas le lien avec Pépé.

Adrien acquiesça.

— On dirait qu'il y a encore un truc qui nous échappe.

— C'est exactement la sensation que j'ai. Je n'arrive pas à comprendre ce que cherchait Charlotte en lui transmettant ce bijou.

Je n'avais plus qu'à me montrer patiente et attendre que Doris trouve le bon moment. Adrien écourta notre conversation pour aller travailler et je laissai ensuite un message à ma mère en lui disant que je prolongeais mon séjour touristique d'une semaine.

— Puisque je suis sur place, terminai-je, j'ai envie d'assister au mariage du prince Harry. Je te rapporterai un souvenir, Mam's.

J'expliquerais tout à mes parents une fois rentrée en Vendée. Je ne pouvais pas leur parler de ce problème médical comme ça, au téléphone et je n'osais pas davantage évoquer les véritables raisons de ma présence en Angleterre. Mon grand-père m'avait placée dans une position délicate en se confiant à moi seule au sujet du médaillon !

Je passai le reste de l'après-midi à flâner au musée que m'avait indiqué Doris, où, parmi les divers objets qui avaient fait l'histoire du village de pêcheurs, je pus contempler une série de photos prises par Charlotte. Les clichés représentaient l'évolution d'Ilfracombe au fil des ans. On pouvait voir des bateaux de pêche clapotant sur les vagues et de charmantes ruelles pavées bordées de commerces. Des murets en ruine, des arbres fruitiers en fleurs ou encore les habitants s'adonnant aux parties de dominos, au pub. Les paysages figés sur la pellicule étaient un véritable poème. Avant que Gavin ne me récupère, je décidai d'aller faire un tour dans la boutique de Jenna.

— Hey ! Ma jolie Frenchie ! s'exclama-t-elle en français, avec un accent à couper au couteau.

Je lui fis remarquer que quelque chose dans sa voix avait changé. Elle semblait plus légère. Avec un grand sourire, elle m'apprit qu'elle serait également de la partie ce week-end, pour aller à Windsor.

— Gavin m'a proposé de venir, précisa-t-elle en rougissant.

La midinette en moi se manifesta aussitôt.

— Est-ce que ça vient de moi ou vous vous êtes rapprochés, depuis le soir où on a discuté sur la plage ?

— Je ne sais pas, répondit-elle de façon évasive. On s'envoie plein de SMS pour papoter de tout et de rien. J'ai l'impression qu'il est plus attentif à moi, comme s'il s'était tout à coup souvenu de mon existence.

— Ou il a juste réalisé qu'il serait peut-être temps que l'un de vous se décide.

— Ne t'emballe pas, Jo, il ne s'est encore rien passé entre nous.

— À mon avis, ce n'est qu'une question de jours !

*

Le lendemain, je me réveillai à une heure bien trop tardive à mon goût. Pourtant, force m'était de reconnaître qu'il y avait longtemps que je n'avais pas aussi bien dormi. Gavin était déjà dans les champs lorsque je sortis du studio. Une faible brise montait de l'océan, faisant danser l'herbe à mes pieds. Sam roupillait au soleil, indifférent à la mouche qui venait de se poser sur sa truffe. Il régnait ici une atmosphère d'éternité tranquille et je comprenais cette famille, qui n'était plus jamais repartie et avait continué de cultiver les terres et élever le bétail. Quand on goûtait à la simplicité de cette existence, il devait être difficile de s'imaginer vivre ailleurs. C'était ce sentiment que je ressentais envers ma Vendée natale. Cette sensation d'être à ma place.

Doris s'était absentée de la maison, le temps d'apporter de nouveaux produits à Jenna. Je trouvai un mot posé sur la table de la cuisine, m'invitant à me servir comme si j'étais chez moi. J'avalai donc mon petit déjeuner, cherchant comment occuper les prochaines heures. Lire dehors était une option très tentante, d'autant plus qu'il y avait ce thriller de Valentin Musso que je n'avais pas encore terminé, mais le vent faisait tourner les pages plus vite que je ne les lisais. Je dus me résoudre à rentrer et me dirigeai vers le salon. La porte s'ouvrit dans un léger grincement. J'avisai la bergère près de la cheminée et m'avançai pour m'y installer. À côté, le secrétaire était ouvert et je remarquai les mêmes enveloppes que la dernière fois. Un détail en particulier attira mon regard : l'écriture en pattes de mouche, semblable à celle de mon grand-père. Après tout, il n'y avait rien d'étonnant puisque les personnes âgées écrivaient presque toutes de la même façon… Cependant, la curiosité me poussa à me pencher davantage sur les quelques courriers entassés dans le meuble. *By airmail*, mentionnait une étiquette. Le cachet de La Poste m'apprit que ces enveloppes avaient été expédiées de France, en 2003.

L'année où Pépé a reçu le médaillon !

Un pressentiment me glaça l'échine et je tendis la main vers la première lettre, soudain certaine que mon grand-père ne m'avait pas envoyée ici par hasard. Oubliant totalement que ce que je m'apprêtais à commettre était d'une affreuse impolitesse, je pris la feuille pliée à l'intérieur de l'enveloppe et la lus.

« Août 2003.
Ma chère Doris,
Je suis sincèrement désolé de te répondre seulement maintenant. Au moment où tu as pris contact avec moi pour m'informer du décès de Charlotte et me transmettre ce médaillon, j'apprenais que ma femme, ma bien-aimée, était atteinte d'un cancer fulgurant. Tout est allé si vite que je n'ai pas eu le cœur de t'écrire. Deux mois après son décès, j'en trouve enfin le courage. Je suis soulagé que Charlotte t'ait tout raconté. En effet, j'étais au courant, et ce depuis 1957. Je me souviendrai toute ma vie de ce jour. C'était l'un des plus importants de ma carrière puisque

je prenais ma retraite de boxeur. J'ai vu cette femme au manteau violet, assise dans le public. Cette même femme que j'avais aperçue dix ans plus tôt, enroulée dans le même vêtement. À l'époque, les habits étaient conçus pour durer.

Elle est venue me voir après mon ultime combat. Elle voulait me parler, mais j'étais tellement pressé de retrouver ma femme que j'ai failli l'envoyer paître. Et puis, je ne sais pas... Quelque chose dans son regard m'a fait changer d'avis. Je savais que je devais l'écouter. Alors elle m'a tout raconté. Je lui ai dit qu'elle mentait, qu'elle se trompait. Que c'était impossible. Mais au fond de moi, j'avais compris que c'était la réalité. Ce que je refusais, c'était surtout le mensonge de mes parents. Mes recherches m'ont confirmé que Charlotte m'avait dit vrai. Mais parfois, Doris, l'être humain est faillible et je ne fais pas exception. J'ai agi comme un lâche. J'ai pris peur, je ne voulais pas perturber ma famille. Et c'est encore mon désir aujourd'hui. Ma petite-fille, Johanna, a dix-huit ans et la perte de sa grand-mère l'a profondément bouleversée. Mon fils, lui, ne laisse rien paraître de ses sentiments, mais il travaille encore plus que d'habitude. Je ne suis pas dupe, je me doute bien que ça l'aide à oublier son chagrin. Tu comprendras que je ne peux rien leur dire. Mais j'ai très envie de correspondre avec toi. Ma petite sœur. Nous avons tant de temps à rattraper.

J'espère que tu m'écriras bientôt pour me parler de ta vie. En France, l'été est caniculaire et le stylo glisse de ma main moite. Moite de chaleur, et moite de l'émotion de m'adresser à toi.

Victor.

P-S : pour répondre à ta question, tu peux m'appeler Gabriel si tu en as envie, mais ce prénom sonne faux à mon oreille puisqu'on a cessé de l'utiliser avant que je ne souffle ma première bougie.

Les mains tremblantes, la lettre manqua de m'échapper. Je me sentais hagarde, confuse. Mon grand-père prétendait être Gabriel ? Il m'était impossible d'assimiler les mots que je venais de lire. J'avais forcément mal compris, Pépé *ne pouvait pas* être Gabriel ; il était né six mois après lui, d'une autre mère ! Ce n'était pas logique.

— Jo ?

Encore sous le choc, je ne sus qui de Doris ou Gavin venait de prononcer mon nom. Tous deux se tenaient à l'entrée du salon. Leurs yeux inquiets passèrent successivement du secrétaire ouvert à moi.

— Oh non, Johanna ! déplora Doris. Tu n'étais pas censée l'apprendre de cette façon…

— Est-ce que j'étais au moins censée l'apprendre ? lançai-je.

— Bien sûr que oui, ma chérie. C'est pour ça que je t'ai demandé de rester. Je comptais y mettre les formes.

Pour le coup, c'est raté.

— Tu veux qu'on aille marcher ? me proposa Gavin.

Mon regard se posa sur les brins de paille accrochés à ses bottes en caoutchouc. Non, je n'avais pas envie de prendre l'air, ni d'aller chanter *Baby Shark* dans la boue pour faire passer la pilule. Selon toute vraisemblance, Pépé m'avait menti en prétendant ne pas connaître Doris et ce simple fait me contrariait.

— J'aimerais mieux qu'on discute ici.

J'avais la désagréable impression d'être le dindon d'une farce dont les enjeux m'échappaient. Un sac de ciment me pesait sur l'estomac.

— Tu ne dois pas en vouloir à ton grand-père, reprit Doris, comme si elle lisait dans mes pensées. Il a fait ça pour ton bien.

— Ça, j'en jugerai plus tard, répliquai-je d'un ton tranchant. Quand vous m'aurez expliqué le contenu de cette lettre.

— Tu n'avais vraiment pas compris ? s'enquit Gavin en s'approchant.

— Compris quoi ? Il s'agit forcément d'une erreur, dis-je en agitant la feuille.

— Non, Jo. Toi et moi sommes cousins. Gabriel et ton grand-père ne sont qu'une seule et même personne.

Je secouai la tête, me raccrochant à cet acte de décès que Charlotte avait eu entre les mains.

— Impossible, persistai-je. Mon grand-père est né en mars 1930.

Doris vint s'asseoir à côté de moi.

— Tu sais, moi aussi, j'ai eu du mal à y croire le jour où ma mère m'a raconté la vérité. Il m'a fallu pratiquement trois ans pour l'accepter.

La vieille dame inclina la tête en arrière, cherchant à rassembler ses souvenirs.

— Je crois que c'est durant mon adolescence que j'ai compris que quelque chose clochait, commença-t-elle. Mes parents semblaient en permanence sur le qui-vive…

29

Doris, 1946-1957

Perchée sur la selle de son vélo, la jeune fille filait à vive allure sur la route qui descendait vers le bord de mer. Un peu plus bas, tout à leur insouciance, des enfants armés d'épuisettes ramassaient des bernard-l'ermite dans les bassins entre les rochers. Doris avait laissé sa mère en train de baratter le beurre. Toutes deux venaient de se disputer pour la énième fois au sujet de la tenue vestimentaire de l'adolescente.

— Je préférerais que tu ne portes pas de pantalon, lui avait reproché Charlotte. C'est excentrique.

Doris s'en était aussitôt offusquée.

— Mais, Maman, j'ai quinze ans ! Toutes les filles de mon âge s'habillent comme ça. Je ne vais pas porter des jupes à chevrons toute ma vie !

D'un tempérament intrépide, la jeune fille ne se sentait bien qu'en salopettes, pantalons larges et pulls en laine. Les mèches aux reflets d'or de ses cheveux coupés court rebiquaient joliment et elle les recouvrait la plupart du temps d'un béret. Depuis que la guerre était terminée, un vent de liberté soufflait. Il n'y avait plus de raids aériens à redouter et elle pouvait à nouveau passer ses journées à l'extérieur sans se préoccuper de savoir si elle se trouvait à proximité d'un abri.

— Je te demande juste de ne pas faire de vagues, Doris, avait insisté Charlotte.

— T'es vraiment vieux jeu, à toujours avoir peur de ce que vont penser les autres ! On dirait une vieille bigote ! Tu es sûre d'avoir grandi aux États-Unis ?

Charlotte n'avait pas eu besoin de répondre, son visage trahissait toute sa peine. L'adolescente était partie en claquant la porte. Tout en pédalant comme une folle sur le chemin aménagé dans la bruyère, elle ruminait sur l'attitude de sa mère. Son père, lui, au moins, ne l'embêtait pas avec des considérations vestimentaires. Certes, il tenait à sa petite vie tranquille, mais il acceptait le fait que Doris avait besoin de s'affirmer. Arrivée au niveau du sentier côtier, l'adolescente laissa son vélo près d'un roncier. Elle évita adroitement les orties qui sillonnaient le chemin et cueillit quelques mûres au passage. Billy l'attendait plus bas, derrière un gros rocher qui leur offrirait suffisamment d'intimité. Le cœur de Doris se mit à battre un peu plus fort à la pensée de celui qui la faisait vibrer.

Le jeune homme avait été embauché à la ferme en début d'année. La plupart des ouvriers étaient partis faire la guerre et deux d'entre eux s'étaient fait tuer sur les plages de Normandie. L'exploitation manquait de bras, aussi, quand le jeune William Evans s'était présenté, Jack n'avait pas hésité bien longtemps. Billy avait grandi à Exeter et ses parents avaient tous les deux péri lors du bombardement de la ville par la Luftwaffe, en 1942. Se retrouvant orphelin à l'âge de quatorze ans, il avait été placé en tant que main-d'œuvre dans différentes fermes de la région, jusqu'à ce qu'il en ait assez de trimer sans être payé par autre chose que du bouillon clair et du pain sec. C'est ainsi qu'il s'était présenté dans l'exploitation de Jack Kendall, après avoir entendu que l'homme établi dans les hauteurs d'Ilfracombe depuis une dizaine d'années cherchait des gars. Billy ayant fait ses preuves, il était logé avec deux autres ouvriers dans une ancienne grange, nourri et rémunéré.

Grand, brun et souriant, Billy n'avait pas tardé à faire succomber Doris, de trois ans sa cadette. « *Quand je le vois, ça me fait comme un éblouissement dans le ventre* », avait-elle écrit dans son journal intime. L'adolescente, qui d'ordinaire était une lève-tard, avait pris l'habitude de sortir aux aurores, juste pour le voir. Bravant la fatigue et l'herbe trempée de rosée, elle regardait presque chaque matin Billy traire les vaches avec Jack. Le bruit du lait qui giclait contre les parois du seau devint doux à son oreille, même si les bêtes les plus rebelles pouvaient taper le sol d'un coup de sabot. Mais le moment que la jeune fille aimait le plus, c'était celui où, munie d'un seau, elle accompagnait Billy pour donner le lait aux veaux. Cependant, malgré tous ses efforts, le jeune ouvrier ne semblait pas la remarquer. Il s'adressait à elle comme il le faisait avec Charlotte et uniquement si c'était nécessaire. Il avait fallu qu'un jour la chaîne de son vélo saute tandis qu'elle rentrait. Jack était alors occupé dans les champs, Charlotte tranchait des légumes dans la cuisine, il n'y avait que Billy dans les parages. Doris était allée le trouver, désespérée de ne pas savoir remettre la chaîne récalcitrante en place.

Pendant qu'il se penchait sur la bicyclette, l'adolescente bataillait sec avec une mèche en accroche-cœur qui s'échappait de son béret. Son agitation n'avait pas manqué d'amuser le jeune homme, qui lui avait fait remarquer :

— Tes cheveux sont un peu en bazar, non ?

Doris avait éclaté de rire et le samedi suivant, dans la salle de bal d'Ilfracombe où elle se rendait chaque week-end avec ses parents, Billy l'avait invitée à danser. Charlotte lui avait bien décoché un regard sévère, mais Jack, d'un sourire, les avait encouragés. Évidemment, ils n'avaient pas pu s'embrasser devant tous ces adultes, cela ne se faisait pas, mais il lui avait confié que ça faisait des semaines qu'il rêvait d'un tel moment, sans oser le lui avouer. Neuf longs jours plus tard, enfin, Billy lui avait donné un premier rendez-vous. Doris était à la fois terrifiée et euphorique. Elle n'avait encore jamais embrassé un garçon de toute sa vie. Du moins pas comme le faisaient les grandes personnes. Deux ans plus tôt, alors qu'elle se trouvait à New York avec sa mère chez Tante Norma, elle avait demandé à Marvin, le fils d'oncle Curtis, de lui apprendre comment on faisait. Mais le contact de leurs deux bouches posées l'une sur l'autre l'avait écœurée.

L'adolescente crispa légèrement les épaules quand elle arriva à hauteur de Billy. Celui-ci lui adressa un sourire ravageur et une nuée de papillons se mit à danser dans son ventre. Doris se sentit fondre quand il lui prit naturellement la main pour marcher et ce fut elle qui l'entraîna vers la grotte formée dans une étroite cavité.

— Je ne connaissais pas cet endroit, lui dit-il. L'eau ne risque-t-elle pas de monter ?

— Pas avant deux bonnes heures. Fais-moi confiance, Billy, rétorqua-t-elle du même ton autoritaire que son père, je connais les marées.

Elle avait beau simuler une assurance à toute épreuve, au fond d'elle, Doris n'en menait pas large. En dépit de la fraîcheur qui régnait dans la grotte, ses mains étaient moites et elle les essuya maladroitement sur son pantalon. Puis, faisant face à Billy, elle prit une grande inspiration et courba un bras autour de son cou, comme elle avait imaginé qu'elle le ferait.

— Je veux que tu m'embrasses, William Evans, lui enjoignit-elle.

Ce dernier ne se fit pas prier et, pendant un mois, ils prirent l'habitude de se retrouver dans la grotte, quand ils ne s'embrassaient pas à la dérobée à la ferme, dès que les adultes avaient le dos tourné. L'année suivante, Doris remarqua quelques changements chez sa mère. Charlotte semblait préoccupée, plongée en permanence dans ses réflexions. À la fin de l'hiver, elle annonça qu'elle avait envie de passer quelques jours en France. Au grand désespoir de Doris, Jack soutint son projet et ils partirent tous les trois. Ce fut une semaine très éprouvante pour l'adolescente.

Si elle parlait la langue de Molière depuis son enfance (sa mère lui avait toujours seriné qu'elles avaient eu des ancêtres français), à ses yeux, ce séjour ne valait pas leurs habituelles vacances à New York. Elle trouva Paris figée dans le temps, marquée par les affres de la guerre. Même la nourriture ne rivalisait pas avec les côtes de bœuf et les épis de maïs de Tante Norma. Ici, pas de glace à la vanille ni de gâteau au chocolat fourré aux noix de pécan. Le quatrième jour, Charlotte les laissa et prit un train en prétextant vouloir aller voir les vignes champenoises. Elle revint si bouleversée qu'ils écourtèrent leur voyage et rentrèrent à Ilfracombe. À partir de là, Doris nota que sa mère devenait plus morose, taciturne. Étrangement, Charlotte feuilletait de façon régulière les pages sportives des journaux, elle qui ne pratiquait aucun sport et n'avait jamais fait mine de s'y intéresser.

En 1951, l'année de ses vingt ans, Doris épousa Billy. Conscients de leur relation qui durait depuis quatre ans, ses parents avaient toutefois souhaité qu'elle pousse un peu ses études avant de se marier. Les préparatifs de la noce eurent le mérite de distraire Charlotte, qui avait déjà un peu retrouvé de son allant quelques mois plus tôt quand, à la demande de Curtis, elle avait accueilli Marvin à la ferme. Le trompettiste craignait que son fils ne soit arrêté par la police à cause de ses amitiés envers des activistes antiségrégation, ou qu'il ne tombe dans la drogue. Lui-même prenait de l'héroïne pour tenir lors des longues tournées qui l'emmenaient jouer à travers le pays et il ne voulait pas que Marvin souffre de la même addiction. Au départ, le jeune homme n'avait pas apprécié qu'on l'exile dans ce trou perdu de l'Angleterre et il s'était enfermé dans le mutisme. Seule Doris parvenait à le distraire, alors elle lui avait présenté ses amis. Marvin avait découvert que si le racisme existait aussi en Grande-Bretagne, il relevait davantage d'une méfiance que de la haine. Ici, il pouvait parler librement avec des personnes blanches dans la rue ou boire un café en leur compagnie. On se retournait souvent sur lui, mais il pouvait respirer sans craindre une arrestation et un passage à tabac de la police. Finalement, la vie en Angleterre avait des bons côtés et s'écoulait paisiblement pour toute la famille. On suivit avec intérêt le couronnement de la reine Elisabeth II, qui succéda à son père, et les championnats du monde de snooker. L'Europe se remettait doucement de la Seconde Guerre mondiale, l'époque était à la reconstruction : on rebâtissait les villes bombardées et on pansait les cœurs abîmés. On s'aimait et on faisait la fête à la moindre occasion.

À l'automne 1955, Doris donna naissance à un fils, Michael. À la ferme, Jack confiait de plus en plus de responsabilités à Billy, convaincu que son gendre serait capable de reprendre le flambeau quand l'heure viendrait. Charlotte s'occupait du bébé de bonne grâce, mais souvent, elle s'abîmait dans la contemplation de ses traits et une ombre passait sur son visage. Quand le petit garçon fêta ses deux ans, Charlotte, qui venait d'en avoir quarante-huit, entreprit un nouveau voyage en France. Doris tiqua en se remémorant le précédent, qui avait eu lieu dix ans plus tôt et duquel sa mère était revenue ébranlée. Un soir, après avoir mis Michael au lit, elle surprit une conversation entre ses parents, alors qu'elle redescendait l'escalier sans faire de bruit pour ne pas réveiller le bébé. Charlotte ne parlait pas très fort, mais son ton était insistant :

— C'est ma dernière chance, chéri. Je dois lui parler, au moins une fois.

— Je n'ai pas envie que tu souffres encore, lui répondit Jack. Que feras-tu s'il est récalcitrant et qu'il ne veut rien entendre ?

— Je présume que je le laisserai tranquille. Mais je ne veux pas passer le reste de ma vie à regretter de ne pas avoir essayé.

Qui pouvait être ce mystérieux homme qu'ils évoquaient ? Bien qu'intriguée, Doris préféra faire celle qui n'avait rien entendu. Sa mère se braquait si vite quand elle la questionnait au sujet du passé ! La jeune femme mettait cela sur le compte de la Grande Dépression. D'après ce qu'elle avait lu au sujet de cette époque, les temps n'étaient pas faciles, alors Charlotte en avait probablement de mauvais souvenirs. Peut-être qu'elle avait connu la faim et la peur de ne plus avoir un toit sous lequel dormir. Ce séjour en France ne pourrait pas lui faire de mal, après tout.

Cependant, Charlotte rentra plus abattue que jamais. Le désarroi dans ses beaux yeux était insoutenable et elle s'acquittait désormais de ses tâches comme un automate. Sans âme, sans volonté particulière. Doris ne tint plus. Un après-midi, sous le prétexte d'emmener Michael jouer sur la plage à marée basse, elle l'interrogea franchement :

— Qui es-tu allée voir en France, Maman ?

Charlotte redressa le dos et lui jeta un regard surpris.

— Pourquoi cette question ?

Doris marqua un temps de silence, avant de formuler la suite :

— Je t'ai entendue dire à Papa que tu voulais parler à quelqu'un. J'en déduis que c'est lié.

Charlotte sembla un instant sur le point de vaciller et Doris remarqua pour la première fois à quel point sa mère paraissait fragile, en dépit de son extraordinaire force de caractère. Puis, sans prévenir, elle redressa la tête, comme subitement ranimée après avoir été éteinte pendant quelques jours.

— Tu as raison, ma fille, déclara-t-elle en ramenant derrière son oreille une mèche aux reflets d'ambre. Je ne peux plus garder ça pour moi. Avoir des secrets, c'est épuisant.

Quand on essayait de les oublier et de les reléguer au fond de son esprit, lui expliqua-t-elle ensuite, les secrets refaisaient sans cesse surface et toujours quand on s'y attendait le moins.

— Mais de quoi parles-tu ? voulut savoir Doris.

— De ce qui nous a conduits ici, ton père et moi. Des raisons qui m'ont amenée à aller en France. Mon véritable pays.

Doris fronça les sourcils, pas certaine de tout comprendre. Un calme étrange régnait sur la plage depuis que Michael s'était endormi sur une couverture et, d'un coup, la jeune femme redouta d'entendre les confessions de sa mère.

— Je suis arrivée à New York en décembre 1929, commença Charlotte, après avoir pris une grande inspiration. Je venais d'Épernay, une petite ville située dans le nord de la France et j'étais mariée à un exploitant vinicole. Nous avions un fils, Gabriel.

Elle lui raconta tout, sans omettre le moindre détail. Elle lui révéla que son père s'appelait en réalité Jack O'Dell et non pas Jack Kendall, et qu'il avait bénéficié d'un programme de protection car sa vie était menacée. Durant près d'une heure, elle se livra à sa fille, qui était en train de perdre tous ses repères.

— Quand nous avons rejoint ton père en Angleterre, une idée s'est peu à peu immiscée dans mon esprit. J'ai commencé à me dire qu'Émile m'avait peut-être menti et que Gabriel était en vie. Jack l'était, alors tout était possible.

Doris était accablée par le poids de ces révélations. Comment ses parents avaient-ils pu lui mentir et lui cacher ses véritables origines ?

— Tu as pourtant vu l'acte de décès, jeta-t-elle froidement, après avoir pris une longue bouffée de cigarette.

— Oui, je l'ai vu. Et je me suis souvenue que le médecin qui l'avait signé avait une dette envers Émile. Une histoire de prêt d'argent. Mais je n'avais rien pour prouver mes soupçons et ton père me répétait de ne pas me tracasser à ce sujet. Il avait raison, bien sûr, nous étions heureux, tous les trois.

— À croire que tu ne devais pas l'être tant que ça, puisque tu es retournée en France. C'était pour vérifier, c'est ça ?

Le ton de Doris était amer, chargé de reproches. Charlotte acquiesça.

— Un jour, je suis tombée sur un article en feuilletant le journal. D'ordinaire je ne prête pas attention aux pages sportives, mais il y avait ce nom : Victor Queyrioux. J'ai appris qu'il s'agissait d'un boxeur. Il venait de se professionnaliser après avoir remporté le championnat de France en amateur et il préparait un combat avec un Anglais de son niveau.

Doris demanda quel était le rapport avec tout ce que sa mère venait de lui révéler.

— Queyrioux était le nom de mon premier mari, lui répondit-elle. La photo du journal était floue, mais à vue de nez, ce Victor avait le même âge que Gabriel et venait lui aussi de la région champenoise. J'ai immédiatement acquis la certitude qu'il s'agissait de mon fils.

— Ton fils…

Tandis que Charlotte paraissait soulagée d'avoir confié ce qui lui pesait sur le cœur, Doris, elle, était abasourdie.

— J'ai profité de notre premier voyage à Paris pour me rendre chez Émile, poursuivit Charlotte. J'avais besoin de savoir, besoin de voir Gabriel bien vivant.

Mais cela ne s'était pas déroulé comme elle l'avait prévu. En la découvrant devant sa porte, Émile était entré dans une colère noire. Charlotte ne s'était pas laissé impressionner pour autant et avait exigé de voir Gabriel.

— Il n'y a plus de Gabriel ici ! avait alors éructé Émile, avant de l'empoigner sans ménagement pour la jeter dehors. Je t'interdis de remettre les pieds chez moi ! Tu sais de quoi je suis capable.

Tout était allé très vite, puis un beau jeune homme avait surgi de l'étage pour s'interposer. Brun et musclé, il avait repoussé Émile avec force, avant de conseiller à Charlotte de partir. Elle avait eu le temps d'intercepter son regard et le temps d'une seconde, il lui avait paru aussi déstabilisé qu'elle : leurs yeux à tous les deux avaient la même teinte bleu saphir.

— À partir de là, expliqua-t-elle à Doris, je n'ai plus eu aucun doute. Victor Queyrioux était mon petit Gabriel.

Doris déglutit, ne sachant plus quoi penser.

— Est-ce qu'il est au courant ?

Sa mère soupira.

— Depuis deux semaines. Pendant dix ans, j'ai tenté de me convaincre que le simple fait de le savoir en vie suffisait à m'apaiser. La famille que nous formons tous ensemble me comble, mais il y a quand même un manque ici, ajouta-t-elle en posant la main sur son cœur, tu comprends ?

Charlotte avait suivi avec assiduité la carrière de Gabriel à travers les journaux, néanmoins, cela ne lui avait plus suffi.

— Quitte à passer pour une égoïste, je me suis mise à penser qu'il devait connaître la vérité, lui aussi, si horrible soit-elle. Je ne pouvais plus vivre sans avoir tenté d'établir un contact avec lui.

— D'où votre séjour, à Papa et toi, il y a quinze jours.

Charlotte opina du chef.

— Gabriel a annoncé qu'il prenait sa retraite de boxeur. Son dernier tour de ring était pour moi l'occasion ou jamais.

— Et alors ? Tu as pu le voir ?

— Je l'ai attendu à la sortie. Il était avec son entraîneur. Ce n'était pas facile, tu sais, j'avais beau avoir préparé mille fois ce que j'allais lui dire, quand je me suis retrouvée devant lui, j'ai juste réussi à bredouiller que je devais lui parler de Gabriel. Il m'a regardée avec méfiance, j'ai cru qu'il allait me laisser plantée là, sous la pluie battante. Je ne sais pas ce qui l'a fait changer d'avis, mais il a finalement accepté.

Ils étaient allés boire un café et le jeune homme avait écouté Charlotte lui résumer son histoire.

— Bien sûr, il ne m'a pas crue, avoua-t-elle. Il a souvent hoché la tête mais selon lui, je faisais erreur. Il a prétendu être né en mars 1930 et non en septembre 1929. Il était convaincu que Gabriel était son frère aîné, mort étant bébé.

— C'est peut-être vrai, lança Doris en écrasant sa cigarette.

— L'instinct maternel ne ment pas, ma chérie. Je sais que Victor Queyrioux *est* Gabriel. Mais comme je l'ai promis à ton père, je respecte son choix de ne pas accepter la vérité.

Michael s'agita sur sa couverture et Doris se releva. Le temps était clair et l'océan miroitait sous le soleil.

Pourtant, à l'intérieur de la jeune femme, c'était une véritable tempête qui venait de se soulever. Comme durant sa prime enfance, elle avait envie de se réfugier dans les jupes de Tante Norma. Elle voulait grimper sur les épaules d'Oncle Curtis et le supplier de l'emmener manger une glace. Doris avait besoin de se réfugier dans la bulle d'insouciance qu'elle avait connue dans le cocon de la 133e Rue et d'oublier tout le reste.

— Billy a envie de voir les États-Unis, dit-elle enfin à Charlotte. Je pense que nous allons partir quelque temps.

30

Jo, 2018

J'attendis que Doris ait terminé. Jusque-là, j'étais sagement restée à l'écoute, les mains croisées au-dessus de mes jambes. Or, ce que je ressentais à présent était un étrange mélange de colère et d'incompréhension. J'avais beau mesurer toute la gravité du choc que Doris avait dû recevoir avec les révélations de Charlotte, je n'arrivais pas à comprendre pourquoi Pépé ne m'avait pas parlé de ça lui-même.

— Excusez-moi, mais j'ai besoin de téléphoner à mon grand-père.

— Bien sûr, répondit-elle sans se départir de son sourire bienveillant. Je comprends que tu aies du mal à me croire.

Je la détrompai aussi vite :

— Oh non, Doris, je vous crois. Mais j'ai besoin d'entendre sa version à lui aussi.

Après tout, il était possible que Charlotte se soit imaginé des choses. Accepter la mort de son enfant doit être atroce, alors en apprenant que mon grand-père était le fils d'Émile, elle a peut-être eu besoin de se raccrocher à l'idée que Gabriel et lui ne faisaient qu'un. Même si cette théorie semblait aller à l'encontre de ce que Pépé avait écrit à Doris, en 2003. Je me passai la main sur le visage.

— Mon Dieu, soufflai-je, avant de me lever et sortir.

Une fois hors de la maison, j'appelai aussitôt mon grand-père.

— Je me languissais de tes nouvelles, ma Jo ! me dit-il après avoir décroché. Alors ?

Je ressentis un bref sentiment de culpabilité. Il n'avait pas tort, je n'avais pas pris le temps de lui téléphoner depuis notre dernière conversation, lorsque j'étais encore à l'hôtel.

— Alors, il semblerait que tu m'aies baratinée, Pépé, lui lançai-je. Je suis tombée sur les courriers que tu as envoyés à Doris.

— Ah. C'est donc l'heure de l'engueulade, fit-il, à la façon de celui qui s'attendait à ce moment.

— Plutôt des questions, le contredis-je.

Pour l'engueulade, ça viendra sûrement après.

— Est-ce que tu es vraiment Gabriel ?

À l'autre bout du fil, j'entendis un soupir.

— Oui. Oui, je suis Gabriel, finit-il par admettre.

— Tu en es certain ? Doris m'a dit que Charlotte était allée te parler, lors de ton dernier combat, mais peut-être qu'elle était si aveuglée par l'espoir qu'elle s'est trompée…

— Moi aussi, j'étais sceptique au début, Jo. Lorsque Charlotte est repartie, j'ai décidé d'oublier toute cette histoire, que je pensais née de son chagrin. Mon inconscient, lui, en revanche, ne m'a pas foutu la paix. Je me suis mis à rêver régulièrement de cette femme, je la revoyais sans cesse, drapée dans son manteau violet. J'ai alors compris que tant que je n'aurais pas vérifié ses allégations par moi-même, mon esprit ne me laisserait pas tranquille.

Avec le recul, Pépé s'était rendu compte que ses yeux étaient du même bleu que ceux de Charlotte.

— L'évidence était là, depuis notre première rencontre, mais je n'avais pas su la voir.

— Il est probable que tu aies hérité tes yeux bleus d'un ancêtre, avançai-je. Il peut arriver que ça saute des générations.

— C'est vrai… Mais quand mon père est mort, au début des années soixante, j'ai fouillé un peu son passé.

— Et tu as trouvé des choses ?

Pépé me répondit en riant :

— Absolument rien. Il avait pris soin de faire disparaître tout ce qui pouvait le compromettre. C'est là que j'ai eu l'idée de faire des recherches sur Gabriel.

Il m'expliqua que l'église conservait les registres de tous les enterrements.

— J'ai raconté au curé que je voulais retrouver celui de mon frère mort prématurément, en 1930. Et tu sais quoi ? Il n'y avait rien au nom de Gabriel Queyrioux. Aucune trace de son décès. J'ai demandé à ma mère si je pouvais voir sa tombe. Elle est devenue tellement blême que j'ai compris.

— Est-ce qu'elle a avoué ?

— Oui, des années plus tard, sur son lit de mort. Elle m'a confirmé ce que Charlotte avait deviné. Pour se venger d'elle, mon très cher papa a décidé de lui faire croire que j'étais mort. Le médecin de famille de l'époque lui a signé un acte de décès bidon, qu'il a ensuite expédié à New York.

— Comment auraient-ils fait pour changer ton âge et ton identité ? demandai-je, sceptique. Ça ne colle pas.

— L'état civil était beaucoup moins cadré, à l'époque. Mon père avait le bras long et des relations, à Épernay.

— Et ta mère, du moins la femme qui t'a élevé, était complice de tout ça.

J'étais complètement sidérée. Encore plus à l'idée que plusieurs personnes se soient alliées pour blesser Charlotte au plus profond de son âme.

— Ma pauvre mère était comme les autres ; elle avait peur de mon père. Le docteur avait une dette financière envers lui et le maire n'était pas un enfant de chœur, il avait trempé dans des affaires louches. Il les tenait et n'aurait pas hésité à ruiner leurs vies, s'ils n'avaient pas suivi.

Je lui demandai alors de quelle manière sa mère s'était retrouvée dans la vie d'Émile.

— J'imagine qu'il l'a rencontrée très vite après avoir abandonné Charlotte.

Pépé acquiesça.

— C'était la fille d'amis de mes grands-parents paternels. Elle avait perdu son mari deux mois après leur mariage dans un accident de chasse et ma grand-mère lui a proposé de l'aider à s'occuper de moi. Apparemment, je me suis vite attaché à elle et mon père a trouvé logique de l'épouser.

Toute cette histoire avait beau me chambouler, je m'efforçai de garder la tête froide.

— Si j'ai bien compris, tu n'as pas gardé contact avec Charlotte.

Comme il l'avait déjà fait avec Doris, mon grand-père m'expliqua qu'il avait eu la trouille.

— Je n'avais pas envie de perturber ta grand-mère et ton père. C'est bête, mais je tenais à ma petite vie tranquille. Mais je me rends bien compte que c'est triste, d'avoir perdu autant de temps.

C'est là que j'abordai les prémices de la fameuse engueulade :

— Ce que je n'arrive pas à saisir, c'est pourquoi tu m'as envoyée en Angleterre alors que tu aurais pu me dire ça le jour où tu m'as montré le médaillon, sur la barque.

— Ah, Jo ! soupira-t-il. Si seulement tu avais été moins têtue… Essaie de te mettre à ma place : quand tu m'as annoncé que tu renonçais à Adrien à cause de ton anévrisme, j'ai repensé à tout ce gâchis. Je me suis dit que cette histoire t'aiderait à comprendre que ça pèse énormément, de regretter tout ce qu'on n'a pas eu le courage de tenter.

Bon, d'accord, il avait peut-être vu juste, sur ce coup-là. Mais tout de même…

— Je t'aurais écouté si tu m'avais tout raconté, Pépé. Pourquoi me faire partir si loin sous un faux prétexte ?

— Parce que je voulais que tu prennes vraiment conscience des tempêtes que Charlotte a bravées. C'était une femme forte et tu fais partie de cette lignée. C'est ton ADN.

*

Quatre jours plus tard, nous prîmes place sur la pelouse verdoyante qui longeait l'allée menant au château de Windsor. La cérémonie religieuse du mariage entre le prince Harry et Meghan était terminée, ponctuée par les cloches qui résonnèrent à toute volée.

Il y avait sur place un monde fou. Les caméras de télévision se tenaient prêtes à filmer le passage du cortège royal et les touristes avaient afflué de toute l'Angleterre pour assister à l'événement, certains arborant des vêtements à l'effigie du couple ou de la reine. Les gens avaient emporté de quoi pique-niquer, l'ambiance était festive, l'humeur bon enfant. Un bonheur contagieux régnait dans l'air et j'avais hâte de pouvoir agiter mon Union Jack dès que la voiture d'Elisabeth II ferait son apparition. Seul Gavin paraissait soucieux ; il ne lâchait pas son Smartphone et pianotait sur l'écran tactile à vive allure.

— Tout va bien ? voulus-je savoir.

— Des amis vont nous rejoindre, se contenta-t-il de me répondre.

— Ils ne vont jamais nous trouver, avec tout ce monde ! m'affolai-je.

— C'est pour ça que je leur donne le maximum d'indications.

Jenna, fermement accrochée à une barrière de sécurité, se tourna vers moi.

— Alors ? demanda-t-elle en sautillant sur place. Tu ne trouves pas ça génial ?

Elle était survoltée et, à vrai dire, je me trouvais dans un état très proche du sien.

Je lui adressai un clin d'œil, et cherchai à nouveau Gavin des yeux. Mon cousin s'était calé en retrait, probablement pour pouvoir faire signe à ses amis quand ils arriveraient. Mon cousin… Ce terme me faisait encore un peu bizarre, mais je ne doutais pas de m'y habituer très vite.

Après la discussion avec mon grand-père, j'avais longuement parlé avec Doris et Gavin.

— Gabriel était au plus haut dans les pensées de Charlotte avant sa mort, m'a affirmé Gavin.

— Et il regrette de n'avoir pas su saisir la main tendue, ai-je répondu, répétant les mots de Pépé.

Plus tard, Doris m'a révélé que sa vie a été relativement épanouissante, même si ces quarante dernières années ne l'ont pas épargnée, puisqu'elle a perdu successivement son père, son fils, sa mère et son mari, emporté par un AVC peu avant le décès de Charlotte. Le fait d'avoir dû élever Gavin lui a permis de tenir bon et elle a ensuite trouvé une certaine consolation à échanger des lettres avec mon grand-père, bien qu'ils ne se soient jamais rencontrés. Par pudeur, peut-être. Faire revivre le passé par courrier interposé semblait leur suffire. Pépé lui a néanmoins téléphoné peu après m'avoir confié le bijou de Charlotte, pour lui dire que j'allais faire le déplacement jusqu'à Ilfracombe.

— J'étais un peu affolée car tu ne savais rien, mais en définitive, j'ai aimé te transmettre l'histoire de ma mère.

Quatre jours après ces révélations, alors que la rumeur de la foule enflait à l'approche de la famille royale, je me sentais presque sereine. Le sang de Charlotte coulait dans mes veines. Et si mon arrière-grand-mère avait été capable de faire face à son destin en dépit des drames, si elle avait trouvé en elle la force d'avancer malgré tout, alors j'étais prête à prendre mon avenir à bras-le-corps.

Au loin, les premières Rolls Royce de la famille royale apparurent. Elles allaient remonter l'allée et passer devant nous, puis la calèche des jeunes mariés ne tarderait pas à suivre.

— C'est la reine ! glapit Jenna, qui me serra le bras avec force. Oh mon Dieu, je crois que je vais pleurer !

Je me tordis le cou pour essayer de distinguer Sa Majesté et sursautai lorsque deux mains se plaquèrent tout à coup sur mes yeux.

— Gavin, à quoi tu joues ? rouspétai-je.

Ma mâchoire manqua de se disloquer lorsque je me retournai. Ce n'était pas Gavin qui me faisait face, mais…

— Adrien ?! Mais… Que… Qu'est-ce que tu…

Voilà, mon anévrisme a pété, je suis en train de rendre mon dernier souffle et mon abruti de cerveau ne trouve rien de mieux que créer une hallucination.

Ma cervelle déraillait complètement.

— Je ne pouvais plus attendre que tu reviennes, alors je suis venu te chercher, murmura-t-il.

Pouls en accélération. Hyperventil…

Non, pas d'hyperventilation, ma vieille. Ce n'est pas le moment.

La présence d'Adrien ici me collait des frissons et, sans plus réfléchir, je me jetai dans ses bras et l'embrassai. Je n'étais pas du genre à me donner en spectacle, mais à cet instant précis, le monde n'existait pas. Il n'y avait plus que nous deux. Les lèvres d'Adrien sur les miennes, ses mains dans mes cheveux et ce baiser qui me faisait trembler les jambes. Sa bouche avait le goût du soleil, sa chaleur m'électrisait. J'étais à deux doigts de lui arracher ses vêtements quand je me souvins tout à coup que la reine Elisabeth n'apprécierait pas forcément. Quoique…

— Bon sang, souffla-t-il, j'ai l'impression d'attendre ce moment depuis une éternité !

Je me fis la réflexion que ses yeux avaient la couleur exacte des meilleurs éclairs au chocolat du monde.

— Hum, hum… Pardon de vous déranger, mais…

Je me dégageai lentement de l'étreinte d'Adrien, espérant que Pépé avait une bonne raison pour nous déranger.

Une minute… Pépé ?!

— Pépé ?! m'écriai-je pour la seconde fois.

— Je t'explique après, me répondit-il en accéléré, regarde, voici la calèche du prince Harry !

La foule hurlait, Jenna poussait des cris hystériques.

— Il m'a fait un signe de la main ! s'égosilla-t-elle.

Je tournai la tête pour revenir à mon grand-père. Celui-ci tenait les mains de Doris dans les siennes, de grosses larmes roulaient sur leurs joues, sous le regard bienveillant de Gavin. Comprenant tout à coup que c'était eux qu'il attendait en réalité, je dus lutter pour contenir mon émotion. Je pressai Adrien de tout me raconter.

— J'ai eu l'idée de venir quand tu m'as dit que tu assisterais au mariage, me dit-il en entrelaçant ses doigts aux miens.

— Pourquoi ? Tu avais peur que le prince Harry plaque Meghan en me voyant ?

— Ça aurait pu, rit-il doucement, mais la vérité, c'est que je ne pouvais plus rester loin de toi, Jo.

Pépé lui avait téléphoné mercredi ; il avait pensé à la même chose, réalisant à quel point c'était dommage qu'il n'ait pas rencontré sa sœur au moins une fois dans sa vie. Son sermon sur les regrets lui avait fait reconsidérer les siens.

— Alors nous voici, reprit Adrien, sa bouche à nouveau près de la mienne. Et cette fois, je ne vais plus laisser quoi que ce soit nous séparer.

— Pfffiou, gémit Jenna. Si tu n'étais pas amoureuse de lui, Jo, à présent tu dois l'être. Moi aussi, d'ailleurs.

Gavin haussa les sourcils et attrapa soudainement son amie par la taille.

— Comment ça, tu es amoureuse de lui ? Et moi, je compte pour du beurre ?

Sans lui laisser le temps de répondre, il l'embrassa et je faillis me mettre à applaudir. Au lieu de quoi, je leur laissai une relative intimité (des milliers de spectateurs étaient quand même témoins de leur baiser) et me dirigeai vers Pépé. Son beau regard bleu était embué. Je pense que personne n'avait encore jamais autant pleuré lors d'un mariage.

— Je sais que tu m'en veux…, commença-t-il.

Mais je ne le laissai pas finir.

— Non, je ne t'en veux pas. C'est toi qui avais raison. Les larmes de joie valent mille fois mieux que celles de regret.

*

Mon grand-père resta en Angleterre. Il comptait rattraper le temps perdu avec sa sœur, et à leur âge, chaque minute compte. Le soir du mariage, nous nous réunîmes tous dans la maison louée par Gavin. Doris alluma des bougies comme si c'était Noël et j'aidai Jenna à concocter un dîner simple, mais convivial. Avant d'aller nous coucher, nous nous installâmes dehors, sur les balancelles, afin de profiter de l'air doux. Je n'avais pas envie que ce jour heureux se termine. Lovée contre Adrien, j'avais du mal à réaliser tout le bonheur qui s'étalait sous mes yeux : Pépé qui avait retrouvé sa sœur, dont je ne soupçonnais pas l'existence un mois plus tôt, Gavin et Jenna qui roucoulaient et Adrien. Adrien que je couvais du regard comme s'il allait s'envoler d'une minute à l'autre. C'était parfait. Quand Doris m'adressa un sourire attendri, je lui demandai de me parler encore de sa mère. Je voulais que l'on rende un dernier hommage à Charlotte, dire au revoir aux fantômes de Curtis et Norma avant de rentrer en France.

31

Charlotte, 1991

« *I see trees of green / Red roses too / I see them bloom / For me and you / And I think to myself / What a wonderful world…* »

Charlotte essuya une grosse larme qui roulait sur sa joue. À son côté, Marvin n'arrivait plus à refouler ses sanglots. Sa fille, Cecilia, lui pressait tendrement l'épaule pour tenter de le réconforter, mais elle-même avait les yeux inondés. L'enterrement de Curtis était un déchirement pour tout le monde et la musique de Louis Armstrong qui envahissait la petite église de Harlem n'arrangeait pas les choses.

Norma glissa vers eux un regard qui se voulait apaisant. La cousine de Curtis avait toujours été la plus forte d'entre eux, réalisa Charlotte. Elle vivait encore dans son appartement de la 133e Rue, qu'elle n'avait jamais voulu quitter malgré la violence qui s'était emparée du quartier dès les années soixante-dix. Norma ne s'était pas mariée, mais elle avait consacré sa vie à aider son prochain. À la fin de la Grande

Dépression, on lui avait attribué un poste d'assistance sociale. Son rôle était, entre autres, d'aider des familles à trouver un emploi ou un logement décent. Depuis qu'elle avait pris sa retraite, elle s'était inscrite dans une association qui distribuait des paniers repas aux pauvres. Norma était leur pilier à tous, celle qui ouvrait grands les bras en cas de gros chagrins et la première à se réjouir dans les grandes et petites joies. En dépit de son calme apparent, Charlotte se doutait bien que Norma attendait sûrement d'être seule pour laisser éclater sa peine. Curtis s'était éteint dans ses bras, d'une insuffisance respiratoire. Aussitôt que Norma les avait prévenus, ils avaient tous fait le voyage depuis l'Angleterre.

« Ne soyez pas tristes, j'ai eu une belle vie, en définitive. »

C'était ce que Curtis avait demandé à sa cousine de lire, pendant la cérémonie d'adieu.

Au moment de prier pour l'âme du défunt, Charlotte ferma les yeux pour convier ses souvenirs. Le temps de la prohibition et des gangsters appartenait à un lointain passé et Dieu sait si Curtis en avait fait, du chemin ! Elle avait craint pour sa santé, à l'époque où il abusait des drogues lorsqu'il partait en tournée et finalement, au début des années soixante, il avait décidé d'arrêter l'héroïne après avoir vu un autre musicien mourir d'une overdose devant lui. Il n'était pas facile de résister quand on accompagnait les plus grands, dont Louis Armstrong, sur scène et à la fin de sa carrière, Curtis s'était contenté d'enregistrer des morceaux en studio. La vie sur les routes n'était pas faite pour lui. Il avait butiné de femmes en femmes, avant de rencontrer Ida, une ouvreuse de cinéma, qui avait su l'assagir. La seule ombre à leur bonheur fut qu'ils n'arrivèrent jamais à concevoir un enfant. Aussi se consolèrent-ils avec Gavin, leur arrière-petit-fils, que Charlotte et Doris emmenaient deux fois par an à New York.

Tu vas tellement me manquer, mon ami. Charlotte s'adressait silencieusement à lui en passant en revue tous ces moments qu'ils avaient partagés. Elle s'attarda sur leur soirée de beuverie pour fêter le retour de Jack. Jack... Lui aussi avait fini par s'envoler. Une première alerte cardiaque, en 1960, avait décidé Doris à rentrer, après trois ans de brouille avec ses parents. Avec la peur de perdre son père, la jeune femme s'était rendu compte que le temps était trop précieux pour le gâcher en rancœurs inutiles. Et, au fond, elle était tellement fière du parcours de ses parents ! L'amour qu'ils se portaient valait bien plus que le passé. Malheureusement, le cœur de Jack s'était arrêté de battre quinze ans après son premier infarctus. Charlotte ne s'en était jamais vraiment remise, mais elle tenait, pour sa fille. Doris avait connu le drame le plus atroce lorsque la mer lui avait ravi Michael, son fils. Leur clan était désormais soudé autour de Gavin. Un clan dont Curtis s'était montré si fier ! Charlotte se surprit à sourire en songeant au nombre de bouteilles de champagne qui avaient été bues lors du mariage de Michael et Cecilia. Du bonheur dans sa forme la plus pure.

Il manquait toujours un grand absent à sa vie, Gabriel, ce fils qui n'avait pas voulu de la vérité, mais Charlotte s'efforçait de combler le vide du mieux qu'elle le pouvait. En cela, elle bénissait le ciel de leur avoir envoyé Gavin.

Doris attrapa le bras de sa mère quand ils quittèrent l'église.

— Tout va bien, Maman ? demanda-t-elle avec inquiétude.

La vieille dame fixa l'emplacement qui avait été autrefois celui du *Cotton Club.* Le hasard avait voulu que l'église soit située juste en face. En fermant les yeux, elle pouvait presque entendre le ballet des voitures qui défilaient devant l'établissement et le son de claquettes des danseurs. Un air de jazz s'échappait par une fenêtre, comme un rappel du passé. Comme un signe ultime de Curtis. Le regard embué par les réminiscences de sa jeunesse, Charlotte pressa son médaillon entre ses mains.

— Oui, ma chérie, répondit-elle à sa fille, tout va bien. Mais je dois te demander une faveur. Quand mon tour viendra de mourir…

Elle savait que Doris accepterait d'envoyer ce bijou à Gabriel. Afin que le lien entre eux, si ténu soit-il, ne meure jamais.

32

Je rentrai en France dès le lendemain du mariage, en compagnie d'Adrien. Nous avions besoin de nous retrouver, d'apprendre à apprivoiser nos cœurs amoureux. Nos corps s'aimèrent avec une rare intensité. Il caressa longuement ces rondeurs qui m'avaient tant paniquée auparavant, il les chérit et je lui rendis furieusement chacun de ses baisers, comme si ma vie en dépendait. Je voulais me fondre dans sa peau pour oublier ce qui m'attendait. L'alchimie entre nous ne se démentait pas.

— C'est beau, murmura-t-il.

— Qu'est-ce qui est beau ?

— De te voir heureuse. Je t'aime, Jo.

À ce rythme-là, mon cœur allait éclater d'allégresse.

Les deux jours suivants se déroulèrent de la même façon, Adrien et moi enfermés dans notre bulle de bonheur, nourris d'amour et d'éclairs au chocolat. Avant de reprendre le travail, je dus toutefois annoncer à mes parents que j'allais être opérée. J'avais tenu à le faire seule, en déjeunant avec eux. Comme je m'en doutais, ma mère s'emballa, ulcérée qu'on ne se soit pas occupé de mon anévrisme dès le jour de mon accident.

— Je me demande bien ce qu'ils ont dans la tête ! Je vais aller leur dire ce que j'en pense, moi !

— Du calme, Mam's ! Si la situation avait été désespérée, ils m'auraient opérée immédiatement, cela ne fait aucun doute. Mais on pouvait attendre encore un peu.

— Et comment tu te sens ? me demanda mon père, abasourdi par tous les événements.

En effet, Pépé avait eu la bonne idée de lui parler de Charlotte deux heures avant que je débarque chez eux, si bien qu'il donnait le sentiment de ne plus savoir sur quelle planète il vivait.

— J'ai un peu l'impression d'aller à l'abattoir, reconnus-je. Mais je présume que je vais m'en sortir.

— Bien sûr que oui, m'assura ma mère. Les médecins vont te guérir, c'est pour ça qu'ils font autant d'études. Viens dans mes bras, ma chérie.

J'étais morte de trouille, mais bien entourée. Par une Adeline qui se sentait beaucoup mieux dans son couple, par mes parents qui me prodiguaient depuis toujours tout leur amour et par Adrien, mon évidence. À l'EHPAD, Lucette me promit de me faire vivre un enfer si je montais au paradis avant elle. Alors je gardais mon sourire habituel, même au travail, en me disant que mes « clients » appréciaient sûrement cette parenthèse, avant les litres de larmes déversées durant leur enterrement. J'écoutais en boucle Louis Armstrong, m'accrochant aux incroyables destinées de Charlotte, Curtis et Norma. Le soir, je rejoignais Adrien pour le plus merveilleux des programmes. Dehors, la vie normale continuait et je trouvais ça très étrange. Les pleurs d'un enfant qui ne voulait pas aller à l'école, un cycliste en train de s'embrouiller avec une automobiliste pour un refus de priorité, la fleuriste au joli pull vert ouvrant le rideau métallique de son magasin, un jeune hurlant sur sa mère qui refusait de lui acheter le dernier Smartphone à la mode. Ces gens se rendaient-ils compte de leur chance ? Non, bien sûr que non. Il faut souvent se prendre le mur en pleine poire pour replacer sa vie au centre de ses priorités.

Pépé rentra deux jours avant mon opération. Le voyage l'avait fatigué, c'était le dernier, nous assura-t-il. Il achèterait un ordinateur portable pour pouvoir continuer à discuter avec Doris, parce que les lettres, ça prenait du temps et que ça ne faisait pas pareil. Nous étions tous réunis chez lui, il était content que ça marche entre Adrien et moi, et ému d'avoir transmis l'histoire de Charlotte à mon père, car après tout, elle était aussi sa grand-mère et Papa avait le droit de savoir. Pépé parlait sans discontinuer. Puis d'un coup, il se leva, me sourit et s'écroula. Ma mère bondit de sa chaise en hurlant :

— C'est son cœur !

Affolée à l'idée que mon grand-père s'envole pour toujours, j'appelai aussitôt les pompiers pendant que Maman, qui avait passé son brevet de secourisme bien avant de travailler avec des morts, entreprit de lui faire un massage cardiaque.

— Michel, chante-moi *Stayin' Alive* ! ordonna-t-elle à mon père, qui était paralysé d'effroi.

Papa la regarda comme si elle était en train de devenir folle.

À l'autre bout du fil, on venait de me promettre qu'une ambulance arrivait au plus vite. J'étais en pleurs.

— Chante, je te dis !

L'insistance de ma mère me stupéfia, jusqu'à ce qu'Adrien fasse claquer ses doigts.

— C'est pour le rythme du massage, comprit-il soudainement.

Alors, sans plus réfléchir, je me mis à fredonner avec lui, sous le regard incrédule de mon père. Il y avait quelque chose de tragi-comique dans cette scène, avec ma mère accroupie au-dessus de Pépé et nous qui chantions cet air incroyablement joyeux, sonnant comme une injonction.

— Reste en vie, Pépé, suppliai-je. Reste en vie.

ÉPILOGUE

Deux mois plus tard

— Comment tu te sens ? me demande Adrien, alors que nous approchons de la maison de mon grand-père.

— Bizarre. Je vais avoir besoin de temps pour m'y faire. Pépé m'avait promis que cette maison serait à moi, un jour. Il m'avait dit que j'y vivrais avec l'homme que j'aimerais et qu'une ribambelle d'enfants y pousseraient, comme ses plantes dans le jardin. L'heure est venue, bien plus vite que je ne l'aurais cru. J'avais toujours imaginé qu'emménager dans cette maison située au cœur de la nature m'emplirait de joie. Pourtant, dans mon cœur, c'est la nostalgie qui prédomine. Nos vies ont tellement changé en peu de temps !

Je me suis remise avec brio de mon passage au bloc opératoire. Je n'ai conservé presque aucune séquelle, si ce n'est un peu de fatigue, surtout liée à l'anesthésie. Mon corps a du mal à comprendre pourquoi on l'a plongé de force dans un sommeil artificiel. Si je me suis réveillée un peu désorientée, j'ai reconnu tout le monde, j'étais toujours capable de parler et de bouger les jambes. On m'a gardée une semaine pour être bien sûr que mes neurones ne déconnent pas et j'ai pu reprendre mon existence là où je l'avais laissée. Une véritable chance, j'en ai conscience. Finalement, cet anévrisme ne m'a pas coupé les ailes, il a seulement chamboulé mes certitudes. J'ai à nouveau toute la vie devant moi. Pépé, lui, en revanche… Je savais que je devais m'y attendre. Mais tout de même, je ne peux m'empêcher d'éprouver une infinie tristesse à l'idée que plus rien ne sera jamais plus comme avant.

Adrien gare la voiture dans l'allée. Je n'avais pas remarqué à quel point il semble nerveux. Pourtant, tout cela l'a secoué, lui aussi. Il a été là pour me tenir la main, pour me serrer contre lui quand mes larmes avaient du mal à se tarir et m'encourager avant mon anesthésie. Il a passé des jours à l'hôpital, grappillant quelques heures de sommeil par-ci, par-là. La force de son amour paraît inépuisable et, sans lui, je ne sais pas si j'aurais remonté aussi bien la pente. Je serre sa main encore posée sur le volant et nos doigts s'entrelacent. Nous restons quelques secondes plongés dans un silence que nous seuls pouvons comprendre.

— Adeline et tes parents ne sont pas encore arrivés, fait-il remarquer.

— Tant mieux. Je crois que j'ai besoin d'en profiter un peu sans eux.

Comme mus par un signal invisible, nous sortons de la voiture et nous dirigeons d'un pas discret vers cette maison qui s'apprête à abriter notre avenir. Nous entrons sans faire de bruit et avançons vers le salon.

— Eh bien, Pépé, tu ne dors pas ? dis-je en me figeant sur le seuil.

Mon grand-père, assis sur le canapé avec Lucette, se racle la gorge. Ils se trouvent exactement dans la position de deux personnes qui se seraient brusquement détachées l'une de l'autre… et tenteraient de paraître innocentes.

— Faire la sieste par un jour pareil ? proteste-t-il. J'espère que tu plaisantes.

Je le regarde avec tendresse. Pépé a perdu beaucoup de poids depuis son attaque cardiaque, qui l'a cloué un mois et demi à l'hôpital. Il a pu sortir, à condition de bénéficier d'une prise en charge. Plus question pour lui de faire des efforts qui risqueraient de le fatiguer davantage. Alors il a décidé d'emménager à l'EHPAD. Une place s'est libérée près de la chambre de Lucette, qui a obtenu la permission de passer la journée en notre compagnie pour ce dernier repas ici avant le déménagement de mon grand-père.

— Tu as l'air ronchon, relève ce dernier. Tu devrais être heureuse, pourtant.

Je hausse les épaules. S'il savait comme le voir ainsi affaibli me vrille le cœur !

— J'ai l'impression de te chasser de ta maison.

— Ne dis pas de bêtises. Il est évident que je ne peux plus habiter tout seul et je refuse que tu t'occupes de moi H24. Je veux qu'Adrien et toi viviez ici. Je pars sans regrets.

Je lui souris en songeant que c'est lui qui m'a appris que l'on devait se libérer du poids des regrets. Comme convenu, il a investi dans un ordinateur pour pouvoir parler plus souvent à Doris. Sa sœur doit d'ailleurs venir lui rendre visite prochainement. Nous la logerons dans notre nid douillet, c'est la moindre des choses. Elle m'a offert une photo de Charlotte, prise à l'extérieur, dans les années trente. Mon arrière-grand-mère pose avec Jack devant l'Empire State Building.

C'était à l'époque où elle l'appelait encore Ryan. Elle est emmitouflée dans son manteau violet et j'ai fait coloriser le portrait, que je compte faire encadrer.

Mes parents arrivent. Ils ont apporté des huîtres et du vin blanc, parce que Pépé a l'intention de faire pétiller le temps qui lui reste, comme il dit. Pour qu'il pétille encore plus fort, Adrien et moi nous sommes chargés du dessert : des éclairs au chocolat, évidemment. Durant le repas, Adeline n'arrête pas de me répéter qu'elle savait que je survivrais à mon opération et que j'étais faite du même bois que mon grand-père. Papa se tourne vers celui-ci :

— Avoue que tu l'as fait exprès pour pouvoir emménager avec Lucette !

Il plaisante, mais l'air de rien, il a été pas mal secoué par tout ça, mon pauvre papa.

— Je ne vois pas de quoi tu parles, lui répond Pépé. Johanna et moi sommes en vie, c'est tout ce qui compte.

— Et moi, j'aime quand les histoires se terminent bien, déclare ma mère avec émotion.

Adeline approuve, avant de lever son verre :

— À l'amour ! s'exclame-t-elle. L'amour qui triomphe de tout !

Pépé adresse alors un clin d'œil à Adrien.

— À toi de jouer, mon bonhomme, lui dit-il.

Tout à coup, il me semble qu'Adrien vacille. Il toussote et baisse la tête, avant de sortir une feuille de sa veste. Lorsqu'il me la tend, je remarque que sa main est devenue moite.

— Lis ça, s'il te plaît, mon amour, me demande-t-il.

Intriguée, je fronce les sourcils.

— Ne me dis pas qu'il s'agit encore d'une quête qui va m'envoyer dans je ne sais quel pays.

Éclats de rire autour de la table.

— Non. C'est une liste, comme dans la chanson. Mais en mieux.

Je déplie la missive.

Liste des mille et un petits riens que je veux faire avec toi :
***A**dopter un chat*
***C**hérir tout ton être*
***C**ourir sous la pluie*
***E**clater de rire*
***P**rendre un petit déjeuner au lit*
***T**enir ta main, même quand ça va mal*
***E**nvisager les prénoms de nos futurs enfants*
***S**'allonger dans l'herbe pour regarder les étoiles*
***T**e dire « je t'aime »*
***U**ne balade à vélo sous le soleil d'un chemin de campagne*

***D**essiner un cœur à la craie sur le trottoir, comme les enfants*
***E**couter des vieilles chansons*

***D**écouvrir des films en se gavant de pop-corn*
***E**crire notre histoire*
***V**ivre à la campagne*
***E**t aussi lire les mêmes livres que toi*
***N**ager dans le bonheur*
***I**maginer l'avenir*
***R**êver devant les belles maisons du bord de mer*

***M**e faire pardonner nos disputes*
***A**pprendre à faire du pain, un potager, un bébé…*

__F__aire une grasse matinée
__E__ntamer un débat pour savoir qui doit sortir les poubelles
__M__anger des tonnes d'éclairs au chocolat
__M__ettre les voiles, le temps d'un week-end
__E__t faire des choses qui ne peuvent pas être dites devant ta famille

Désarçonnée autant qu'amusée, je lis une nouvelle fois cette liste, en m'attardant sur les lettres marquées en gras. Puis, brusquement, je comprends et un geyser de larmes surgit de mes yeux.

— Mais qu'est-ce qu'il y a, ma chérie ? s'étonne ma mère, qui n'est visiblement pas dans le coup.

De son côté, Pépé sourit. On dirait un vieux chat content. À travers mon émotion, j'essaie d'articuler :

— C'est… c'est… Mon Dieu, c'est une demande en mariage !

— Bon, bah, réponds-lui, intervient Adeline, parce que là, il n'a pas l'air très bien !

J'essuie mes joues d'un revers de la main et me tourne vers Adrien, qui semble à deux doigts du malaise vagal.

— T'es un peu vache, là, lui dis-je. Mais j'ai connu une fois la sensation de t'avoir perdu et jamais, jamais je ne veux revivre ça. Alors oui, Adrien, même si à cause de toi je n'ai pas réussi à voir la reine Elisabeth, je veux devenir ta femme et me disputer avec toi pour savoir qui sortira les poubelles ou changera la couche du bébé.

Le regard qu'il me renvoie vaut toutes les réponses du monde. Je vais fondre sur place. Lucette émet un sifflement :

— Eh bien, fait-elle, il était temps ! J'ai cru qu'on vivrait pas assez vieux pour voir ça.

— Ça me donnerait presque envie d'en faire autant, renchérit mon grand-père, rêveur.

— Ne t'emballe pas, mon Victor. Notre avenir à nous, il se résume plutôt aux couches troisième âge et à savoir qui en fera le plus pour rendre le personnel de l'EHPAD complètement chèvre.

Le rire d'Adrien éclate en un millier d'étoiles. Heureuse, je serre entre mes mains le médaillon de Charlotte, que je porte désormais autour de mon cou. Grâce à son histoire, qui a agi sur moi comme un baume, j'ai appris que la vie est parfois bien plus bouleversante que la mort. J'espère que de là où elle est, dansant probablement au son de la trompette de Curtis avec Norma et les hommes de sa vie, la femme au manteau violet est fière de ce que sa famille est devenue.

PLAYLIST

Vous n'aurez sans doute pas manqué de le remarquer, de nombreuses chansons accompagnent l'histoire de Jo et de Charlotte. Afin de prolonger le plaisir ou de vous immerger un peu plus dans leur univers, je vous propose la liste des morceaux, par ordre d'apparition. J'en profite pour vous préciser que j'ai pris quelques libertés avec *Minnie the Moocher*, titre que Charlotte écoute en 1929 ; Cab Calloway l'a en réalité interprété deux ans plus tard.

La Liste, Rose
God Only Knows, The Beach Boys
No Woman, No Cry, Bob Marley
La Maison vide, Michel Polnareff
Where Is my Mind?, The Pixies
Minnie the Moocher, Cab Calloway
La Valse brune, Lucienne Delyle
Supreme, Robbie Williams
Basin Street Blues, Louis Armstrong
Birds, Imagine Dragons
Pony Blues, Charley Patton

La Bicyclette, Yves Montand
Listen to Your Heart, Roxette
Le temps qui reste, Serge Reggiani
Brother, Can You Spare a Dime?, Bing Crosby
What a Wonderful World, Louis Armstrong
Stayin' Alive, Bee Gees

REMERCIEMENTS

La Femme au manteau violet est un roman qui a mis deux ans pour mûrir. C'est aussi celui qui m'a demandé le plus de travail de recherche et je remercie chaleureusement mon éditrice, Laury-Anne Frut, d'avoir fait semblant de trouver normale cette envie d'évoquer ce qu'était la vie au temps des gangsters. Je ne te remercierai jamais assez de croire en moi et en mes idées folles depuis 2015.

Merci à Christine pour son suivi éditorial et ses mots, qui perfectionnent les miens, ainsi qu'à Alice pour son implication et son professionnalisme.

Un grand merci à Karine Bailly de Robien et Pierre-Benoît de Veron pour leur confiance, ainsi qu'à toute l'équipe communication et distribution de Charleston : travailler avec vous est un enrichissement continu.

Merci à ma Team Loulous, Mathieu et Clara pour leurs encouragements quotidiens, à Marianne Levy, aussi impatiente de lire ce roman que je l'étais de l'écrire. Merci infiniment à l'équipe organisatrice du Printemps du Livre de Montaigu et en particulier à Patricia Jamin. Votre accueil et l'esprit de convivialité ne sont pas étrangers à mon choix d'avoir placé Jo et sa famille dans vos inspirantes terres vendéennes. Merci à Harmony Rouanet, qui a pris le temps de me parler de ce qu'est le travail dans un vignoble champenois, et à Fanny, ma relectrice de choc.

Même s'il n'entendra probablement jamais parler de moi, je tiens à remercier André Nédelec pour son précieux témoignage dans *La Dépêche*, qui m'a permis de mieux cerner le mental des boxeurs. Le personnage de Victor lui doit beaucoup, ainsi qu'à Gilbert, un vieux monsieur qui vit dans mon quartier et a pratiqué la boxe lui aussi.

Au début de ce roman, Jo apprend qu'elle a un anévrisme. Ce n'est pas un hasard si j'en ai décidé ainsi. J'ai moi-même subi une rupture d'anévrisme, que l'on nomme également AVC hémorragique. Contrairement à Johanna, je n'ai pas eu le choix puisque je ne savais pas… et je n'aurais pas aimé être à sa place ! Cet anévrisme, c'est ce que j'appelle mon cadeau mal emballé. Sans ce problème de santé, qui sait si un jour j'aurais décidé de franchir le cap pour écrire des romans ? Puisque je ne l'ai encore jamais fait, je tiens à remercier de tout mon cœur Héloïse Tron, qui a été mon orthophoniste durant cinq ans et grâce à qui j'ai surmonté la plupart de mes séquelles.

Merci à ma famille et son indéfectible soutien, à Steeve qui a accepté sans broncher de se plonger avec moi dans l'univers des mafieux entre deux épisodes de *Castle*. Un remerciement spécial à Christine, la compagne de mon père, qui nous a brusquement quittés le 1er janvier. Merci d'avoir fait partie de nos vies.

Enfin, je suis infiniment reconnaissante envers vous, lecteurs, pour votre amour et votre fidélité à travers mes livres et les réseaux sociaux. Merci de vous impliquer avec autant d'enthousiasme. J'espère du fond du cœur que *La Femme au manteau violet* sera à la hauteur de vos attentes. N'hésitez pas à m'écrire sur Facebook, Instagram ou chez mon éditeur pour me faire part de vos impressions.

Cet ouvrage a été composé et mis en page
par PCA, 44400 Rezé

Imprimé en France par CPI
en février 2021
N° d'impression : 3041864

Pocket – 92 avenue de France, 75013 PARIS

S31523/01